CLAIRE KINGSLEY

# HIS HEART

# CLAIRE KINGSLEY

# HIS HEART

ROMAN

Aus dem Amerikanischen
von Katrin Reichardt

Titel der Originalausgabe
*His Heart*


Liebe Leser:innen,
in *His Heart* sind potenziell triggernde Inhalte enthalten.
Hierzu findet Ihr am Ende dieses Buches entsprechende
Hinweise. Wir wünschen Euch ein schönes Leseerlebnis.
Eure Aufbau Verlage

**MIX**
Papier | Fördert
gute Waldnutzung
**FSC® C083411**
FSC
www.fsc.org

ISBN 978-3-98751-077-9

More ist eine Marke der Aufbau Verlage GmbH & Co. KG

1. Auflage 2025
© Aufbau Verlage GmbH & Co. KG, Berlin 2025
www.aufbau-verlage.de
10969 Berlin, Prinzenstraße 85
© 2019 by Claire Kingsley
Der Verlag behält sich das Text- und Data-Mining nach § 44b UrhG vor,
was hiermit Dritten ohne Zustimmung des Verlages untersagt ist.
Bei Fragen zur Sicherheit unserer Produkte wenden Sie sich bitte an
produktsicherheit@aufbau-verlage.de.
Satz LVD GmbH, Berlin
Druck und Binden CPI books GmbH, Leck, Germany


Printed in Germany

Für meine liebe Freundin Stephanie und ihren Partner,
der ihr eine neue Chance auf Leben gegeben hat.
Und für die Familie des jungen Mannes, der ihr dieses
Geschenk gemacht hat. Euer Verlust bricht mir das Herz.
Ich bete, dass ihr Liebe und Heilung findet.

# TEIL 1

*Hoffnung ist ein Traum*
*an dem die Jungen sich festhalten*
*nach dem die Alten sich sehnen*
*den jedoch nur die Gebrochenen verstehen.*

*~B*

# KAPITEL 1

# Brooke

*Januar. Sechzehn Jahre alt.*

Ich konnte nicht viel mehr tun, als einfach zu überleben.

Genauer gesagt: die Highschool zu überleben. Phoenix unterschied sich kaum von den anderen Orten, an denen ich bisher gewohnt hatte. Ganz egal, wie oft meine Mutter mit mir umzog und wie viele Schulen ich besuchte – sie waren immer gleich. Wurden bestimmt von hierarchischen sozialen Strukturen, die so vielschichtig waren wie das Kastensystem. Jeder wusste, wo er stand, und der einzig sichere Platz war ganz oben.

Was das Gegenteil von der Position war, in der ich mich befand.

Doch der Tag war vorüber, die letzte Stunde zu Ende. Einige der anderen eilten sofort nach draußen, um den Bus zu erwischen oder einfach nur, um so viel Abstand wie möglich zwischen sich und dieses Gefängnis von einem Gebäude zu bringen. Andere verweilten in den Gängen, unterhielten sich mit Freunden, schmiedeten Pläne.

Die meisten von ihnen hatten etwas, wo sie hingehen konnten und wo es schöner war als in der Schule. Ihr Zuhause. Sporttraining. Ein Clubtreffen. Einen Nebenjob. Ich nicht. Ich ließ mir Zeit, schlenderte allein zu meinem Spind, den Blick auf den Boden gerichtet. Ich war total unsportlich, und durch die häufigen Schulwechsel war es schwer für mich, an irgendwelchen Aktivitäten teilzunehmen. Ich war zu still, um problemlos Freunde zu finden.

Ich war das sonderbare Mädchen. Schräge Klamotten. Blaue und pinkfarbene Strähnchen in meinen dunkelbraunen Haaren. Im Unterricht saß ich immer ganz hinten und kritzelte in ein Notizheft. Ich war nicht unbedingt schüchtern. Ich hatte es bloß aufgegeben, mich anzustrengen. Es war schwierig, in bereits bestehenden Freundeskreisen einen Platz zu finden, und bis ich es geschafft hatte, zog meine Mom meistens sowieso wieder mit mir um. Deswegen versuchte ich, die sozialen Aspekte des Schullebens auszublenden. Es war Januar, und ich war ein Junior im dritten Highschooljahr. Das bedeutete, dass ich in eineinhalb Jahren meinen Abschluss hatte. Noch achtzehn Monate, bis ich frei wäre. Das war zu schaffen.

Gegenüber von meinem Spind stand eine Gruppe Mädchen auf dem Flur zusammen. Die Mean Girls. Sie trugen diesen Titel mit Stolz. Hinten auf ihren Handyhüllen klebten sogar passende MG-Sticker. Seitdem ich hergezogen war, hatte ich mich bemüht, ihnen nicht aufzufallen. Es nahm ohnehin kaum jemand Notiz von mir.

Doch aus irgendeinem Grund waren die Mean Girls auf mich aufmerksam geworden. Sie standen dicht beisammen, steckten die Köpfe zusammen, redeten leise miteinander und beobachteten mich dabei. Also gab ich rasch die Zahlenkombination meines Spinds ein, um möglichst schnell wieder von ihnen wegzukommen.

»Ich weiß auch nicht, was sie da für Schuhe trägt«, sagte Karina Bowen, ohne sich zu bemühen, zu verhindern, dass ich es mitbekam.

Ich verkniff es mir, meine Schuhe zu betrachten – abgetragene blaue Converse. Ich wollte nicht zeigen, dass ich ihre Bemerkung gehört hatte.

»Und diese Jeans. Da fehlen mir die Worte«, meinte Harmony Linwood, die zweite Oberzicke gleich nach Karina. Wo die eine war, war auch die andere nicht weit. Die anderen Mädchen schnaubten höhnisch und gaben zustimmende und angewiderte Geräusche von sich. Klickten mit ihren manikürten Fingernägeln. Verdrehten ihre stark geschminkten Augen.

Ich hielt den Blick fest auf meinen Spind gerichtet und stopfte einige Bücher in meinen Rucksack. *Ignoriere sie, Brooke. Ignoriere sie einfach.*

»Hey, Brooke«, rief Karina. »Du weißt schon, dass es in Laufweite von hier einen Secondhandladen gibt. Würde deinem Look vielleicht guttun. Ist nur ein gut gemeinter Rat, Süße.«

Gekicher. Als hätte sie etwas total Cleveres gesagt.

Trotzdem wurden meine Wangen heiß, und ich biss mir auf die Innenseite der Lippe. Meine Wut darüber, dass mein gerötetes Gesicht mich, wenn ich mich umdrehen würde, verraten würde, vermischte sich mit der Beschämung, die sie so geschickt zu wecken verstanden.

Wieder flüsterten und kicherten sie.

»Ach, aber sie ist natürlich eine dämliche Lesbe«, sagte Karina. »Das sieht doch jeder. Und das ist wahrscheinlich besser so. Welcher Junge würde sie schon daten?«

Ich konnte ihre Blicke in meinem Rücken spüren, die sich wie glühende Brandzeichen in meine Haut brannten. Ich ballte die Hände zu Fäusten.

»Hey, Brooke.«

Die männliche Stimme ließ mich zusammenschrecken. Als

ich aufsah, stand Liam Harper lässig an den Spind neben meinem gelehnt. Blaue Augen, wuschelige dunkelblonde Haare und ein Lächeln, bei dem ich selbst dann weiche Knie bekommen hätte, *wenn* ich eine Lesbe gewesen wäre. Was ich aber nicht war. Insbesondere nicht, wenn es um Liam Harper ging.

Aber warum redete er mit *mir*?

»Ähm, hi.«

Die Mean Girls waren verstummt. Ich merkte, wie Liam kurz zu ihnen hinsah, bevor er den Blick wieder auf mich richtete. Er öffnete den Mund, um etwas zu sagen, doch Karina hatte bereits den Flur überquert und trat zu uns.

»Hey, Liam«, sagte sie mit falscher, zuckersüßer Freundlichkeit in der Stimme. »Hast du schon die Ankündigung für das Motto des Valentinsballs gesehen? *Hollywood Nights*.«

Er runzelte leicht die Stirn. »Hm, ja. Klingt sehr nach dem Motto vom letzten Jahr.«

Sie schaffte es irgendwie, mir einen ultrakurzen bösen Blick zuzuwerfen und gleichzeitig Liam anzublinzeln. Am liebsten hätte ich die Gelegenheit genutzt, um die Flucht zu ergreifen, aber diese ganze Situation war so abstrus, dass ich mich nicht von der Stelle rührte. Warum hatte Liam mich angesprochen?

»Nun, ich glaube, es wird phantastisch werden«, meinte Karina. »Hast du schon eine Begleitung?«

Ich konnte mir ein Augenrollen nicht verkneifen. Sie war so durchschaubar.

»Ja«, erwiderte er.

Sie blickte überrascht drein, und ihr blieb der Mund offenstehen. Mit dieser Antwort hatte sie nicht gerechnet. »Tatsächlich? Wen?«

»Brooke«, antwortete er.

Karina war sichtlich verblüfft. »Brooke Summerlin? Du meinst sie?«

Liam sah mich an und schenkte mir ein Grinsen. »Genau. So ist es doch, Brooke, oder?«

Ich starrte ihn verdattert an. Warum machte er das? Aus Mitleid? Oder wartete er darauf, dass ich zustimmte, damit er mir den Boden unter den Füßen wegziehen und mir ins Gesicht lachen konnte? Meine Wangen wurden noch heißer, und ich schluckte angestrengt.

Doch die Aussicht, Karina Bowen in die Augen sehen und ihr eröffnen zu können, dass ich mit Liam Harper auf den Ball gehen würde, war zu verlockend. Wenn das hier ein Streich wäre, würde ich die Demütigung eben riskieren.

»Ja«, sagte ich an Karina gerichtet. »Ich gehe mit Liam hin.«

Liams Lächeln wurde noch breiter. Karina sah so angewidert aus, dass es schon albern wirkte. Man hätte meinen können, sie wäre gerade in einen riesigen Hundehaufen getreten.

»Oh«, sagte sie. Dann warf sie mit einem letzten, vernichtenden Blick auf mich die Haare zurück und ging wieder zu ihren Lakaien.

Die Mean Girls unterstützten ihre Anführerin mit noch mehr fiesen Blicken in meine Richtung, doch ich bemerkte sie kaum. Ich starrte Liam an, in dem Bewusstsein, dass er natürlich *nicht wirklich* mit mir auf den Ball gehen würde. Es war ausgeschlossen, dass er ausgerechnet mich einladen würde. Aber es war nett von ihm gewesen, sich für mich einzusetzen – und vollkommen unerwartet.

»Wow, das war … ziemlich witzig«, sagte ich und sah den Mean Girls nach, wie sie den Flur hinunterstolzierten.

»Witzig?«, fragte er. »Wieso?«

»Na, wegen Karinas Gesichtsausdruck.«

Er warf einen Blick über die Schulter, als hätte er sie schon wieder vergessen. »Ach so, ja.«

Ich trat von einem Bein aufs andere und fühlte mich ein wenig befangen. Da mein Spind noch offenstand, holte ich meinen Rucksack heraus und hängte ihn mir über eine Schulter, bevor ich die Tür zudrückte. »Ich sollte jetzt wohl lieber gehen.«

»Du wohnst direkt neben mir, oder?«, fragte er.

Ich zuckte mit den Schultern und bemühte mich, lässig zu wirken. Doch innerlich war ich völlig aus dem Häuschen, weil Liam Harper wusste, dass ich neben ihm wohnte. Selbstverständlich wusste ich genau, wo er wohnte. Er war mir bereits wenige Tage nach unserem Einzug aufgefallen. Allerdings machte mich die Tatsache, dass er in mir seine Nachbarin erkannt hatte, ein wenig sprachlos.

»Ähm, ja, das stimmt«, antwortete ich.

»Aber ich sehe dich dort nur selten.«

»Kann sein.«

»Und, was machst du so die ganze Zeit? Ich meine, wenn ich dich nicht sehe.«

»Keine Ahnung. Ich mache einfach mein Ding. Schule, andere Sachen, du weißt schon.«

»Was für andere Sachen?«, hakte er nach. Er stand noch immer an den Spind gelehnt.

»Ähm«, machte ich linkisch. Redete er tatsächlich noch immer mit mir? »Ich lese viel und höre Musik. Versuche, meiner Mutter aus dem Weg zu gehen.«

»Aha«, sagte er schmunzelnd. »Cool. Du solltest mir noch deine Nummer geben.«

»Wie bitte?«

Er hob die Augenbrauen. »Deine Telefonnummer. Du weißt schon, Zahlen und so? Damit ich dich anrufen oder dir eine Nachricht schicken kann. Ich schätze, ich könnte auch einfach zu dir rüberkommen, wenn ich mit dir sprechen will, aber da ich mit dir auf den Ball gehe, wäre es gut, auch noch andere Kommunikationsmöglichkeiten zu haben.«

Ich blinzelte verdattert. Das konnte unmöglich sein Ernst sein. »Du tust was?«

»Ich gehe mit dir auf den Ball«, sagte er. »Du hast doch gerade zugestimmt, mich zu begleiten, oder nicht?«

»Schon, aber … Ich dachte nicht, dass du es ernst meinst.«

»Nun ja, doch, das tue ich«, erwiderte er. »Sonst hätte ich nicht gefragt.«

»Oh. Okay, alles klar.« Mein Herz raste. Ich diktierte ihm meine Telefonnummer, die er in sein Handy eintippte, und anschließend gab er mir seine. Ich wunderte mich selbst, dass meine Hände nicht zitterten, als ich ihn bei meinen Kontakten einspeicherte.

Erst als ich seinen Namen auf dem Display anstarrte, wurde mir schlagartig bewusst, dass ich für eine Tanzveranstaltung nichts zum Anziehen hatte, und erst recht kein Geld, um mir ein Kleid zu kaufen. Meine Mutter würde für so etwas auch nichts herausrücken. Klar, für Gras oder Pillen oder Koks – von dem sie glaubte, dass ich nichts wusste – war Geld da. Aber für mich? Keine Chance.

Mann, was für eine Enttäuschung! Doch es war besser, es gleich hinter sich zu bringen, als ihm später absagen zu müssen. »Also, eigentlich weiß ich nicht, ob ich überhaupt gehen kann. Ich meine, ich will schon. Aber der Ball ist in zwei Wochen, und es könnte schwierig für mich werden, so kurzfristig ein Kleid zu finden.«

»Oh«, sagte er geknickt, »das ist blöd.« Dann hellte sich seine Miene auf, und er begann, wieder auf seinem Handy zu tippen. »Weißt du was? Meine Schwester Olivia hat einige Kleider. Sie hat ungefähr deine Größe und wird sie vermutlich kein zweites Mal tragen. Bestimmt leiht sie dir eines davon aus.«

Schon wieder stellte ich fest, dass ich mehr oder weniger sprachlos war. »Ich … Bist du sicher?«

»Klar, ich schicke ihr gerade eine Nachricht«, sagte er tippend. »Da du nebenan wohnst, kannst du einfach bei Gelegenheit vorbeikommen und dir eines aussuchen. Dürfte kein Problem sein.«

»Wow, das ist echt nett. Danke.«

»Keine Ursache. Hey, ich muss jetzt zum Training.« Er lächelte wieder und biss sich dabei sogar ein wenig auf die Lippen. »Bis dann.«

Er ging, und ich sah ihm nach. Betrachtete seine athletischen Schultern, die sich unter seinem Shirt wölbten, seinen süßen Po, der in der Jeans so gut aussah. Ich kam mir vor, als würde ich einen Teenagertraum in einem Young-Adult-Roman leben. War das seltsame, stille Mädchen gerade wirklich von einem der heißesten Jungs der Schule eingeladen worden? Von dem Jungen, auf den Queen Mean höchstpersönlich ein Auge geworfen hatte?

Es sah ganz so aus, als wäre es tatsächlich passiert.

Ich widerstand der Versuchung, ein Buch an die Brust zu drücken, gegen meinen Spind zu sinken und verträumt an die Decke zu starren, und rückte stattdessen wieder meinen Rucksack zurecht. Dann holte ich noch einmal tief Luft und ging mit schwirrendem Kopf zum Ausgang.

Doch dabei lächelte ich, zum ersten Mal seit Monaten.

# KAPITEL 2

# Sebastian

*Februar. Achtzehn Jahre alt.*

Der Lärm des Publikums drang selbst durch die Musik in meinem Kopfhörer. Ich mochte es lieber, wenn es so klang, als wären die Zuschauer weit weg – getrennt von mir. Und nicht, als wäre ich in der riesigen Arena von Tausenden Menschen umgeben.

Ich tigerte unablässig neben der Matte in der Mitte der Halle auf und ab. Es gab nun bloß noch eine. Am Anfang des Wettkampfs waren es noch vier gewesen, auf denen im Lauf des Tages immer vier Matches gleichzeitig stattgefunden hatten. Doch jetzt waren wir beim Finale angekommen. Bei den letzten Runden, in denen sich entscheiden würde, welche Teilnehmer zu Staatsmeistern gekürt werden würden.

In meiner Gewichtsklasse würde ich es sein.

Zugegeben: Mein Gegner Charlie Hall war ein verdammt guter Ringer. Sogar der amtierende Staatsmeister. Als Senior war er natürlich wild entschlossen, seinen Titel zu verteidigen. Wahrscheinlich stand für ihn einiges an Stipendiengeldern auf dem Spiel.

Das galt für uns beide.

Ich hatte seit dem vergangenen Jahr nicht mehr gegen Charlie gerungen. Damals hatte er mich besiegt. Mich in der letzten

Runde auf die Matte gelegt und damit aus dem Finale geworfen. Ich war Dritter geworden. Was für einen Junior nicht übel war. Aber heute war für mich nichts anderes als der Staatsmeistertitel akzeptabel.

Es gibt kaum etwas, das einen mehr demoralisiert, als von einem Gegner auf den Rücken gelegt und bewegungsunfähig gemacht zu werden, ihm völlig ausgeliefert zu sein. Ringer sehen muskulös und stark aus, als wären unsere Körper der Schlüssel zum Sieg. Doch das stimmt nicht. Es war der Kopf. Mentale Stärke, Zähigkeit, Ausdauer – das alles brauchte man, um zu gewinnen. Ich hatte schon Jungs besiegt, die größer und stärker gewesen waren als ich. Ältere Jungs mit mehr Erfahrung. Nur weil ich es schaffte, dranzubleiben. Länger durchzuhalten. Mehr zu ertragen.

Niemals aufzugeben.

Ich konnte sehen, dass Charlie sich für unser Match aufwärmte, aber ich ignorierte ihn. Er hatte seine Rituale, ich meine. Was er dort drüben auf der anderen Seite der Arena tat, war unwichtig. Ich war gut vorbereitet. Durch monatelanges Training, unzählige Stunden in der Sporthalle. Durch eine strenge Diät, die mir half, Gewicht zu reduzieren und meine Kraft aufrechtzuerhalten.

Wie ein Tier in einem Käfig lief ich auf und ab, spürte, wie sich meine Muskeln unter meinem dunkelblauen Ringertrikot spannten. Die Heavy-Metal-Musik, die ich immer hörte, um mich zu pushen, dröhnte in meinen Ohren. Der Jubel des Publikums erreichte einen Höhepunkt. Anscheinend hatte gerade ein Match geendet. Aus dem Augenwinkel sah ich Blake, einen meiner Teamkameraden, dessen Arm vom Kampfrichter in die Luft gereckt wurde. Sieg.

Gleich war ich dran.

Der Coach wechselte einen Blick mit mir und nickte mir zu. Wir hatten ein System. Er kannte den Ablauf. Er trainierte mich bereits seit Anfang der Highschool, als ich noch ein selbstgerechter Frischling gewesen war, der es allen hatte beweisen wollen. Ich hatte schon mit fünf Jahren angefangen zu ringen und mich dementsprechend für den Größten gehalten. Diesbezüglich hatte mir der Coach erst mal den Kopf zurechtrücken müssen, aber das hatte mir gutgetan. Mich besser gemacht. Durch sein Training hatte ich alle Erwartungen übertroffen und mich von einem starken Ringer zu einer echten Bestie mit einer fast perfekten Siegesbilanz entwickelt.

Nur eine Niederlage. Gegen Charlie Hall.

Dabei würde es bleiben. Nur eine einzige Niederlage.

Ich nahm die Kopfhörer ab und steckte sie in meine Tasche. Zog den Reißverschluss meines Kapuzenpullovers auf und ließ ihn zu Boden gleiten. Schüttelte meine Arme aus. Sprang einige Male auf den Zehen auf und ab. Mein Kopf war klar und mein Körper locker und bereit.

Der Ansager stellte zuerst Charlie vor. Er trat vor, die Augen auf den Boden gerichtet. Konzentriert. Er ließ sich vom Jubel des Publikums nicht aus der Ruhe bringen. Heute war er gut in Form.

Ich trat ebenfalls vor und gestattete mir einen raschen Blick auf meine Eltern, die einige Reihen weiter oben saßen, genau in der Mitte. Sie waren gleich da gewesen, als die Türen der Halle geöffnet worden waren, um sich einen guten Platz zu sichern. Warteten schon stundenlang dort oben, um mich neun Minuten lang ringen zu sehen – sofern der Kampf über die volle Zeit gehen würde.

Cami saß bei ihnen, den Rücken gerade, die Hände im Schoß verschränkt. Wir waren im Herbst unseres dritten Highschooljahres zusammengekommen. Obwohl es inzwischen bereits die zweite Saison im Ringen war, die sie gemeinsam mit mir erlebte, war sie immer noch nervös.

Ich verdrängte sie alle ebenso schnell wieder aus meinem Kopf. Der Ansager verkündete meinen Namen und den meiner Schule – Sebastian McKinney, Waverly Shell-Rock Highschool –, und die Zuschauer brachen in Jubel aus. Ich ließ ihn an mir vorbeiziehen, nahm ihn kaum wahr. Hier ging es nicht um sie. Es ging um mich, und um das, was ich mit Charlie Hall machen würde.

Die meisten Ringer der höheren Gewichtsklassen waren groß und stark, allerdings auch ziemlich speckig. Aber Charlie und ich nicht. Wir waren beide groß gewachsen und athletisch. Muskulöse Arme, breite Oberkörper, kraftvolle Beine. Das war einer der Gründe dafür, dass wir uns ebenbürtig waren. Wir schleppten beide keine überflüssigen Pfunde mit uns herum, sondern stählten jedes Gramm unserer Körper für unseren Sport.

Ich befestigte das grüne Band an meinem Knöchel. Charlie hatte ein schwarzes, und der Kampfrichter trug die gleichen Bänder an den Handgelenken. Wir traten auf die Matte und stellten uns, mit dem Kampfrichter zwischen uns, gegenüber voneinander auf. Schüttelten uns die Hände.

Das Adrenalin, das durch meinen Körper schoss, ließ mein Herz schneller schlagen. Meine Glieder kribbeln. Mein ganzer Körper vibrierte erwartungsvoll. Das war keine Nervosität mehr. Sondern fieberhafte Spannung. Sie war der Treibstoff, den ich nutzen würde, um das Match durchzuhalten und meinem Körper und meinem Geist Kraft zu geben.

Der Pfiff ertönte.

Einige Sekunden umkreisten wir einander lauernd. Da Charlie ein offensiver Ringer war, wollte ich ihm mit dem ersten Takedown-Versuch zuvorkommen, ihn in die Defensive drängen. Ich verlagerte meinen Schwerpunkt nach unten, sprang auf ihn zu, schlang die Arme um seinen Oberkörper und presste den Kopf gegen seine Rippen. Er spreizte die Beine nach hinten, aber ich stieß vor und drehte mich, in dem Versuch, um ihn herumzukommen. Er hielt dagegen, doch ich war einen Tick schneller. Ich bekam sein Bein mit der Hand zu fassen und nutzte meinen Vorteil.

Drei Sekunden später lag er auf dem Rücken. Takedown Grün.

Er rollte sich auf den Bauch, aber ich klebte förmlich an ihm. Meine Atmung beschleunigte sich, mein Herz raste und meine Muskeln spannten sich an. Er war stark, seine Konter wirkungsvoll. Ich erwischte wieder sein Bein und versuchte, ihn daran zu hindern, hochzukommen. Er streckte den Arm an meinem Gesicht vorbei und drückte mich weg. Ich spürte den Zug in meinem Nacken, doch ich machte nur noch mehr Druck.

Er fiel bäuchlings auf die Matte, als ich es schaffte, ihm das Bein wegzuziehen. Rasch angelte ich mir seinen Arm und sein Bein und versuchte, ihn wieder auf den Rücken zu rollen. Einen Herzschlag später verlagerte er sein Gewicht, drehte sich und kam hinter mich.

Reversal Schwarz.

Lange Arme, die nur aus Muskeln bestanden, mühten sich, mich zu beherrschen. Mich zu bewegen. Mich umzudrehen. Ich wehrte mich mit ganzer Kraft. Er versuchte, einen Halbnelson anzusetzen, aber ich konnte mich befreien. Wand mich aus seinem Griff, drehte mich.

Der Pfiff ertönte und beendete die erste Runde.

Wir ließen voneinander ab und standen auf. Ich ging ein paar Schritte, schüttelte die Arme aus. Biss fest auf meinen Zahnschutz. Das Publikum brach wieder in Jubel aus, doch ich konzentrierte meine Gedanken einzig und allein auf das Match. Auf Charlie. Auf den Sieg.

In der zweiten Runde startete ich aus der Bodenlage – auf Händen und Knien. Charlie presste das Ohr an meinen Rücken, hielt mit einer Hand mein Handgelenk umfasst und legte den anderen Arm um meinen Oberkörper. Als der Pfiff ertönte, sprang ich sofort auf. Charlie bekam die Arme um meine Taille. Er war stark genug, um mich seitlich wegzuziehen, wodurch ich Schwierigkeiten bekam, das Gleichgewicht zu halten. Ich drückte gegen seine Hände, um seinen Griff zu lösen, und achtete dabei darauf, meinen Schwerpunkt unten zu halten. Meine Körpergröße mochte einschüchternd wirken, aber wenn ich es nicht rechtzeitig schaffte, mein Gewicht zu verlagern, konnte sie auch von Nachteil sein.

Ich durchbrach seinen Griff, drehte mich und beförderte ihn auf die Matte. Takedown Grün. Er konterte mit einem Reversal und schaffte es, mich von hinten zu beherrschen.

Wir lagen punktemäßig viel zu dicht beieinander. Um zu gewinnen, brauchte ich einen Schultersieg.

Wir kämpften gegeneinander an, schweißüberströmt, so dass unsere Glieder ganz glitschig wurden. Meine Brust brannte vor Anstrengung. Ich hörte den Coach Anweisungen schreien – Beine spreizen, schleudern, drehen, mach Druck, Druck, Druck.

Keiner von uns schaffte es, einen Schultergriff länger als eine

Sekunde zu halten. Er versuchte, mich in die Zange zu nehmen, doch bevor er den Griff ansetzen konnte, schaffte ich es, ihn abzuschütteln. Anschließend bekam ich ihn fast in einen Halbnelson, aber er konterte und befreite sich. Wir waren beide hervorragend und in Bestform. So ebenbürtig, dass keiner unserer Zuschauer vorhersagen konnte, wer von uns beiden gewinnen würde.

Doch ich wusste es. Ich würde der Sieger sein.

Der Pfiff ertönte, und wir lockerten unsere Arme und Beine für die dritte Runde. Von nun an zählte mentale Stärke. Wir wurden beide langsam müde. Drei Minuten klingen erst mal nicht nach viel – bis man jede Sekunde damit verbringt, gegen jemanden anzukämpfen, der wild entschlossen ist, einen in die Knie zu zwingen.

Diesmal startete ich aus der Standposition. Ich kniete mich hinter Charlie, legte das Ohr an seinen Rücken. Eine Hand an sein Handgelenk. Den anderen Arm um seinen Oberkörper. Ich sah den Ablauf der Griffe vor meinem geistigen Auge. Spürte die Kraft meines Körpers.

Wieder kam der Pfiff. Charlie würde sich nicht kampflos ergeben. Er versuchte, sich aufzurichten, aber ich bekam seinen Knöchel zu fassen und zog sein Bein nach hinten, während ich mich nach vorne warf. Eine Sekunde lang hatte ich ihn genau da, wo ich ihn haben wollte, doch er war ebenso stark wie ich und rollte sich herum.

Das Rauschen des Blutes in meinen Ohren übertönte den Lärm der Zuschauer. Mein Körper spannte sich, meine brennende Lunge kämpfte um mehr Luft. Wir rangen miteinander wie Gladiatoren, als ginge es nicht nur um einen Titel. Sondern um unser Leben.

Er war stark, aber ich kannte seine Taktiken, wusste noch, wie er mich im vorigen Jahr geschlagen hatte. Er setzte immer auf einen Zangengriff. Ich verhinderte, dass er mich zu packen bekam, konterte ein ums andere Mal. Mittlerweile hatte ich keinen Überblick mehr, wie viele Punkte wir jeweils erzielt hatten, doch ich wusste, dass das Ergebnis noch immer zu knapp war. Ich musste ihn schultern.

Also durchbrach ich wieder seinen Griff und kam in Standposition. Ich setzte ihm langsam zu, brachte ihn aus dem Konzept. Seine Frustration stand ihm ins Gesicht geschrieben. Die Hälfte der Runde war vorbei, und er wurde langsamer. Zeigte Ermüdungserscheinungen.

Ich hätte noch weitere zehn Runden ringen können. Trotz meiner beschleunigten Atmung und meines wild pochenden Herzens durchflutete mich Energie. Freude brandete in mir auf. Fast schon Euphorie. Ich war dicht dran. Ich konnte es schaffen.

Als er zu einem Takedown ansetzte, ließ ich ihn zu. Warf mich herum und glitt zum Reversal hinter ihn. Ich würde ihn nicht nur schultern. Ich würde ihn fertigmachen.

Bevor er kontern konnte, bekam ich seine beiden Arme zu fassen und drehte ihn in eine doppelte Armzwinge ein. Es gibt kaum einen Griff, der schmerzhafter und demoralisierender ist. Ich übte Druck auf seine Schultern aus, presste seinen Rücken auf die Matte, während seine Arme ausgestreckt waren. Er ächzte und versuchte, sich zu befreien. Doch das konnte er unmöglich schaffen – nicht, ohne sich beide Arme auszurenken.

Der Kampfrichter warf sich bäuchlings auf die Matte und fuhr mit der flachen Hand immer wieder darüber. Noch war es kein richtiger Schultersieg. Ich drückte ihn noch fester nach unten, mobilisierte alles, was ich noch an Kraft hatte. Schweiß lief mir übers Gesicht. Meine Muskeln brannten. Meine Brust stand in Flammen, und mein Herz hämmerte gegen meine Rippen.

*Klatsch.* Die Hand des Kampfrichters schlug auf die Matte. Schultersieg.

Ich ließ los und wich ein Stück zurück, damit Charlie aufstehen konnte. Er rappelte sich auf und schüttelte die Arme aus. Das Blut rauschte mir in den Ohren, pochte an meinen Schläfen. Ich blieb einige Sekunden lang auf der Matte sitzen, um wieder zu Atem zu kommen, alles sacken zu lassen.

Ich hatte gewonnen.

Charlie streckte mir die Hand hin, um mir aufzuhelfen. Ich nahm sie und erwiderte seinen Blick voller Dankbarkeit. Voller Respekt. Wir schüttelten uns die Hände, und dann kam auch schon der Kampfrichter und ergriff mein Handgelenk. Reckte meinen Arm in die Luft.

Mein Herz wollte einfach nicht langsamer schlagen, und ich atmete immer schneller. Warum tat meine Brust nur so weh? Schwarze Flecken schwebten durch mein Blickfeld, gefolgt von grellen Fünkchen. Ich blinzelte angestrengt, bekam kaum mit, wie der Ansager meinen Namen verkündete. Ich versuchte, im Publikum meine Eltern auszumachen, aber alles war verschwommen.

Plötzlich durchzuckte mich ein Schmerz, als würde mich ein Messer durchbohren. Ein scharfer Schmerz, der durch meine ganze Brust bis in meinen Arm ausstrahlte. Ich schrie auf und presste den Arm an meinen Oberkörper. Der Kampfrichter kam. Eine Hand berührte meinen Rücken. Stimmen, die mich fragten, ob es mir gut ginge.

Der Schmerz war unerträglich. Meine Beine gaben unter mir nach, und ich stürzte zu Boden. Ich konnte nicht denken. Es fühlte sich an, als würde meine ganze Brust in sich zusammenbrechen und mein Herz explodieren.

Dunkelheit brach über mich herein, und ich ließ mich bereitwillig von ihr umfangen. Ich hätte alles getan, damit diese unerbittlichen Schmerzen aufhörten.

## KAPITEL 3

# Brooke

*Februar. Sechzehn Jahre alt.*

Mein Handy signalisierte vibrierend den Eingang einer Nachricht. Ich biss mir auf die Lippen und spürte ein Kribbeln im Magen. Sie war von Liam.

*Liam: Hey, Bee.*

Er nannte mich immer Bee. Nicht nur wie den Buchstaben B, sondern ausgeschrieben. Bee. Noch nie hatte mir jemand einen Spitznamen gegeben. Es fühlte sich merkwürdig an.

Ich warf einen Blick auf unser Foto vom Valentinsball. Darauf trug ich ein geliehenes Kleid von seiner Schwester Olivia – es hatte eine eng anliegende, schimmernde silberne Corsage und einen bodenlangen blassrosa Rock. Liam hatte einen geliehenen Smoking an. Wir posierten vor einem knallbunten Fotohintergrund mit einem nachgemachten Hollywood-Schriftzug und einer Unmenge silberner und goldener Sternchen. Es fiel mir immer noch schwer, zu glauben, dass es diesen Abend tatsächlich gegeben hatte. Dass er mich auf den Ball ausgeführt hatte, in diesem Kleid.

Mir passierte nicht oft etwas Schönes, und ich wusste, dass ich diesen Abend niemals vergessen würde.

*Ich: Hey. Was gibt's?*

Seit dem Ball hatten Liam und ich hin und wieder Zeit miteinander verbracht – und uns sehr viele Nachrichten geschickt. Er schrieb mir morgens vor der Schule, stellte sich dabei oft ans Fenster, um mir von nebenan zuzuwinken. Abends schrieben wir uns ebenfalls, manchmal nur ein oder zwei Nachrichten, manchmal aber auch stundenlang und hielten uns gegenseitig bis spät in die Nacht wach.

In der Schule sahen wir uns auch, und er scheute sich nicht, mit mir zu reden. Meine niedere soziale Stellung interessierte ihn anscheinend nicht. Doch da herrschte immer Trubel und es waren andere Leute dabei. Er war nett zu mir, und dank ihm war zur Schule zu gehen hundertmal erträglicher geworden, aber ich lebte für seine Textnachrichten.

Im Erdgeschoss krachte es, gefolgt von gedämpften, erhobenen Stimmen. Ich wollte gar nicht wissen, was meine Mutter und ihr Freund Paul dort unten trieben. Womöglich hatte einer von ihnen ganz banal etwas fallen gelassen. Normale Menschen ließen hin und wieder etwas fallen, nicht wahr? Oder vielleicht waren sie auch sturzbetrunken und taumelten wie Vollidioten durchs Haus.

Mein Handy vibrierte wieder, als Liams nächste Nachricht einging, doch ich lief zur Tür, legte mich auf den Bauch und schnüffelte durch den Türspalt. Es roch leicht nach Zigarettenrauch, wie immer. Aber kein widerlich-süßer Grasgeruch. Mist.

Hätten sie gekifft, wären sie entspannt gewesen – vielleicht sogar fröhlich. Betrunken bedeutete rührselig und höchstwahrscheinlich auch wütend. Wenn sie tranken, stritten sie sich immer. Aber sie konnten genauso gut eine Mischung aus billigem Bier und irgendetwas anderem, das sie in die Finger bekommen hatten, intus haben. Sie bemühten sich halbherzig, ihre Drogen vor mir zu verstecken, aber ich war nicht blöd. Und wenn sie irgendwelche Sachen miteinander mischten, war es immer am schlimmsten. Ich wusste nie, was dabei herauskommen würde. Zornig oder halb weggetreten? Fröhlich oder manisch? In der vergangenen Woche hatte meine Mutter im Rausch – keine Ahnung, was sie genommen hatte – alle Wände im Erdgeschoss pfirsichfarben gestrichen.

Es sah potthässlich aus, doch sie war der Ansicht, noch nie eine bessere Idee gehabt zu haben.

Ich stand auf, wischte meine Jeans ab und nahm mein Handy.

*Liam: Kannst du was unternehmen?*

Ich biss mir auf die Lippen und starrte das Handy an. Konnte ich? Manchmal war es einfach, sich raus zu schleichen. Wenn Mom und Paul high genug waren, bemerkten sie mich gar nicht. Mom konnte allerdings auch sauer werden, und wenn das der Fall war, wurde sie gemein. Das Risiko bestand immer.

Aber wenn Liam sich mit mir treffen wollte, war es mir das wert.

*Ich: Ich versuche es mal. Wir treffen uns draußen.*

Ich ließ Liam nie zu mir kommen, sondern überlegte mir immer einen Vorwand, um ihn draußen zu treffen. Selbst am Abend des Balls. Olivia hatte mich eingeladen, rüberzukommen und mich mit ihr gemeinsam fertig zu machen, und ich hatte die Gelegenheit sofort beim Schopf gepackt. Ich wollte nicht, dass Liam mitbekam, wie ich lebte – wollte nicht, dass er erfuhr, wo ich wirklich herkam.

Ich schnappte mir meine Jacke und schlich mich nach unten. Der Gestank von kaltem Zigarettenrauch und Moder lag in der Luft. Wir lebten in einer netten Gegend mit hübschen Häusern. Auch unser Haus war bei unserem Einzug gepflegt gewesen. Doch inzwischen nicht mehr – zumindest nicht im Inneren.

Die Treppe führte direkt hinunter ins Wohnzimmer, und von dort aus war es nicht mehr weit bis zur Haustür. Ich musste es nur schaffen, sie unbemerkt zu erreichen.

Im Wohnzimmer war nichts von den beiden zu sehen, bloß die üblichen Müllberge. Aschenbecher. Leere Bier- und Softdrinkdosen. Essensverpackungen. Hin und wieder sorgte ich für Ordnung, aber das letzte Mal war schon ein Weilchen her.

Aus der Küche im hinteren Teil des Hauses drangen Stimmen an mein Ohr. Von meinem Standpunkt am Fuß der Treppe konnte ich sie nicht sehen. Dafür hatte man von der Küche perfekt die Haustür im Blick.

Ich holte tief Luft. Ich musste es einfach riskieren.

Vorsichtig, um auf nichts zu treten, was Lärm verursachen könnte, schlich ich auf Zehenspitzen zur Tür. Man hätte denken können, dass meine permanent weggetretene Mutter das Knistern einer Süßigkeitenverpackung überhaupt nicht mitbekommen hätte, doch sie hatte die verblüffende Fähigkeit, immer zu hören, wenn ich mich im Haus bewegte.

»Nein!« Beim Klang der Stimme meiner Mutter verkrampfte sich mein Rücken schmerzhaft.

»Komm schon, Babe«, bat Paul. Er sprach undeutlich. »Gehen wir nach oben.«

Kichern. Stöhnen.

O Gott. Entweder spurtete ich jetzt auf der Stelle zur Haustür, oder aber ich zog mich schleunigst wieder nach oben zurück und setzte Kopfhörer auf. Zu hören, wie meine Mutter und ihr Freund besoffen Sex hatten, gehörte zu den grässlichsten Augenblicken in meinem Leben. Und es passierte viel öfter, als ich es zugeben wollte.

Also kam nur die Haustür infrage. Ich eilte zu ihr hin und schickte mich an, sie zu öffnen.

»Brooke!«

Wieder Moms Stimme. Ich erstarrte mit der Hand am Türknauf.

»Wo zum Teufel willst du hin?«, verlangte sie zu wissen.

»Nach draußen.«

»Vergiss es«, entgegnete sie. »Hast du deine Hausaufgaben gemacht?«

»Ja.«

»Du kannst nicht einfach so weggehen.« Sie taumelte auf mich zu. »Ich bin deine Mutter, Brooke.«

Ich verstand nicht, weshalb sie das Bedürfnis verspürte, mich derart oft daran zu erinnern, wer sie war. Schon mein ganzes Leben lang bekam ich es zu hören – *Ich bin deine Mutter*. Sie warf mit dem Wort um sich, als wäre es ein Titel, als wäre *Mutter* gleichbedeutend mit *Königin*. Zumindest, wenn sie nüchtern genug war, um meine Anwesenheit zu registrieren.

»Ich weiß, Mom«, sagte ich und bemühte mich, demütig zu klingen. Ich merkte, dass sie schwankte zwischen mich loswerden zu wollen und mir eine Strafe dafür aufzubrummen, dass ich ohne ihre Erlaubnis die Haustür hatte öffnen wollen.

Paul hielt sich im Hintergrund, die Augen halb geschlossen, die Arme vor dem Oberkörper verschränkt. Ich schätzte, ich konnte von Glück sagen, dass er mich in Ruhe ließ – das galt übrigens für alle Lebensgefährten meiner Mutter. Keine Ahnung, ob sie dafür Sorge trug oder ob sie sich irgendwie immer Typen aussuchte, die kein Interesse an ihrer minderjährigen Tochter hatten. Sie war bereits mit einigen miesen Kerlen zusammen gewesen. Es hätte also deutlich schlimmer kommen können.

Doch es hatte auch keiner von ihnen jemals versucht, sie aufzuhalten, wenn sie mir gegenüber handgreiflich wurde.

»Wo willst du hin?«, fragte sie noch einmal.

»Nur nach draußen, Mom«, antwortete ich. »Vielleicht mache ich einen kurzen Spaziergang.«

»Was? Es wird schon dunkel. Mit wem triffst du dich?«

Scheiße. Ich wollte ihr nichts von Liam erzählen. Wenn sie zu der Auffassung gelangte, dass etwas zwischen uns lief, würde sie mir verbieten, ihn zu sehen, egal, wie oft ich ihr auch versichern würde, dass wir nur gute Freunde wären. Seitdem er mit mir auf den Ball gegangen war, hatte sie ein wachsames Auge auf mich, als würde sie jeden Moment damit rechnen, dass ich verkündete, ein Kind zu erwarten.

Sie war versessen darauf, sicherzustellen, dass ich mich nicht schwängern ließ, als wäre es der wichtigste Maßstab für ihren elterlichen Erfolg, mich vor Erreichen des Erwachsenenalters nicht fortzupflanzen. Seit meinem elften Geburtstag warnte sie mich bereits vor den Gefahren, die von den Jungs ausgingen. Seltsam, das ausgerechnet aus dem Mund einer Frau zu hören, die eigentlich ständig irgendwelche Männer bei sich wohnen hatte. Trennte sie sich von einem, verliebte sie sich binnen weniger Tage erneut bis über beide Ohren und schleppte einen weiteren Volltrottel an.

Sie war mit sechzehn mit mir schwanger geworden und hatte mir oft erzählt, inwiefern dadurch ihr Leben ruiniert worden war. Vielleicht war ihre Strenge in Bezug auf Jungs ein Zeichen dafür, dass ich ihr etwas bedeutete. Andererseits stärkte es nicht gerade mein Selbstbewusstsein, zu hören zu bekommen, dass ich ein Fehler gewesen war.

Doch wenn ich sie anlügen und sie mich anschließend mit Liam erwischen würde, konnte es noch viel schlimmer werden. Ich drehte mich zu ihr um, damit ich ihre Augen sehen konnte. Sie waren glasig und blutunterlaufen, aber da ihr Blick klar war, schien sie nicht völlig besoffen zu sein. Desiree Summerlin war nie ganz nüchtern – in der Vergangenheit hatte es Zeiten gegeben, in denen sie keine Drogen genommen hatte, doch die waren nie von langer Dauer gewesen. Wenn man von einer Drogensüchtigen großgezogen wurde, lernte man, die verschiedenen Rauschzustandsgrade zu unterscheiden. Wenn sie kurz vor der Besinnungslosigkeit war, konnte ich so ziemlich alles sagen, ohne dass sie sich hinterher daran erinnerte. Im Moment war ihr Blick allerdings zu wach, und in diesem Zustand würde sie es merken, wenn ich log.

»Liam«, sagte ich. »Aber, Mom, wir sind nur gute Freunde. Wir machen nichts Verbotenes.«

Bevor ich begriff, was los war, traf ihre Hand schon mein Gesicht. Die Ohrfeige schmerzte zwar ein wenig, doch Mom war zu wacklig, um richtig fest zuzuschlagen. Ich bewegte mich mit dem Schlag, duckte mich seitlich weg und hielt die Arme schützend über den Kopf, für den Fall, dass sie noch nicht fertig war.

»Sei nicht so frech«, schimpfte sie. »Weißt du nicht, dass ich nur dein Bestes will? Ich bin deine Mutter. Ich lasse nicht zu, dass aus dir eine Schlampe wird, die für jeden Jungen, der sie anlächelt, die Beine breitmacht.«

»Das bin ich doch auch nicht, Mom«, sagte ich und behielt die Arme weiterhin über dem Kopf. »Ich bin noch immer Jungfrau.«

»Lügnerin«, fauchte sie, spuckte das Wort förmlich aus.

»Ehrlich, Mom«, beharrte ich. »Ich schwöre es dir.«

Schritte bewegten sich die Treppe hinauf. Vermutlich hatte Paul langsam genug davon, zuzusehen, wie seine Freundin ihre Tochter verdrosch.

»Warte mal, wo willst *du* denn jetzt hin?«, fragte Mom.

»Nach oben«, antwortete Paul. »Komm schon, Desiree.«

»Pass bloß auf«, warnte mich Mom. »Wenn du dir nun dein Leben versaust, werde ich dir nicht helfen. Dann sitzt du allein auf der Straße, hast du mich verstanden?«

Am liebsten hätte ich gefragt: *Versprochen?* Aber ich hielt den Mund.

Sie ging nach oben, stolperte die ersten Stufen hinauf. Ich wartete, bis sie außer Sicht war, ehe ich, so leise, wie ich konnte, aus der Tür schlüpfte.

Frische Luft. Der Wind in meinem Gesicht. Die Abendluft schien eine reinigende Wirkung zu besitzen, als könne sie etwas von dem Schmutz abwaschen, in dem ich lebte. Meine Wange brannte und meine Haut fühlte sich heiß an, aber es würde vermutlich kein Bluterguss zurückbleiben. Wenigstens kam ich für ein Weilchen aus dem Haus.

Ich lief rasch die Auffahrt hinauf und um die Ecke. Liam lehnte ein Stück weiter an einem Zaunpfosten.

»Da bist du ja, Bee«, begrüßte er mich. »Ich dachte schon, du hättest es dir anders überlegt.«

»Nein, ich … musste mich bloß mit meiner Mutter auseinandersetzen.«

Er grinste schief. »Ist nicht weiter wild. Ich habe eine Idee.
Gehen wir.«

Er nahm meine Hand, und als ich spürte, wie er seine Finger
zwischen meine schob, schlug mein Herz höher. Wir liefen zu
seinem Haus und über die Einfahrt zu seinem Pick-up. Als er
mir die Beifahrertür öffnete, warf ich einen schnellen Blick in
Richtung der beleuchteten Fenster im Obergeschoss unseres
Hauses. Wenn ich dabei erwischt wurde, wie ich mit ihm weg-
fuhr, würde ich Ärger bekommen.

Egal. Ich musste einfach hoffen, dass mich niemand sah.

Wir fuhren durch die Stadt und legten einen Zwischenstopp
bei einem Schnellrestaurant ein, um uns Cheeseburger und
Pommes zum Mitnehmen zu holen. Dann fuhr Liam eine lange,
zweispurige Straße entlang, die sich durch die Wüstenhügel
schlängelte.

»Wo bringst du mich hin?«, fragte ich. »Ich habe den Eindruck, dass wir entweder zu einer geheimen Partylocation
unterwegs sind oder dass du mich ermorden und meine Leiche
verstecken willst.«

Er lachte. »Weder noch. Es gibt hier draußen eine coole Stelle,
die ich dir zeigen möchte. Ohne Partys oder Morde.«

Liam bog von der Straße ab. Der Truck wirbelte Staub auf.
Der Hügel vor uns stieg steil an, bevor er sich oben abflachte.
Dort hielt er an und parkte den Wagen auf einer offenen Fläche.

»Komm.« Er stieg aus und nahm die Tüte mit Essen mit.

Ich folgte ihm zum Heck des Trucks. Wir kletterten beide
auf die Pritsche, setzten uns und lehnten uns an die Radkästen.
Er griff in die Tüte und gab mir einen Cheeseburger.

»Danke.«

»Keine Ursache«, erwiderte er. »Hast du schon mal nach oben gesehen?«

Ich hob das Gesicht zum Himmel und keuchte. Außerhalb der Stadt, abseits der hellen Lichter, war der Himmel eine endlose schwarze, mit Sternen gesprenkelte Fläche. In meinem ganzen Leben hatte ich noch nie so viele Sterne gesehen.

»Wow«, sagte ich. »Das ist wunderschön.«

»Ja«, stimmte er mir zu. »Es klingt vielleicht albern, aber ich komme gern nachts her. Es ist so still, und die Aussicht ist unübertroffen.«

»Es ist phantastisch.« Ich wickelte meinen Burger aus. »Und, bringst du all deine Freundinnen hierher?«

»I wo«, entgegnete er. »Ich habe noch nie jemanden hierher mitgenommen.«

Ich sah ihm in die Augen. »Wirklich nicht?«

»Wirklich nicht«, antwortete er. »Hör mal, ich weiß, dass mich nur, weil ich trainiere, alle mit den Sportskanonen in einen Topf werfen. Und, ja, einigen von diesen Jungs geht es nur darum, jede zu vögeln, die sie kriegen können. Aber, na ja, das ist einfach nicht mein Ding.«

»Das habe ich auch nicht gedacht«, versicherte ich ihm. »Du scheinst nicht so zu sein wie diese anderen Jungs.«

»Nicht wirklich«, sagte er. »Ich bin mit vielen von ihnen befreundet, und sie sind okay. Aber ich interessiere mich einfach für andere Dinge.«

»Für was zum Beispiel?«

Er zuckte mit den Schultern. »Bücher. Ich lese gern, und die anderen finden das merkwürdig. Und ich möchte reisen. Es gibt auf der Welt so viele tolle Orte, aber ich soll mich damit zufriedengeben, Körbe zu werfen und Pizza zu essen?«

»Da hast du recht«, sagte ich lachend. »Darf ich dich etwas fragen?«

»Klar.« Er biss von seinem Burger ab.

»Warum hast du mich auf den Ball eingeladen?«

Er kaute erst zu Ende, ehe er antwortete. »Du bist mir aufgefallen, als du eingezogen bist, und ich habe dich in der Schule gesehen. Ich fand dich faszinierend. Ich hatte dich schon vorher ansprechen wollen, aber ich hatte nie den Mut dazu gefunden.«

Ich lachte. »Weshalb brauchtest du Mut, um mit mir zu sprechen?«

»Na ja, du wirkst eher unnahbar. Du bist so still, und du scheinst mit niemandem zu reden.«

»So bin ich nicht mit Absicht.«

»Ja, das weiß ich jetzt«, sagte er. »Ich hätte dich schon viel früher um eine Verabredung bitten sollen.«

Meine Wangen wurden ganz warm, und ich war froh über die Dunkelheit der Nacht. »Und warum ausgerechnet der Ball?«

»Ich hatte das nicht geplant oder so. Ich habe mitbekommen, wie fies Karina zu dir war, und war deswegen stinksauer«, erwiderte er. »Ich habe dich immer morgens gesehen, wie du aus dem Haus gekommen bist, oder ab und zu in der Schule auf den Gängen, und du hattest etwas an dir. Ich war neugierig. Und ich dachte mir, dass das meine große Chance ist. Wenn ich dir im gleichen Zug auch noch Karina vom Hals schaffen konnte – umso besser.«

»Nochmals danke dafür.«

»Keine Ursache. Außerdem sind solche Mädchen wie Karina alle gleich«, sagte er. »Letztes Jahr war ich eine Weile mit Christy Robertson zusammen. Was ich anfangs echt toll fand. Die anderen Jungs waren beeindruckt, dass ich sie mir geangelt hatte. Aber sie war langweilig. Wir hatten überhaupt nichts gemeinsam – nichts, worüber wir reden konnten. Ich wollte nicht noch einmal mit so jemandem zusammen sein, aber es kam mir vor, als wären alle Mädchen unserer Schule genauso wie sie. Bis du aufgetaucht bist.«

»Ich bin immer die, die anders ist.«

»Das ist etwas Gutes«, versicherte er mir.

»Kann sein. Aber es verkompliziert auch alles. Ich bin so ein Klischee – das seltsame, ruhige Mädchen, das mit niemandem redet, sondern nur andauernd in ihrem Notizheft herumkritzelt.«

»Aber du machst das gut«, sagte er mit einem Anflug von Belustigung in der Stimme. »Wirklich, du hast es richtig drauf. Blaue und pinkfarbene Strähnchen im Haar. Zerrissene Jeans. Vielleicht solltest du dazu noch schwarzen Lippenstift benutzen. Um den Look zu vervollständigen.«

Ich musste lachen. »Lieber nicht. Die Farbe steht mir nicht besonders.«

»Was kritzelst du da eigentlich ständig in diese Notizhefte?«, wollte er wissen.

»Na ja, eine Menge unterschiedliche Sachen«, sagte ich. »Manchmal einfach bloß Gedanken. Oder Gedichte. Dinge, die ich gern laut sagen würde, es aber nicht kann.«

»Würdest du mir etwas davon vorlesen?«

»Oh, ich …«« Ich biss mir auf die Lippen. »Ich weiß nicht recht.«

»Na los«, beharrte er. »Ich habe dir mein geheimes Plätzchen gezeigt. Ich habe dir sogar gestanden, dass ich hierherkomme, um mir die Sterne anzusehen. Kannst du dir vorstellen, wie mich die anderen fertigmachen würden, wenn sich das herumspräche?«

Ich musste wieder lachen und wunderte mich, wie leicht es mir fiel, in seiner Gesellschaft zu lachen und zu lächeln. Noch nie hatte ich mich bei einem anderen Menschen so wohlgefühlt. »Okay, na schön.«

Ich sprang vom Truck und holte meine Tasche aus der Fahrerkabine. Als ich wieder auf die Pritsche kletterte, kribbelte mein Magen vor Aufregung.

»Ich habe diese Sachen eigentlich noch nie jemandem vorgelesen.« Dann zog ich mein Tagebuch heraus – bei dem es sich einfach nur um ein billiges, spiralgebundenes Notizheft handelte, das klein genug war, dass es in meine Tasche passte – und blätterte es durch, auf der Suche nach einer Stelle, die ich laut vorlesen könnte, ohne mich dabei in Grund und Boden zu schämen.

»Sei ehrlich: Da drin gibt es unzählige Seiten, auf denen mein Name steht, umgeben von rosa Herzchen«, sagte er.

»Das hättest du wohl gern«, entgegnete ich.

Er grinste.

»Okay. Das hier ist bloß … kein richtiges Gedicht, aber etwas Ähnliches. Vielleicht könnte eines daraus werden, keine Ahnung.« Tief Luft holen. »Die Luft brennt in meinen Augen, macht sie trocken und rau. Schmerzt, wenn sie über meine Zunge in meine Kehle schlüpft. Merken sie denn nichts? Aber nein. Sie sind zu betäubt. Weggetreten, die Haut schlaff und leblos. Die Augen leer. Sie fühlen nichts, während ich alles fühlen muss. Ich ertrinke in einem Meer aus Emotionen, die ich nicht kontrollieren und die niemand sonst sehen kann. Nach außen bin ich Glas. Glatt. Ruhig. Im Inneren bin ich ein Sturm.«

Ich zögerte einen Moment und hielt den Blick auf die Seite gerichtet, denn ich fürchtete mich vor dem, was ich sehen würde, wenn ich ihn ansah. Er rutschte ein wenig näher zu mir und legte die Hand auf mein Knie.

Ich hob das Kinn, und schon drängte er sich an mich, presste die Lippen auf meine. Meine Lider schlossen sich flatternd, während sich sein Mund sanft, so sanft bewegte. Schließlich legte er die Hände um mein Gesicht, und seine Zunge berührte meine Lippen. Mit wild hämmerndem Herzen kam ich ihm entgegen, berührte schüchtern seine Zungenspitze mit meiner. Funken rasten durch meinen Körper, und er zog mich an sich. Ich öffnete mich ihm, und unsere Zungen umschlangen sich in unseren warmen Mündern. Noch nie zuvor hatte ich etwas Vergleichbares empfunden.

Langsam lösten wir die Lippen voneinander und hielten inne, die Gesichter eng beieinander.

»Ich wollte dich schon lange küssen«, sagte Liam, dessen Hände noch immer an meinen Wangen lagen.

»Das war mein erster Kuss«, platzte ich heraus, bevor ich mich bremsen konnte. *Oh nein, warum hatte ich das gesagt?*

Seine Mundwinkel hoben sich zu einem Lächeln. »Ernsthaft?«

»Ja. Ich weiß, das ist ziemlich lahm.«

»Nein, es ist überhaupt nicht lahm«, widersprach er. »Das gehört zu den tollsten Dingen, die ich jemals gehört habe. Ich finde es großartig, dass ich der erste Junge bin, den du geküsst hast.«

Ehe ich etwas erwidern konnte, küsste er mich noch einmal. Innig und langsam. Es war berauschend, und das Gefühl, wie sein Mund sich mit meinem vereinte, verdrängte alles andere. All die Belastungen, Ängste und Sorgen, die ich in mir trug, lösten sich in diesem Augenblick in nichts auf.

Es gab nur noch uns, wie wir uns unter den Sternen küssten.

## KAPITEL 4

# Sebastian

*Februar. Achtzehn Jahre alt.*

Wenn ich noch länger im Krankenhaus bleiben müsste, würde ich durchdrehen.

Seit meinem Zusammenbruch bei der Staatsmeisterschaft war eine Woche vergangen. Die Ärzte wussten immer noch nicht, was mit mir passiert war – oder zumindest nicht, weshalb es passiert war. Ich hatte ein Kammerflimmern erlitten, was ein hochtrabender Begriff dafür war, dass mein Herz aufgehört hatte, richtig zu funktionieren. Irgendeine Störung der elektrischen Impulse, wodurch meine Herzkammern sich nicht mehr zusammengezogen hatten, um Blut zu pumpen, sondern nur noch – vollkommen wirkungslos – gezuckt hatten. In dem Augenblick, als ich auf der Matte gelandet war, hatte ich nicht mehr geatmet, und mein Herz hatte aufgehört zu schlagen.

Später hatte ich erfahren, dass der Coach sofort herbeigeeilt war und mit der Wiederbelebung begonnen hatte. In der Arena war ein automatischer Defibrillator vorhanden gewesen, den zu meinem Glück auch jemand gefunden hatte. Dort auf der Matte, wo ich gerade das wichtigste Match meines Lebens gewonnen hatte, vor fünfzehntausend Ringsportfans, meinen Eltern und meiner Freundin, war mein Herz mittels eines Elektroschocks wieder in Gang gesetzt worden.

Zumindest so weit, dass ich nicht gestorben war.

Danach war ich mit dem Rettungshubschrauber ins Universitätskrankenhaus der U of I, der University of Iowa, gebracht worden, wo ich die Nacht auf der Intensivstation verbracht hatte. Von alledem wusste ich nichts mehr. Ich erinnerte mich bloß noch daran, dass ich gewonnen hatte, dann an den Schmerz und schließlich, wie ich in einem Krankenhausbett aufgewacht war und keine Ahnung gehabt hatte, was zum Teufel geschehen war.

Sie hatten gefühlt unendlich viele Tests mit mir gemacht. Blutuntersuchungen. Röntgenbilder der Brust. EKGs. Ultraschalluntersuchungen. Doch nach wie vor konnte sich niemand erklären, weshalb mein Herz plötzlich aufgehört hatte zu schlagen.

Ich war achtzehn und körperlich in Topform. Der beste Ringer in Iowa, einem Staat, in dem Ringen das Größte war. Ich ernährte mich gesund. Hatte nie Drogen genommen und trank kaum Alkohol. Ich war nicht mal dehydriert gewesen. Nach dem Wiegen hatte ich ausreichend getrunken gehabt. Aber aus irgendeinem Grund war mein Herz durchgedreht und ich um ein Haar gestorben.

Meine Eltern kamen jeden Tag. Da unser Heimatort Waverly fast zwei Stunden entfernt lag, übernachteten sie in einem nahe gelegenen Hotel. In den ersten Tagen war ich dankbar gewesen, sie bei mir zu haben. Im Krankenhaus aufzuwachen und zu erfahren, dass mein Herz stehen geblieben war, war beängstigend gewesen.

Doch während die Tage verstrichen waren – und wir noch immer keine eindeutigen Antworten bekommen hatten –, hatte ich die Anwesenheit meiner Eltern zusehends eher anstrengend als tröstlich empfunden. Ich wusste, dass sie es gut meinten, und ich konnte ihnen nicht verdenken, dass sie sich Sorgen machten. Ich war ihr Sohn. Aber die Sorgenfalten, die sich in die Stirn meiner Mutter gruben, schienen von Tag zu Tag tiefer zu werden, und mein Dad lief permanent nervös im Zimmer auf und ab. Inzwischen gingen sie mir total auf die Nerven.

Jedes Zwicken und Zwacken in meiner Brust alarmierte mich, doch ich versuchte, mir nichts anmerken zu lassen, um sie nicht noch mehr zu beunruhigen. Aber ich wusste einfach nicht, ob mein Herz noch einmal stehen bleiben würde. Bis die Ärzte uns sagen konnten, weshalb es passiert war, rechnete ich insgeheim damit, eines Abends einzuschlafen und nie wieder aufzuwachen.

Für den heutigen Tag war eine weitere Untersuchung angesetzt – ein Eingriff, der uns, nach Ansicht der Ärzte, die eindeutigen Antworten liefern sollte, die wir brauchten. Zu wissen, dass ich ein Kammerflimmern erlitten hatte, genügte nicht. Wir mussten wissen, warum.

Und das bedeutete offensichtlich, dass die Ärzte ein Stückchen von meinem Herzmuskel abschnippeln würden.

Sie bezeichneten es als Myokardbiopsie. Sie würden ein winziges Loch in meinen Hals schneiden und einen Katheter durch ein Blutgefäß bis zu meinem Herzen führen. Das klang absolut grauenvoll, aber wenn es nötig war, um herauszufinden, was mit mir nicht stimmte, würde ich es schon irgendwie aushalten.

»Wie geht's dir, Seb?«, erkundigte sich Dad. Er stand mit vor der Brust verschränkten Armen bei der Tür.

»Ganz gut.« Ich sah zu Mom. Sie saß auf einem Stuhl beim Kopfende meines Bettes. Ich fand es furchtbar, sie so bedrückt zu sehen. Doch sie hatte miterlebt, wie ihr Sohn zusammengebrochen war. Wie sein Herz versagt hatte. Das konnte eine Mutter nicht einfach so wegstecken.

»Es geht mir gut«, sagte ich. »Mom, sieh mich an. Ich bringe das hinter mich, und dann werden sie uns schon sehr bald sagen können, dass alles in Ordnung ist und wir aufhören können, uns Sorgen zu machen.«

Sie hob den Kopf, und ich konnte ihr ansehen, dass sie mir gern geglaubt hätte. Aber sie tat es nicht.

»Hast du sicher keine Schmerzen?«, fragte sie.

»Nö«, antwortete ich. »Alles bestens.«

Dr. Senter, eine Kardiologin, kam ins Zimmer und erläuterte uns noch einmal den Eingriff. Während sie sprach, nickte ich eifrig, obwohl ich eigentlich bereits wusste, was auf mich zukam. Meine Eltern stellten noch einige Fragen, und ehe ich's mich versah, wurde ich schon durch den Flur in einen Eingriffsraum geschoben.

Grelle Lichter leuchteten über mir, und eine Menge medizinische Gerätschaften standen herum – etwas, das aussah wie eine Kamera, und eine ganze Reihe Bildschirme.

»Hi, Sebastian«, begrüßte mich eine Ärztin mit einem beruhigenden Lächeln. Sie senkte das Bett ab, bis ich flach auf dem Rücken lag. »Ich werde dir ein leichtes Beruhigungsmittel geben, damit du dich besser entspannen kannst, aber ich werde dich nicht unter Vollnarkose setzen.«

»Bitte nicht zu viel«, sagte ich. »Ich mag es nicht, wie ich mich von dem Zeug fühle.«

Sie sah mich mit erhobenen Augenbrauen an. »Du bist ziemlich groß. Und es ist wichtig, dass du stillhältst. Das könnte jetzt etwas brennen.«

Das Beruhigungsmittel floss durch den intravenösen Zugang,

und gleich darauf breitete sich ein leichtes Brennen in meiner Hand aus. Um ruhig zu bleiben, konzentrierte ich mich auf einen Punkt an der Decke und atmete tief ein und aus. Binnen weniger Sekunden tat das Medikament seine Wirkung. Meine Glieder fühlten sich plötzlich zu schwer an, um sie zu bewegen, und mir wurde ein wenig schwindelig. Ich blickte träge blinzelnd zur Decke auf, konzentrierte mich weiter auf dieselbe Stelle.

Um mich herum wurde es geschäftig. Ich nahm undeutlich wahr, dass die Ärztin etwas sagte und die Gerätschaften vorbereitet und eingestellt wurden. Als mein Hals örtlich betäubt wurde, pieкste die Nadel ein wenig, aber ich war zu schläfrig, um mir darüber Gedanken zu machen.

»Okay, Sebastian, wir werden jetzt beginnen«, verkündete jemand. »Bleib so still liegen, wie du kannst.«

Obwohl mein Hals örtlich betäubt war, tat es weh. Sehr weh. Ich atmete ein und aus, zwang mich, mich auf etwas anderes zu konzentrieren. Ich würde nicht an den Einschnitt an meinem Hals denken, oder an den Katheter, der durch mein Blutgefäß geschoben wurde. Ich würde nicht an die kleine Vorrichtung denken, die gleich eine Gewebeprobe von meinem Herzen einsammeln würde.

Ich starrte an die Decke, versuchte, alles um mich herum auszublenden. Konzentrierte mich. Atmete einfach nur ein und aus. Richtete meine Augen fest auf diesen einen Punkt.

Es ging nicht gerade schnell. Ich war es gewohnt, mental herausgefordert zu werden – das gehörte zum Ringen dazu. Doch dieser Eingriff forderte mich auf eine Art, mit der ich nicht gerechnet hatte. Sie arbeiteten, bewegten irgendwelche Dinge, redeten, betrachteten die Bildschirme, justierten, setzten neu an. Es dauerte fast eine Stunde, bis sie endlich fertig waren und eine Schwester eine Kompresse an meinen Hals drückte, um die Blutung zu stillen.

Trotz des Beruhigungsmittels war mein ganzer Körper verkrampft, meine Muskeln starr. Mein Kopf war benebelt, was es mir erschwerte, meine üblichen Tricks anzuwenden, um ruhig zu bleiben.

Als ich in mein Zimmer zurückgebracht wurde, erhoben sich meine Eltern, als hätten sie befürchtet, dass ich nicht wiederkommen würde.

»Er wird noch ein Weilchen müde sein«, erklärte jemand. »Sie sollten ihn sich ausruhen lassen.«

Ich nahm undeutlich wahr, dass meine Eltern sich von mir verabschiedeten. Dass meine Mutter sich über mich beugte, um mich auf die Stirn zu küssen. Dass mein Vater etwas sagte, von dem ich wusste, dass ich mich später nicht mehr daran erinnern können würde. Dann dämmerte ich langsam weg.

Als ich aufwachte, war mein Zimmer leer und mein Hals schmerzte stark. Ich meinte, genau zu spüren, welchen Weg der Katheter von dem Einschnitt an meinem Hals bis in meine Brusthöhle genommen hatte. Stöhnend versuchte ich, mich bequem hinzulegen, aber es funktionierte nicht.

Eine Schwester kam kurz herein, um nach mir zu sehen, und als sie wieder ging, spähte hinter dem Bettvorhang ein vertrautes Gesicht hervor.

»Charlie?«, fragte ich.

»Hey, McKinney«, sagte er.

Charlie Hall kam herein. Sein bulliger Körper sah in seinen normalen Klamotten – eine Schuljacke der Iowa City West

Highschool und dazu ein T-Shirt und verwaschene Jeans – vollkommen unscheinbar aus. Er trug die dunkelblonden Haare kurz geschnitten. Allerdings hatte ich schon gesehen, dass er sie außerhalb der Saison manchmal etwas wachsen ließ.

»Was machst du denn hier?«, fragte ich.

Er zuckte mit den Schultern. »Ich wollte sehen, wie es dir geht.«

»Danke«, sagte ich. »Eigentlich weiß ich es nicht genau. Wir warten noch auf einige Untersuchungsergebnisse. Willst du dich setzen?«

»Klar«, antwortete er und nahm auf einem der Stühle Platz, die neben dem Bett standen. »Sie haben eine E-Mail an alle Familien rausgeschickt, die bei der Staatsmeisterschaft dabei gewesen sind. Allerdings stand da nicht viel drin, nur, dass du irgendwelche Probleme mit dem Herz gehabt hättest und jetzt zur Behandlung oder so hier wärst.«

»Bisher hat kaum eine Behandlung stattgefunden.« Ich hob die Hand mit dem Zugang. »Ich bekomme einen Haufen Drogen. Aber sie wissen erst, was sie unternehmen können, wenn sie herausgefunden haben, wodurch das Ganze ausgelöst wurde.«

»Mann, das ist heftig«, sagte er. »Hör mal, du hast einen tollen Kampf abgeliefert. Du hattest diesen Sieg verdient. Das alles tut mir leid.«

»Danke.«

»Wie lange musst du noch hierbleiben?«, wollte er wissen.

»Ich weiß es nicht«, entgegnete ich. »Das hängt wahrscheinlich davon ab, was sie finden.«

»Hättest du etwas dagegen, mir deine Nummer zu geben?« Er zog sein Handy hervor. »Nur, na ja, damit wir in Kontakt bleiben können. Dann kannst du mich auf dem Laufenden halten.«

»Klar.« Ich gab Charlie meine Nummer.

Es überraschte mich sehr, dass er hier war. Charlie und ich kannten uns abseits vom Ringen nicht besonders gut. Wir gingen auf unterschiedliche Schulen, in Städten, die weit genug voneinander entfernt waren, dass unsere sozialen Umfelder sich nicht überschnitten. Und doch war er hier. Cami war zweimal vorbeigekommen und einige Leute aus der Schule hatten mir Nachrichten geschickt, aber von meinen Teamkameraden und Freunden hatte mich keiner besucht. Nun gut, Charlie wohnte hier in Iowa City. Das machte es vermutlich einfacher für ihn.

»Hast du dich schon für ein College entschieden?«, fragte er.

»Ich gehe an die U of I.«

Er grinste. »Ich auch. Dann werden wir nächstes Jahr wohl Teamkameraden. Vorausgesetzt … Du weißt schon.«

Ich sah an mir herab – Krankenhausnachthemd, der Zugang in meinem Handrücken. Da wir keine Ahnung hatten, was schiefgelaufen war, kannten wir auch meine Prognose nicht. Doch eines wusste ich mit Sicherheit. Ich würde wieder gesund genug werden, um nächstes Jahr zu ringen.

»Oh ja, auf jeden Fall«, beteuerte ich. »Allerdings wirst du ein bisschen abnehmen müssen. Ich werde die Nummer eins im Team werden.«

»Ach ja, glaubst du?«, sagte er. »Wir werden sehen.«

Als ich lachte, tat es weh, aber das war mir egal. Es kam mir vor, als hätte ich seit der Staatsmeisterschaft nicht mehr gelacht – oder auch nur gelächelt. Ich war froh, dass Charlie vom Ringen angefangen hatte. Es war schön, zur Abwechslung über etwas Normales zu reden, und nicht über Ärzte, Herzmedikamente und Untersuchungsergebnisse.

Charlie blieb noch ein wenig, und wir quatschten über die Schule und den Abschluss und wie das College wohl werden würde. Eigentlich hatte er auf eine Schule in einem anderen Bundesstaat gehen wollen, doch die University of Iowa hatte ihm ein Stipendium angeboten, das er nicht hatte ablehnen können. Bei mir sah es genauso aus.

Er erkundigte sich nach Cam und ob ich glaubte, dass wir zusammenbleiben würden. Da wir dieselbe Schule besuchen würden, ging ich davon aus. Er hatte sich vor Beginn der Ring-Saison von seiner Freundin getrennt – er meinte, es sei zu schwierig gewesen, sie glücklich zu machen und sich gleichzeitig auf seinen Sport zu konzentrieren. Sie war jetzt mit einem anderen zusammen, aber er war über sie hinweg. Bereit, im Herbst Collegemädchen kennenzulernen.

Als er aufstand, um zu gehen, dankte ich ihm dafür, dass er mich besucht hatte. Aber ich bezweifelte, dass ich es schaffte, ihm zu zeigen, wie dankbar ich wirklich war. Ein normales Gespräch zu führen – mit jemandem, der annahm, dass ich mich erholen und alles wieder beim Alten sein würde – half sehr gegen die Anspannung, unter der ich stand, seitdem ich im Krankenhaus aufgewacht war.

Ich war Staatsmeister im Ringen. Man kann sagen, was man will, aber keine andere Sportart verlangt einem so viel Fokussierung ab. So viel mentale Stärke. Dort draußen war man ganz allein. Es gab niemanden, der einem den Rücken freihielt. Um zu gewinnen, musste man lernen, in die Tiefe zu gehen und alles auf der Matte zu lassen. Und ich war der Beste.

Charlie hatte recht. Ich würde nächstes Jahr sein Teamkamerad werden. Es konnte nicht anders sein. Denn ich wusste nicht, was ich ohne das Ringen anfangen sollte.

Am nächsten Morgen kam die Ärztin früher als erwartet zu uns. Meine Eltern waren, blass und abgespannt, um neun Uhr eingetroffen. Beide sahen aus, als bekämen sie kaum Schlaf. Dad war stark. Er war ebenfalls Ringer gewesen – Staatsmeister in seiner Gewichtsklasse. Noch immer verhielt er sich wie der Athlet von früher, nahm alle Neuigkeiten so hin, wie sie waren, und konzentrierte sich auf das, was vor ihm lag.

Mom war dagegen weicher. Dad sagte oft, sie bestünde nur aus Gefühlen. Es war hart, sie so besorgt zu sehen. Doch egal, wie oft ich ihr versicherte, dass ich mich gut fühlte, wich die Angst nie aus ihren Augen.

Dr. Senter hielt einen Hefter mit Unterlagen in der Hand. Nachdem sie mich und meine Eltern begrüßt hatte, blätterte sie einen Moment lang darin.

»Nun, ich habe weitestgehend gute Nachrichten«, sagte Dr. Senter schließlich. »Die Biopsie hat uns die Antworten geliefert, die wir brauchen.«

Ich atmete auf. Endlich.

»Du hast eine sogenannte Myokarditis. Das bedeutet im Grunde, dass dein Herzmuskel entzündet ist. Das entzündete Gewebe ist die Ursache dafür, dass die elektrischen Impulse, die deinen Herzschlag regulieren, ungleichmäßig geworden sind. Die Signale waren zu unkoordiniert, und deswegen hat dein Herz aufgehört zu pumpen.«

»Wodurch wurde die Entzündung hervorgerufen?«, fragte Dad nach.

»Üblicherweise ist sie die Folge einer Infektion«, erläuterte

Dr. Senter. »Es könnte ein Virusinfekt gewesen sein, wobei auch bakterielle Infektionen eine Myokarditis auslösen können. Aber in Sebastians medizinischer Vorgeschichte deutet nichts darauf hin, dass er krank gewesen wäre.«

»Nein«, bestätigte Mom. »Er ist nie krank. Die anderen bekommen Ohrenschmerzen oder Husten und Schnupfen, aber Sebastian nie. Er war immer so gesund.«

»Keine ungewöhnlichen Symptome im letzten halben Jahr?«, fragte Dr. Senter an mich gewandt. »Müdigkeit, Magenprobleme, Fieber?«

»Nein«, sagte ich. Meine Mutter hatte recht. Ich war fast nie krank.

»Nun, in manchen Fällen lässt sich die Ursache nicht feststellen«, sagte sie. »Manchmal wissen wir einfach nicht, warum es dazu kommt.«

»Was machen wir jetzt?«, fragte Dad. »Welche Art von Behandlung braucht er?«

So war mein Dad – immer lösungsorientiert.

»Unser wichtigstes Anliegen ist es, zu verhindern, dass ein erneutes Kammerflimmern auftritt.« Dr. Senter hatte den Blick wieder auf mich gerichtet. »Du wirst einige Medikamente nehmen müssen. Sie werden dein Herz entlasten und die Wahrscheinlichkeit für ein weiteres Flimmern reduzieren.«

»Aber was ist mit der Entzündung?«, hakte Dad nach. »Wie bekommen wir die in den Griff?«

»Wir müssen sie einfach von selbst ausheilen lassen«, sagte Dr. Senter. »Die Medikamente werden dabei helfen. Über die nächsten sechs bis zwölf Monate werden wir deine Herzfunktion genau im Auge behalten müssen. Vorerst wirst du deine Aktivitäten einschränken müssen. Du bist Ringer, oder?«

»Ja«, sagte ich. »Aber die Saison ist vorbei.«

Dr. Senter nickte. »Das ist gut. Auf keinen Fall Ringen. Oder Laufen. Halte dich zurück, damit dein Herz sich erholen kann.«

Ich nickte, doch ich fand die Vorstellung, keinen Sport treiben zu können, furchtbar. Jedes Jahr nach Ende der Saison nahm ich mir eine kleine Auszeit, aber trotzdem hielt ich mich das ganze Jahr über in Form. Schließlich musste ich für die nächste Saison bereit sein. Auf dem College würde ein noch stärkerer Wettbewerb herrschen. Ich musste eine Schippe drauflegen anstatt auszusetzen.

Aber wenn mein Herz noch einmal aussetzen würde, würde ich überhaupt nicht mehr ringen können.

Ich sah meinen Vater an. »Es ist genau wie bei jeder anderen Verletzung auch. Ich werde sie auskurieren, und ehe du dich's versiehst, bin ich wieder voll da.«

Er lächelte – mit entschlossenem Blick – und nickte. »So ist es.«

Dr. Senter hatte noch mehr zu sagen, doch es ging nur um Worst-Case-Szenarien. Was passieren würde, wenn mein Herz nicht heilte – wenn sich die Entzündung weiter ausbreitete. Ich musste wissen, worauf ich achten musste – woran ich merken würde, dass etwas nicht in Ordnung war –, aber über den Rest machte ich mir keine Gedanken. Ich würde meine Pillen schlucken, mich an den Reha-Plan halten und rechtzeitig wieder ganz der Alte sein, um bei der U of I zu ringen.

So würde es laufen. Genau wie der Sieg gegen Charlie bei der Staatsmeisterschaft. Es gab keine Alternative dazu.

## KAPITEL 5

# Brooke

*Januar. Siebzehn Jahre alt.*

Mein Schlüssel klapperte im Schloss der Haustür. Es hakte immer ein bisschen, aber ich bekam sie trotzdem auf. Ein großer schwarzer Müllsack, der weiß Gott was enthielt, stand im Weg. Ich musste ihn beiseiteschieben, um die Tür weit genug aufzudrücken, damit ich hindurchgehen konnte. Den Nachmittag hatte ich nebenan verbracht und gemeinsam mit Liam und Olivia Hausaufgaben gemacht. Es war etwas weniger als ein Jahr her, dass Liam mich zum ersten Mal geküsst hatte. Nach jenem Abend war ich offiziell seine Freundin geworden. Er war der erste Junge, den ich geküsst hatte und mit dem ich jemals zusammen gewesen war. Ich war verrückt nach ihm.

Die Luft kratzte mich im Hals. In unserem Haus roch es ständig nach Zigaretten und Gras. Der fade, penetrante Gestank hing in allem. Es war stickig – drinnen wärmer als draußen. In Phoenix war das Wetter im Januar eigentlich schön, aber in unserem Haus war es immer unangenehm heiß.

Auf der abgenutzten grauen Couch – die das einzige Möbelstück im Wohnzimmer war, das vermittelte, dass es sich tatsächlich um das Wohnzimmer handelte – türmten sich flach zusammengelegte Kartons. Auf dem Boden standen noch weitere bauchige, von ihrem Inhalt ausgebeulte Müllsäcke herum. Was ging hier vor?

»Mom?«, rief ich laut, damit man mich auch weiter hinten in der Küche hören konnte. »Bist du zu Hause?«

In der Küche krachte es, ein scheppernder, metallischer Lärm, als würden Töpfe und Pfannen auf den Boden fallen.

»Verflucht!«

»Mom?«

Ich eilte über den kurzen Korridor in die Küche und traf dort auf meine Mutter, die in einem schwarzen T-Shirt und Jeans über einem Haufen aus Töpfen und Pfannen stand. Ihre Haare hingen schlaff und nass herunter, als hätte sie gerade geduscht. Als sie die Hände in die Hüften stemmte, blieb mein Blick einen Moment lang an ihren knochigen Armen hängen. Sie war so dünn. Nicht auf die attraktive Weise dünn, als wäre sie gut in Form. Sie sah kränklich aus, und die Knochen ragten unter ihrer fahlen Haut hervor. Das T-Shirt war ihr zu groß, und der Halsausschnitt hing schief herunter, entblößte beinahe eine ihrer Schultern. Ihre Ellenbogen stachen spitz hervor.

»Verflucht«, murmelte sie noch einmal.

»Mom, was ist los?«, fragte ich.

»Wir ziehen um«, antwortete sie, ohne mich anzusehen.

Ich blinzelte verdattert, und es verschlug mir den Atem. Umziehen? Schon wieder? Seit ich auf der Welt war, war meine Mutter sage und schreibe dreiundzwanzig Mal umgezogen. Soweit ich wusste. Es könnte sogar noch öfter gewesen sein, da ich mich nicht mehr genau erinnern konnte, wo ich vor meinem dritten Lebensjahr überall gewohnt hatte. Doch meiner Einschätzung nach war dieses Haus hier die Nummer dreiundzwanzig.

»Was?«, fragte ich. »Wohin?«

»Nach Tucson.« Sie ging in die Knie und entblößte dabei ihr Arschgeweih – zwei tätowierte Flügel auf dem unteren Rücken. Ich wusste nicht genau, ob sie Engels- oder irgendwelche Vogelflügel darstellen sollten.

»Warum?«

Nun sah sie mich zum ersten Mal an. Da ihre Augen immer blutunterlaufen waren, waren die roten Adern, die das Weiße durchzogen, nichts Neues. Heute hatte sie auch noch dunkle Augenringe und einen Schorf am Mundwinkel. Ob er von einem Herpesbläschen stammte oder ob jemand sie geschlagen hatte, sei dahingestellt. Normalerweise verprügelte Paul sie nicht, aber wenn die beiden so richtig betrunken waren, kam es dennoch hin und wieder vor. Und manchmal verließ sie auch das Haus und blieb stundenlang – oder tagelang – verschwunden, bevor sie mit dem einen oder anderen Bluterguss zurückkehrte. Ich hatte sie nie gefragt, woher sie sie hatte.

»Weil wir es eben tun«, entgegnete sie scharf und fuhr damit fort, Töpfe zu stapeln. »Weil Paul ein verdammter Mistkerl ist.«

Ich wich langsam einige Schritte zurück, und mein Magen zog sich zusammen. Der Mund stand mir offen, aber die Worte, die ich sagen wollte, blieben mir im Hals stecken. Ich wusste genau, dass es egal war, wie sehr ich protestierte. Widerworte würden mir nur Ärger einbringen. Ich wollte keine Ohrfeige oder Schlimmeres riskieren.

Also beschloss ich, es mit einer anderen Taktik zu versuchen. Dabei achtete ich darauf, einen unverfänglichen Plauderton anzuschlagen. »Wow, Mom. Das kommt unerwartet. Wann hast du dich dazu entschlossen?«

»Diskutiere nicht mit mir«, entgegnete sie.

»Aber ich habe doch bloß gefragt –«

»Donnerwetter, Brooke«, fuhr sie mich an. Sie war kleiner als ich, sehnig und knochig, aber ich wusste, wie stark sie war. »Fang verdammt nochmal keinen Streit mit mir an. Ich bin deine Mutter. Wir fahren heute Abend.«

»Heute Abend?«, presste ich mit erstickter Stimme hervor.

»Hör besser zu«, sagte sie. »Du weißt, dass ich es hasse, mich zu wiederholen.«

»Ich weiß, Mom, aber das kommt echt plötzlich«, räumte ich ein.

»Na ja, das Leben ist hart. Paul ist abgehauen, und ich wurde gefeuert. Mit der Miete für dieses Haus bin ich sowieso schon im Rückstand. Bis wir wieder auf die Beine kommen, können wir eine Weile bei meiner Freundin Leslie bleiben.«

Sie ging hinüber zur Küchentheke, nahm sich eine Packung Zigaretten und schlug sie mehrmals gegen ihre Hand, ehe sie eine Zigarette herauszog und zwischen die Lippen steckte. »Wo ist mein verdammtes Feuerzeug?«

Mit zitternden Händen nahm ich das Feuerzeug, das auf der Arbeitsplatte lag, und gab es ihr. Sie zündete die Zigarette an und nahm einen tiefen Zug, bevor sie sie zwischen zwei Finger geklemmt wieder aus dem Mund zog. Kurz hielt sie den Rauch ein, dann stieß sie ihn in einer kleinen Wolke aus.

»Geh und pack deinen Kram«, kommandierte sie. »Nur, was ins Auto passt. Den Rest werden wir später holen müssen. Oder wir kaufen einfach neue Sachen. Keine Ahnung.«

Meine Lunge fühlte sich zu eng an, als bekäme ich nicht genug Luft. Ohne ein weiteres Wort zu verlieren, drehte ich mich um und ging nach oben in mein Zimmer.

Ich fing nicht an zu packen, wie sie es befohlen hatte. Ich

stand mitten in meinem Zimmer und sah mich um. In fünf Monaten würde ich meinen Abschluss machen. Das waren die letzten fünf Monate, die ich absitzen musste. Vielleicht sogar nur noch vier. In vier Monaten wurde ich achtzehn. Auch wenn dann bis zu meinem Abschluss noch ein Monat blieb, wäre ich volljährig. Vielleicht würde ich eine Möglichkeit finden, auszuziehen.

Ich brauchte bloß noch vier Monate auszuhalten.

Doch dieser Umzug hätte mich eigentlich nicht überraschen dürfen. Mom war mit Paul rekordverdächtige achtzehn Monate zusammengeblieben, und wir hatten weit über ein Jahr lang hier gewohnt. Wir waren geradezu sesshaft geworden. Es war naiv gewesen, zu hoffen, dass wir lange genug hierbleiben würden, damit ich meinen Abschluss machen könnte. Ich hätte wissen müssen, dass es dumm gewesen war, Freundschaften zu schließen. Liam so nahezukommen.

Ich blickte aus meinem Fenster zu Liams Haus hinüber. In seinem Zimmer war es dunkel, aber es war auch sechs Uhr. Abendessenszeit. Wahrscheinlich saß er mit seiner Familie am Esstisch und aß mit ihnen gemeinsam. Irgendetwas, was man in Töpfen und Pfannen zubereitete, wie die, die meine Mutter unten im Erdgeschoss gerade sinnloserweise zusammenpackte.

Tucson lag drei Stunden entfernt. Würden Liams Eltern ihm erlauben, dass er mich besuchen kam? Hätte er überhaupt Zeit dafür? Er hatte ja auch noch Schule und Training und Spiele.

Noch wichtiger: Falls er kam, würde meine Mutter mir dann erlauben, ihn zu sehen?

Bisher hatte ich meine Beziehung mit Liam geheim gehalten und die Freundschaft mit seiner Schwester genutzt, um sie zu verbergen. Es war einfacher, meiner Mutter zu erzählen, dass ich nach nebenan ging, um mit Olivia abzuhängen, als ehrlich zu sein und ihr zu sagen, dass Liam mein fester Freund war. Ich hatte eine Heidenangst davor, sie zu belügen, doch noch mehr fürchtete ich mich davor, was sie tun würde, wenn sie die Wahrheit erführe. Entgegen ihren Befürchtungen schliefen wir nicht miteinander, aber sie würde mir niemals glauben, dass wir keinen Sex hatten. Für sie machte das eine Beziehung erst aus.

Und ich war wirklich mit Olivia befreundet. Zwar verbrachte ich nicht so viel Zeit mit ihr wie mit Liam, doch ich mochte sie sehr. Sie war nur etwa ein halbes Jahr jünger als ich und im vorletzten Highschooljahr. Seit meiner Kindheit war sie meine erste Freundin.

Ich hatte viel Zeit mit den Harpers verbracht. Liams Eltern waren toll, Olivia war lieb und Liam … Er war einfach alles. Manche würden vielleicht behaupten, dass ich noch zu jung war, um verliebt zu sein, aber ich wusste es besser. Ich war total in Liam Harper verknallt.

Wie könnte ich sie alle zurücklassen?

Zorn wallte in mir auf. Warum musste sie mir das antun? Immer wieder? Ich bemühte mich, eine gute Tochter zu sein. Ich räumte hinter ihr her. Hielt mich an ihre Regeln, ob sie nun Sinn ergaben oder nicht. Ignorierte ihre Drogen. Nie verpfiff ich sie oder rief die Polizei, nicht mal, wenn sie mich schlug.

Mein ganzes Leben lang hatte ich versucht, sie zufriedenzustellen. Mich bemüht, artig zu sein, damit sie vielleicht ein Weilchen nüchtern blieb. Manchmal tat sie das nämlich. Manchmal schien es, als würde sie es schaffen, sich zusammenzureißen und dass alles gut werden würde.

Bis ich irgendwann nach Hause kam und sie wieder weggetreten auf der Couch lag oder unsere Siebensachen packte, um bei irgendeinem neuen Drecksack einzuziehen, den sie weiß Gott wo aufgegabelt hatte.

Und jetzt wollte sie schon wieder, dass ich umzog, mitten in meinem letzten Highschooljahr. Obwohl nur noch vier Monate fehlten, bis ich frei sein würde.

Ich konnte das nicht. Ich konnte nicht alles einpacken und von vorne anfangen. Diesmal nicht.

Anstatt meine Sachen zusammenzusuchen und für Tucson zu packen, sammelte ich einige der am wenigsten abgetragenen Kleidungsstücke, die ich besaß, zusammen und stopfte sie in meinen Rucksack. Meine Tagebücher. Haarbürste. Make-up-Tasche. Das Foto von Liam und mir beim Ball.

Sonst gab es nichts, was ich mitnehmen wollte.

Mit dem Handy in der Gesäßtasche meiner zerfetzten Jeans und dem Rucksack auf dem Rücken schlich ich die Treppe hinunter. Ich hoffte inständig, dass ich es schaffen würde, mich aus dem Haus zu stehlen, ohne dass sie mich hörte. Da sie ziemlich nüchtern gewirkt hatte, konnte ich es diesmal wohl nicht zu meinem Vorteil nutzen, dass sie high war. Wenn ich das hier wirklich durchziehen wollte, musste ich schnell sein.

Im Wohnzimmer lag so viel Kram herum, dass ich auf Zehenspitzen hindurchstaksen musste. Mom rumorte noch immer in der Küche. Ich konnte hören, wie sie vor sich hin murmelte und Packband abriss. Was trieb sie da hinten? Sie fuhr doch nur einen Mittelklassewagen – wie viel von dem Küchenkram, der sowieso niemals benutzt wurde, hatte sie denn vor, auf den Rücksitz zu quetschen?

»Brooke!«

Ich erstarrte, und mein Herz begann, wie wild zu pochen. Glaubte sie, dass ich noch oben war? Sollte ich antworten? Ich war zu weit von der Tür entfernt. Konnte ich ihr, falls sie mich verfolgen würde, davonlaufen? Ich hatte es noch nie ausprobiert. Ich hatte immer zu große Angst davor gehabt, was sie tun würde, wenn sie mich einholen würde.

Doch diesmal würde ich sowieso nicht mehr zurückkommen. Niemals. Also scheiß drauf.

Ich sprintete zur Haustür. Riss sie auf.

»Brooke, wo zum Teufel willst du hin?«

Mein Rucksack hopste auf und ab, als ich die drei Stufen hinunterrannte, die zur Auffahrt führten. Eines meiner Tagebücher stach mir schmerzhaft in den Rücken, aber wenn sie mich erwischte, würde sie mir deutlich Schlimmeres antun. Fast hatte ich es bis auf die Straße geschafft – obwohl ich keine Ahnung hatte, wo ich eigentlich hinwollte –, als ich stolperte, vornüber stürzte und auf dem schwarzen Asphalt landete.

Schmerz breitete sich in meinen aufgescheuerten Handflächen aus, und meine Knie brannten. Ich war über irgendetwas gestolpert, doch ich wusste nicht, was. Es war auch nicht wichtig. Ich musste einfach bloß aufstehen.

»Brooke, was zum Teufel ist hier los?«, verlangte Mom zu wissen. Ihre Schritte kamen näher, aber sie rannte nicht.

Ich warf einen Blick über die Schulter. Sie war nicht mehr weit entfernt. Noch einen Schritt, und sie wäre nahe genug, um die Hand auszustrecken und mich zu packen. Ich musste hier weg.

Ich drückte mich mit meinen schmerzenden Händen hoch und richtete mich taumelnd auf. Blut durchweichte die Knie meiner Jeans und lief mir die Beine herunter. Mein Kinn brannte. Ich musste es mir bei meinem Sturz am Boden aufgeschürft haben.

»Du Tölpel«, sagte Mom. Sie hielt eine neue Zigarette zwischen den Fingern und aschte auf die Straße. »Warum rennst du denn nach draußen? Hast du alles gepackt? Ich habe keine Zeit für deine Dummheiten.«

»Nein«, sagte ich.

Sie stemmte eine Hand in ihre knochige Hüfte und legte den Kopf auf die Seite. »Wie bitte?«

»Ich komme nicht mit«, sagte ich.

Ich rechnete mit einem Wutausbruch, doch sie sah mich lediglich amüsiert an.

»Ach nein?«

Ich nickte. »Ich ziehe nicht mit dir um.«

Sie nahm einen tiefen Zug aus ihrer Zigarette und ließ mich dabei nicht aus den Augen. »Doch, das tust du.«

»Nein.«

Nun flackerte Zorn in ihren Augen auf. Sie verengten sich, und an ihrem Hals pulsierte eine Vene. »Ich bin deine Mutter, Brooke. Du kommst mit mir.«

Ich schüttelte den Kopf. Ich wunderte mich, dass meine Verletzungen nicht stärker schmerzten, aber vielleicht lag es auch an dem Adrenalin, das durch meinen Körper rauschte. Entweder daran oder an meiner Angst.

Die Ohrfeige kam so schnell, dass ich keine Zeit hatte, mich wegzuducken. Sofort schmerzte meine Wange wie verrückt. Ich verdeckte das Gesicht und drehte mich von ihr weg. Sie schlug mich noch einmal, diesmal mit der geschlossenen Faust. »Du kleines Miststück. Du kannst nicht vor mir weglaufen. Ich bin deine Mutter.«

»Mom, hör auf.«

Noch ein Schlag, mit der offenen Hand. Ich fing das Schlimmste mit dem Arm ab, aber trotzdem kratzte mir einer ihrer Fingernägel die Stirn auf.

»Ist das der Dank für alles?«, fragte sie, und ihre Stimme wurde lauter. *Klatsch.* »Der Dank dafür, dass ich dich großgezogen habe?« *Klatsch.* »Dass ich mir all die Jahre deine Mätzchen habe gefallen lassen?« *Klatsch.* »Kannst du dir verdammt nochmal vorstellen, wie das gewesen ist?« *Klatsch.* Sie schlug mich immer wieder, hart und unkontrolliert.

»Mom, bitte.« Tränen liefen mir über die Wangen. Ich stolperte mit erhobenen Armen rückwärts und versuchte, sie dazu zu bringen, dass sie aufhörte, mich zu schlagen. »Bitte, hör auf.«

»Ich bin deine Mutter!«, schrie sie. Ein weiterer kräftiger Schlag traf mich am Kopf, direkt über dem Ohr.

»Mom −«

»Hey!« Liams Stimme.

*O Gott, nein. Nein, nein, nein. Lass ihn das nicht sehen.*

»Was soll das?«, rief Liam.

Ich drehte mich nicht nach ihm um, aber ich konnte seine Schritte hören, als er in Richtung Straße rannte. Moms Haare waren zerzaust und ihr Gesicht zu einer wütenden Grimasse verzerrt. Irgendwie schaffte sie es trotzdem, die angezündete Zigarette weiter zwischen den Fingern zu halten, deren beißender Rauch in die Luft stieg.

»Kümmere dich gefälligst um deine eigenen Angelegenheiten«, fauchte sie.

»Haben Sie sie geschlagen?«, fragte Liam.

»Ich bin ihre Mutter«, antwortete sie.

»Bee, bist du −« Er verstummte und riss die Augen auf. »O mein Gott.«

Ich zitterte am ganzen Körper. Ich wollte nicht, dass er das sah. Jahrelang hatte ich für meine Mutter gelogen, hatte Lehrern und Schulpsychologen versichert, alles wäre in bester Ordnung. Dass ich aus derartigen Verhältnissen kam, sollte niemand erfahren. Das war mein Leben. Ich wollte nicht, dass irgendjemand etwas davon mitbekam.

Insbesondere nicht Liam.

Mitleid und Wut zeichneten sich in seinem Gesicht ab, während er mich von oben bis unten musterte. Noch nie zuvor hatte ich mich so geschämt. So schmutzig gefühlt. Nun sah er mein wahres Ich, in all seiner Hässlichkeit. Meine Mutter, mit den letzten Überresten ihrer Zigarette in der Hand, in Schlabberklamotten, die an ihrem ausgemergelten Körper herunterhingen.

Die Tür zu meinem widerlichen Heim, die weit offen stand und den Blick auf den Saustall im Inneren freigab.

Und mich, blutend, mit verschrammter Haut und Tränen in den Augen. Ich hatte so sehr darauf geachtet, ihn das alles nicht sehen zu lassen. Hatte mich immer mit ihm auf der Straße getroffen, damit er nicht zu uns an die Tür kommen musste. Hatte jeden Abend meine Kleider am Fenster ausgelüftet, damit sie nicht nach Rauch rochen. War auf Zehenspitzen um meine Mutter herumgeschlichen, hatte sie angelogen, um ihr keinen Anlass zu geben, wütend zu werden – einen Anlass, um mir sichtbare Verletzungen zuzufügen.

»Hör mir mal zu, du kleiner Scheißer«, keifte Mom Liam an und holte mich damit aus meiner Benommenheit. »Verzieh dich gefälligst wieder nach drinnen. Das hier geht dich nichts an.«

Liam stellte sich vor mich, platzierte sich zwischen mir und meiner Mutter. »Wagen Sie es ja nicht, sie anzufassen.«

Mom schnaubte höhnisch. »Wie bitte?«

»Sie haben mich schon verstanden«, sagte er. »Fassen Sie sie nicht an. Sie rühren sie nie wieder an.«

»Und wie willst du das anstellen?«, fragte sie. »Zurückschlagen? Na los, schlag ruhig eine Frau. Das kommt bestimmt gut an.«

Er machte einige langsame Schritte auf sie zu. Sein ganzer Körper war angespannt. Mom machte große Augen, und alle Farbe wich aus ihrem Gesicht.

»Ich werde Sie nicht schlagen«, sagte er leise und drohend. »Das muss ich auch nicht, weil Sie nämlich auf der Stelle zurück in dieses Haus gehen werden. Und Brooke mit mir nach Hause kommt.«

»Von wegen«, entgegnete Mom, aber inzwischen klang sie deutlich weniger überzeugt.

Liam bewegte sich wieder auf sie zu, und sie zuckte zusammen. »Doch, das tut sie.«

»Ich bin ihre Mutter«, sagte Mom schwächlich.

»Nicht mehr.« Liam wandte sich von ihr ab, als existiere sie nicht mehr. »Komm mit, Bee. Machen wir dich sauber.«

Zitternd ließ ich mich von ihm in sein Haus führen, zu geschockt, um zu begreifen, was mit mir geschah. Liam redete leise auf mich ein, raunte mir beruhigende Worte zu, die ich nicht verstand. Ich atmete abgehackt und presste die zerschundenen Hände gegen meinen Körper.

»Liam, was ist da draußen los?«, rief seine Mutter Mary aus dem Nebenzimmer.

»Brooke braucht Hilfe«, antwortete er.

Mary kam zu uns in die Küche. Als sie mich sah, riss sie entsetzt die Augen auf. »Brooke, was ist passiert?«

»Ihre Mutter«, sagte Liam voller Zorn.

»Was?«, rief Mary aus.

»Ich bin nach draußen gegangen, und ihre Mutter hat sie auf der Straße verprügelt.«

»Ach, Schätzchen, du blutest ja.« Mary wühlte in einigen Schubladen und kehrte mit nassen Küchentüchern und Verbandszeug zurück. Jemand nahm mir den Rucksack von den Schultern. Olivia. Sie lächelte mir mitfühlend zu und stellte den Rucksack auf den Boden.

»Ich bin hingefallen«, sagte ich, während Mary sich um meine schlimmsten Wunden kümmerte.

»Bee, deine Mutter hat dich geschlagen«, widersprach Liam. »Ich habe es gesehen.«

Ich begegnete seinem Blick und biss mir auf die Lippen, um nicht loszuheulen. Was mochte er jetzt von mir halten? Nun sah er, was die anderen in der Schule schon immer gesehen hatten – den wahren Grund dafür, dass ich ausgegrenzt wurde. Sie merkten es. Ich war ein Nichts, ohne einen Vater, dafür aber mit einer drogensüchtigen Mutter, die mich verprügelte, wenn sie wütend wurde. Wer wollte mit solch einem Mädchen schon etwas zu tun haben? Niemand.

Doch Liams Miene drückte keinen Abscheu aus. Nicht mal Mitleid zeichnete sich in seinen strahlend blauen Augen ab. Zorn schon. Er war wütend. In diesen Zorn mischte sich allerdings noch etwas anderes. Traurigkeit.

»Ich weiß, dass es für dich zu Hause schlimm ist«, sagte Liam sanft. »Du redest nicht darüber, und ich wollte dich nicht bedrängen. Aber wir wissen es. Wir haben gewisse Dinge gehört.« Er blickte zu seiner Mutter. »Mom hatte den Verdacht, dass Drogen im Spiel wären. Ich hätte dich gern danach gefragt, aber ich wollte nicht, dass du dich deswegen schlecht fühlst. Und ich war mir auch nicht sicher, ob ich überhaupt etwas unternehmen könnte.«

Während Liam sprach, kam sein Vater Brian in die Küche. Ich konnte aus dem Augenwinkel erkennen, dass sich in seinem Gesicht die gleiche Reaktion abzeichnete wie bei Mary und Olivia. Wie bei Liam. Traurigkeit.

Ich sah Liam fassungslos an. Er wusste Bescheid. Sie wussten alle Bescheid. Und sie verachteten mich nicht. Sie dachten nicht, dass ich genauso schrecklich war wie sie.

Wieder rannen Tränen aus meinen Augenwinkeln. »Ich kann nicht zurück. Sie zieht nach Tucson, und ich kann nicht mit ihr kommen. Ich ertrage das nicht mehr.«

Liam nahm mich in die Arme und drückte mich an sich. »Ausgeschlossen, Bee. Du gehst mit ihr nirgendwohin. Nie mehr.«

Mary legte mir eine Hand auf den Rücken. »Du bleibst hier, bei uns.«

»Mom, ist das dein Ernst?«, fragte Olivia.

»Ja«, antwortete Mary und rieb mir sanft den Rücken. »Kannst du dir das Zimmer mit ihr teilen?«

»Ja«, sagte Olivia, »selbstverständlich.«

»Dann ist es hiermit beschlossen«, sagte Mary.

Liam hielt mich im Arm, und ich drückte die schmerzende Wange an seine Brust und lauschte auf seinen Herzschlag. »Ganz ruhig, Bee. Du bist jetzt in Sicherheit.«

Irgendwie wusste ich, dass das stimmte. Ich wusste, dass meine Mutter nicht vor der Tür der Harpers stehen und von mir verlangen würde, mit ihr nach Tucson zu ziehen. Sie würde einfach gehen und mich zurücklassen. Wahrscheinlich packte sie in diesem Moment schon das Auto, erleichtert, dass sie sich nicht mehr mit mir herumschlagen musste.

Von der enormen Tragweite dieses Augenblicks wurde mir schier schwindelig, und ich war dankbar für Liams starke Arme. Seine Familie war immer gut zu mir gewesen, aber das alles hier machte mich einfach sprachlos. Sie würden mich hierbleiben lassen. Hier bei ihnen wohnen lassen. Wie eine richtige Familie. Es war vorbei mit Zigarettenrauch und Drogen, schmutzigen Häusern und widerlichen Männern. Vorbei mit dem ständigen Eiertanz und der Ungewissheit, welche Frau ich vorfinden würde, wenn ich morgens aufstand oder nach der Schule nach Hause kam. Vorbei mit schmerzenden Wangen und Bestrafungen für Dinge, die ich nicht getan hatte.

Ich schlang die Arme um Liam und hielt ihn fest. Er küsste mich auf den Scheitel. Die Erleichterung, die ich in diesem Moment verspürte, war so stark, dass sie mich von innen heraus wärmte und meine Angst und meine Beschämung wegbrannte. Bei Liam fühlte ich mich sicher.

Bei Liam fühlte ich mich zu Hause.

## KAPITEL 6

# Sebastian

*Januar. Neunzehn Jahre alt.*

Ich ließ meinen Rucksack zu Boden gleiten und plumpste erschöpft auf die Bettkante. Ich verpasste gerade meine Englischstunde, aber ich schaffte es einfach nicht. Ich war so verdammt müde.

Von den Medikamenten, die ich einnahm, fühlte ich mich ständig, als würde ich durch Schlamm waten. Morgens war es noch nicht so schlimm. Nach dem Aufwachen ging es mir normalerweise gut. Ich konnte zur Schule gehen, und selbst tonnenweise Bücher in meinem Rucksack herumzuschleppen war kein Problem. Doch am frühen Nachmittag war mein Körper einfach erledigt.

Jeden Nachmittag, wenn ich in mein Zimmer zurückkehrte, fühlte ich mich, als hätte ich den ganzen Tag lang Schuhe aus Blei getragen. Mir tat alles weh, und ich war hundemüde. Ich kam mir vor, als wäre ich neunzig und nicht neunzehn.

Ich ließ mich nach hinten aufs Bett fallen und schloss die Augen. Als ich vor fast einem Jahr meine endgültige Diagnose erhalten hatte, hatte ich erwartet, dass es einige Wochen oder vielleicht auch ein paar Monate dauern würde, bis es meinem Herz wieder besser gehen würde. Ich hatte es gehasst, wie ich mich durch die Medikamente gefühlt hatte. Es war strapaziös gewesen, einen kompletten Schultag durchzustehen, doch ich hatte gewusst, dass ich eine Weile damit leben könnte. Ich hatte durchgehalten und getan, was ich hatte tun müssen. Schließlich war dieser Zustand nur vorübergehend.

Eine zweite Herzbiopsie acht Wochen nach der ersten hatte jedoch schlechte Nachrichten gebracht. Die Entzündung war nicht besser geworden. Stattdessen hatte sie sich sogar verschlimmert.

Die Ärzte hatten die Dosierung meiner Medikamente verändert, neue hinzugefügt. Ich hatte mich so gut, wie ich konnte, durch die letzten Monate der Highschool geschleppt. Ohne Camis Hilfe hätte ich meinen Abschluss wahrscheinlich nicht geschafft. Sie war beinahe jeden Tag nach der Schule zu mir gekommen, um mir bei den Hausaufgaben zu helfen. Die Medikamente machten mich so müde, dass es mir schwerfiel, mich zu konzentrieren. Aber ich hatte alle Prüfungen bestanden und den Abschluss geschafft.

Am Abend der Abschlussfeier waren all meine Freunde anschließend noch um die Häuser gezogen. Freudenfeuer. Bier. Pärchen, die im Auto knutschten. Alle hatten das Ende ihrer Schulzeit und den Beginn eines neuen Lebensabschnitts gefeiert.

Ich war mit meinen Eltern nach Hause gegangen und hatte mich um neun ins Bett gelegt.

Der Sommer war gekommen und gegangen, und meine Eltern hatten mich zu überreden versucht, meine Pläne für den Herbst zu ändern. Sie hatten gewollt, dass ich zu Hause wohnen blieb, vielleicht ein paar Kurse auf dem Community College oder online belegte. Einen weniger beschwerlichen Weg einschlug. Doch ich war bei meiner Entscheidung geblieben, auf die University of Iowa zu gehen.

Ich musste das tun. Ich musste auf eigenen Beinen stehen. Meine Herzerkrankung gewinnen zu lassen stand nicht zur Debatte.

Ich hatte zwar kein richtiges Kammerflimmern mehr gehabt, dafür aber zahlreiche kleinere Flimmerepisoden. Ich konnte sie spüren – wenn mein Herz plötzlich zu flattern oder unregelmäßig zu schlagen begann.

Jedes Mal, wenn es passierte, packte mich die Angst. Würde mein Herz wieder stehen bleiben? War für diesen Fall jemand in der Nähe, der mir helfen könnte? Zwar trug ich ein Notfallarmband mit Anweisungen, aber falls ich zusammenbrach, musste es ein Helfer zuerst einmal bemerken und dazu auch noch die Geistesgegenwart besitzen, etwas zu unternehmen.

Bislang war alles gut gegangen. Doch ich lebte tagtäglich mit der Furcht, dass mein Herz aussetzen könnte, während ich im Unterricht saß und alle einfach nur dastehen und den großen Kerl, der am Boden lag, anstarren würden.

Doch selbst das hatte mich nicht davon abgehalten, mit der Uni anzufangen – und auch dort zu bleiben. Ich hatte es schon bis Januar geschafft. Es ging mir gut.

Ich sah zur Uhr auf. Charlie hatte heute Abend einen Wettkampf und war wahrscheinlich bereits vor Ort, um sich aufzuwärmen. Charlie und ich hatten entschieden, zusammenzuwohnen, und er gab einen ziemlich guten Mitbewohner ab. Ich war davon ausgegangen, dass wir gemeinsam ins Ringerteam gehen würden, aber mein Herz hatte sich dafür noch nicht ausreichend erholt. Sobald es mir gut genug ginge, um mit den anderen mithalten zu können, würde Coach Harris mich ins Team aufnehmen. Doch das würde bedauerlicherweise dieses Jahr nicht mehr geschehen.

Nach einem Nickerchen, das ich eigentlich so nicht geplant gehabt hatte – im Grunde hatte ich einfach eine Stunde lang komplett weggetreten auf meinem Bett gelegen –, fühlte ich mich schon etwas besser. Was gut war, weil ich den Wettkampf nicht verpassen wollte. Verletzte Ringer unterstützten ihre Teamkollegen. Und etwas anderes war das alles nicht. Bloß eine Verletzung. Die hatten Sportler doch ständig. Ich brauchte eben etwas länger, um mich zu erholen, als die meisten anderen.

Bevor ich aufbrach, schrieb ich Cami eine Nachricht. Ich wusste nicht genau, was sie heute Abend vorhatte, aber da sie wusste, dass ein Wettkampf stattfand, hatten wir keine gemeinsamen Pläne gemacht. Obwohl wir auf dieselbe Uni gingen, sahen wir uns nur ungefähr einmal pro Woche. Wir waren beide mit unseren Kursen beschäftigt, und außerdem war Cami ein äußerst geselliger Mensch. Sie war bei Delta Gamma eingetreten, und die Studentinnenverbindung hatte einen vollen Terminkalender. Das war bestimmt gut für sie. Da ich keine Energie für viele zusätzliche Aktivitäten hatte, hielten eben ihre Freunde sie auf Trab.

Ich gestand mir ein wenig mehr Zeit zu, um zur Carver-Hawkeye Arena zu gelangen. Glücklicherweise konnte ich den *Cambus* – das kostenlose Busnetz der Universität – nutzen und musste deswegen nicht so oft gehen. Da ich nicht im Team sein konnte, hatte Coach Harris mir eine Dauerkarte für die Ring-Saison besorgt, damit ich bei allen Wettkämpfen dabei sein konnte. Als ich an der Arena ankam, zeigte ich sie vor und ging hinein.

Die ganze Halle vibrierte vor Energie. Schon bei den normalen College-Wettkämpfen ging es immer zu wie beim Finalentscheid der Highschool-Staatsmeisterschaft. Überall jubelnde

Zuschauer. Fanchöre. Anfeuerungsrufe und Beifall für die Campus-Lieblinge. Mir war die Aufmerksamkeit des Publikums nie so wichtig gewesen. Ich hatte mich jedes Mal auf den Wettkampf, der vor mir lag, auf meine Konkurrenz konzentriert. Doch als ich nun das Geschrei der Zuschauer hörte, verspürte ich einen Anflug von Eifersucht.

Eigentlich hätte ich in diesem Moment mit meiner Wettkampfvorbereitungsroutine beschäftigt sein sollen. Auf-und-ab-Laufen. Laute Musik hören. Geistig auf den bevorstehenden Kampf einstellen. Stattdessen fühlte ich mich schlapp und schwach. Gegen diese anderen Jungs würde ich keine zehn Sekunden durchhalten. Ich hatte abgenommen und durch die Erschöpfung, mit der ich tagtäglich kämpfte, fühlte ich mich zittrig. Ich hasste das.

Die Stimme des Ansagers dröhnte aus den Lautsprechern. Ich bahnte mir einen Weg durch die Zuschauer zum Hauptbereich. Der Coach ließ mich beim Team sitzen, damit ich nicht von den Rängen aus zusehen musste. Als ich dort ankam, waren alle so fokussiert, dass ich nichts sagte, sondern mich wortlos auf einen freien Klappstuhl an der Seitenlinie setzte.

Charlie dehnte sich gerade am Boden. Als sich unsere Blicke eine Sekunde lang trafen, nickte er mir kurz zu. Ich beließ es dabei, sein Nicken zu erwidern, da ich seine Konzentration nicht stören wollte.

Ich kam zu jedem Wettkampf. Feuerte meine Mannschaftskameraden an. Im Team waren noch zwei weitere Jungs aus Waverly – einer war ein Jahr älter als ich, der andere war in meinem Jahrgang gewesen. Es war merkwürdig, sie hier zu sehen, mit Trikot und Kopfschutz, und selbst in Straßenkleidung an der Seitenlinie zu sitzen. Sie gewannen beide. Ich applaudierte. Sie nickten mir anerkennend zu. Mehr nicht. Keine freundschaftlichen Kabbeleien. Sie zogen mich nicht augenzwinkernd mit ihren Siegen auf oder warfen mir irgendwelche nett gemeinten Beleidigungen an den Kopf.

Ich hatte fast den Eindruck, dass sie nicht mehr wussten, wie sie mit mir reden sollten.

Mein Herz flatterte, geriet plötzlich aus dem Takt. Ich atmete langsam weiter, um ruhig zu bleiben, und richtete den Blick fest auf den Boden. Um mich herum wuselten Menschen, aber ich musste mich konzentrieren. Mein Herz dazu bringen, weiterzuschlagen. Meine Brust verkrampfte sich, und plötzlich fühlte es sich an, als wäre meine Lunge auf halbe Größe zusammengeschrumpft.

Ich widerstand dem Drang, eine Hand an die Brust zu pressen – ich wollte den anderen keine Angst einjagen –, umfasste meine Oberschenkel und versuchte zu atmen. Es war die schlimmste Episode seit Langem. Mir wurde schwindelig, und das Druckgefühl in meiner Brust verstärkte sich. Wenigstens saß ich schon.

»Alles okay?«, fragte jemand.

Ich nickte, doch meine Stimme klang gepresst. »Ja, ich brauche nur einen Moment.«

Mein Herz fiel wieder in seinen normalen Rhythmus zurück, und der Druck ließ langsam nach. In meiner Tasche vibrierte mein Handy – wahrscheinlich war es Cami –, aber zuerst musste ich das hier verarbeiten. Ich blieb konzentriert, die Augen auf den Boden gerichtet. Luft rein, Luft raus.

Als ich aufsah, stand Charlie vor mir und stemmte die Hände in die Hüften. »Hey, geht es dir gut?«

»Ja«, antwortete ich. Verdammt, ich wollte ihn nicht aus seinem Ablauf bringen! »Nichts Ernstes. Ich fühle mich nur ein bisschen unwohl.«

»Sicher?«

Ich sah ihn direkt an. »Ja.«

Er blickte sich kurz um, bevor er näher zu mir trat und die Stimme senkte. »Nicht den starken Mann markieren, okay?«

»Ja, ist schon klar«, versicherte ich ihm. »Aber jetzt verschwinde und bring diesen North-Dakota-Volltrottel zum Heulen.«

Charlie grinste. »Oh ja, der kann einpacken.«

Ich musste ein bisschen lachen, obwohl Charlies Selbstbewusstsein berechtigt war. Selbst auf College-Niveau war er ein schwieriger Gegner. Ich sah ihm beim Ringen zu, bemerkte, dass ihm ein kleiner Fehler unterlief. Falls der Coach ihn nicht darauf hinweisen sollte, würde ich es ihm später sagen. Ich versuchte, nicht zu genau darüber nachzudenken, dass der Ringer, den ich letztes Jahr noch besiegt hatte, diese Saison richtig gut war. Ich freute mich total über Charlies Sieg, aber es war trotzdem beschissen, an der Seitenlinie herumzusitzen.

Nach dem letzten Match folgte ich den anderen in die Umkleidekabine. Ein anderer Ringer, ein Junior namens Randy, musste für den Rest der Saison ebenfalls aussetzen. In der vergangenen Woche hatte er sich beim Training einen Rotatorenmanschettenriss zugezogen und musste sich demnächst operieren lassen. Er klopfte den anderen Jungs auf den Rücken, gratulierte ihnen zu ihren Siegen. Händeschütteln und Fistbumps.

Während ich etwas abseits auf einer Bank saß, fiel mir auf, dass sie mich nicht wie ein verletztes Teammitglied behandelten. Vielleicht, weil ich nicht gemeinsam mit ihnen in die Saison gestartet war. Im Ringerteam waren viele Jungs, die ich nicht so gut kannte. Sie waren älter als ich, oder Studienanfänger, die von anderen Highschools kamen. Zwischen uns gab es noch kein Zusammengehörigkeitsgefühl wie unter Teamkameraden.

Aber selbst die Jungs, die ich kannte – Jungs, mit denen ich jahrelang gemeinsam gerungen hatte –, behandelten mich anders.

Jeder wusste, wer ich war. Sebastian McKinney, Staatsmeister von Iowa. Doch das war nicht mehr das, was sie sahen, wenn ich vor ihnen stand. Sie sahen den Ringer, der bei der Staatsmeisterschaft zusammengebrochen war. Den Typen, der noch immer zu krank zum Ringen war. Der seit der letzten Saison fast zehn Kilo verloren hatte und nicht trainieren konnte, um wieder Muskeln aufzubauen. Den Typen, der irgendeine seltsame Herzkrankheit hatte, deren Namen die meisten falsch aussprachen.

Ich hatte versucht, zu verdrängen, wie sehr meine Krankheit mich verändert hatte. Versucht, mich daran zu klammern, wie ich vor dem Finale der Staatsmeisterschaft gewesen war. Stark. Fokussiert. Der Beste auf meinem Feld. Sportler zu sein war meine Identität gewesen. Ich hatte nichts anderes gekannt.

Doch dieser Mensch war ich nicht mehr. Ich konnte weder einen Ringkampf gewinnen noch eine Meile laufen. Herrgott, ich schaffte es kaum, eine Meile zu gehen!

Mir fiel wieder ein, dass ich vorhin eine Nachricht bekommen hatte, und zog das Handy aus der Tasche.

*Cami: Schatz, heute Abend habe ich schon etwas vor. Ich weiß noch nicht genau, wie es am Wochenende aussieht. Die Mädels haben da was geplant. Wenn du Lust hast, kannst du auch kommen.*

Vermutlich eine Studentenparty. Allein der Gedanke an ein Haus voller Idioten, die Bier aus Plastikbechern tranken, war ermüdend. Sie wusste, dass mir für so etwas die Kraft fehlte. Ich hatte schon gemerkt, dass unsere übliche *Zu Hause bleiben und einen Film anschauen*-Routine sie zu langweilen begann, aber was zum Teufel erwartete sie von mir? Vielleicht hätte ich ihr zurückschreiben sollen, doch ich tat es nicht.

Ich bekam mit, dass einige der Jungs Pläne schmiedeten, noch auszugehen – wahrscheinlich wollten sie sich etwas zu essen besorgen. Ich stand auf und stahl mich aus der Kabine. Ich wollte nicht aus Mitleid eingeladen werden. Ehrlich gesagt hätte ich wahrscheinlich ohnehin abgelehnt. Meine Glieder waren schwer, und der Druck in meiner Brust machte mich fertig. Ich war so verdammt müde.

Ich nahm den Bus zurück zum Wohnheim und warf meine Dauerkarte in den Müll. Was hatte es für einen Sinn, an der Seitenlinie zu sitzen? Dem Rest des Teams war es scheißegal, ob ich anwesend war oder nicht. Sie fühlten sich in meiner Gegenwart unwohl. Selbst meine alten Freunde wussten nicht mehr, wie sie mit mir reden sollten. Für sie war Ringen das ganze Leben. Ich konnte nicht trainieren, überhaupt keinen Sport machen. Ich schaffte es gerade so zum Unterricht.

Wer immer – was immer – ich geworden war, war kein Ringer auf Meisterschaftsniveau. Ich war nur ein Junge mit einem kranken Herz. Einer, der mehr Zeit in Arztpraxen als bei Collegepartys zubrachte.

Einer, der nicht mehr wusste, wer er war.

# KAPITEL 7

# Brooke

*Oktober. Achtzehn Jahre alt.*

Als ich nach dem Unterricht nach Hause kam, war Liam nicht
da. Ich ließ meinen Rucksack bei der Tür stehen und zog die
Schuhe aus. Am Morgen hatte ich meine Geschichtsprüfung
mit Bravour bestanden, und mein Anglistikprofessor hatte mir
für meinen Aufsatz ein A gegeben. Was für ein großartiges
Ende für diese Woche.

Inzwischen ging ich seit fast zwei Monaten aufs College
und hatte jetzt schon das Gefühl, endlich einen Ort gefunden
zu haben, wo ich hingehörte. Dort war es so viel besser als auf
der Highschool. Zugegeben: Der Rest meines letzten High-
schooljahrs, während dem ich bei den Harpers gewohnt hatte,
war nicht mehr ganz so schlimm gewesen. Ich hatte ein stabiles, sauberes, sicheres Lebensumfeld gehabt. Die Harpers
hatten mich behandelt, als gehörte ich zur Familie. Da ich
durch meine Beziehung mit Liam für die Mean Girls tabu
geworden war, hatte mich in der Schule niemand mehr geärgert. Zum ersten Mal in meinem Leben war ich richtig
glücklich gewesen.

Seit ich meine Mutter zum letzten Mal gesehen hatte, waren
neun Monate vergangen. Sie war später an jenem Abend, an
dem Liam mich mit zu sich nach Hause genommen hatte, ab-

gereist. Am darauffolgenden Morgen war ihr Auto fort gewesen, und wir hatten sie seitdem nicht wiedergesehen. Etwa eine Woche später hatten wir beobachtet, wie der Besitzer des Hauses Krempel auf einen großen Transporter geladen hatte – wahrscheinlich hatte er das Haus ausgeräumt, um es wieder vermieten zu können. Doch soweit ich wusste, war meine Mutter nicht mehr zurückgekehrt.

Sie hatte auch nicht angerufen. Ich war hin und her gerissen, ob ich mich deswegen erleichtert oder zurückgesetzt fühlen sollte. Die meiste Zeit meines Lebens war sie furchtbar zu mir gewesen, aber sie war trotzdem meine Mutter. Liam beharrte darauf, mich zu verlassen wäre der größte Liebesbeweis gewesen, den sie mir jemals erbracht hätte – sie wüsste, dass ich ohne sie besser dran wäre, und würde deswegen nicht mehr wiederkommen. Ich war mir nicht sicher, ob das stimmte, doch seine Version gefiel mir besser als meine. Es war schön, sich vorzustellen, dass sie gegangen war, weil sie mich liebte, und nicht, weil ich nicht gut genug für sie gewesen war.

Nach dem Abschluss hatten Liam und ich uns eine Uni ausgesucht – die Arizona State – und begonnen, Umzugspläne zu schmieden. Er hatte einen Collegefonds, den seine Eltern schon seit seiner Kindheit angespart hatten. Dank finanzieller Hilfen und Stipendien schaffte ich es ebenfalls, genug zusammenzukratzen, um mir den Collegebesuch leisten zu können.

Wir fanden eine Wohnung in Campusnähe. Unsere eigene Bleibe zu haben, bedeutete so viel mehr Freiheit. Freiheit und Privatsphäre. Ich war den Harpers dafür, dass sie mich in ihr Heim aufgenommen hatten, unendlich dankbar, aber sie waren mit Liam und mir sehr streng gewesen. Sie hatten unmissverständlich klargestellt, dass ich in Olivias Zimmer zu schlafen hatte und sie es nicht tolerieren würden, wenn Liam und ich uns irgendwelche Heimlichkeiten herausnähmen.

Was wir natürlich trotzdem getan hatten, wenn auch nicht sofort. Anfangs hatte ich zu große Angst gehabt, gegen ihre Regeln zu verstoßen und rausgeworfen zu werden. Doch es hatte nicht lange gedauert, bis die Versuchung zu groß geworden war, um ihr zu widerstehen. Was als Kuscheln und Knutschen unter der Bettdecke begonnen hatte, hatte sich sehr schnell zu sehr viel mehr entwickelt.

Als wir schließlich verkündet hatten, dass wir beabsichtigten, nach dem Abschluss zusammenzuziehen, hatte das niemanden überrascht. Wir konnten uns beide nicht vorstellen, getrennt zu leben. Uns war bewusst, dass wir noch jung waren, doch das war unwichtig. Liam und ich passten gut zusammen. Ich fühlte mich wohl bei ihm. Sicher.

Unsere Wohnung war zwar winzig, aber richtig süß. Sie verfügte über ein Schlafzimmer, eine kleine Küche und ein Wohnzimmer, das groß genug war für eine Couch, einen Fernseher und einen Tisch, den wir die meiste Zeit als Schreibtisch nutzten. Am großen Fenster, das zur Front des Hauses hinausging, hingen die hässlichsten Vorhänge, die wir je gesehen hatten – olivgrün mit Blumenmuster –, doch sie waren so grässlich, dass wir sie schon wieder gut fanden und behielten. Ich hatte eine Lichterkette aufgehängt, und außerdem hatten wir noch einige billige, aber dennoch hübsche Bilder für die Wände gekauft. Es sah alles sehr nach College-Chic aus, aber uns gefiel es.

An der größten freien Stelle an der Wand, direkt über der Couch, hatten wir eine große Weltkarte aufgehängt. Wir hatten beschlossen, uns nach dem College in fremde Länder aufzumachen. Wir schleppten Reiseprospekte an, studierten Internetseiten und besprachen, wo wir hinwollten. Anschließend markierten wir diese Ziele mit Stecknadeln auf der Weltkarte. Die Karte war inzwischen schon ziemlich voll.

Ich fragte mich, ob wir es wirklich schaffen würden, all diese Orte zu bereisen. Obwohl ich oft umgezogen war, war ich aus dem Südwesten nie wirklich herausgekommen. Selbst eine Stadt wie New York wirkte auf mich exotisch und aufregend. Ich konnte mir nicht vorstellen, wie es wäre, durch einen tropischen Regenwald zu wandern oder eine Stadt in Europa zu erkunden.

Ich öffnete den Kühlschrank und musste lachen. Offensichtlich war Liam einkaufen gewesen. Das oberste Fach war voll bestückt mit Pfirsich-Eistee. Er war besessen von diesem Zeug. Außerdem hatte er Cola mitgebracht, die mir persönlich lieber war. Ich nahm mir eine und nahm sie mit zur Couch.

Freitags kam er normalerweise immer vor mir nach Hause, doch heute hatte er bei der Arbeit eine zusätzliche Schicht übernommen. Seitdem wir mit der Uni angefangen hatten, ackerte er pausenlos. Er hatte eine Menge Kurse belegt, die, da er Ingenieurwissenschaften als Hauptfach nehmen wollte, nicht gerade einfach waren. Dazu kam noch sein Nebenjob. Ich arbeitete ebenfalls, in einem kleinen Café auf dem Campus. Zwar hatten wir immer viel zu tun, aber trotzdem versprach es, ein tolles Jahr zu werden.

Ich beschloss, ehe er nach Hause kam noch zu duschen. Am Morgen hatte ich mir nicht die Haare gewaschen, und irgendwann konnte auch Trockenshampoo nichts mehr ausrichten, insbesondere, da es ein warmer Tag gewesen war.

Nachdem ich geduscht hatte, trocknete ich mich ab und zog einen sauberen BH und ein frisches Höschen an. Gerade als ich im Korb mit der sauberen Wäsche nach meinem Lieblings-ASU-T-Shirt suchte, hörte ich Liams Schlüssel im Schloss.

Nur in Unterwäsche huschte ich zur Tür, warf mich in Pose und riss sie auf.

Vor Verblüffung blieb mir jedoch der verführerische Satz, den ich vorgehabt hatte, aufzusagen, augenblicklich im Halse stecken. Draußen wartete nicht Liam. Stattdessen stand ich seiner Schwester Olivia gegenüber.

Sie sah überrascht aus, und einige Sekunden lang standen wir beide verdattert da und starrten einander entgeistert an. Dann brachen wir in schallendes Gelächter aus.

»O mein Gott, komm rein«, sagte ich prustend, ergriff ihr Handgelenk und zog daran. »Ich muss die Tür schließen, bevor einer der Nachbarn mich sieht.«

Olivia zog den Kopf ein und kam kichernd in die Wohnung, damit ich die Tür hinter ihr zumachen konnte.

»Wow, Brooke«, sagte sie und musterte mich von oben bis unten. »Das ist sexy. Aber du musst wirklich nicht für mich strippen.«

Wahrscheinlich hätte mir mein Aufzug peinlich sein sollen, doch Olivia hatte mich schon oft in Unterwäsche – oder weniger – gesehen. Wir hatten uns ein Zimmer geteilt. Und außerdem wusste sie ja, dass ich mit ihrem Bruder schlief.

Ich stemmte die Hände in die Hüften und klimperte mit den Wimpern. »Ich wollte bloß, dass du dich wertgeschätzt fühlst.«

Sie lachte wieder. »Ich hab dich wirklich lieb. Aber, Süße, zieh dir bitte etwas an. Sonst werde ich noch eifersüchtig auf deine Oberweite.«

Lachend drückte ich die Hände auf meine Brüste und zwinkerte ihr zu. Sie verdrehte die Augen und stellte ihren Rucksack ab, während ich ins Schlafzimmer ging. Dort fand ich endlich mein T-Shirt, zog es an und schlüpfte dazu noch in eine kurze Hose.

»Ich nehme an, Liam hat dir nicht erzählt, dass ich komme«, sagte sie, als ich aus dem Schlafzimmer zurückkehrte. »Tut mir leid, ich hätte dir eine Nachricht schicken sollen.«

Ich setzte mich neben sie auf die Couch. »Nein, er hat nichts gesagt. Typisch Mann. Aber das macht nichts. Ich freue mich, dich zu sehen.«

»Ich mich auch«, erwiderte sie. »Ich habe ihm gestern geschrieben und gefragt, ob ihr dieses Wochenende Zeit habt. Er meinte, er würde heute länger arbeiten als sonst. Deswegen dachte ich mir, ich komme etwas früher und leiste dir Gesellschaft.«

»Danke dir«, sagte ich. »Bleibst du das ganze Wochenende?«

»Wenn ihr nichts dagegen habt«, antwortete sie.

»Natürlich nicht. Das wird lustig«, freute ich mich. »Wie läuft es in der Schule?«

Sie verdrehte die Augen. »Blöd. Ich kann es kaum erwarten, von dort wegzukommen.«

Olivia war im letzten Highschooljahr und ein wenig neidisch darauf, dass Liam und ich bereits unseren Abschluss gemacht hatten und auf die Uni gewechselt waren.

»Ich bin mir sicher, dass das Jahr wie im Fluge vergehen wird«, versprach ich ihr. »Ehe du dich versiehst, machst du schon deinen Abschluss.«

»Das will ich hoffen«, meinte sie. »Ich habe dermaßen die Nase voll.«

»Also, ich weiß nicht genau, wann Liam nach Hause kommt«, sagte ich. »Sollen wir uns derweil vielleicht einen Film ansehen?«

»Klar. Oh«, sagte sie und ergriff meinen Arm, »lass uns diesen Geisterfilm nehmen, den wir vor eurem Auszug nicht mehr geschafft haben, anzuschauen.«

»Machen wir.«

Ich schaltete den Fernseher ein und suchte nach dem Film, während sie aufstand und die Vorhänge zuzog. Olivia und ich waren beide verrückt nach Horrorfilmen. Zwar fürchteten wir uns dabei immer ganz schrecklich, aber wir liebten sie trotzdem. Wir machten es uns auf der Couch gemütlich und starteten den Film.

Er begann ganz harmlos, doch es dauerte nicht lange, bis die Schauspieler durch dunkle Korridore liefen und aus irgendwelchen Ecken gruselige Wesen sprangen, die ihnen – und uns – einen höllischen Schrecken einjagten. Die gruselige Musik sorgte für eine unheimliche Atmosphäre, und ich blickte einige Male beklommen über die Schulter und rechnete halb damit, eine geisterhafte Gestalt hinter mir schweben zu sehen.

Ich schmiegte mich enger an Olivia und schob meinen Arm unter ihren. Der Film war deutlich gruseliger, als ich es erwartet hatte. Mein Herz raste, und mein Blick klebte förmlich am Bildschirm.

»Buh!«

Olivia kreischte auf und schleuderte die Fernbedienung fort. Ich umklammerte die Decke und drückte mich in die Ecke der Couch. Aber natürlich war kein Geist in unserer Wohnung. Liam hatte sich von hinten an uns herangeschlichen. Nun stand er neben der Couch und hielt sich die Nase.

»Aua«, maulte er. »Verdammt, du hast mich im Gesicht getroffen.«

»Erschreck uns gefälligst nicht so«, blaffte Olivia und drückte die Hand an die Brust. »Deinetwegen hatte ich fast einen Herzinfarkt.«

Ich streifte die Decke ab und stand auf. »Bist du in Ordnung?«

Liam berührte die Haut unterhalb seiner Nase und betrachtete seine Finger. »Mist, ich blute.«

»Ach, mein armer Schatz.«

»Geschieht dir recht«, meinte Olivia.

Ich führte Liam ins Badezimmer und half ihm, sich sauber zu machen. Das Nasenbluten war nicht sehr stark. Als es schließlich aufhörte, wischte ich ihm das Gesicht mit einem nassen Waschlappen ab. Dabei sah er mich unablässig an.

»Was ist denn?«, wollte ich wissen.

»Ich musste nur gerade daran denken, was für ein Glück ich habe«, sagte er.

»Weil deine Schwester dir eine Fernbedienung an die Nase geworfen hat?«, fragte ich. »Das würde ich eher als *Un*glück bezeichnen. Ich bezweifle, dass sie dich überhaupt treffen wollte.«

Er nahm den Waschlappen und legte ihn auf den Waschtisch, bevor er die Hände an meine Wangen legte. »Nein, ich meine, dass ich mich glücklich schätzen kann, weil ich dich habe, Bee.«

Ich sah ihm in die Augen und lächelte. »Ich bin mir ziemlich sicher, dass ich hier diejenige bin, die Glück gehabt hat.«

»Vielleicht gilt das für uns beide.« Er drückte mir einen sanften Kuss auf die Lippen. »Ich weiß auch nicht, wie das sein kann, aber ich sehe dich an und weiß es einfach.«

»Was weißt du?«

»Dass du meine Zukunft bist«, antwortete er. »Das ist seltsam, weil keiner meiner Freunde so empfindet. Nicht mal die mit richtig ernsten Beziehungen. Für sie ist alles bloß temporär, als wäre das alles nicht so wichtig, weil wir noch jung sind.«

Ich nagte an meiner Unterlippe. Ihn so reden zu hören ließ mein Herz höherschlagen. Er fand, dass *er* Glück hatte? Ich war die glücklichste Frau der Welt. »Du bist heute Abend sehr philosophisch.«

Er strich mir das Haar hinters Ohr. »Ja, ich weiß. Ich habe mich heute mit einigen der Jungs getroffen. Sie haben Blödsinn geredet, wie immer. Aber es war merkwürdig – als wäre ich mit ihnen irgendwie nicht mehr auf einer Wellenlänge.«

Liam war schon immer anders gewesen als seine Freunde. Er war ein nachdenklicher Mensch, der gern über gewichtige Fragen nachgrübelte und in einfachen Dingen einen tieferen Sinn suchte. Manchmal hatte ich den Eindruck, dass ich einer der wenigen Menschen war, die erkannten, wie er wirklich war. Für die meisten war er der gut aussehende Sportler. Dank seines Charismas war er schon immer beliebt gewesen. Doch es steckte noch so viel mehr in ihm. Ich fand es wundervoll, dass ich das sehen konnte – dass ich diejenige war, mit der er seine Gedanken und Träume teilte.

Ich trat dichter an ihn heran und schlang die Arme um seine Taille. »Vielleicht gehört das einfach zum Erwachsenwerden.«

»Vielleicht.« Er küsste mich auf die Stirn.

»Geht es deiner Nase wieder gut?«, fragte ich.

Er kräuselte sie ein wenig. »Tut noch weh, aber das wird schon wieder.«

»Bitte sagt mir, dass ihr beiden es nicht im Badezimmer treibt«, rief Olivia von nebenan. »Wenn ihr wollt, dass ich zehn Minuten vor die Tür gehe, sagt es mir.«

Liam grinste und begann, rhythmisch mit der Hand gegen die Tür zu schlagen.

»Igitt!«, rief Olivia.

Ich musste lachen, und Liam schenkte mir wieder ein Lächeln.

»Sollen wir den Film gemeinsam zu Ende schauen?«, fragte er. »Ich nehme dich auch in den Arm, wenn du dich fürchtest.«

»Das hört sich toll an.«

## KAPITEL 8

# Sebastian

*Oktober. Zwanzig Jahre alt.*

Das Laub knirschte unter meinen Füßen, und die kühle Herbstluft war erfrischend. Da ich – wieder einmal – einige Tage im Krankenhaus hatte verbringen müssen, war es schön, draußen sein zu können. Die anderen Studenten gingen mit schweren Rucksäcken auf den Schultern an mir vorbei, auf dem Weg zum Unterricht, zu ihren Wohnheimen, ihren Nebenjobs. Ich setzte einfach einen Fuß vor den anderen, achtete auf ein gemäßigtes Tempo, damit ich nicht zu schnell müde wurde.

Mittlerweile hatte ich das erste Jahr auf der University of Iowa hinter mich gebracht, und meine Noten waren ganz annehmbar ausgefallen. Da ich im Frühjahr wegen eines Krankenhausaufenthaltes eine Menge Unterricht versäumt hatte, war ich stolz darauf, wie gut ich mich geschlagen hatte. Stolz, dass ich das erste Jahr überhaupt durchgestanden hatte.

Den Sommer hatte ich zu Hause verbracht und versucht, nicht vor Langeweile den Verstand zu verlieren. Meinem Vater gehörten mehrere Autohäuser, und früher hatte ich im Sommer immer dort gejobbt. Dieses Jahr war ich kaum in der Lage gewesen, auch nur stundenweise zu arbeiten.

Meine Freunde hatte ich bloß selten getroffen. Sie waren alle mit sich selbst beschäftigt gewesen, und außerdem hatten wir sowieso schon monatelang nichts mehr gemeinsam unternommen. Cami war über den Sommer ebenfalls nach Waverly zurückgekehrt, weswegen wir viele gemeinsame Wochenenden verbracht hatten – hauptsächlich zu Hause bei meinen Eltern, weil ich nach wie vor wenig Energie hatte.

Wieder einmal hatten meine Eltern mir auszureden versucht, im Herbst an die Uni zurückzukehren. Die Ärzte hatten mir das Immunsystem unterdrückende Medikamente verordnet, in der Hoffnung, dass die Entzündung meines Herzgewebes durch sie zurückgehen würde. Durch sie wurde ich jedoch anfälliger für Krankheiten, und wenn ich mir erst einmal etwas eingefangen wurde, genas ich nicht mehr so leicht – was im vergangenen Jahr zu einigen Krankenhausaufenthalten geführt hatte. Es war wirklich übel, zu wissen, dass ich von einer einfachen Erkältung mit ziemlicher Wahrscheinlichkeit eine Lungenentzündung bekommen würde.

Aber ich war fest entschlossen gewesen, an die Uni zurückzukehren. Cami würde auch dort sein, und ich hasste die Vorstellung, zwei Stunden entfernt von ihr zu wohnen. Seitdem ich krank geworden war, war es sowieso schon schwierig, unsere Beziehung aufrechtzuerhalten. Ich wollte uns nicht noch mehr Steine in den Weg legen.

Außerdem: Wenn ich das Studium abbrach und nach Hause zurückzog, hätte meine Krankheit gewonnen. Das kam nicht infrage.

Charlie und ich wohnten in einem Mietshaus nicht weit vom Campus, das seinen Großeltern gehörte. Ich glaube, durch den Umstand, dass Charlie in meiner Nähe war, konnten meine Eltern sich leichter damit abfinden, dass ich wieder zur Uni zurückwollte. Meine Mom glaubte, ich wüsste nichts davon, aber ich hatte mitbekommen, dass sie Charlie mehrmals wöchentlich Nachrichten schrieb, um sich zu erkundigen, wie es mir ginge. Doch ich tat so, als würde ich es nicht merken.

Das neue Semester setzte mir jedoch mächtig zu. Meine Kurse waren anspruchsvoll. Ich hatte in der Vorwoche, als ich im Krankenhaus gelegen hatte, einen Test versäumt, und es fiel mir schwer, alles nachzuarbeiten. Zum Glück war heute Freitag, und ich hatte das Wochenende, um mich zu erholen und hoffentlich ein wenig Rückstand wettzumachen.

Der Weg von der Bushaltestelle zum Haus war nicht weit, aber als ich dort ankam, war ich außer Atem. Inzwischen hatte ich mich daran gewöhnt. Seitdem mein Herz ausgesetzt hatte, waren zwanzig Monate vergangen. Ich hatte noch mehr abgenommen und nach wie vor wenig Energie – teils durch die Medikamente, die ich einnahm, teils, weil mein Herz schwächer wurde.

Ich wusste, dass das die Wahrheit war. Meine Eltern, Charlie, Cami … Sie bemühten sich alle, optimistisch zu bleiben. Sie schoben meine Erschöpfung auf die Tabletten, die ich nahm, und nicht auf das Herz, das einfach nicht besser werden wollte. Doch ich wusste Bescheid. Zwar war ich nicht sicher, was das langfristig bedeuten würde, aber mir war klar, dass es mir mittlerweile hätte besser gehen müssen. Und die Tatsache, dass es nicht so war, war ein Problem.

Vorerst machte ich weiter wie bisher. Ich besuchte den Unterricht. Lernte. Aß gesund. Nahm all meine Tabletten sowie die Vitamine und Nahrungsergänzungsmittel, die mir halfen, so gesund wie möglich zu bleiben. Verließ mich auf meine mentale Stärke, um die schlechten Tage durchzustehen, und hoffte darauf, dass mein Herz lange genug durchhalten würde, damit wir uns eine langfristige Lösung überlegen konnten.

Eine Lösung, bei der ich nicht sterben würde. Dazu war ich noch nicht bereit.

Im Haus angekommen, setzte ich meinen Rucksack ab und stellte erfreut fest, dass es mir trotz eines ganzen Tags an der Uni noch recht gut ging. Ich war müde, aber das war normal. Wenigstens hatte ich nicht das Bedürfnis, mich um vier Uhr nachmittags ins Bett zu legen. Später wollte ich mit Cami zum Abendessen ausgehen und hätte ihr nur ungern abgesagt. Das hatte ich, insbesondere in letzter Zeit, viel zu oft getan. Sie hatte ihre Freunde, und das war schön für sie, doch ich wollte sichergehen, dass ich noch immer ein richtiges Date mit ihr haben konnte. Sie hatte die ganze Zeit zu mir gehalten. Sie auszuführen war das Mindeste, was ich tun konnte – insbesondere heute Abend. Es war unser dritter Jahrestag.

»Bist du zu Hause, Seb?«, rief Charlie aus seinem Zimmer.

»Ja.«

»Geht's gut?«

Charlie behielt mich wirklich genau im Auge, aber die meiste Zeit beschränkte er sich dabei aufs Wesentliche. *Geht's gut?* Meistens war ich aufrichtig zu ihm. Wenn ich einen miesen Tag gehabt hatte oder glaubte, dass etwas nicht in Ordnung sein könnte, sagte ich ihm das – zumindest wenn ich den Eindruck hatte, es könnte etwas Ernstes sein, wie in der vergangenen Woche, als ich schon wieder eine Lungenentzündung gehabt hatte. Doch er behandelte mich nicht, als wäre ich schwach oder gebrechlich, wie es so viele andere taten. Das wusste ich zu schätzen.

»Ja, war ein guter Tag«, antwortete ich.

Ich schmiss meine Jacke auf einen Stuhl und ging in die Küche. Zwar war ich nicht besonders hungrig, aber ich sollte wohl trotzdem etwas essen. An den meisten Tagen hatte ich nur wenig Appetit, doch zu wenig zu essen würde mich nur noch mehr schwächen.

Charlie kam in einem Hawkeyes-Ringer-T-Shirt und einer Sporthose in die Küche. Er musterte mich von oben bis unten und runzelte die Stirn. »Du siehst furchtbar aus.«

»Danke, Arschloch.«

»Wir sollten uns eine Pizza holen oder so«, meinte er. »Du musst wieder etwas Fleisch auf die Knochen kriegen.«

»Ich bezweifle, dass Pizza helfen wird.«

»Schaden wird sie aber auch nicht«, sagte er.

Ich rieb über meinen Bauch. Meine einst steinharten Bauchmuskeln waren inzwischen weicher geworden. Zwar machte ich ein bisschen Sport, aber mein Körper hielt nicht viel aus. Für jemanden wie mich, der seit seinem dritten Lebensjahr sportlich aktiv gewesen war, war derart aus der Form zu sein absolut übel. Ich war es vom Ringen gewohnt, eine strenge Diät einzuhalten, und damit hatte ich auch weitergemacht, um zu verhindern, dass ich am Ende fett *und* schlapp wurde. Doch das half nur begrenzt.

»Du darfst solchen Mist sowieso nicht essen.« Ich musterte ihn theatralisch von oben bis unten, als gäbe es irgendwelche Makel an ihm zu entdecken. »Du bist dieses Jahr etwas rundlich um die Hüften, Charlie.«

»Leck mich«, sagte er. »Ich habe noch zwei Wochen Zeit, bis ich wieder anfangen muss, Gewicht zu reduzieren. Ich will eine gottverdammte Pizza. Mit allem.«

Ich lachte. Charlie war ein kräftiger Kerl und konnte mehr

essen als jeder andere. »Heute Abend kann ich nicht. Ich gehe mit Cami aus.«

»Bist du sicher, dass das eine gute Idee ist?«

»Ja, wir haben bereits eine Weile nichts mehr unternommen«, erwiderte ich. »Warum?«

»Restaurants, viele Leute, Bazillen«, zählte er auf.

»Du hast doch gerade selbst gesagt, dass wir Pizza essen sollen.«

»Ich hätte eine geholt und hergebracht«, sagte er. »Komm schon, Mann, du warst doch gerade erst im Krankenhaus.«

»Ich kann nicht die ganze Zeit hier herumsitzen«, erklärte ich. »Mir geht es heute ziemlich gut. Und es ist unser Jahrestag. Ich möchte meine Freundin ausführen.«

Charlie sah mich finster an. »Du bist echt ein sturer Esel, weißt du das?«

»Es wird schon gut gehen. Ich wasche mir so oft die Hände, dass die Leute denken, ich hätte eine Zwangsstörung. Ich nehme sogar das dämliche Handdesinfektionsmittel mit.«

»Ist Cami gesund?«, fragte er. »Du weißt ja, dass ihr, wenn sie auch nur eine Erkältung hat, keine Körperflüssigkeiten austauschen dürft.«

»Herrgott nochmal!«, fluchte ich.

»Ich will bloß sichergehen, dass du keine Dummheiten machst.«

Ich verdrehte die Augen. »Hör mal, sie ist fit. Und ich soweit auch. Ich hatte verdammt nochmal einen guten Tag und kann es nicht gebrauchen, dass du hier plötzlich die Krankenschwester spielst.«

Er hob defensiv die Hände. »Okay, okay. Ich passe ja nur ein bisschen auf dich auf.«

»Ja, ich weiß«, sagte ich, ärgerte mich aber trotzdem. »Bevor ich mich mit Cami treffe, lege ich mich noch ein Stündchen hin.«

»In Ordnung.«

Ich ging in mein Zimmer und schloss die Tür. Mit dem, was er übers Ausgehen gesagt hatte, hatte er nicht ganz unrecht. Es war immer riskant. Allerdings ging ich ja auch jeden Tag zu den Lehrveranstaltungen, und ich gedachte nicht, das aufzugeben. Ich verbrachte viel mehr Zeit zu Hause als alle, die ich kannte. Es würde mich schon nicht umbringen, mit meiner Freundin zum Abendessen auszugehen.

Nun gut, streng genommen könnte es das doch, falls ich mit etwas in Berührung käme, gegen das mein Körper sich nicht wehren könnte. Doch mich selbst unter Quarantäne zu stellen war auch kein Leben. Ich war jung. Vielleicht nicht so gesund, wie ich es hätte sein können, aber ich wollte trotzdem mein Leben leben.

Ich legte mich hin und schrieb Cami eine Nachricht.

*Ich: Hey, Schatz. Wir treffen uns um sieben. Steht das noch?*
*Cami: Geht es auch früher? Um sechs?*
*Ich: Klar. Worauf hättest du Lust?*
*Cami: Mir ist alles recht.*

Ich verdrehte die Augen. Dass es Cami wirklich egal war, wo wir essen gingen, war ungefähr so wahrscheinlich wie, dass ich dieses Jahr noch gesund genug sein würde, um zu ringen.

*Ich: Sicher? Wir können überallhin?*
*Cami: Du entscheidest.*
*Ich: Okay, wie wäre es mit der Pizzeria?*

*Cami: Du weißt, dass ich den Laden nicht ausstehen kann.*
*Ich: Du hast gesagt, wir können überallhin.*
*Cami: Na gut, von mir aus.*
*Ich: Nicht sauer sein. War nur Spaß. Wie wäre es mit Short's?*
*Cami: Okay.*

Ich fragte mich, was mit ihr los war. Seit meinem Krankenhausaufenthalt in der vergangenen Woche hatte ich sie nicht mehr gesehen. Sie hatte mich dort zweimal besucht und sich beide Male etwa eine Stunde zu mir ans Bett gesetzt. Nach meiner Entlassung hatte ich mit ihr geredet, aber da bei ihr diese Woche ein wichtiger Bio-Test anstand, hatte ich ihr gesagt, sie solle zu Hause bleiben und lernen.

Wahrscheinlich war sie nur wegen der Uni gestresst. Oder vielleicht hatte auch eine ihrer Verbindungsschwestern wieder eine Lebenskrise. Das schien mindestens einmal die Woche vorzukommen.

Allerdings hatte ich den Verdacht, dass ich genau wusste, was sie beschäftigte. Nach dem zu urteilen, wie sie sich in letzter Zeit geäußert hatte, hoffte sie auf mehr Gewissheit über die Zukunft. Ich bezweifelte, dass sie befürchtete, ich könnte sterben. Das schien sie nie als Möglichkeit in Betracht zu ziehen. Aber ich hatte den Eindruck, sie erhoffte sich mehr Gewissheit in Bezug auf *uns*.

Ich glaubte nicht, dass sie darauf erpicht war, direkt zu heiraten. Wir waren noch ziemlich jung. Doch ich hatte schon das Gefühl, dass sie gern von einem dieser Abendessen mit einem Ring am Finger zurückgekehrt wäre. Selbst wenn es erst einmal eine längere Verlobungszeit bis zu unserem Uniabschluss bedeuten würde. Eine andere Studentin aus ihrer Verbindung hatte sich vor einigen Wochen verlobt, und Cami hatte tagelang davon gesprochen. Der Wink mit dcm Zaunpfahl war bei mir angekommen.

Ich war mir nicht sicher, ob ich für so etwas bereit war. Aber wir waren seit drei Jahren zusammen. Hatten den Übergang von der Highschool aufs College gemeistert. Waren zusammengeblieben, obwohl meine Krankheit vieles verkompliziert hatte. Wir liebten uns, und wenn man jemanden liebte, dann machte man das eben so. Man hielt zum anderen. Blieb loyal.

Cami war mir gegenüber loyal geblieben. Vielleicht schuldete ich ihr deswegen diesen Schritt.

Als ich aufbrach, um mich mit ihr zu treffen, hatte ich eine Entscheidung getroffen. Ich würde einen schönen Verlobungsring für sie besorgen und das mit uns offiziell machen. Ihr zeigen, wie sehr ich es zu schätzen wusste, dass sie mir bei allem zur Seite gestanden hatte.

Da wir auf gegenüberliegenden Seiten des Campus wohnten, war es einfacher, sie im Restaurant zu treffen. Als ich dort eintraf, war sie bereits da und wartete im Eingangsbereich auf mich. Sie sah hübsch aus in dem hellgrünen Pullover, den sie trug, und ihre langen blonden Haare waren heute offen und leicht gewellt.

»Hey, Schatz«, begrüßte ich sie, legte eine Hand an ihre Taille und küsste sie auf die Stirn. »Wartest du schon lange?«

»Nein«, entgegnete sie. »Erst seit ein paar Minuten.«

Es fiel mir schwer, es ihr nicht sofort zu erzählen, aber ich ging davon aus, dass sie sich einen romantischen Antrag nach allen Regeln der Kunst wünschte, und den wollte ich nicht verderben. Als wir unsere Plätze in einer Sitznische einnahmen, fühlte ich mich so gut wie seit Monaten nicht mehr.

Wenn Cami und ich verlobt wären, hätten wir beide etwas, worauf wir uns freuen konnten – etwas, worauf wir uns konzentrieren konnten, was nichts mit meiner Krankheit zu tun hatte. Und wir würden damit nach außen zeigen, dass wir beide daran glaubten, irgendwann würde es mir auch besser gehen.

Meine Brust verkrampfte sich, und ich bekam plötzlich nicht mehr genug Luft. Ich versuchte, mir mein Unwohlsein nicht anmerken zu lassen. Es war nur ein Flattern – nicht allzu schlimm. Cami runzelte die Stirn und beobachtete mich, während ich die Episode veratmete.

»Es geht mir gut«, sagte ich, als ich mir sicher war, dass meine Stimme wieder normal klang.

»Es geht dir nicht gut«, widersprach sie. »Du bist blass. Und diese Anfälle kommen inzwischen häufiger als früher.«

»Sie sind nichts Ernstes.«

Sie neigte den Kopf. »Doch, das sind sie, Sebastian.«

Dieses Date lief eindeutig von Anfang an schlecht. Ich wollte nicht mit ihr streiten. »Ich weiß, Süße. Ich tue alles, was die Ärzte mir raten.«

»Und du bist trotzdem noch krank.«

»Willst du damit etwa sagen, ich täte irgendetwas, um mich selbst krank zu machen?«, fragte ich. »Denn du kannst mir glauben: Momentan würde ich alles dafür tun, dass es mir wieder besser geht.«

»Nein, das will ich damit nicht sagen.« Sie strich sich die Haare aus dem Gesicht. »Es dauert einfach schon sehr lange.«

»Wem sagst du das.«

»Ich warte die ganze Zeit darauf, dass der alte Sebastian zurückkommt«, sagte sie. »Früher warst du so … anders.«

Ich wusste nicht, was ich darauf erwidern sollte. Selbstverständlich war ich anders. Ich war durch die Hölle gegangen. Was erwartete sie? »Ich verstehe nicht recht, worauf du hinauswillst.«

Sie holte tief Luft. »Sebastian, ich glaube, das wird nichts.«

»Was?«

»Ich denke, wir sollten uns trennen.«

Ich starrte sie mit halb offenem Mund an. »Du wolltest mit mir an unserem Jahrestag essen gehen, um mit mir Schluss zu machen?«

»O mein Gott, ist heute unser Jahrestag?«

*Was?* »Ja, heute vor drei Jahren habe ich dich zum ersten Mal geküsst. Letztes Jahr haben wir ihn nicht richtig gefeiert, weil so viel passiert ist. Aber du hast nicht daran gedacht?«

»Wie kannst du erwarten, dass ich mir nach allem, was ich durchgemacht habe, so etwas noch merken kann?«, fragte sie. »Es war schrecklich, Sebastian. Ich war dabei. Weißt du nicht mehr? Ich habe gesehen, wie du zusammengebrochen bist. Und seitdem habe ich tagtäglich Angst, dass es noch einmal passieren könnte.«

»Und deine Lösung dafür ist, dass wir uns trennen?«, fragte ich.

»Ich halte das nicht mehr länger aus.« Tränen traten ihr in die Augen. »Es ist zu viel. Wenn wir uns sehen wollen, muss ich mich immer nach dir richten. Du hast kaum genug Energie für den Unterricht, geschweige denn, um Zeit mit mir zu verbringen. Ich meine, meine Güte, wie lange ist es her, dass wir zum letzten Mal miteinander geschlafen haben? Ich weiß es gar nicht mehr genau.«

»Was?«, fragte ich bestürzt. »Cami, ich tue mein Bestes.«

»Das weiß ich«, sagte sie. »Aber ich habe mich damals in den alten Sebastian verliebt. In den großen, starken Kerl, der es seinen Gegnern auf der Matte gezeigt hat. Er war ein wenig großspurig und so selbstsicher. Und wir konnten etwas zusammen unternehmen. Ich habe es versucht, Sebastian. Seit der Staatsmeisterschaft habe ich mich bemüht, mich zusammenzureißen. Aber es ist zu schwer. Mit jemandem zusammen zu sein, der ständig krank ist, ist zu aufreibend. Dafür bin ich nicht gemacht.«

Ich sah sie verdattert an und versuchte, ihre Worte zu verarbeiten. Sie machte Schluss mit mir. Unsere Beziehung – vorbei. Sie würde das nicht mit mir gemeinsam durchstehen.

»Meinst du das ernst?«, fragte ich.

»Ja«, antwortete sie. »Es tut mir leid. Vielleicht, wenn die Dinge anders wären …«

»Ja, wenn die Dinge anders wären. Wenn ich ein Herz hätte, das verdammt nochmal funktionieren würde.«

»Sebastian, du trägst keine Schuld«, sagte sie. »Aber es ist nun mal, wie es ist.«

»Glaub mir, ich weiß genau, dass ich keine Schuld trage.« Ich stand auf. Meine Brust fühlte sich beengt an, doch das kam nicht von einer Flimmerepisode. »Ist schon gut, Cami. Such dir einen Mann, der dich glücklich machen kann. Weil ich das nämlich verdammt nochmal nicht kann.«

Ich ging, ohne ihre Erwiderung abzuwarten. Ich wollte sie nicht mehr ansehen. Wie hatte ich nur so ein Idiot sein können? Es war so offensichtlich. Sie hatte nicht darauf gehofft, dass ich ihr einen Antrag machen würde. Stattdessen hatte sie die ganze Zeit darüber nachgedacht, wie sie am besten mit mir Schluss machen könnte.

Ich stieg in den Bus und wünschte mir gleichzeitig, ich hätte genug Kraft gehabt, um den ganzen Weg nach Hause zu laufen. Ich fühlte mich rastlos. Es hätte mir gutgetan, über den Campus zu laufen, aber ich wusste, dass ich mich nur überanstrengen würde. Mein Herz konnte nicht so viel aushalten.

Der Schmerz in meiner Brust breitete sich aus, und mein Magen rebellierte wegen all der Emotionen, die mich überrollten. Enttäuschung. Zurückweisung. Trauer. Der Kontakt zu meinen Freunden war größtenteils eingeschlafen, aber ich hatte geglaubt, dass wenigstens Cami zu mir halten würde. Ich hatte geglaubt, dass sie mich dazu genug lieben würde. Offenbar hatte ich mich geirrt.

Oder vielleicht war ich es auch einfach nicht wert, dass mir jemand liebevoll zur Seite stand.

## KAPITEL 9

# Brooke

*März. Achtzehn Jahre alt.*

Ich liebte den Beginn des Frühlings. Es war warm, jedoch nicht zu heiß, und alles fing an zu blühen. Die Zitrusbäume verbreiteten ihre Düfte, und die Berghänge waren mit Wildblumen überzogen. Liam und ich saßen an einem Tisch draußen im Freien auf dem Campus und genossen das Wetter. Er lernte konzentriert für seine Prüfung in Physik, während ich für meinen Geschichtskurs einen Aufsatz über die Suffragettenbewegung überarbeitete.

Uns blieben nur noch zwei Monate bis zum Ende des akademischen Jahres. Die Woche mit den Abschlussprüfungen war für Anfang Mai anberaumt. Doch wir hatten beschlossen, diesen Sommer zu Hause in unserer Wohnung zu verbringen und einige zusätzliche Kurse zu belegen. Liam wollte an den Zugangsvoraussetzungen für eine Bewerbung an der Technischen Hochschule arbeiten. Und da er sowieso weiter zur Uni gehen würde, konnte ich genauso gut ebenfalls einige Kurse belegen.

Ich betrachtete den Aufsatz, an dem ich schrieb. Ich hatte ihn schon ein Dutzend Mal durchgelesen. Wahrscheinlich sollte ich endlich aufhören, daran herumzuwerkeln, und es gut sein lassen. Ich verschwendete bloß meine Zeit, und außerdem stand auch noch eine Matheprüfung an, mit der ich mich beschäftigen musste.

Mein Handy klingelte, und ich holte es aus dem Rucksack. Liam sah auf. Ich betrachtete das Display, erkannte die angezeigte Nummer aber nicht.

Ich wechselte schulterzuckend einen Blick mit Liam und ging ran. »Hallo?«

»Brooke?«

Ich setzte mich kerzengerade auf, und mein Rücken versteifte sich. Diese Stimme kannte ich. Sie war tief in meine DNA eingeprägt. Meine Mutter.

»Mom?«, fragte ich.

Liam riss die Augen auf, schlug sein Buch zu und beobachtete mich aufmerksam.

»Ja, Schätzchen«, antwortete sie. »Du hast noch dieselbe Nummer.«

Sie nuschelte, war kaum zu verstehen. Sie war zugedröhnt. Wovon, ließ sich schwer sagen. Aber sie so zu hören war wie ein Schlag in die Magengrube. Seit ihrem Umzug hatte ich nicht mehr mit ihr gesprochen – seit über einem Jahr. Insgeheim hatte ich gehofft, dass es sie endlich zur Vernunft bringen würde, wenn sie mich verlor. Dass sich vielleicht etwas ändern würde.

»Ja, ich habe noch dieselbe Nummer«, sagte ich. »Wo bist du?«

Ich hörte gedämpfte Geräusche und die Stimme eines Mannes im Hintergrund, bevor sie antwortete: »In Louisiana, Schätzchen. Hier ist es wunderschön.«

»Toll«, entgegnete ich. »Das kann ich mir vorstellen.«

»Du solltest herkommen«, sagte sie. »Ich habe mir bereits alles überlegt. Marcus hat ein großes Haus und einen Haufen Geld.

Ich muss nicht mal arbeiten. Ich habe schon ein Zimmer für dich vorbereitet. Diesmal wird alles gut werden, Brooke. Ich verspreche es.«

Ich starrte den Tisch an. Tränen brannten in meinen Augen. Wovon redete sie da? Louisiana? Wer zum Teufel war dieser Marcus? Mein Magen zog sich zusammen, und ich hatte das Gefühl, mich gleich übergeben zu müssen.

»Ähm, ich kann nicht nach Louisiana kommen«, sagte ich. »Ich muss zum Unterricht.«

»Zum Unterricht?« Sie lachte. »Du bist doch nicht etwa durch die Prüfungen gerasselt oder so? Bist du noch nicht fertig mit der Schule?«

»Nein, Mom, ich bin nicht durchgerasselt«, erwiderte ich. Liams Miene verfinsterte sich. »Letztes Jahr habe ich meinen Highschoolabschluss gemacht. Ich bin jetzt auf dem College.«

»Verstehe«, sagte sie. »Du bist nun ein großes Collegemädchen, zu gut für uns unge … unge … ungebildete Penner, was?«

»Das habe ich nicht gesagt.«

Sie schnaubte. »Was redest du da? Bist du sicher, dass du meine Tochter bist?«

Bei ihren Worten schnürte sich meine Kehle zusammen, und ich bekam kein Wort mehr heraus.

Liam nahm mir das Handy aus der Hand. »Desiree, rufen Sie Brooke nicht mehr an.«

Sie sagte etwas zu ihm, was ich nicht hören konnte.

»Sie haben genug Schaden angerichtet. Lassen Sie sie einfach in Ruhe.« Er beendete das Gespräch und legte das Handy beiseite. »Komm her, Bee.«

Ich stand auf, setzte mich auf seinen Schoß und legte den Kopf an seine Schulter. Er ließ die Hand langsam auf meinem

Rücken kreisen. Einige Tränen fielen, hinterließen nasse Flecken auf seinem Shirt.

»Ich werde auf dich aufpassen, Bee«, sagte er. »Du musst dir ihretwegen keine Sorgen mehr machen, okay?«

Ich nickte, setzte mich auf und wischte mir die Augen. »Ich wünschte nur, sie wäre anders. Sie ist meine Mom. Warum hat sie mich nicht genug geliebt, um eine gute Mutter zu sein?«

Liam berührte meine Wange. »Bee, das hat nichts mit dir zu tun. Es liegt allein an ihr. Sie hat Probleme. Und sie verdient dich nicht.«

»Da bin ich mir nicht so sicher.«

»Ich mir schon«, sagte er. »Komm, besorgen wir uns etwas zu essen. Vielleicht heitern dich Tacos ein bisschen auf.«

Ich musste einfach lächeln. »Tacos sind *wirklich* gut.«

»Siehst du? So gefällst du mir schon besser.« Er grinste. »Außerdem habe ich heute Abend für uns etwas ganz Besonderes geplant.«

»Ach ja? Was?«

Er tippte mir auf die Nasenspitze. »Das ist eine Überraschung. Aber du kannst dich schon darauf freuen. Denk nicht mehr an sie. Sie ist nicht mehr von Bedeutung. Jetzt gibt es bloß noch uns beide.«

Ich schlang die Arme um seinen Hals und küsste ihn. Er wusste immer, wie er mich trösten konnte.


Als wir in die Wüste fuhren, ging gerade die Sonne unter. Liam hatte noch immer den Pick-up, den er sich, als er noch auf der Highschool gewesen war, mit Unterstützung seiner Eltern gekauft hatte. Zwischen uns stand eine Tüte mit Cheeseburgern und Pommes zum Mitnehmen, und der Duft breitete sich im

Innenraum aus. Mir knurrte der Magen, und ich hoffte, dass wir unser wie auch immer geartetes Ziel bald erreichen würden.

Nach dem Anruf meiner Mutter war ich nach wie vor etwas durch den Wind. Egal, wie oft Liam mich zu überzeugen versuchte, dass ich sie nicht brauchte, änderte es nichts an der Tatsache, dass sie meine Mutter war. Nachdem ich ihre Stimme gehört hatte, wusste ich zumindest, dass meine schlimmste Befürchtung in Bezug auf sie – sie könnte gestorben sein – nicht eingetroffen waren. Doch zu wissen, dass sie schon wieder die gleichen Fehler machte, nur an einem anderen Ort, war so enttäuschend. Ich wusste selbst nicht, warum ich überhaupt etwas anderes erwartet hatte. Bereits ihr ganzes Erwachsenenleben lang tat sie jedes Mal wieder das Gleiche.

Aber ich konnte die Hoffnung einfach nicht aufgeben, dass es ihr eines Tages vielleicht doch besser gehen würde.

Liam drehte sich mit einem verschmitzten Grinsen zu mir um, und ich versuchte, die Gedanken an meine Mutter aus meinem Kopf zu verdrängen.

»Und, verrätst du mir, was wir vorhaben?«, fragte ich. »Oder essen wir einfach bloß mitten in der Wüste Cheeseburger?«

Er antwortete nicht, sondern lächelte nur. Seine blauen Augen strahlten.

Etwa zehn Minuten später fuhr er von der Straße herunter und hielt an. Wortlos nahm er unser Essen und stieg aus. Ich folgte ihm, und wir kletterten beide auf die Pritsche seines Wagens.

Ich blickte sofort nach oben. Die Sonne war untergegangen, und am Nachthimmel funkelten die Sterne.

»Das ist wunderschön«, sagte ich.

»So wunderschön.«

Ich drehte mich zu ihm um, doch er schaute gar nicht nach oben. Er sah mich an.

Wir aßen unser Abendessen und unterhielten uns über unsere Pläne für den Sommer und über das kommende Jahr. Olivia hatte beschlossen, ab Herbst zu uns auf die ASU zu kommen. Ihre Eltern planten bereits eine Abschlussparty. Sie versprach, amüsant zu werden.

Danach redeten wir über die Zukunft. Über ein Buch, das wir beide gelesen hatten, und darüber, was wir glaubten, dass es aussagen sollte. Über die Orte, die wir bereisen wollten, und ob wir wohl eher Katzen- oder Hundemenschen sein würden oder vielleicht auch etwas ganz anderes.

Nachdem wir aufgegessen hatten, sammelte Liam die Verpackungen ein und stopfte sie zurück in die Tüte.

»Kannst du dich noch erinnern, wie wir das hier zum ersten Mal gemacht haben?«, fragte er.

»Wie könnte ich das je vergessen?«

Er lächelte. »An diesem Abend hat sich mein Leben verändert. Seitdem ich dich zum ersten Mal geküsst habe, war nichts mehr so wie vorher.«

»Ja, mir ging es genauso«, sagte ich. Er fand, dass *sein* Leben sich verändert hatte? Liam war in mein Leben getreten und hatte mich gerettet. Er hatte mich aus der Hölle herausgeholt, in der meine Mutter noch immer lebte.

»Ich habe etwas für dich.« Er griff in die Tasche und holte eine kleine Schatulle heraus.

Prickelnde Vorfreude packte mich. Meine Haut kribbelte, und mein Herz raste. O Gott. Konnte es sein, dass …? Das kam so unerwartet.

»Ich weiß, wir sind noch jung«, sagte er. »Deswegen sollten

wir nichts überstürzen. Wenn du Ja sagst, können wir erst mal noch die Uni fertigmachen und so weiter. Aber du sollst auch wissen, dass du die Richtige für mich bist, Bee. Ich will keine andere, niemals. Du bist mein Ein und Alles, und ich möchte den Rest meines Lebens mit dir verbringen.«

Als er die Schatulle öffnete, verschlug es mir den Atem. Darin befand sich ein schlichter goldener Ring, der mit einem schimmernden hellblauen Opal besetzt war. Das war das Schönste, was ich jemals gesehen hatte.

»Brooke Summerlin, meine süße Bee, willst du mich heiraten?«

Ich sah ihn mit Tränen in den Augen an und lächelte. »Ja.«

Er nahm den Ring und steckte ihn mir an den Finger. Dann beugte er sich vor und drückte seine Lippen auf meine. Ich schloss die Augen. Wir waren *wirklich* noch jung, aber ich wusste es ebenfalls: Liam und ich würden für den Rest unseres Lebens zusammen sein.

## KAPITEL 10

# Sebastian

*März. Zwanzig Jahre alt.*

Ich hasste Krankenhäuser.

Vor vierundzwanzig Tagen war ich hier wieder aufgewacht. Das, wovor ich mich in den vergangen zwei Jahren so sehr gefürchtet hatte, war eingetreten: Ich hatte noch einmal Kammerflimmern bekommen, und mein Herz hatte wieder ausgesetzt. Zu meinem Glück war es zu Hause passiert, und Charlie war da gewesen. Er hatte sofort reagiert, den Notruf gewählt, und die Sanitäter waren schnell genug eingetroffen, um mich zu reanimieren.

Obwohl ich noch nicht mal einundzwanzig war, hatte mein Herz per Elektroschock wieder zum Schlagen gebracht werden müssen – zum zweiten Mal.

Diesmal hatte es keine Medikamente mehr gegeben, die die Ärzte mir noch hätten verschreiben können. In den vergangenen zwei Jahren hatten sie alles versucht, was es gab. Inzwischen bekam ich Höchstdosen, was die Nebenwirkungen noch schlimmer machte.

Meine einzige Option war eine Operation am offenen Herzen gewesen, im Rahmen derer mir ein Defibrillator eingepflanzt worden war – ein Gerät, das im Falle eines Kammerflimmerns mein Herz mittels Elektroschocks wieder zum

Schlagen bringen würde. In Anbetracht der Fortschrittlichkeit der Medizintechnik wirkte dieses Ding geradezu archaisch. Als man mir eröffnet hatte, dass ich es benötigen würde, war ich davon ausgegangen, dass es ein kleines Gerät wäre, das ich nur im Inneren meines Körpers tragen würde.

In Wirklichkeit trug ich nun auch ein Gerät in meiner Brust, das an meine linke Herzkammer gesetzt worden war. Aber ich hatte auch einen Port, durch den gleich unterhalb meiner Rippen ein Kabel aus meinem Körper kam, und ich würde in Zukunft permanent eine Akkubatterie und ein Kontrollgerät bei mir tragen müssen. Während ich mich von der Operation erholte, standen sie noch neben mir, doch sobald ich wieder nach Hause dürfte, würde ich sie mit mir herumtragen müssen wie einen kleinen Rucksack.

Das Schlimmste war, dass man mir die ganze Brust aufgeschnitten hatte und ich davon dennoch nicht gesund werden würde. Sie hatten mir dieses Gerät bloß eingesetzt, weil ich es brauchte, um am Leben zu bleiben.

Es war erst März, aber ich hatte trotzdem schon mit dem Studium aufgehört. Das ärgerte mich ganz besonders. Ich war so kurz davor gewesen, das zweite Jahr zu beenden. Nur noch zwei Monate, und ich hätte mit einem weiteren kompletten Semester in der Tasche über den Sommer zurück nach Hause fahren können. Doch nun hatte ich meine Kurse auf Eis gelegt und würde sie erst wieder fortsetzen können, wenn es mir besser ging.

Falls es mir überhaupt wieder besser gehen würde.

Ich musste damit aufhören, zu sagen, *wenn* es mir wieder besser ging. Es war eher ein ganz klares *falls*. Mein Herz wurde kontinuierlich schwächer, und die Ärzte waren mittlerweile zur

Ansicht gelangt, dass ich an einer Herzinsuffizienz litt. Als sie uns diese Diagnose eröffnet hatten, war meine Mutter fast in Ohnmacht gefallen, und selbst mein Vater war vor Entsetzen kreidebleich geworden.

Die einzige Möglichkeit, die mir noch blieb, um langfristig zu überleben, war eine Transplantation. Vor drei Wochen, direkt vor der Operation, bei der mir der Defibrillator eingesetzt worden war, war ich auf die Warteliste gesetzt worden. Es wurde bitterernst für mich.

Während ich dem Transplantationskoordinator zugehört hatte, hatte ich mich merkwürdig unbeteiligt gefühlt. Er hatte mir etwas über Blutgruppen und Gewebetypen erzählt, über die Anzahl der Kandidaten, die Chancen, einen passenden Spender zu finden, und was nötig wäre, damit das Organ angenommen wurde. Doch ich hatte nichts anderes denken können als: *Wie kann es sein, dass das mir passiert?* Wie konnte ich nur so krank werden, dass ich um zu überleben ein neues Herz brauchte?

Die Einschnittstellen schmerzten, und meine Brust fühlte sich schwer und wund an. Wenn ich gewollt hätte, hätte ich mehr Schmerzmittel bekommen können, aber ich wollte nicht. Ich fühlte mich davon immer benebelt und wirr im Kopf. Ich hasste das.

Neuerdings hasste ich so einiges. Ich hasste, dass ich mit der Schule aufhören und wieder zu Hause einziehen musste. Hasste es, dass meine Ex-Freundin inzwischen mit einem der besten Ringer der U of I zusammen war. Hasste es, dass ich mich mit den meisten Angestellten der kardiologischen Abteilung mittlerweile duzte. Hasste es, dass mir eine lange Narbe über die gesamte Länge meiner Brust bleiben würde, von einem Eingriff, der bloß dazu gedient hatte, mich lange genug am Leben zu erhalten, bis sie mich wieder aufschneiden konnten.

Doch vor allem hasste ich, dass ich starb.

Charlie kam herein. Seine Jacke war nass vom Regen. »Hey, Mann. Bereit zum Aufbruch?«

»Ja.« Ich setzte mich langsam auf und zog mich am Krankenhausbett hoch, damit meine Brust nicht zu stark belastet wurde. Es tat verdammt weh, aber ich gab lediglich ein kurzes Ächzen von mir. »Verschwinden wir von hier.«

Zwischenzeitlich war ich dreimal über immer längere Zeiträume zu Hause gewesen – beziehungsweise bei Charlie zu Hause. Das gehörte zum Genesungsprozess dazu. Ich musste lernen, mit dem Defibrillator zu leben. Deswegen musste ich vor meiner endgültigen Entlassung einige Übungsrunden außerhalb des Krankenhauses absolvieren.

Jetzt war ich bereit, endlich hier zu verschwinden. Ich legte den Akku und das Steuergerät an und versicherte mich, dass alles sicher saß. Charlie half mir in die Jacke – es war eine alte, die mir inzwischen zu groß geworden war, aber dadurch ließ sie sich leichter an- und ausziehen.

Eigentlich hatten meine Eltern vorgehabt, mich vom Krankenhaus abzuholen, insbesondere, da ich vorerst wieder in ihrem Haus in Waverly wohnen würde. Aber sie wollten mir noch ein neues Pflegebett für zu Hause besorgen – weil so etwas nun offensichtlich zu meinem Leben dazugehörte –, und so hatte Charlie angeboten, mich nach Hause zu fahren.

Eine Schwester fuhr mich im Rollstuhl zu Charlies Wagen. Er war jedoch nicht mit seinem alten Pick-up gekommen, den er so sehr liebte, sondern hatte sich das Auto seiner Eltern geliehen. Ich war froh darüber. Die Federung an seinem

Truck war Mist, und ich hatte auch so schon genug Schmerzen.

Auf der Fahrt von Iowa City nach Waverly sah alles irgendwie anders aus. Ich war diesen Highway bereits unzählige Male entlanggefahren, doch jetzt sah ich alles mit anderen Augen. Der graue Himmel dämpfte das Licht der Sonne, ließ die Landschaft verblassen. Sie sah bleich und matt aus. Genauso wie ich.

Ich dachte an meine alten Freunde, die ihr Leben weiterlebten. Sie machten Sport, lernten für Prüfungen, vögelten ihre Freundinnen oder schleppten auf Partys irgendwelche Frauen ab. Hatten ein typisches Collegeleben. Ich dachte an Cami, die mich schnell vergessen und binnen weniger Tage nach unserer Trennung schon wieder einen Neuen hatte.

Sie hatte mich nicht genug geliebt, um mich sterben zu sehen.

Ich wollte nicht verbittert sein. Ich wollte nicht den Rest meines Lebens – egal, ob es nun Tage, Monate oder Jahre wären – wütend sein. Doch es fiel mir schwer, es nicht zu sein.

Mein Leben wurde verkürzt. Ich lebte noch – vorerst –, aber ich konnte nicht wirklich leben. Ich konnte weder zur Uni noch zur Arbeit gehen. Konnte mich nicht mit Freunden treffen. Ich war gerade mal an der Schwelle zum Erwachsensein, und ich würde alles verpassen. Mich zu verlieben – diesmal vielleicht in die Richtige. Eine eigene Familie zu haben.

Langsam fragte ich mich, warum ich mich überhaupt noch so sehr an all das klammerte. Es wäre viel einfacher gewesen, loszulassen, als um jeden Atemzug, jeden Schlag meines versagenden Herzens zu kämpfen.

Wir fuhren vor dem Haus meiner Eltern vor, und Charlie stieg aus, um mir aus dem Wagen zu helfen. Ich war nicht zu stolz, den Arm, den er mir anbot, damit ich stehen konnte, anzunehmen – ich brauchte ihn.

Drinnen ging ich langsam die Treppe hinauf zu meinem Zimmer. Meine Eltern waren da, aber ich hatte keine Energie, um mit ihnen zu reden. Ich konnte nur einen Fuß vor den anderen setzen. Meine Brust brannte, und der Schmerz strahlte in meinen ganzen Körper aus.

Charlie folgte mir in mein Zimmer und half mir, alles zurechtzumachen. Da ich nicht flach liegen konnte, winkelte er das Bett an.

»So, und jetzt heißt es wohl warten?«, fragte er.

»Jetzt heißt es warten.«

Und das war vielleicht das Schwerste – das Wissen, dass ich den Ausgang meines Lebens nicht beeinflussen konnte. Es war unerheblich, ob ich im Geiste stark blieb. Mein Wille genügte nicht. Diese Krankheit zwang mich in die Knie, und ich konnte nichts anderes tun, als zu warten.

Warten und auf ein Wunder hoffen.

## KAPITEL 11

# Brooke

*August. Neunzehn Jahre alt.*

Wir fuhren aus der Tankstelle, und Liam steuerte den Wagen zurück auf den Freeway. Es war August und unser letztes Wochenende vor Beginn des Herbstsemesters. Wir hatten beschlossen, einen kleinen Ausflug nach Sedona zu unternehmen. Nur, um noch einmal kurz rauszukommen, ehe wir uns für die Uni wieder ins Zeug legen mussten.

Im Vorbeifahren blitzten die Scheinwerfer der anderen Autos auf. Wir waren erst spät losgekommen, weil Liam bis acht Uhr gearbeitet hatte. Entsprechend spät würden wir in Sedona ankommen, aber das störte uns beide nicht. Es fühlte sich an wie ein Abenteuer.

Während ich die vorbeiziehende, dunkle Landschaft betrachtete, drehte ich meinen Verlobungsring an meinem Finger. Liams Eltern hatten bezüglich unserer Ankündigung gewisse Bedenken geäußert. Sie machten sich hauptsächlich Sorgen, dass wir noch zu jung wären und überstürzt handeln würden. Was ich nachvollziehen konnte. Wir waren wirklich jung. Doch wir hatten ihnen versichert, dass wir nicht beabsichtigten, zu heiraten, bevor wir das College beendet hätten. Es war einfach bloß ein Versprechen, dass wir irgendwann in der Zukunft, wenn wir beide bereit dazu wären, heiraten würden.

Das hatte sie beruhigt, und sie hatten deutlich zu verstehen gegeben, wie gern sie mich als Schwiegertochter haben würden. Olivia war von Anfang an begeistert gewesen. Sie hatte ihren Eltern versichert, dass es unerheblich wäre, wie jung wir waren, weil wir uns liebten und füreinander bestimmt waren.

Ich hatte es mit der Hochzeit nicht so eilig. Ich fand es wundervoll, seinen Ring und damit die Gewissheit einer Zukunft zu haben, in der Liam immer für mich da sein würde. Das war mehr als genug.

Liam trank einen Schluck von seinem Pfirsich-Eistee und stellte ihn zurück in den Getränkehalter. »Und, was sollen wir morgen untern …«

Die Welt geriet aus den Angeln. Ein greller Lichtblitz. Knirschendes Metall. Quietschende Reifen. Ich wurde zur Seite geschleudert, der Sicherheitsgurt grub sich in meinen Hals. In meinem Kopf explodierten Schmerzen, und mir wurde schwindelig. Ich versuchte zu schreien, bekam jedoch keinen Ton heraus. Bekam keine Luft. Alles drehte sich, und meine Glieder zuckten. Es war so laut. Knirschende, schabende Geräusche hallten in meinen Ohren wider. Glas zerbarst. Ich hatte den scharfen Geschmack von Blut im Mund, und dann drehte sich wieder alles um.

Wir kamen abrupt zum Stehen. Für einen Moment herrschte Stille. Nur das undeutliche Brummen des Verkehrs war zu hören. Alles sah irgendwie falsch aus. Ich versuchte blinzelnd, mich zu konzentrieren.

Ich hing auf dem Kopf.

Ich reckte den Hals und blickte auf das hinunter, was eigentlich hätte oben sein sollen. Das Wagendach war verbogen und eingedellt und die Scheiben zerbrochen. Überall glitzerten Glaskörnchen.

So still. Warum war es so still?

»Liam?« Meine Stimme klang heiser und kratzte mich im Hals.

Keine Antwort.

Er hing ebenfalls mit dem Kopf nach unten, gehalten von seinem Gurt. Seine Arme waren schlaff, und sein Kopf lehnte in einem unnatürlichen Winkel an der teilweise eingedrückten Fahrerkabine.

*O Gott. O Gott, nein. Bitte nicht.*

»Liam? Liam, wach auf!«

»Geht es Ihnen gut?« Eine Stimme von draußen. Drängend. »Ist da jemand drin?«

»Liam«, sagte ich nun lauter, »wach auf!«

»Ich höre jemanden«, sagte die Stimme. Das Gesicht eines Mannes erschien an der kaputten Scheibe. »Miss, Hilfe ist schon unterwegs, okay? Jemand setzt gerade einen Notruf ab.«

»Liam.«

Liam antwortete nicht. Bewegte sich nicht. So still. So reglos.

»Liam, bitte«, flehte ich mit brechender Stimme. »Bitte wach auf!«

»Halten Sie durch, Miss«, sagte der Mann. »Ein Krankenwagen ist schon unterwegs.«

Mein Körper schmerzte an so vielen Stellen, dass ich sie nicht mehr auseinanderhalten konnte. In meiner Kehle brannte Galle, und mir drehte sich der Magen um. Meine Ohren schienen irgendwie verstopft zu sein, denn alle Geräusche drangen nur gedämpft zu mir durch. Das Einzige, was ich hören konnte, war ein stetiges *tropf, tropf, tropf.*

Es kam von Liam. Er blutete, und sein Blut tropfte unaufhörlich auf das verbogene Autodach.

Ich stütze mich mit einer Hand ab und tastete mit der anderen nach dem Verschluss des Sicherheitsgurts. Ich musste ihn hier herausholen. Als der Verschluss sich öffnete, fiel ich auf das Dach hinunter. Kroch zu ihm. Berührte sein Gesicht.

»Liam?«

Seine Augen waren geschlossen und sein Hals zur Seite geneigt. Aus einer tiefen Wunde vorne an seinem Kopf floss unaufhörlich Blut. Überzog seine Stirn, klebte in seinem Haar.

Meine Hände zitterten vor Angst. Das konnte alles nicht wahr sein. Ich hielt eine bebende Hand vor seine Nase und seinen Mund und spürte einen kaum merklichen Lufthauch. Tiefe Erleichterung durchströmte mich. Er lebte.

Der Mann redete noch immer, aber ich hatte nicht mitbekommen, was er gesagt hatte.

»Schnell«, flehte ich mit unüberhörbarer Panik in der Stimme, die mich zu überwältigen drohte. »Schnell, er braucht Hilfe!«

»Sie kommen schon, Miss«, sagte der Mann. »Hilfe ist auf dem Weg.«


Maschinen piepsten, und Luft strömte rauschend in Liams Lunge. Er sah so schwach aus. So zerbrechlich. Sein Kopf war mit dicken Bandagen umwickelt, und in seiner Kehle steckte ein Beatmungsschlauch. Überall weitere Schläuche und Kabel. Bei den meisten hatte ich keine Ahnung, wozu sie dienten.

Ich drückte seine Hand, doch er erwiderte den Druck nicht. Es waren bereits mehrere Tage vergangen, aber er war nicht aufgewacht. Reagierte nicht. Er lag einfach nur da, und Maschinen übernahmen die Aufgabe, sein Blut durch den Körper zu pumpen, seine Lunge mit Luft zu füllen.

Meine Verletzungen waren nicht lebensbedrohlich gewesen. Zwar war ich ziemlich zerschrammt und hatte blaue Flecken, hatte mir jedoch nichts gebrochen. Nach wenigen Stunden war ich wieder aus der Notaufnahme entlassen worden und hatte mich zu Liams Familie in den Wartebereich gesetzt.

Irgendwann am nächsten Tag hatte man uns in einen anderen Warteraum geführt. Die Ärzte hatten mit seinen Eltern gesprochen, und ich hatte in betäubtem Schweigen zugehört. Schwere Kopfverletzung. Fehlende Gehirnaktivität. Kaum Hoffnung. Es würden weitere Untersuchungen folgen. Um noch einmal alles zu überprüfen.

In den vergangenen Tagen hatten wir gewartet und auf eine Veränderung gehofft. Auf ein Lebenszeichen.

Die Polizei war gekommen und hatte mir Fragen zum Unfall gestellt. Ich konnte mich an kaum etwas erinnern. Sie sagten, wir wären von einem größeren Transporter gerammt worden. Durch den Aufprall von der Straße abgekommen. Wir hatten uns mehrmals überschlagen. Ich wusste bloß noch, dass alles so schnell gegangen war. Nur eine Sekunde, und der feste Boden unter uns war verschwunden gewesen und die Welt hatte sich auf den Kopf gestellt.

Eigentlich hatte sich daran in der Zwischenzeit nicht viel geändert. Zumindest nicht für mich.

Die Schwester kam herein und brachte mich zurück in den Wartebereich. Wir durften nicht lange bei ihm bleiben. Ich wollte ihn nicht alleine lassen, aber ich wusste, dass ich keine andere Wahl hatte. Beim ersten Mal hatte ich noch widerspro-chen, gebettelt, bei ihm bleiben zu dürfen, doch sie hatten gedroht, mich des Krankenhauses zu verweisen. Also hatte ich den Mund gehalten und gehorcht.

Im Warteraum sprach gerade ein Arzt mit den Harpers. Brians Miene war unergründlich – ausdruckslos –, aber ich merkte ihm trotzdem an, wie schwer es ihm fiel, die Fassung zu wahren. Mary war bleich, und Olivia liefen Tränen über die Wangen.

Ich blieb wie angewurzelt stehen. Mary sah mich an, und ihr Schmerz vermischte sich mit meinem. In diesem Augenblick wusste ich, was sie gleich sagen würden. Ich wusste, warum der Arzt hier war. Nicht, weil er gute Nachrichten überbrachte.

»Ach, Brooke«, sagte Mary, als ich mich näherte, ergriff meine Hände und sank auf den Stuhl, der neben ihr stand. »Schätzchen, es tut mir so leid.«

Ich sah zu dem Arzt auf. Das Mitgefühl in seinen Augen zerriss mir das Herz. »Er ist tot, nicht wahr?«

»Ja«, sagte er. »Wie ich gerade seinen Eltern und seiner Schwester erklärte, liegt Liam nicht im Koma. Es ist keinerlei Gehirnaktivität feststellbar. Das bedeutet, dass er klinisch tot ist.«

»Sein Herz schlägt«, flüsterte ich.

»Nur durch die lebenserhaltenden Apparate«, sagte er. »Ich weiß, dass das schwer zu verstehen ist, aber Liam lebt nicht mehr. Er ist nicht mehr hier.«

Den Rest hörte ich nicht mehr. Irgendetwas über Organspende und dass sie uns mehr Zeit geben würden, uns zu verabschieden. Nichts davon war für mich von Bedeutung. Es war überhaupt nichts mehr von Bedeutung.

Ich setzte mich zu Liam und hielt zum letzten Mal seine Hand. Seine Finger waren schlaff und kalt. Die Maschinen verrichteten noch immer ihre Arbeit, pumpten Blut durch seine Adern, schickten Sauerstoff in seine Lunge. Doch das war alles nur eine Täuschung. Er war tot. Was immer einen Menschen zu dem machte, was er war, welcher Funke auch immer in ihm gewesen war und ihn lebendig gemacht hatte, war fort. Ausgelöscht.

Tränen liefen, still und grausam, meine Wangen hinab. Die Last meiner Trauer lag schwer auf mir, drohte, mich zu erdrücken. Ich wusste nicht, ob ich das alles überstehen konnte. Wusste nicht, wie ich es schaffen sollte. Ich versuchte, meine Gedanken zu Papier zu bringen, aber ich fand keine Worte. Es gab keine, mit denen ich diesen Schmerz hätte ausdrücken können.

Ich streichelte seinen Arm, prägte mir ein, wie seine Haut sich anfühlte. Uns blieben nur noch ein paar Augenblicke. Einige wenige Herzschläge. Ich erschauerte, und ein Schluchzen stieg meine Kehle hoch.

»Ich will das nicht tun«, flüsterte ich, obwohl ich wusste, dass er nicht hier war und mich nicht hören konnte. »Du bist mein Ein und Alles. Du kannst mich nicht hier zurücklassen.«

Ich schloss die Augen. Hörte, wie der Vorhang aufgezogen wurde. Schritte hinter mir. Mary berührte meine Schulter. Olivia nahm meine Hand.

»Brooke, mein Schatz«, sagte Mary und ihre Stimme war so sanft. Erfüllt von dem Schmerz, den wir alle teilten. »Es ist Zeit.«

# KAPITEL 12

# Sebastian

*August. Zwanzig Jahre alt.*

Meine Brust schmerzte bei jedem Atemzug. Ich würde mich bald hinlegen müssen. Zehn Minuten auf den Beinen, mehr schaffte ich nicht. Die Treppe konnte ich vergessen. Ich blickte zu ihr auf. Ich konnte mich nicht mehr erinnern, wann ich zum letzten Mal im Obergeschoss gewesen war. Meine Eltern hatten den Hobbyraum ausgeräumt und das Pflegebett nach unten geholt, damit ich im Erdgeschoss bleiben konnte. Mom meinte, dass sie sich andernfalls zu viele Sorgen um mich machen würde, wenn ich alleine zu Hause war – sie wollte nicht, dass ich mich überanstrengte.

Ich wollte ihr nicht sagen, dass selbst aufzustehen, um ins verdammte Badezimmer zu gehen, schon eine Überanstrengung war.

Mom bemühte sich so gut, wie es ging, sich nichts anmerken zu lassen. Aber ich hatte gehört, dass sie weinte, wenn sie glaubte, ich bekäme es nicht mit. Dad gab sich so stoisch wie immer, zumindest mir gegenüber. Doch ich konnte es in seinen Augen sehen. Er wusste es. Wir wussten beide, dass meine Zeit ablief.

Es war harte Arbeit, die Füße zu heben, aber ich tat es trotzdem. Ich musste nur in die Küche, um meine Wasserflasche wieder aufzufüllen. Das konnte ich schaffen.

Vor der Küche legte ich an einer großen Wand mit Fotos und Erinnerungsstücken eine Pause ein. Medaillen, Urkunden, gerahmte Zeitungsartikel. Fotos von meinen Siegen. Auf allen siegte ich, und der Kampfrichter hielt meinen Arm hoch. Ich sah stark aus, gesund. Ich schüttelte den Kopf. Die Wand sah aus wie ein Schrein. Was vermutlich angebracht war. Schreine waren für die Toten.

Und ich würde einer sein. Bald.

Ich sah an mir herab. Das T-Shirt hing schlabbrig an meinem dünnen Leib herunter. Von meinem alten Körper war kaum noch etwas übrig. All die Muskeln, die ich mir durch unzählige Trainingsstunden so hart erarbeitet hatte, schmolzen dahin. Mein Herz war zu schwach, um meinen Körper mit dem Blut zu versorgen, das er brauchte.

Inzwischen konnte ich jeden einzelnen Schlag spüren. Mühsam. Schwer. Eine tickende Uhr, die die Schläge herunterzählte bis zu meinem Tod.

Alles wäre so viel einfacher gewesen, wenn ich einfach an jenem Tag bei der Staatsmeisterschaft gestorben wäre. Dann wäre es wenigstens schnell vorbei gewesen. Ich hätte nicht diesen langsamen, quälenden Niedergang erdulden müssen. Zweieinhalb Jahre, unzählige Tabletten, eine Operation am offenen Herzen und der anschließende, brutal harte Genesungsprozess. Und ich starb dennoch.

Ich schaffte es in die Küche und füllte meine Wasserflasche wieder auf. Darauf folgte der langsame, bedächtige Weg zurück in das, was nun mein Zimmer war.

Es war merkwürdig, in diesen Raum hineinzuschauen und zu wissen, dass ich wahrscheinlich dort sterben würde. Entweder dort oder im Krankenhaus, aber ich hatte die Ärzte schon darum gebeten, mich nach Möglichkeit zu Hause bleiben zu lassen. Wenn ich es vermeiden konnte, würde ich nie wieder ins Krankenhaus zurückkehren. Ich hatte genug von Ärzten, und überhaupt, was hatte mir das alles gebracht? Narben. Schmerzen. Und ein Herz, das dennoch in meiner Brust starb.

»Sebastian«, sagte Mom plötzlich hinter mir. Ich hatte es fast bis in mein Zimmer geschafft.

»Hi, Mom.«

»Schatz, warum bist du denn auf?«, fragte sie. »Lass mich das für dich machen.«

Sie nahm mir überflüssigerweise die Flasche aus der Hand und ging an mir vorbei, um es auf den Nachttisch zu stellen. »Na komm, Schatz, bringen wir dich wieder ins Bett.«

»Ist schon gut, Mom. Ich schaffe das.«

Sie schnalzte mit der Zunge und nahm meinen Arm. »Das weiß ich doch. Komm.«

Ich ließ mir von ihr ins Bett helfen. Mein Körper schmerzte von dem anstrengenden Gang in die Küche. Herrgott, wieso musste alles nur immer so verdammt wehtun? Genügte es nicht, dass ich dahinsiechte?

Sie schob das Kabel des Akkus und des Steuergeräts, das ich bei mir trug, beiseite. Der Defibrillator tat seinen Dienst, indem er dafür sorgte, dass mein Herz regelmäßig schlug, doch er hatte mich nicht stärker gemacht. Er hatte mir nicht geholfen zu genesen.

»Ich lasse mich von der Transplantationsliste streichen«, sagte ich. Ich wusste selbst nicht, was mich ausgerechnet in diesem Augenblick dazu gebracht hatte, damit herauszuplatzen, doch ich hatte diesen Entschluss bereits vor einer Weile getroffen. Ich hatte bloß noch nicht die Kraft gehabt, es meinen Eltern zu sagen.

Alle Farbe wich aus dem Gesicht meiner Mutter. »Was?«

»Ich lasse mich streichen«, wiederholte ich. »Ich will kein Spenderherz.«

»Schatz, was redest du denn da?«

Ich schloss die Augen – ich war total müde. »Ich habe schon länger darüber nachgedacht und mich entschieden.«

»Nein«, keuchte Mom. »Du bist nur erschöpft. Das alles war so schwer. Aber es wird nicht ewig so weitergehen. Du musst bloß noch ein klein wenig länger durchhalten.«

»Ich habe es satt, durchzuhalten«, entgegnete ich, ohne die Augen zu öffnen.

Das Bett bewegte sich, als meine Mutter sich auf die Kante setzte. Ihre zitternde Hand schloss sich um meine. »Sebastian, nicht.«

Das Leid in ihrer Stimme schickte neue, höllische Schmerzen durch meine Brust. Ich zwang mich, die Augen zu öffnen. »Ich will dir nicht wehtun. Aber ich bin ausgelaugt. Selbst wenn ich wie durch ein Wunder ein neues Herz bekommen sollte, werde ich nie wieder derselbe sein. Ich weiß nicht, was ich dann machen sollte. Wer ich dann wäre.«

»Wenn du wieder gesund bist, wirst du dein altes Leben zurückbekommen«, sagte sie. »Du wirst wieder stark sein, Sebastian. Ich weiß es.«

»Mom, wir wissen nicht, ob ich mich jemals wieder vollständig erholen werde«, wandte ich ein. »Die Chance, ein neues Herz zu bekommen, ist ohnehin bloß gering. Und wenn ich eines kriege, könnte mein Körper es abstoßen. Ich will nicht noch einmal eine solche Operation durchstehen müssen, wenn ich sowieso sterbe.«

»Aber, Sebastian –«

»Alles tut weh«, sagte ich, und dabei fielen mir wieder die Augen zu. »Ich kann kaum aufstehen, um ins Bad zu gehen. Jeden Tag wache ich auf, und es geht mir schlechter als tags zuvor. Ich sterbe, Mom.«

»Wag es ja nicht, so etwas zu sagen!«, fuhr sie mich an.

»Auch wenn ich es nicht laut ausspreche, ändert sich nichts daran«, konterte ich. »Ich werde sterben. Du musst mich gehen lassen.«

Ich hielt die Augen geschlossen, aus Erschöpfung und um mir den Anblick ihrer Tränen zu ersparen. Ich wusste, dass sie da waren, über ihre Wangen liefen. Aber was sollte ich sonst sagen? Es war zu spät. Ich konnte es spüren. Ich wollte nicht sterben, doch sich an falsche Hoffnungen zu klammern war inzwischen schmerzhafter, als den Tatsachen ins Auge zu sehen.

»Ich gebe dich nicht auf«, sagte sie. Ihre Stimme war kaum mehr als ein Flüstern. »Und du wirst dich auch nicht aufgeben.«

Sie drückte meine Hand. In den zweieinhalb Jahren seitdem mein Herz zum ersten Mal ausgesetzt hatte, hatte sie keine Sekunde lang gezweifelt. Sie war die ganze Zeit an meiner Seite gewesen. In jedem schmerzhaften Moment.

Tränen brannten in meinen Augen. Ich hatte keine Ahnung, wie es sein mochte, sein Kind sterben zu sehen. Doch ich spürte, wie tief ihr Schmerz war. Und ich hasste es. Ich hasste, was das alles mit mir gemacht hatte, aber noch mehr hasste ich, was es mit ihr gemacht hatte. Ihr fiel es noch schwerer, durchzuhalten, als mir.

Ich konnte ihr den Schmerz, ihren Sohn zu verlieren, nicht ersparen. Es war unvermeidlich. Wenn ich allerdings aufgab, würde sie glauben, sie hätte mich im Stich gelassen. Als ich versuchte, ihre kleine Hand zu drücken, wurde mir klar, dass ich weiterkämpfen musste. Vielleicht nicht, um zu überleben. Aber um so zu sterben, dass meine Mutter nach meinem Tod Frieden finden konnte. Das konnte ich für sie tun. Das war ich ihr schuldig.

»Okay, Mom«, sagte ich und drückte noch einmal ihre Hand. Mein Griff war nur schwach, doch sie erwiderte ihn. »Ich werde nicht aufgeben.«

Sie lächelte mit Tränen in den Augen und legte die Hand an meine Wange. »Nein, das wirst du nicht.«


Die Stimme meiner Mutter weckte mich. Nachdem sie das Zimmer verlassen hatte, war ich wieder eingenickt. Ich holte tief Luft, aber meine Brust fühlte sich so schwer an, als laste ein Betonklotz auf ihr. Mein Herz schlug langsam – stockende, quälende Zuckungen eines absterbenden Muskels. In Augenblicken wie diesem fiel es mir schwer, nicht in Panik zu geraten. Meine Lunge brannte, als erhielte sie nicht genug Sauerstoff. Weil es genau so war. Mein Herz pumpte kaum stark genug, um mich am Leben zu erhalten.

»Er ist … Nein, er schläft gerade«, sagte Mom. Ich hörte keine anderen Stimmen. Sie musste telefonieren. »Ja. Ja, so ist es. Was? Ja … Ja, ich verstehe.«

Die Anspannung in ihrer Stimme steigerte sich immer mehr. Anstatt wieder in erleichternden Schlaf zu driften, konzentrierte ich mich auf ihre Worte. Warum regte sie sich so sehr auf?

»Das können wir machen«, sagte sie. »Ja, ich weiß, wie man dort hinkommt. Ja. Okay, danke. Tausend Dank. O mein Gott. Robert! Sebastian!«

Ich schluckte, um meine ausgetrocknete Kehle anzufeuchten, aber meine Stimme war trotzdem bloß ein schwaches Krächzen. »Ja?«

Schnelle Schritte, die die Treppe herunterkamen, kündigten meinen Vater an. Meine Mutter sprach mit ihm, doch ich konnte nicht verstehen, was sie sagte.

»Ist das dein Ernst?«, fragte Dad. »O Gott sei Dank. Sebastian!«

Sie erschienen beide mit strahlenden Gesichtern in meiner Tür.

»Es gibt ein Herz für dich«, sagte meine Mutter klar und deutlich.

Ihre Worte hüllten mich ein wie ein kalter Nebel. Ein Herz. Das Transplantat, auf das ich gewartet hatte, ohne mir die geringste Hoffnung darauf zu machen. Als ich auf die Transplantationsliste gesetzt worden war, hatte ich tatsächlich gedacht, es wäre alles nur Show. Dass es niemals wirklich ein Herz für mich geben würde. Wie groß war die Wahrscheinlichkeit? Jeden Tag starben Leute, die auf ein Spenderorgan warteten.

»Es gibt ein … was?« Ich konnte mir nicht vorstellen, dass sie es ernst meinte. Dass das tatsächlich passierte.

»Ein Herz wird in diesem Augenblick hierher eingeflogen«, sagte sie. »Wir müssen ins Krankenhaus. Es müssen noch einige Tests gemacht werden. Es gibt keine Garantien. Aber wenn die Tests zeigen, dass die Merkmale tatsächlich übereinstimmen und dein Körper es annehmen könnte, gehört es dir.«

Betäubende Erschütterung. Das war alles, was ich fühlte. Keine Erleichterung. Keine Freude. Ich starrte in die hoffnungsvollen Gesichter meiner Eltern und wusste nicht, was ich denken sollte.

Mein Vater kam herein und setzte sich neben mich auf die Bettkante. Er legte die Hand auf meine Brust, wo er die schwächlichen Schläge meines sterbenden Herzens spüren konnte. »Mein Sohn, es ist Zeit.«

# TEIL 2

Stimmen der Vergangenheit hallen kummervoll wider
klingen durch Zeit
und Raum
getrennt durch Herzschläge
und den Schmerz
ohne dich zu leben

~B

## KAPITEL 13

# Sebastian

So früh am Morgen war das Fitnessstudio noch fast leer. Nur eine Handvoll Leute war so engagiert – oder verrückt – gewesen, noch vor Sonnenaufgang aufzustehen.

»Ist das dein Ernst?«, fragte Charlie. Während ich auf der Hantelbank lag und das Gewicht hochstemmte, hielt er die Hände unter die Hantelstange und behielt mich stets genau im Auge, für den Fall, dass ich Hilfe brauchte.

»Ja«, keuchte ich und drückte die schwere Hantel über meiner Brust hoch. Mann, das fühlte sich gut an! »Noch einmal.«

Charlie half mir bei meiner letzten Wiederholung, bevor wir die Hantel wieder in der Halterung einrasten ließen. Ich stieß die Luft aus und setzte mich auf.

»Ja, das ist mein Ernst«, sagte ich. »Ich habe dir doch erzählt, dass ich ihnen einen Brief geschrieben habe, oder?«

»Das hast du, aber einen Brief zu schicken ist etwas ganz anderes, als die Familie des Spenders zu treffen«, antwortete er.

»Eigentlich war es deren Idee«, räumte ich ein. »Nachdem sie meinen Brief erhalten hatten, haben wir angefangen, uns E-Mails zu schreiben. Mrs. Harper hat gefragt, ob ich mir vorstellen könnte, sie alle persönlich kennenzulernen. Ich habe zugesagt.«

»Das ist ganz schön heftig, Mann«, überlegte Charlie. »War er nicht ungefähr in unserem Alter?«

Ich nickte. »Ein Jahr jünger.«

»Scheiße.«

»Ich weiß.« Ich rieb mir das bärtige Kinn. Charlie zog mich deswegen ständig auf, aber nach meiner Transplantation hatte ich mir den Bart wachsen lassen. Als Ringer hatte ich stets glatt rasiert sein müssen. Nun wollte ich den Bart behalten. Er war ein Symbol dafür, wer ich jetzt war. »Glaub mir, das ist mir bewusst. Ich bin am Leben, weil sie ihren Sohn verloren haben. Aber ich denke, dass es ihnen etwas dabei helfen wird, alles zu verarbeiten.«

»Wie du meinst«, antwortete er. »Aber jetzt beweg dich. Ich will auch noch einen Durchgang machen.«

Ich stand lachend auf und half Charlie, die Hantelstange mit noch mehr Gewichten zu bestücken. Er war noch immer stärker als ich, wenn auch nicht mehr besonders viel. Seitdem ich wieder mit Sport angefangen hatte, hatte ich meine frühere Form – und Kraft – überraschend schnell wiedererlangt.

Mein neues Herz arbeitete hervorragend. Ich musste nach wie vor jeden Tag eine halbe Apotheke an Tabletten schlucken und würde das auch für den Rest meines Lebens tun müssen. Ich musste aufpassen, dass ich nicht krank wurde. Die Medikamente, die ich zur Vorbeugung gegen eine Abstoßung des Organs einnehmen musste, unterdrückten mein Immunsystem. Doch da ich insgesamt gesünder war, wurde ich trotzdem viel seltener krank als vor der Transplantation. Nur einmal, vor etwa einem Jahr, was es haarig gewesen, als sich eine Erkältung zu einer Nebenhöhlenentzündung entwickelt hatte. Vor der Transplantation wäre ich damit im Krankenhaus gelandet. Diesmal hatte mein Körper es selbst geschafft, damit fertigzuwerden. Allerdings hatte ich auch eine ganze Woche flachgelegen.

Ich würde nie wieder Leistungssport betreiben können, und Dinge wie Gleitschirmfliegen und Tauchen waren tabu. Aber davon abgesehen hatte ich mich vollständig von der Operation erholt. Ich war in der Lage, ein normales Leben zu führen. Ich war zurück zu Charlie nach Iowa City gezogen. Seit letztem Jahr besuchte ich wieder die University of Iowa. Langsam bekam ich das Gefühl, wieder ganz der Alte zu sein.

Doch in Wirklichkeit war ich nicht mehr wie er. Ich war nicht der junge Mann, der einzig darauf fixiert gewesen war, die Staatsmeisterschaft zu gewinnen. Darauf, für die U of I zu ringen. Dieser Typ war an jenem Tag gestorben, als mein altes Herz aufgehört hatte zu funktionieren.

Ich wusste nicht genau, wer er jetzt war. Ich hatte eine zweite Chance auf Leben bekommen, allerdings keine Ahnung, was ich aus ihr machen sollte. Wer ich sein sollte. Man schien von mir zu erwarten, dass ich da weitermachen würde, wo ich aufgehört hatte. Dass ich das College abschließen würde. Für meinen Vater in einem seiner Autohäuser in Waverly arbeiten würde. Aber so einfach war das nicht.

Charlie riet mir, locker zu bleiben und abzuwarten, was das Leben brachte. Doch ich hatte schon immer einen Plan gehabt. Ein Ziel, auf das ich mich konzentrieren konnte. Das nicht zu haben, gab mir ein Gefühl von Orientierungslosigkeit. Dieses Feuer, das ich in mir gehabt hatte – dieser Drang, etwas zu erreichen –, war beinahe verloschen. Ich wusste nicht genau, wie ich es wieder in Gang bringen könnte.

Seit der Transplantation waren vier Jahre vergangen, und ich versuchte noch immer, aus allem schlau zu werden.

Charlie beendete seinen Durchgang und stand von der Bank auf. »Hast du es schon deinen Eltern erzählt?«

»Nein«, antwortete ich. »Das muss ich noch tun, aber du weißt ja, wie sie sind. Ganz besonders Mom. Sie dreht durch, wenn ich so weit weg von zu Hause bin.«

»Ja«, stimmte Charlie mir zu. »Und? Fahren oder fliegen?«

»Fahren.«

»Cool. Wann brechen wir auf?«

»Wir?«, fragte ich.

»Wir machen einen Roadtrip, Mann«, sagte er. »Es ist Sommer. Bis zu meinem Einsatz als Trainer im Camp in einem Monat habe ich noch frei.«

Charlie arbeitete an seiner ehemaligen Highschool als Lehrer und Assistenz-Ringertrainer. Er liebte seinen Job und machte ihn großartig. Anfangs hatte er erwogen, Trainer auf einem College zu werden, doch die Arbeit mit Schülern machte ihm mehr Spaß.

»Willst du wirklich mitkommen?«, fragte ich.

»Klar«, entgegnete er. »Aber wenn du lieber alleine fahren willst, geht das auch in Ordnung. Ich meine, das wäre zwar fies von dir, aber was soll's.«

»Nein, es wäre toll, Gesellschaft zu haben«, sagte ich. »Und noch jemanden, der fahren kann. Aber wir nehmen mein Auto.«

»Mann, du weißt meinen Wagen einfach nicht zu schätzen.«

Ich schüttelte den Kopf. Charlie fuhr noch immer denselben alten Pick-up – den, den er mit sechzehn von seinem Vater geerbt hatte. Das Ding schluckte Benzin, als gäbe es kein Morgen, und fuhr sich wie ein Panzer. Doch er liebte diese Schrottkarre.

»Wenn du deinen Wagen nehmen willst, bezahlst du auch das Benzin«, bot ich an.

»Also gut«, antwortete er. »Wir nehmen dein Auto.«

»Morgen geht es los.«

Nach dem Training fuhr Charlie nach Hause, und ich ging laufen. Weil ich es konnte. Vier Jahre waren vergangen, und ich konnte es noch immer nicht fassen, wie es sich anfühlte, meinen Körper in Bewegung zu setzen und seine Reaktionen darauf zu spüren. Zu fühlen, wie die Luft in meine Lunge hinein- und wieder hinausströmte. Wie die Muskeln in meinen Beinen arbeiteten. Ohne Schwindel oder Brustschmerzen. Nichts als die Milchsäure, die sich beim Laufen aufbaute, und der Luftstrom, der in meine Brust eindrang und sie wieder verließ. Tiefe, mit Sauerstoff beladene Atemzüge. Mein neues Herz, das in einem gleichmäßigen Rhythmus schlug.

Es fühlte sich wirklich verdammt gut an, wieder so stark zu sein.

Der Genesungsprozess nach der Transplantation war brutal gewesen. Doch wenn man bedachte, dass man meine Brust aufgeschnitten, ein lebenswichtiges Organ entnommen und durch ein neues ersetzt hatte, war das nicht überraschend. Dass so etwas überhaupt möglich war, überstieg meinen Verstand.

Es hatte ein Jahr gedauert, bis ich das Gefühl gehabt hatte, dass die Operation mein tägliches Leben nicht mehr beeinträchtigte. Aber da ich zuvor an der Schwelle zum Tod gestanden hatte, hatte jeder Tag nach der Operation eine Verbesserung bedeutet. Selbst die ersten, von Schmerzen geprägten Wochen, als ich das Gefühl gehabt hatte, permanent mit einem Berg Ziegelsteinen auf der Brust zu leben, waren besser gewesen als die Monate vor der Transplantation. Das neue Herz hatte mir wenigstens wieder etwas Hoffnung gegeben.

Allerdings hatte ich mich dieser Hoffnung insbesondere in der ersten Zeit nur mit großer Zurückhaltung hingegeben.

Nach der Transplantation hätte einiges schiefgehen können. Ich hatte regelmäßige Untersuchungen, einschließlich mehrerer – schmerzhafter – Biopsien über mich ergehen lassen müssen, anhand derer überwacht worden war, wie das Herz arbeitete. Jedes Mal hatte ich mich auf schlechte Nachrichten gefasst gemacht. Darauf, dass die Ärzte mir mitteilen würden, dass etwas nicht in Ordnung wäre. Dass dieses Herz ebenfalls versagte oder mein Körper es abstieß.

Aber das war nicht passiert.

Mithilfe eines Medikamentencocktails hatte mein Körper das Organ angenommen. Seit vier Jahren hatte ich keine einzige Flimmerepisode mehr gehabt. Auch alle weiteren Komplikationen waren mir erspart geblieben. Mein neues Herz arbeitete genau, wie es sollte.

Nun war es an mir. Ich musste gut auf das Herz achtgeben, das Liam Harper mir geschenkt hatte, und ich nahm diese Verantwortung sehr ernst. Ich verzichtete auf ungesundes Essen – zumindest weitestgehend. Trank keinen Alkohol und ließ nicht zu, dass jemand in meiner Gegenwart rauchte. Sobald ich das Okay bekommen hatte, wieder mit Sport anzufangen, war ich mit Feuereifer ins Fitnessstudio zurückgekehrt. Als ich gemeinsam mit Charlie mit dem Training angefangen hatte, war ich noch schwach gewesen, doch im Lauf der Zeit war ich wieder stärker geworden.

Ich war fest entschlossen, alles zu tun, um meinen Körper – und mein neues Herz – so gesund wie möglich zu erhalten. Nie wieder wollte ich so krank werden, wie ich es gewesen war.

Ungefähr eine halbe Meile von unserer Wohnung entfernt wechselte ich, um mich abzukühlen, vom Laufen zum Gehen und holte das Handy aus der Tasche. Ursprünglich hatte ich vorgehabt, damit zu warten, meinen Eltern etwas von meinem Abstecher zu erzählen, bis ich schon unterwegs wäre. Oder sie vielleicht erst von Phoenix aus anzurufen. Doch das würde meine Mutter womöglich nur noch mehr aufregen. Ich atmete tief durch und wählte ihre Nummer.

Sie nahm beim ersten Klingeln ab. »Hi, Schatz.«

»Hi, Mom«, antwortete ich.

»Wie geht es dir? Alles in Ordnung?«

Ich versuchte, die leichte Beunruhigung in ihrer Stimme zu ignorieren. Fast schien sie noch immer damit zu rechnen, dass ich jeden Augenblick tot umfallen könnte. »Es geht mir blendend, Mom. Ich war gerade laufen.«

»Schatz, du musst vorsichtig sein«, ermahnte sie mich. »Du willst es doch nicht übertreiben. Und es ist noch so früh. Hast du auch genug geschlafen?«

»Ja, Mom, alles okay«, sagte ich. »Ich laufe bereits seit zwei Jahren. Es geht mir gut.«

»Ja, ja, ich weiß«, sagte sie. »Du solltest uns dieses Wochenende besuchen. Hast du schon etwas vor? Du könntest zum Abendessen kommen. Bring Charlie mit, wenn du möchtest.«

»Eigentlich rufe ich genau deshalb an«, sagte ich. »Ich werde einige Tage wegfahren.«

»Du … Du tust was?«

»Ich fahre nach Phoenix, um mich mit der Familie des Spenders zu treffen.«

Sie schwieg.

»Mom?«

»Tut mir leid«, sagte sie. »Ich weiß nicht, was ich dazu sagen soll.«

»Sie haben mich eingeladen«, erklärte ich.

»Oh. Also … Das ist sehr nett von ihnen«, entgegnete sie. »Aber ihr trefft euch in Phoenix?«

»Nun ja, dort wohnen sie eben.«

»Warum können sie nicht herkommen?«, fragte sie.

Ich blieb am Straßenrand, nicht weit entfernt von dem Haus, in dem Charlie und ich wohnten, stehen. Ich hatte schon geahnt, dass meine Mutter Bedenken haben würde. »Ich habe angeboten, zu ihnen zu kommen. Das ist doch keine Weltreise.«

»Aber was, wenn etwas passiert?«, fragte sie. »Was ist, wenn du medizinische Hilfe benötigst?«

»Mom, ich habe keine medizinische Hilfe mehr benötigt, seit … Es ist schon so lange her, dass ich es selbst nicht mehr weiß. Du brauchst dir nicht immer so viele Sorgen zu machen.«

»Ich bin deine Mutter. Da mache ich mir automatisch Sorgen.«

»Charlie kommt auch mit«, sagte ich. »Falls dich das beruhigt.«

»Ein wenig«, räumte sie ein. »Wenigstens bist du dann nicht allein.«

»Okay, Mom, ich muss jetzt Schluss machen«, sagte ich. »Wir fahren morgen los. Ich schreibe dir von unterwegs.«

»In Ordnung, Schatz«, erwiderte sie. »Aber vergiss nicht, uns auf dem Laufenden zu halten, wie es dir geht. Es ist mir gar nicht recht, dass du so weit weg bist.«

»Ich weiß, Mom«, sagte ich. »Hab dich lieb.«

»Ich dich auch.«

Seufzend legte ich auf. Das hatte besser geklappt als erwartet. Ich konnte meiner Mom kaum verübeln, dass sie sich Sorgen um mich machte. Trotzdem wünschte ich mir, sie würde ein wenig lockerer werden. Ich wusste nicht genau, wie ich ihr glaubhaft machen konnte, dass es mir gut ging. Fast schien sie Angst davor zu haben, mir zu glauben.

Als ich nach Hause kam, war Charlie bereits wieder weg. Laut der Nachricht, die er mir geschickt hatte, war er unterwegs, um Snacks für die Fahrt zu besorgen. Dieser Typ machte mich fertig. Ich war froh, dass er mich begleiten würde. Obwohl ich mich locker gab, war ich wegen des Treffens mit den Harpers aufgeregt. Als ich mit ihnen gesprochen hatte, hatten sie nett geklungen – sie hatten gesagt, sie würden sich darauf freuen, mich kennenzulernen. Doch über allem lag ein dicker Schleier aus Traurigkeit. Klar, ich lebte. Ich hatte eine zweite Chance bekommen. Aber sie hatten ihren Sohn verloren – einen jungen Mann, der sein Leben noch vor sich hatte. Er war aufs College gegangen, hatte sich gerade erst mit seiner Freundin verlobt.

So dankbar ich auch für das Geschenk war, das mir zuteilgeworden war, hatte es doch einen bitteren Beigeschmack. Es war furchtbar, dass jemand sterben hatte müssen, damit ich leben konnte. Mein einziger Trost war, dass Liam Harper in jedem Fall gestorben wäre, ob er nun seine Organe gespendet hätte oder nicht. Er war ja nicht *meinetwegen* gestorben. Aber ich wusste, dass die Freude meiner Eltern darüber, ihren Sohn zurückbekommen zu haben, ein Spiegelbild der Trauer der Harpers über den Verlust ihres eigenen Sohnes war.

## KAPITEL 14

# Brooke

Der Lärm in der Bar dröhnte in meinen Ohren. Stimmen und Musik verschmolzen zu einer dicken Schicht aus Geräuschen, die den ganzen Raum ausfüllte. Sich gegen mich presste. Das schummrige Licht und der permanente Lärm umfingen mich wie eine vertraute Umarmung.

Ich saß auf einem Barhocker und strich mit dem Finger am Rand meines Glases entlang, das … irgendetwas enthielt. Whisky vielleicht? Ich hatte schon wieder vergessen, was ich bestellt hatte. Egal. Mein Kopf fühlte sich angenehm benebelt an, und der leichte Rausch sorgte dafür, dass meine Gedanken ziellos blieben. Das war alles, was ich heute Abend brauchte – die Verschwommenheit des Alkohols. Das Kommen und Gehen der Leute um mich herum. Ablenkung. Alles, was mir half, nicht an die klaffende Leere in meiner Brust zu denken.

Leider half das auch nicht besonders. Nichts half. Selbst die Besinnungslosigkeit des Schlafes brachte nie wirkliche Erleichterung. Er war immer da. Dieser Schmerz. Entweder nur undeutlich, am Rande meiner Wahrnehmung, oder deutlich wie ein Messer, das sich in mich bohrte – dieser Schmerz war jetzt ein Teil von mir.

Er stahl sich in meine Brust und strahlte von der Stelle, an der sich einst mein Herz befunden hatte, überallhin aus. An dieser Stelle war nun nichts mehr. Bloß noch ein leeres Loch. Natürlich saß dort noch immer ein Organ, das Blut durch meine Adern pumpte. Aber mein Herz? Das war aus meiner Brust gerissen worden. Hatte außerhalb meines Körpers im Rhythmus der Maschinen, die Liams Organe am Leben erhalten hatten, geschlagen. Es war mit Liams Herz stehen geblieben. War mit ihm gestorben.

Anfangs war ich vor Leid wie gelähmt gewesen. Jeden Morgen war ich mit diesem Schmerz in mir aufgewacht, der durch mich hindurch geschossen war und mich von innen heraus verbrannt hatte. Er hatte mir den Atem geraubt, mir den Sauerstoff gestohlen, bis ich keine Luft mehr bekommen hatte. Es hatte mich erschüttert, als mir irgendwann klar geworden war, dass dieser Schmerz mich dennoch nicht töten würde. Dass mein Körper trotz meiner abgrundtiefen Verzweiflung weiter normal funktionieren würde.

Und das hatte er auch getan. Ich hatte weitergelebt, Tag für Tag, weiter geatmet. Weiter existiert.

Ich trank etwas von meinem Drink. Spürte das Brennen, als er durch meine Kehle rann. Mein Magen hob sich, und leichte Übelkeit machte sich bemerkbar. Meine Wangen fühlten sich heiß an.

»Hey, Rick, kann ich etwas Wasser haben?«

Rick, der Barkeeper, nickte. Er schenkte mir ein Glas Wasser ein und schob es über die Bar. »Hast du heute Abend schon etwas gegessen, Kleine?«

Ich lächelte leicht. »Och, machst du dir Sorgen um mich? Oder hast du bloß Angst, dass ich mich auf die Bar übergeben könnte?«

Er wischte ein paar Wassertropfen von der Theke ab. »Du siehst nur etwas blass aus. Vielleicht solltest du für heute Schluss machen. Dir etwas zu essen besorgen und dich ausschlafen.«

»Du bist ein Schatz, Rick.« Ich schenkte ihm noch ein Lächeln, das nicht von Herzen kam. Immer schenkte ich allen ein nettes Lächeln. Weil es das war, was sie sehen wollten, egal, ob es nun echt war oder nicht. »Aber es geht mir gut.«

Er sah mich mit erhobenen Brauen an, als würde er mir nicht glauben. Was vollkommen in Ordnung war. Ich nahm mir meine Worte ebenfalls nicht ab.

Ich war gar nicht sonderlich betrunken. Ich wusste, wo ich war und was ich tat. Aber der Grad meiner Betrunkenheit hatte keinen Einfluss darauf, ob es mir jetzt gut ging oder nicht. Eine andere Frau hätte sturzbetrunken herumtorkeln und alles vollkotzen können, und es wäre ihr trotzdem besser gegangen als mir.

Ich drehte mich ein wenig auf dem Hocker um und blickte zur Band hinüber. Sie nannte sich Death Pixies, was, wenn man mich fragte, ein total bescheuerter Name war. Ich fand, dass er nach Frauen-Punkband klang, obwohl die Combo in Wirklichkeit aus männlichen Rockern in Leder und zerrissenen Jeans bestand.

Jared blickte zu mir und lächelte behäbig, während er weiter ins Mikrophon sang. Von dem Anblick hob sich mir wieder der Magen. Ich trank einen Schluck Wasser, in der Hoffnung, dass es helfen würde. Seine Haare waren nach hinten gegelt und sein Unterkiefer stoppelig. Beide Arme waren von oben bis unten tätowiert. Die Hälfte der heute Abend anwesenden Frauen hätte sofort die Beine für ihn breitgemacht, doch er tat so, als hätte er nur Augen für mich.

Wir waren nicht wirklich ein Paar. Vor anderen Leuten zog er gern eine Show ab, tat so, als könne er irgendwelche Alphamännchen-Besitzansprüche auf mich geltend machen. Grüßte von der Bühne aus *seine Freundin im Publikum*, legte mir einen

Arm um die Schultern, fasste mir an den Po, wenn er wusste, dass jemand zusah. Machte seine Groupies eifersüchtig. Er liebte diesen Scheiß. Labte sich an der Aufmerksamkeit der anderen.

Aber es war ungefähr genauso wahrscheinlich, dass er heute Nacht irgendeine X-beliebige vögeln würde, wie, dass wir miteinander im Bett landeten. Er liebte mich nicht, und ich liebte ihn nicht. Manchmal war ich mir nicht mal sicher, ob ich ihn überhaupt mochte. Im Grunde war er ein überhebliches Arschloch.

Was folgende Frage aufwarf: Warum zum Teufel war ich überhaupt hier, saß in einer vollen Bar herum und trank zu viel, während Jared und seine Band mittelmäßige Musik spielten?

Hauptsächlich, weil ich sonst nirgendwo sein musste.

Ich hatte mal wieder meinen Job verloren, und diesmal meine Wohnung gleich noch dazu. Ich kannte Jared und die anderen Jungs aus der Band schon länger. Wir bewegten uns im gleichen sozialen Umfeld, wenn man denn einen Haufen Leute, die zusammen feierten und sich zumindest größtenteils namentlich kannten, so bezeichnen kann. Sie wohnten alle zusammen, nicht weit von hier in einem alten Haus, und sie hatten mich bei ihnen unterschlüpfen lassen.

Mich mit Jared einzulassen, bot mir den Schutz, den ich brauchte, wenn ich mit fünf Männern zusammenlebte, die die meiste Zeit betrunken oder high waren. Da Jared mich für sich beanspruchte, ließen die anderen mich in Ruhe. Und er war im Grunde ganz okay. Wir hatten Spaß miteinander. Er war ein bisschen verrückt – liebte den Nervenkitzel. Den Kick des Adrenalinrauschs. Genau wie ich. Er sagte oft, dass er mich mögen würde, weil ich die Einzige wäre, die mit ihm mithalten könnte.

Unsere Nicht-Beziehung war für mich in Ordnung. Ich war nicht in der Lage, jemanden zu lieben, und das wollte er auch gar nicht. Ihm gefiel die Außenwirkung, jemanden zu haben, den er als seine Muse bezeichnen konnte, ohne die Mühen, die eine richtige Freundin mit sich brachte. Und wenn ich manchmal mit ihm schlief, war das auch nicht schlimm. Er war eine Ablenkung. Etwas, das die Leere in mir, wenn auch bloß für kurze Zeit, ausfüllte.

Ich war nicht wie meine Mutter, die immer krampfhaft mit einem Mann zusammen sein musste, um nicht alleine zu sein. Seitdem ich Liam verloren hatte, hatte ich nicht einen Mann nach dem anderen gehabt. Gut, ich lebte jetzt mit Jared zusammen, aber das war nur vorübergehend. Ich würde wieder auf die Beine kommen und weiterziehen.

Zumindest redete ich mir das ein. Doch als ich noch einen Schluck von meinem Whisky trank – oder was immer es auch sein mochte, für mich schmeckte es nach nichts –, war mir die Wahrheit bewusst. Ich wurde jeden Tag ein Stückchen mehr wie sie. Meine einzige Hoffnung war, dass ich mir im Gegensatz zu ihr einen gewissen Grad an Selbstreflexion bewahren würde. Und vielleicht war das ja auch etwas wert.

Meine Mutter hatte immer anderen die Schuld dafür gegeben, wie ihr Leben verlaufen war. Sie war zu jung mit mir schwanger geworden. Mein Vater hatte sie sitzen lassen. Die Männer, mit denen sie zusammen gewesen war, hatten sie verarscht. Immer war jemand anderes an allem schuld gewesen.

Ich wusste, wie tief ich mich selbst in die Scheiße geritten hatte. Ich behauptete nicht, Opfer äußerer Umstände zu sein. Ich hatte meinen Job verloren, weil ich nicht mehr zur Arbeit gegangen war. Ich hatte meine Wohnung verloren, weil ich die

Miete nicht bezahlt hatte. Mein Leben war eine Katastrophe, aber das hatte ich mir selbst zuzuschreiben. Ich hätte Liam vorwerfen können, dass er gestorben war, doch es gab auch noch andere Menschen, die ihn geliebt hatten. Die saßen nicht angetrunken in einer Spelunke herum, hörten der Band des Typen zu, mit dem sie was hatten, aber nicht zusammen waren, und brachten sich durch, indem sie ab und zu Schichten in einem heruntergekommenen Diner schoben.

Das Problem war, dass mir das alles im Grunde vollkommen egal war.

Ich fühlte mich, als wäre ich zusammen mit Liam gestorben. Nicht, dass ich selbstmordgefährdet gewesen wäre. Selbst an den schwärzesten Tagen nach dem Unfall hatte ich nie meinem Leben ein Ende setzen wollen. Aber es war mir auch egal, ob ich lebte.

Ich war ein Geist, verdammt zu den Qualen einer Halbexistenz. Ich bewegte mich durch die Welt, als wäre ich lebendig. Doch alles Wesentliche an mir war tot. Lediglich eine Hülle war übrig geblieben.

Manchmal fragte ich mich, ob die anderen mich durchschauten. Sah ich so ausgelaugt aus, wie ich mich fühlte? Durchscheinend, wie eine bleiche, hauchdünne Gardine, die im Wind wehte? Würde ich mich irgendwann in nichts auflösen?

Nachdem ich Liam verloren hatte, hatte ich mich bemüht. Ich hatte mich so sehr angestrengt, mich zusammenzureißen. Mit Beginn des neuen Semesters war ich wieder an die Uni zurückgekehrt. War arbeiten gegangen. Hatte meine Hausarbeiten erledigt. Meine Rechnungen bezahlt. Zumindest für eine Weile.

Doch nach und nach hatte ich damit aufgehört, all das zu tun. Und selbstverständlich hatte das Konsequenzen nach sich gezogen. Wenn man in genügend Fächern durchfällt, wird einem irgendwann der Studienplatz entzogen. Wenn man oft genug nicht zur Arbeit erscheint, wird man gefeuert. Wenn man seine Rechnungen nicht bezahlt, werden einem gewisse Dinge abgeschaltet.

Aber war irgendetwas davon überhaupt von Bedeutung, wo ich doch überhaupt nicht richtig am Leben war?

Die Band beendete ihren Auftritt, und Jared bahnte sich einen Weg zu mir. Ließ sich Zeit, blieb stehen, um sich mit einer jungen Frau in einem schulterfreien schwarzen Top zu unterhalten, aus dem ihre Brüste hervorquollen. Sie sah aus wie die meisten Frauen hier – Rocker-Girls mit viel Schminke im Gesicht, knallroten Lippen und ganz in Schwarz gekleidet. Ich stach mit meiner luftigen weißen Bauernbluse, den abgeschnittenen Jeans und den zahlreichen Perlenarmbändern an meinen Handgelenken hervor wie eine Nonne im Puff. Aber das kümmerte mich nicht. Ich würde meinen Kleidungsstil nicht für irgendeinen Kerl ändern.

Jared sah wieder zu mir hin und stolzierte wie ein Pfau durch die Menge. Sein Hemd war zur Hälfte aufgeknöpft, und seine zerrissene Jeans saß tief auf seinen Hüften.

»Hey, Schätzchen«, sagte er, und sein Blick zuckte zu Rick, der hinter der Bar stand. »Einen Jack Daniel's. Und noch einen für meine Kleine.«

Ich trank den Rest meines aktuellen Drinks aus. Wenn Jared einen ausgab, würde ich nicht Nein sagen.

»Wie haben wir heute Abend geklungen?« Er holte ein Päckchen Zigaretten hervor, steckte sich eine zwischen die Lippen und bot mir ebenfalls eine an.

Ich rauchte eigentlich bloß, wenn ich betrunken war, aber in diesem Moment war ich nahe genug dran. Ich nahm eine und klemmte sie zwischen zwei Finger. »Gut.«

»Nur gut?«, fragte er und nahm die Zigarette aus dem Mund. Rick schob Jareds Drink über die Bar, und er stürzte ihn in einem Zug herunter.

»Sonst bist du doch auch immer so selbstbewusst«, antwortete ich. »Wenn du jemanden suchst, der dir schmeichelt, solltest du es dort drüben bei Miss Riesentitten im knappen Oberteil versuchen.«

»Mann, ich liebe es, wenn du eifersüchtig wirst«, meinte er.

Ich nahm lachend das Glas mit dem Whisky und sparte es mir, ihn zu korrigieren. Wenn er glauben wollte, ich sei eifersüchtig, war mir das auch recht. Ich empfand sowieso kaum etwas. Was machte das schon für einen Unterschied?

»Komm, Schätzchen«, sagte er. »Ich muss eine rauchen.«

Er legte besitzergreifend den Arm um mich und führte mich durch die Bar zur Tür. Draußen war es noch immer drückend heiß. Selbst für Phoenix war der Frühling ungewöhnlich warm.

»Scheißhitze«, murmelte Jared, während er seine Zigarette anzündete. »Um diese Jahreszeit sollte es doch eigentlich nicht so verflucht heiß sein. Manchmal denke ich, dass wir von hier verschwinden sollten.«

Er zündete meine Zigarette an, und ich nahm einen Zug. Blies den Rauch aus. Jared redete ständig davon, aus Phoenix wegzugehen – üblicherweise mit dem Ziel, nach L.A. umzuziehen. »Ja, die Hitze ist übel.«

Sein Handy pingte, und er zog es aus der Tasche. Tippte irgendetwas. Ich schlenderte mit der Zigarette zwischen den Fingern den Gehweg entlang. Da ich eigentlich keine Lust auf sie hatte, ließ ich sie einfach abbrennen. Der Rauch stieg in die

Luft, und die Asche an der Spitze wurde länger. Ich blieb stehen, starrte die Asche an und musste an meine Mutter denken. Wie sie über mir stand, auf der Straße, eine Zigarette zwischen die Finger geklemmt. Die weiterbrannte, während sie auf mich einschlug. Liams Stimme hinter mir. *Was soll das?*

*Ich weiß es nicht, Liam. Ich weiß nicht, was ich tue.*

»Hey. Hast du mal Feuer?«

Den Typen, der an mich herangetreten war, hatte ich gar nicht bemerkt, denn ich war zu sehr in meinen Gedanken versunken gewesen. Er trug ein schwarzes T-Shirt, Jeans und eine abgewetzte Baseballkappe auf dem Kopf und hielt mir mit fragendem Blick eine Zigarette hin.

»Nein, tut mir leid.«

Er zuckte mit den Schultern und steckte die Zigarette hinters Ohr. »Nicht weiter schlimm.«

»Du kannst meine haben«, sagte ich und bot ihm meine halb abgebrannte Zigarette an. »Ich halte sie eigentlich bloß fest. Dann verkommt sie wenigstens nicht.«

Einer seiner Mundwinkel hob sich, als er sie mir abnahm, seine Lippen um den Filter schloss, einatmete, den Kopf abwandte und den Rauch ausstieß. »Die würde noch besser schmecken, wenn du etwas Lippenstift daran hinterlassen hättest.«

Ich trat zurück. »Das sollte keine Einladung sein, mich anzubaggern. Tut mir leid.«

Der Typ öffnete den Mund, um etwas zu erwidern, doch Jared drängte sich bereits zwischen uns.

»Verzieh dich, Arschloch!«, blaffte Jared.

»Hey, ich wollte nur —«

»Du wolltest nur von hier verschwinden«, fiel ihm Jared ins Wort.

Der Typ gelangte offenbar zu der Überzeugung, dass es sich nicht lohnte, es auf eine Konfrontation ankommen zu lassen. Mit einem halbherzigen, bösen Blick und einem andeutungsweisen Grinsen, das *Sie ist den Ärger nicht wert* zu sagen schien, wandte er sich ab und ging.

Jared packte mein Handgelenk und zog mich an sich. »Was zum Teufel sollte das?«

Sein Griff war fest, seine Finger gruben sich in meine Haut. »Nichts. Er hat mich bloß nach einem Feuerzeug gefragt.«

»Kennst du diesen Kerl?«

»Nein, Herrgott, Jared, lass mich los! Das tut weh.«

Er verdrehte mir schmerzhaft den Arm und packte mich noch fester. »Mach das ja nicht noch mal. Ich mag das nicht.« Er ließ mich los, und ich drückte mein Handgelenk an meinen Körper. »Ich will hier weg. Ich gehe und hole das Bike.«

Ohne meine Antwort abzuwarten, wandte er sich ab und marschierte die Straße hinauf, wo er sein Motorrad abgestellt hatte.

Ich rieb mir das Handgelenk. Es waren rote Abdrücke in Form seiner Finger zurückgeblieben. Sie brannten, als wäre ich ein Dämon, der von Weihwasser versengt worden war. Beinahe rechnete ich damit, Rauch von den roten Stellen aufsteigen zu sehen.

In einem anderen Leben hätte ich diesen Gedanken zu Papier gebracht. Doch hier und heute hatte ich nichts zum Aufschreiben bei mir.

Mein Telefon klingelte, und ich zuckte erschrocken zusammen. Ich zog es aus der Tasche, und als ich den Namen auf dem Display las, stockte mir der Atem.

Mary Harper.

Es war schon Monate her, seitdem Liams Mutter zum letzten Mal versucht hatte, mich zu erreichen. Damals war ich nicht rangegangen. Einige Tage später hatte ich ihr eine Nachricht geschrieben, mich dafür entschuldigt, dass ich ihren Anruf versäumt hatte, und versprochen, zurückzurufen. Aber das hatte ich nicht getan.

Tatsächlich war es bereits fast zwei Jahre her, dass ich jemanden von Liams Familie gesehen hatte. Ich hatte sie so vehement weggestoßen, dass sie es irgendwann aufgegeben hatten. Außerdem hatte Olivia bei unserem letzten Zusammentreffen keinen Hehl daraus gemacht, was sie von mir hielt. Das hatte für mich mehr als genügt, um zu ihnen auf Distanz zu gehen.

»Hallo?« Ich hörte meine eigene Stimme, als stünde ich neben mir – als würde jemand anderes sprechen. Hatte ich ihren Anruf angenommen? Was zum Teufel hatte ich mir dabei gedacht? Vielleicht war ich doch betrunkener als gedacht.

»Brooke?« Marys Stimme. So vertraut. So freundlich. Sie rührte an dem Schmerz in meiner Brust, stachelte ihn an, bis er sich wieder beinahe frisch anfühlte. »Brooke, bist du das?«

»Ja.« Hoffentlich sprach ich deutlich. Sie sollte nicht merken, dass ich getrunken hatte.

»Ich bin so froh, dass ich dich erreicht habe«, sagte sie. »Wie geht es dir?«

O Gott, diese Frage. Aber ich konnte, was das anging, gut lügen. »Ganz gut. Bestens. Ich bin nur etwas müde. Es ist schon spät.«

»Ich weiß, und es tut mir leid, dass ich so spät anrufe«, sagte sie. »Ich muss mit dir über etwas reden. Es ist wichtig. Hast du kurz Zeit?«

»Klar.«

»Wir stehen mit jemandem in Kontakt«, sagte sie. »Einem der Organempfänger.«

Ich begriff nicht gleich, was sie meinte. Organempfänger? Sie konnte doch unmöglich meinen …

»Was?«

»Vor vier Jahren brauchte ein junger Mann in Iowa eine Herztransplantation«, erklärte sie. »Er hat Liams Herz erhalten.«

Sein Herz? Ich hatte das Gefühl, nicht mehr atmen zu können – als steckte meine Lunge in einem Schraubstock. »Tatsächlich?«

»Ja«, sagte sie. »Er hat uns geschrieben. Und, nun ja, wir haben ihn zu einem Treffen hier in Phoenix eingeladen. Deswegen rufe ich an. Wir hatten gehofft, dass du kommst.«

Ich schluckte angestrengt und versuchte, nicht die Fassung zu verlieren. »Wann?«

»Morgen Nachmittag«, antwortete sie. »Wir treffen uns in Nora's Kitchen zum Mittagessen. Erinnerst du dich noch an dieses Restaurant? Ich weiß ja nicht genau, wo du derzeit wohnst, aber wenn du eine Mitfahrgelegenheit brauchst, könnten wir dich bestimmt abholen.«

Abholen? Halt, nein. Das ging alles zu schnell. »Nein, das wird nicht nötig sein. Ich weiß, wo das Restaurant ist.«

»Ich weiß, dass das schwer ist«, sagte sie. »Aber ich glaube, es könnte ein positives Erlebnis für uns alle werden. Uns zeigen, dass Liams Tod auch für etwas gut gewesen ist.«

Ich musste mir auf die Zunge beißen, um sie nicht anzuschreien. Liams Tod war für rein gar nichts gut gewesen. Überhaupt nichts. Ich interessierte mich nicht für irgendeinen Arsch aus Iowa, der ein Herz gebraucht hatte. Was war an seinem Leben so besonders? Liam war mir genommen worden – uns allen –, und nichts würde das jemals wieder in Ordnung bringen.

Doch ich wollte nicht, dass Mary sich meinetwegen schlecht fühlte. Das war bereits oft genug passiert. »Ich weiß nur noch nicht genau, ob ich es morgen schaffe.«

»Tut mir leid, ich hätte dir früher Bescheid geben sollen. Und wenn du eben … Wenn du nicht kommen kannst, verstehe ich das. Ich weiß, wie schwer das alles ist.«

Verflucht nochmal, warum musste sie nur so lieb sein? Ich wusste, dass sie alle von mir enttäuscht waren, aber Mary war immer so verständnisvoll. Manchmal wünschte ich, sie würde mich einfach anschreien. Wütend werden. Mich beschimpfen und für alles verantwortlich machen. Das hätte ich wenigstens verdient.

Doch ich wollte sie unbedingt glücklich machen. Sie war für mich eine bessere Mutter gewesen, als es meine leibliche je gewesen war, und ich wusste, wie sehr ich sie dadurch, dass ich sie nach Liams Tod weggestoßen hatte, verletzt hatte.

Es lag nicht nur daran, wie schmerzhaft es wäre, seine Familie wiederzusehen. Das war wirklich schwer. Aber ich wollte nicht, dass sie – dass irgendjemand von ihnen – erfuhr, was für ein Wrack aus mir geworden war. Wie tief ich abgestürzt war. Ich schämte mich, dass mein Leben ein einziger Scherbenhaufen war und ich nicht die Kraft hatte, es wieder zusammenzusetzen.

Trotzdem hörte ich mich selbst antworten: »Gut, okay. Vielleicht schaffe ich es zu kommen.«

»Ja?« Sie schien das Telefon abzudecken, um mit jemandem zu sprechen. Wahrscheinlich mit Brian. »Ja, sie hat gesagt, dass sie vielleicht kommt.« Jetzt hörte ich sie wieder deutlicher. »Wir fänden es alle so wundervoll, wenn du kämest. Wir vermissen dich.«

*Das gilt nicht für alle von euch.*

»Also, ich schätze, wir sehen uns dann dort?«

»Ja, wir treffen uns dort um die Mittagszeit«, entgegnete sie.

»Danke, Schatz. Wir freuen uns schon auf dich.«

Jared fuhr neben mir mit dem Motorrad vor, und der Motor war so laut, dass ich nichts mehr verstehen konnte.

»Ähm, ich muss jetzt Schluss machen«, brüllte ich fast ins Telefon. Ich konnte nicht hören, ob sie etwas erwiderte.

Als ich auflegte, zitterten meine Hände. Was hatte ich getan? Ich hatte gerade zugestimmt, mich mit den Harpers zu treffen. Morgen. Und den Mann kennenzulernen, der ausgerechnet Liams Herz bekommen hatte.

In den vergangenen Jahren hatte ich mich bereits in einigen schwierigen Situationen wiedergefunden, aber das hier toppte wirklich alles.

Ich steckte das Handy in die Tasche, stieg aufs Motorrad und schlang die Arme um Jareds Taille. Wie aus dem Nichts meinte ich plötzlich Marys Stimme zu hören, die mich fragte, weshalb ich keinen Helm trug.

*Weil es egal ist.*

»Bereit, Schätzchen?«, fragte Jared mit erhobener Stimme, damit ich ihn über das Dröhnen des Motors verstehen konnte.

»Verschwinden wir von hier.«

Er fuhr auf die Straße und gab Gas. Mein ganzer Körper kribbelte vor Erregung angesichts des plötzlichen Tempo-schubs. Der Gefahr. Der Wind blies mir die Haare aus dem Gesicht, und ich beugte mich gerade so weit zur Seite, dass ich die Lichter auf uns zurasen sehen konnte. Alkohol und

Geschwindigkeit waren eine starke Kombination. Sie gehörten zu den wenigen Dingen, die bei mir noch wirkten. Zu den wenigen Dingen, die mir das Gefühl gaben, noch am Leben zu sein.

## KAPITEL 15

# Sebastian

Als ich vor dem Restaurant stand, packte mich plötzlich Nervosität. Es war so weit. Gleich würde ich die Familie des Mannes kennenlernen, dessen Herz mein Leben gerettet hatte.

Die Fahrt hierher hatte nur zwei Tage gedauert. Charlie und ich hatten uns beim Fahren abgewechselt und waren für eine Nacht in einem abgeschiedenen Motel abgestiegen. Gestern Abend waren wir schließlich in Phoenix eingetroffen, müde und verspannt von der langen Fahrt.

Eine Schweißperle rann meinen Rücken hinunter, als ich die Tür öffnete. Beim Eintreten umfing mich kühle, klimatisierte Luft. Zögernd blieb ich bei der Tür stehen und fragte mich, ob die Harpers schon da wären. Ich war ein paar Minuten zu früh dran. Charlie war im Hotel geblieben.

Ich erkannte Mrs. Harper sofort, als ich sie sah. Schulterlange blonde Haare. Blaue Augen. Ich hatte ein Foto von ihr gesehen – ich hatte mir ihr Facebook-Profil angeschaut. Unsere Blicke trafen sich, und selbst von Weitem sah ich, wie sie kurz nach Luft schnappte.

Ein Mann, der um die fünfzig zu sein schien, saß ihr gegenüber. Er war schlank, trug ein Hemd und seine Haare waren fast ganz ergraut. Er streckte die Hand über den Tisch und legte sie auf ihre.

Außer ihnen saß noch eine junge Frau am Tisch, die ungefähr im gleichen Alter war wie ich. Das war entweder Liams Schwester oder seine Freundin. Nein, sie musste seine Schwester sein. Sie sah aus wie ihre Mutter – hübsch, blonde Haare, blaue Augen und ein ähnlicher Mund.

Als ich mich ihrem Tisch näherte, standen sie alle auf. Ich war einige Zentimeter größer als Mr. Harper und auch kräftiger, aber ich war es gewohnt, immer der Größte zu sein. Ich wollte ihnen nicht gleich auf die Pelle rücken und trat erst einmal nur so nah an den Tisch heran, dass ich ihm die Hand schütteln konnte.

»Sebastian McKinney«, sagte ich. Mr. Harper nahm meine Hand, schüttelte sie und stellte sich ebenfalls vor. Ich schüttelte auch Mrs. Harper die Hand, die mir anschließend Olivia vorstellte. Sie war auf jeden Fall Liams Schwester.

Olivia schüttelte meine Hand und sah mich erstaunt an. »Wow, du bist ja ein Riese. Funktioniert das Herz meines Bruders wirklich so gut in deinem Körper, oder brauchst du gleich zwei davon?«

Mrs. Harper sah ihre Tochter entrüstet an. »Olivia!«

»Das ist eine berechtigte Frage«, meinte Olivia. »Schau ihn dir doch mal an.«

»Vielleicht sollten wir uns alle erst einmal setzen«, schlug Mr. Harper vor.

»Ist schon in Ordnung«, sagte ich. »Das bin ich gewohnt.«

Ich setzte mich an den Kopf des Tisches, mit Mr. Harper zu meiner Rechten und Mrs. Harper und Olivia zu meiner Linken.

»Wir sind so dankbar, dass du bereit warst, den langen Weg hierher auf dich zu nehmen«, sagte Mrs. Harper.

»Ich freue mich ebenfalls, hier zu sein«, entgegnete ich. »Das ist das Mindeste, was ich tun kann.«

Kurzes, betretenes Schweigen entstand. Gerade als ich etwas sagen wollte, kam die Bedienung an den Tisch. Wir gaben bei ihr unsere Bestellung auf – Olivia bedachte mich mit einem verwunderten Blick, als ich einen Salat mit gegrilltem Hähnchen bestellte –, und sie servierte jedem von uns ein Glas Wasser.

»Also, was ist los mit dir?«, fragte sie. »Warum brauchtest du ein Herz?«

Als ich sah, dass Mrs. Harper dazu ansetzte, sich für Olivia zu entschuldigen, hob ich rasch die Hand. »Ist schon gut. Wirklich. Ihr könnt mich alles fragen. Ich bin sowieso davon ausgegangen, dass ihr wissen wollt, was passiert ist.«

Während ich meine Geschichte erzählte, hörten sie aufmerksam zu. Ich wollte nicht zu melodramatisch klingen, aber ich blieb auch ehrlich. Einige Details ließ ich aus – zum Beispiel Cami. Von ihr brauchten sie nichts zu wissen. Mr. Harper hatte eine Menge Fragen zu meiner Krankheit, und ich beantwortete sie, so gut ich konnte. Und sie wollten alle wissen, wie es mir ging. Zwischendurch brachte die Bedienung unser Mittagessen, und ich redete weiter, während wir aßen.

Es fühlte sich gut an, ihnen berichten zu können, dass ich inzwischen gesund war. Das Herz ihres Sohnes hatte einen guten Zweck erfüllt.

»Was für ein unglaublicher Weg hinter dir liegt!«, sagte Mrs. Harper.

»Ich weiß nicht recht, wie ich es ausdrücken soll, dass es richtig klingt«, setzte ich an. »Es bedrückt mich, zu wissen, dass meine zweite Chance auf Leben jemand anderem großen Schmerz bereitet hat. Aber ich möchte, dass Sie wissen, wie dankbar ich bin.«

Mrs. Harper streckte die Hand über den Tisch und legte sie auf meine. »Wir sind ebenfalls dankbar. Wir vermissen Liam schrecklich. Nichts wird ihn uns jemals ersetzen können. Aber es hilft ungemein, zu wissen, dass diese Tragödie auch etwas Gutes bewirkt hat.«

Ich nickte und hatte einen Kloß im Hals. Mann, das war wirklich hart. Obwohl ich diese Menschen gerade erst getroffen hatte, hatte ich das Gefühl, sie schon mein ganzes Leben lang zu kennen. Als wären sie in gewisser Weise ebenfalls meine Familie.

Olivia liefen Tränen über die Wangen, und sie wischte sie weg. »O mein Gott. Das ist total verrückt. Ich bin so sauer, dass Brooke nicht hier ist. Sie muss dich unbedingt kennenlernen.«

»Vielleicht kommt sie nur etwas später«, sagte Mrs. Harper.

»Das bezweifle ich«, meinte Olivia und verdrehte die Augen.

»Entschuldige«, wandte sich Mrs. Harper an mich. »Brooke war Liams Verlobte. Wir haben sie ebenfalls hierher eingeladen, und sie meinte, sie würde kommen. Wir haben sie schon eine Weile nicht mehr gesehen.«

»Das kann ich ihr nicht verdenken«, sagte ich. »An ihrer Stelle würde ich mich, glaube ich, auch nicht kennenlernen wollen.«

Mr. und Mrs. Harper wechselten einen betrübten Blick.

»Ich wünschte, ich hätte mehr für sie getan«, sagte Mrs. Harper.

»Trauer kann es einem erschweren, das Richtige für die Lebenden zu tun«, sagte Mr. Harper. »Wir haben damals unser Bestes gegeben.«

»Ja, Mom, du musst aufhören, dich ihretwegen zu quälen«, sagte Olivia. »Es ist nicht deine Schuld.«

»Du hast recht, das weiß ich ja«, erwiderte Mrs. Harper. »Wir geben ihr noch etwas Zeit. Vielleicht kommt sie noch.«

Sie stellten mir weitere Fragen, und die Unterhaltung wurde wieder etwas lockerer. Sie erkundigten sich nach Iowa und meiner Familie. Mr. Harper stellte sich als Sportfan heraus und wollte in diesem Bereich ebenfalls einiges wissen. Ich erzählte ihnen, wie ich gegen Charlie gewonnen hatte. Wie wir uns, nachdem ich krank geworden war, angefreundet hatten und dass er mich nach Phoenix begleitet hatte.

Anschließend sprachen wir über Liam. Ich wollte so viel wie möglich über diesen jungen Mann erfahren, doch ich war mir nicht sicher gewesen, ob sie über ihn reden wollen würden. Doch anstelle von Ernst und Traurigkeit erinnerten sie sich voller Liebe an ihn. Sie zeigten mir Fotos. Erzählten mir, wie er als Kind gewesen war. Welche Sportarten er als Jugendlicher betrieben hatte. Wie er Brooke auf der Highschool kennengelernt hatte und wie es schließlich dazu gekommen war, dass sie bei ihnen eingezogen war.

Wir aßen und redeten und lachten sogar. Ich fand es herrlich, Geschichten über Liam zu hören, und je mehr wir über ihn sprachen, desto mehr schien die Traurigkeit zu verschwinden.

Nachdem wir aufgegessen hatten und die Bedienung unseren Tisch abgeräumt hatte, ergriff Mrs. Harper wieder meine Hand. »Danke, Sebastian. Das hat uns sehr viel bedeutet.«

»Mir ebenfalls, Mrs. Harper«, antwortete ich. »Ich bin wirklich froh, dass ich euch alle kennenlernen durfte.«

Während wir uns verabschiedeten, spähten die Harpers immer wieder zum Eingang des Restaurants. Wahrscheinlich hofften sie, dass Brooke doch noch in letzter Minute auftauchen würde.

Ich konnte mir nicht erklären, warum, aber ich hoffte es ebenfalls. Jedes Mal, wenn sie ihren Namen erwähnt hatten, hatte ich eine merkwürdige Enge in der Brust gespürt. Ein Kribbeln in meinen Gliedern. Wie eine Vorahnung, ein ungutes Gefühl, dass etwas passieren würde. Doch sie war nicht gekommen, und ich war unerklärlicherweise enttäuscht darüber. Ich begriff selbst nicht, wieso. Ich kannte sie nicht. Ich hatte keinen Grund zur Beunruhigung.

Aber das war ich. Ich war besorgt. Warum war sie nicht gekommen? Nur weil sie zu der Ansicht gekommen war, dass es zu schwierig für sie gewesen wäre, mich zu treffen? Das wäre verständlich gewesen. Doch ich wurde einfach das Gefühl nicht los, dass etwas Schwerwiegenderes nicht in Ordnung war. Nicht, als wir unsere Unterhaltung beendeten und ein erneutes Treffen, vielleicht in Iowa, ins Auge fassten. Nicht, als wir aufstanden und uns lange umarmten, wobei Mrs. Harper und Olivia wieder Tränen in den Augen hatten. Irgendetwas beunruhigte mich. Sehr sogar.

Mr. und Mrs. Harper öffneten die Tür, doch Olivia zögerte.

»Ich komme gleich nach«, sagte sie zu ihren Eltern und wandte sich noch einmal an mich. »Hör mal, ich weiß, dass es im Grunde egal ist, weil du Brooke vermutlich nie kennenlernen wirst. Aber hab bitte keine falsche Vorstellung von ihr. Mir war klar, dass sie nicht kommen würde, aber das liegt nicht an dir. Sondern an mir.«

»Was meinst du damit?«

Sie blickte seufzend zu Boden. »Als ich sie das letzte Mal getroffen habe, lief es … schlecht. Nach dem Tod meines Bruders war ich so wütend. Ich habe Dinge zu ihr gesagt, die mir wirklich leidtun. Nun ja, wir haben beide gewisse Dinge gesagt, aber wie ich sie behandelt habe, ist unentschuldbar. Und seitdem habe ich sie nicht mehr wiedergesehen.«

»Dann hast du also nicht nur deinen Bruder verloren«, sagte ich.

»Genau«, stimmte sie mir zu. »Ich hatte gehofft, sie würde kommen. Ich muss mich bei ihr entschuldigen, und ich dachte, heute wäre vielleicht der Tag, an dem ich die Chance dazu bekäme. Na ja, ich weiß auch nicht, warum ich dir das alles erzähle. Es ist nicht dein Problem. Ich möchte bloß nicht, dass du wieder nach Hause fährst und denkst, sie sei unzuverlässig.«

»Danke«, sagte ich. »Ich hoffe, du bekommst eine Gelegenheit, mit ihr zu sprechen.«

»Ja, ich auch«, entgegnete sie. »Nochmals danke, dass du gekommen bist. Ich bin froh, dass ich dich kennenlernen konnte.«

Wir umarmten uns noch einmal und verabschiedeten uns endgültig.

Ich suchte kurz die Waschräume auf und verließ anschließend das Restaurant. Ich dachte noch immer an Brooke. Grübelte, was wohl aus ihr geworden sein mochte – aus der Frau, die Liam Harper geliebt hatte. Fragte mich, ob es ihr gut ging.

Ich dachte noch immer an sie, als ich den Gehweg entlang zu meinem geparkten Auto ging. Dachte noch immer an sie, als ich in einem Café auf der anderen Straßenseite eine Frau an einem Tisch sitzen sah, die auf ihr Handy schaute. Sie trug ein ärmelloses Top und Shorts, und ihre langen dunklen Haare fielen ihr über die Schultern. Ich blieb stehen und beobachtete, wie sie aufsah und in meine Richtung blickte.

Und ich wusste plötzlich, mit absoluter Gewissheit, dass das Brooke war.

## KAPITEL 16

# Brooke

Das Sunrise Diner hatte schon bessere Tage gesehen. Versteckt in einem heruntergekommenen Gebäude in einer Seitenstraße hätte es durchaus eines dieser kleinen Geheimtipp-Lokale für leckeres Essen sein können. Wenn es dort denn leckeres Essen gegeben hätte. Was allerdings nicht so war. Die Sitznischen waren abgewetzt, die Küche veraltet, und das blinkende Neonschild draußen zeigte nur noch *PEN* an, weil das *O* schon lange nicht mehr leuchtete. Der Laden hatte kaum Gäste, aber überlebte trotzdem. Ich hatte keine Ahnung, wie.

Als ich die Tür öffnete, verkündete das Klingeln des Glöckchens meine Ankunft. Betty Jean sah von ihrer Zeitung auf. »Hey, Süße.« Ihr knallrosa Lippenstift bekam Risse, als sie lächelte, und ihre Haare hatten einen rotblonden Ton, der in der Natur nicht vorkam. »Arbeitest du heute?«

»Nein«, antwortete ich. »Ich muss bloß etwas Zeit totschlagen.«

Ich setzte mich in eine der Nischen. Betty Jean war die Besitzerin des Diners, und sie ließ mich ab und zu dort arbeiten. Ich wusste, dass sie mich eigentlich nicht brauchte. Doch Betty Jean schien aufgefallen zu sein, dass es mir gerade nicht so gut ging. Ich versuchte, es nicht als mitleidige Geste zu betrachten. Sie schwor immer Stein und Bein, dass ich eine große Entlastung für sie wäre, weil sie es sich nicht leisten könnte, eine Vollzeitkraft einzustellen. Wenn ich hin und wieder eine Schicht übernahm, gab ihr das die Gelegenheit, andere Dinge zu erledigen. Somit hatten wir beide etwas davon.

Mir half das Geld, um über die Runden zu kommen. Leider reichte es nicht, um mir eine eigene Wohnung leisten zu können, aber es war immerhin ein Anfang.

»Geht es dir gut?«, erkundigte sich Betty Jean. Sie stand mit einer vollen Kaffeekanne an meinem Tisch.

»Ja, ich bin okay.« Ich drehte den weißen Kaffeebecher um. »Vielleicht etwas müde.« *Und verdammt verkatert.*

Sie goss mir etwas ein. »Es ist schon fast Mittag, aber ich möchte wetten, dass du heute noch nichts gegessen hast. Wie wäre es mit Frühstück?«

Ich zuckte mit den Schultern. Mir war klar, dass ich etwas essen sollte, doch ich hatte generell nie viel Appetit. »Klar.«

»Ich bringe dir das Übliche.« Sie sorgte stets dafür, dass ich etwas aß. Und berechnete mir die Hälfte der Zeit nichts dafür.

Sie ging, um mein Essen zuzubereiten. Ich drückte die Finger gegen den Nasenrücken. Mein Kopf fühlte sich an, als wolle er platzen. Ich kramte ein Tablettenfläschchen mit Kopfschmerztabletten aus dem Rucksack und nahm ein paar. Hoffentlich würden sie den Schmerz etwas lindern. Mein Blick fiel auf ein weiteres Fläschchen. Vicodin. Das würde meine Kopfschmerzen mit Sicherheit vertreiben. Doch wenn ich mich nachher mit den Harpers traf, wollte ich nicht neben der Spur sein.

Meine Güte, was hatte ich mir nur dabei gedacht? Wie könnte ich ihnen gegenübertreten? Wie könnte ich dem Mann gegenübertreten, der Liams Herz hatte?

Ich saß in der Nische und trank meinen Kaffee. Stocherte in

meinem Essen herum, nachdem Betty Jean es gebracht hatte. Checkte die Uhrzeit. Sah, dass es auf die Mittagszeit zuging.

Und stand nicht auf.

Es war nach zwölf. Sie waren jetzt im Restaurant. Saßen mit ihm zusammen. Ich fragte mich, worüber sie wohl redeten. Wie dieser Mann aussehen mochte. Wer er war und warum er hergekommen war. Wollte er etwas über Liam erfahren? Wieso wollten die Harpers ihn kennenlernen? Hatten sie nicht schon genug durchgemacht?

Eine weitere Stunde verstrich. Ich bekam eine Nachricht von Mary, in der sie mich fragte, ob ich noch käme und ob sie mich abholen sollte.

Ich antwortete nicht.

Betty Jean warf mir, während sie die wenigen anderen Gäste bediente, immer wieder flüchtige Blicke zu. Doch sie fragte mich nicht, was los war. In gewisser Weise wünschte ich mir, sie hätte es getan. Vielleicht hätte sie mir, wenn ich ihr erzählt hätte, wovor ich mich drückte, beigepflichtet. Hätte mir versichert, dass es richtig war, nicht hinzugehen, und dass ich damit aufhören könnte, ein schlechtes Gewissen zu haben.

Oder hätte mir geraten, hinzugehen.

Vielleicht hätte ich nicht darauf warten sollen, dass jemand anderes mir sagte, was ich tun sollte. Das Restaurant war in Laufweite vom Diner. Wenn ich nun aufstand, konnte ich sie vielleicht noch erwischen.

Bevor ich es mir selbst wieder ausreden konnte, schnappte ich meine Tasche und stand auf. »Betty Jean, ich muss los. Kann ich das später bezahlen?«

»Das geht auf mich, Süße«, antwortete sie.

»Danke.«

Draußen war die Temperatur inzwischen gestiegen. Dafür, dass Frühling war, war es warm. Ich eilte die Straße entlang und rückte den Rucksack auf meiner Schulter zurecht. Er war schwer, aber das war ich gewohnt. Seitdem ich bei Jared und seiner Band eingezogen war, schleppte ich eine Menge meiner Sachen ständig mit mir herum.

Widersprüchliche Gedanken gingen mir durch den Kopf. Ich sollte hingehen. Auch wenn ich zu spät käme, würden die Harpers sich freuen. Ich konnte das für sie tun. Da sie wahrscheinlich sowieso bereits im Aufbruch waren, würde ich nicht lange bleiben müssen. Ich konnte Hallo sagen, mich ein paar Minuten mit ihnen unterhalten und hätte es hinter mir.

Aber ich war echt total kaputt! Äußerlich sah ich gut aus. Ich trug meine Haare offen und hatte sie ordentlich gekämmt. Armbänder an den Handgelenken. Meine Kleidung – ein locker sitzendes, ärmelloses weißes Top, das vorne geschnürt war, eine abgeschnittene Jeans und braune Sandalen, die mit grünen Perlen bestickt waren – entsprach dem Boho-Stil, den ich schon seit meiner Collegezeit trug. Und ich wusste, wie man ein hübsches Lächeln aufsetzte. Doch die Harpers kannten mich besser als irgendjemand sonst. Sie würden mich sofort durchschauen.

Ich drehte den Kopf und sah das Restaurant direkt vor mir auf der anderen Straßenseite. Und blieb wie angewurzelt stehen.

Mary und Brian waren da, standen auf dem Gehweg. Olivia kam aus dem Restaurant. Sie umarmten sie beide, bevor Brian den Arm um Marys Schultern legte. Olivia wischte sich die Augen. Sonst sah ich niemanden. Einige Passanten gingen den Gehweg entlang, doch der Typ aus Iowa schien schon wieder weg zu sein.

Meine Brust schnürte sich zusammen, und mein Rücken verkrampfte sich. Der Schmerz in meinem Inneren drohte, mich zu überwältigen. Ich machte einige Schritte rückwärts, ohne sie aus den Augen zu lassen. Sie wandten sich in die entgegengesetzte Richtung und gingen den Gehweg hinunter – wahrscheinlich zu ihrem Wagen.

Ich ließ sie ziehen.

In diesem Augenblick hasste ich mich selbst – mehr als jemals zuvor. Hasste es, dass ich zu schwach war, mich ihnen zu stellen. Hasste es, dass ich zugelassen hatte, so tief zu sinken. Ich wusste, dass ich ihre Fragen nicht beantworten könnte. *Wo wohnst du jetzt?* Bei einigen Typen aus einer Band. Ab und zu lasse ich mich vom Sänger vögeln, damit die anderen mich in Ruhe lassen. *Wie sieht es mit einem Job aus?* Ich arbeite schwarz in einem heruntergekommenen Diner, weil die Besitzerin Mitleid mit mir hat. *Hast du vor, wieder zur Uni zu gehen?* Ich kann nicht mehr zurück. Ich bin vom College geflogen und habe all meine Stipendien verloren.

Vor dem Café neben mir standen einige Tische. Ich sackte auf einem der Stühle zusammen, stellte den Rucksack bei meinen Füßen auf den Boden und nahm mein Handy. Ich sollte Mary wenigstens eine Nachricht schreiben. Ich wollte sie nicht noch mehr beunruhigen, als ich es ohnehin schon getan hatte. Ich würde ihr einfach schreiben, dass ich zur Arbeit gemusst hatte oder dergleichen. Sie würde ja wohl kaum dahinterkommen, dass ich log.

»Entschuldigung?«

Eine tiefe, männliche Stimme jagte mir einen solchen Schrecken ein, dass ich beinahe das Handy fallen ließ.

»Tut mir leid«, sagte er. »Ich wollte dich nicht erschrecken.«

Der Mann, der vor mir stand, war riesengroß. Ich war mit meinen eins siebzig auch nicht gerade klein, aber wenn ich aufgestanden wäre, hätte er mich trotzdem um einiges überragt. Und er war nicht nur groß. Er war gebaut wie ein Schrank. Breite Schultern, breiter Oberkörper, breite Arme. Er hatte dunkle Haare und einen kantigen Kiefer, der mit einem dichten Bart bewachsen war. Und seine Augen! Um die Pupille herum waren sie dunkelgrün, gingen zum Rand der Iris hin aber fast in Braun über. Sie sahen so beeindruckend aus. *Er* war beeindruckend.

Ich starrte ihn an, aber es war auch schwer, den Blick von ihm abzuwenden. Er kam mir irgendwie bekannt vor, als müsste ich ihn kennen, allerdings wusste ich nicht, wo ich ihn einordnen sollte. Doch ich konnte ihm unmöglich schon einmal begegnet sein. Einen Mann wie ihn hätte ich im Gedächtnis behalten.

»Ist schon in Ordnung«, sagte ich. »Kann ich dir irgendwie helfen?«

»Das klingt jetzt bestimmt merkwürdig, aber bist du vielleicht Brooke?«, fragte er.

Ich blinzelte verdattert. »Ähm, ja. Woher kennst du meinen Namen?«

»Das weiß ich selbst nicht so genau«, antwortete er. »Ich bin Sebastian McKinney. Vielleicht hat Mrs. Harper dir von mir erzählt? Ich habe gerade mit ihnen zu Mittag gegessen.«

Ach du Scheiße. Das war *er*? »Ja, hat sie, aber ich, äh … Ich konnte nicht früher kommen.«

Er nickte. »Klar, kein Problem. Ich habe dich bloß hier drüben gesehen und …«

»Woher wusstest du, dass ich es bin?«

»Ehrlich gesagt weiß ich das nicht«, sagte er. »Ich schätze, es war einfach so ein Gefühl.«

Ich hatte keine Ahnung, was ich von alldem halten sollte. Wir sahen einander einen Moment lang an, und ich spürte, wie sich tief in mir etwas regte.

Vielleicht war es nur Neugier. Ich hatte gedacht, dass ich diesem Mann nicht begegnen wollte. Doch nun, da ich ihm persönlich gegenüberstand, interessierte ich mich plötzlich dafür, wer er war. Wie er war. Weshalb er Liams Herz gebraucht hatte.

Und diese Augen. Sein Blick schien tief in mich einzudringen und sich dort festzusetzen. Ein winziges Fünkchen loderte in mir auf, und ich spürte etwas in meinem Magen, das sich fast wie ein gespanntes Kribbeln anfühlte. Es war so schwach, dass man es leicht als Nichtigkeit hätte abtun können. Hervorgerufen durch den stressigen Tag – oder generell durch mein Leben.

Aber es war da. Ein Glimmen.

»Das ist seltsam«, sagte ich.

Er lächelte. Sein Blick wurde dadurch weicher, und er wirkte etwas weniger einschüchternd. »Das ist *wirklich* seltsam. Tut mir leid, ich bin kein Irrer oder dergleichen.«

»Echt nicht? Das klingt nämlich sehr nach etwas, was ein Irrer sagen würde, um jemanden davon zu überzeugen, dass er keiner ist.«

»Gutes Argument. Aber soweit ich weiß, bin ich ungefährlich.« Er sah sich um. »Hör mal, kann ich dir einen Kaffee spendieren oder so? Oder ein Mittagessen, falls du Hunger hast? Wenn du nicht kannst oder das nicht möchtest, ist das auch in Ordnung. Dann gehe ich und lasse dich in Ruhe.«

Ich schluckte angestrengt. Ich wollte nicht, dass er ging,

konnte mir aber nicht erklären, weshalb. »Klar, ich schätze, gegen Kaffee ist nichts einzuwenden.«

Er lächelte wieder und deutete auf das Café. »Gleich hier? Oder möchtest du woandershin?«

»Wir können hierbleiben«, antwortete ich.

Ich stand auf, und er hielt mir die Tür auf. Drinnen suchte ich uns einen Tisch im vorderen Bereich aus. Damit ich für den Fall, dass es irgendwie schräg wurde, einen Fluchtweg hatte. Eine Bedienung kam und nahm unsere Bestellungen auf – Kaffee für mich und Eistee ohne Zucker für ihn – und ging wieder.

Er atmete hörbar aus. »Ich weiß nicht, wie es dir geht, aber mich macht dieses Wetter fertig. Ich bin es nicht gewohnt, dass es im April schon so heiß ist.«

»Na ja, ich kenne es nicht anders«, sagte ich. »Und dein Bart ist bestimmt auch nicht gerade von Vorteil.«

Er rieb sich den bärtigen Kiefer. »Ja, wahrscheinlich hast du recht. Für den Winter im Mittleren Westen ist er allerdings perfekt. Bist du hier aufgewachsen?«

»Mehr oder weniger«, antwortete ich. »Wir sind oft umgezogen. Texas, New Mexico, Oklahoma. Wir haben auch eine Weile in Kalifornien gelebt. Und hier.«

»Wow«, sagte er. »Meine Eltern wohnen nach wie vor in demselben Haus, das sie vor meiner Geburt gekauft haben. In einer Kleinstadt in Iowa.«

»Es muss schön sein, ein Zuhause zu haben, in das man immer wieder zurückkehren kann«, meinte ich.

»Ja«, erwiderte er, doch ein Anflug von Traurigkeit lag in seiner Stimme. »Es ist mit vielen Erinnerungen verbunden.«

»Ich schätze, das ist nicht nur positiv.«

Er zuckte mit den Schultern. »Die meisten Erinnerungen sind gut. Oder zumindest genug von ihnen. Aber ich war mal irgendwie der Ansicht, dass ich in diesem Haus sterben würde. Inzwischen sehe ich das anders.«

Mir fiel auf, dass ich seine Brust anstarrte. Am Ausschnitt seines Shirts war eine blasse Narbe sichtbar. Ich riss mich von dem Anblick los, in der Hoffnung, dass er nichts bemerkt hatte.

»Es tut mir leid, dass du so etwas durchmachen musstest«, sagte ich.

»Danke, aber eigentlich tut es mir leid«, entgegnete er, »dass du diesen Verlust erlitten hast.«

Ich wollte nicht über Liam reden. Nicht mit diesem Mann. Aber ich wollte mehr über ihn erfahren. »Darf ich fragen, was dir passiert ist? Wurdest du mit einem kranken Herzen geboren oder so?«

»Nein«, antwortete er. »Ehe ich krank wurde, war ich immer gesund.«

Die Bedienung brachte meinen Kaffee, doch ich rührte ihn nicht an, während ich seiner Geschichte lauschte. Das klang alles so schrecklich. Der Schock, so jung fast zu sterben. Die ganzen Untersuchungen, die Sorgen. Egal, was die Ärzte versuchen, noch kränker zu werden. Der Schmerz in meiner Brust machte sich pochend bemerkbar, als er beschrieb, wie er sich, kurz, bevor er erfahren hatte, dass es ein Herz für ihn gab, gefühlt hatte. Wie er hatte aufgeben wollen.

Ich wusste, wie sich das anfühlte.

Ich überlegte, wie mein Leben zu dem Zeitpunkt, als er krank geworden war, ausgesehen hatte. Er war im vierten Highschooljahr gewesen, ich im dritten, und er hatte erzählt, dass es im Februar passiert wäre. Dann hatte sein Herz ungefähr in dem

Zeitraum versagt, als Liam mich zum Valentinsball eingeladen hatte.

Dieses alberne, traurige Teenagermädchen mit ihren Tagebüchern und ihren Strähnen im Haar. Sie schien mir ein ganz anderer Mensch zu sein. Ihr Leben war hart gewesen, aber was würde sie wohl heutzutage über mich denken?

Sie wäre entsetzt.

»Entschuldige, das war wahrscheinlich mehr, als du hören wolltest«, sagte Sebastian.

»Nein, ist schon gut«, erwiderte ich. »Ich bin froh, dass dein Leben jetzt besser ist.«

Ich wusste, dass meine Worte hohl klangen, doch mir ging in diesem Moment zu viel durch den Kopf. Zu viele Gefühle hämmerten gegen die Tür, hinter der ich sie weggesperrt hatte.

»Was ist mit deinem Leben?«

»Mit meinem Leben ist alles in Ordnung«, antwortete ich.

Er kniff die Augen zusammen, und ich konnte ihm ansehen, dass er wusste, ich log. Doch er ließ das Thema auf sich beruhen.

»Oh, ich habe noch eine Frage«, sagte er. »Über Liam, sofern das okay ist. Ich wollte sie den Harpers stellen, aber ich habe es vergessen.«

»Welche?«

»Mochte er Pfirsich-Eistee?«

Ich starrte ihn mit offenem Mund an. Wie konnte er das wissen? »Ja, das war sein Lieblingsgetränk.«

Er schüttelte den Kopf. »Das ist so sonderbar.«

»Warum?«

»Nun, angeblich ist es nur ein Mythos, dass der Empfänger eines Spenderorgans einige der Vorlieben und Abneigungen des Spenders annimmt. Als ich die Ärzte danach gefragt habe, meinten sie bloß, es gäbe keinen gesicherten Nachweis dafür. Aber ich schwöre dir: Noch vor vier Jahren hätte ich Pfirsich-Eistee nicht angerührt. Aber heutzutage verspüre ich immer wieder ein merkwürdiges Verlangen danach.«

Ich wusste nicht, wieso ausgerechnet das Gerede über Pfirsich-Eistee das Fass zum Überlaufen brachte, aber ich konnte nicht mehr. Die Ausstrahlung dieses Mannes war einfach zu viel. Er war zu groß, zu überwältigend. Der Schmerz in meiner Brust würde mich aufreißen und meine Gefühle hervorbrechen lassen. Das durfte ich nicht zulassen.

»Ich sollte lieber gehen«, sagte ich.

»Ja, okay«, sagt er. »Aber warte noch einen Augenblick, ja? Bitte?«

Er winkte die Bedienung heran und bat sie zu meiner Verwirrung um einen Stift und einen Zettel. Die Bedienung fischte einen Stift aus ihrer Schürze und riss ein Blatt von ihrem Notizblock ab. Nachdem er etwas auf den Zettel geschrieben und ihn in der Mitte zusammengefaltet hatte, gab er ihn mir.

»Das ist meine Nummer«, sagte er. »Nur für den Fall.«

»Für welchen Fall?«

»Weiß ich auch nicht«, antwortete er. »Aber falls du irgendwann etwas brauchen solltest, ruf mich an. Ich weiß, dass ich fünfzehnhundert Meilen entfernt wohne und ein Wildfremder für dich bin. Aber ich habe das Gefühl, dass ich das tun muss. Nimm ihn einfach. Bitte.«

Er klang so ernst, dass ich kaum ablehnen konnte. Mit skeptischem Blick nahm ich den zusammengefalteten Zettel und steckte ihn in die Tasche. »Okay.«

»Danke«, sagte er. »Es war wirklich schön, dich kennenzulernen, Brooke.«

Er sah mich an, und schon war ich wieder ganz gefangen in seinen faszinierenden Augen. Waren sie jetzt grüner als vorhin? Ihre Farbe schien sich verändert zu haben. Dieses Kribbeln in meinem Bauch war wieder da, und ich verspürte das fast überwältigende Verlangen, die Hand auszustrecken und auf seine Brust zu drücken.

Ich riss mich von dem Anblick los und nahm meinen Rucksack. »Ich fand es auch schön, dich kennenzulernen.«

Ich schwang den Rucksack über die Schulter und eilte zur Tür. Ich musste weg von ihm. Weg von diesen Augen. Weg von diesen Gefühlen, die sich an die Oberfläche durchzugraben drohten, wenn ich ihn ansah.

Ich konnte mich mit all diesen Gefühlen nicht auseinandersetzen. Ich musste empfindungslos bleiben. Mich zu betäuben war für mich die einzige Möglichkeit, zu überleben.

## KAPITEL 17

# Sebastian

Kaum dass die Bedienung unsere Bestellung aufgenommen hatte, hing Charlie wie bereits zuvor an seinem Handy. Durch das Treffen mit den Harpers und die anschließende Begegnung mit Brooke hatte ich das Gefühl, bereits den halben Tag in irgendwelchen Restaurants verbracht zu haben, und nun saß ich schon wieder in einem. Doch Charlie und ich hatten den Rest des Tages im Hotelpool zugebracht und waren am Verhungern.

»Was ist los?«, fragte ich ihn.

»Nichts.« Er tippte noch kurz etwas und legte anschließend das Handy weg. »Kimmie benimmt sich merkwürdig.«

Kimmie war Charlies On-Off-Freundin. Anscheinend waren sie momentan *On*. Ich war nicht gerade begeistert von Kimmie. Doch das war Charlies Sache, nicht meine.

»Ist sie wegen irgendwas sauer?«

»Sie meckert, weil ich weggefahren bin«, erwiderte er. »Ich habe ihr gesagt, dass ich dich begleite, aber sie ist trotzdem beleidigt. Keine Ahnung, was sie für ein Problem hat.«

Ich hätte gern geantwortet, dass ihr Problem darin bestand, aus allem immer gleich ein Drama zu machen, doch ich ließ es sein und zuckte nur mit den Schultern. »Wer weiß. Frauen, nicht wahr?«

»Ich verstehe sie nicht.« Er trank etwas von seinem Wasser. »Apropos, läuft zwischen dir und Tracy eigentlich noch etwas?«

»Nein«, entgegnete ich. »Es lief sowieso nicht viel zwischen uns. Aber ich habe es beendet.«

»Blöde Sache«, meinte er.

»Kann sein.«

Tracy und ich waren eine Weile zusammen gewesen, doch es war nichts dabei herausgekommen. Genau wie bei Jessica. Und Brianna vor ihr. Seit Cami hatte ich keine feste Beziehung mehr gehabt. All diese Frauen waren nett gewesen. Hübsch. Und wollen wir mal ehrlich sein: Ich stand eben auf Sex, wie jeder andere auch. Aber es war nichts da gewesen. Wir waren nur miteinander ausgegangen, hatten uns ein bisschen unterhalten. Waren hinterher vielleicht noch miteinander ins Bett gegangen, sofern wir denn überhaupt so weit gekommen waren. Ich war mir nicht sicher, was ich suchte, doch das war es mit Sicherheit nicht. Ich wollte eine Frau, die etwas in mir auslöste. Mich in Flammen aufgehen ließ. Mir das Gefühl gab, lebendig zu sein.

Bei dieser Überlegung fiel mir Brooke ein. Ich wusste nicht recht, was ich davon halten sollte.

»Wie lief es heute eigentlich?«, erkundigte sich Charlie. »Du hast kaum etwas erzählt.«

»Es war heftig«, antwortete ich. »Das sind so nette Menschen. Schlimm, dass ihr Sohn gestorben ist. Sie wollten etwas über mich erfahren, über meine Krankheit und so weiter. Sie haben mir viel über Liam erzählt. Aber das war super. Ich glaube, sie fanden es gut, mich kennenzulernen.«

Er nickte. »Klingt, als hätte sich die Reise gelohnt.«

»Auf jeden Fall«, bekräftigte ich. »Aber danach ist mir etwas Komisches passiert.«

»Ach ja?«

»Liams Verlobte Brooke hätte eigentlich ebenfalls bei dem Essen dabei sein sollen, aber sie ist nicht aufgetaucht. Die Harpers waren unübersehbar besorgt um sie. Und ihre Tochter, Olivia, war irgendwie sauer.«

»Sie war sauer auf diese Brooke, weil sie nicht gekommen ist?«, hakte er nach.

»Ja, obwohl ich glaube, dass sie sich eher geärgert hat, weil sie sich ihretwegen Sorgen gemacht hat. Egal, jedenfalls habe ich, nachdem ich das Restaurant verlassen hatte, auf der anderen Straßenseite plötzlich Brooke gesehen.«

»Woher wusstest du, dass sie es war?«, wunderte er sich. »Haben sie dir Fotos von ihr gezeigt?«

»Nein, ich hatte sie noch nie zuvor gesehen«, sagte ich. »Aber nach nur einem Blick wusste ich, wer sie war.«

Charlie runzelte die Stirn. »Woher zum Teufel wusstest du das?«

»Ich sagte doch, dass es komisch war. Ich habe keine Ahnung. Aber ich habe sie gesehen und wusste mit absoluter Sicherheit, dass sie es war. Also habe ich sie angesprochen.«

»Du hast was?«

»Ich bin auf die andere Straßenseite gegangen und habe mit ihr geredet.«

Er schmunzelte. »Wie jetzt, bist du einfach zu ihr hingegangen und hast sie gefragt, wer sie ist?«

»Im Grunde genommen ja.«

»Oh Mann, so was bringst auch bloß du!«, sagte er. »Wie war sie so?«

»Wunderschön«, rutschte es mir heraus, ehe ich mich bremsen konnte.

Charlie hob die Brauen. »Ähm, okay. Was soll das heißen?«

»Vergiss es«, sagte ich. Großer Gott, wie war ich denn darauf gekommen? Aber sie war nicht nur schön gewesen. Sondern unvergesslich. Seitdem wir uns begegnet waren, hatte ich nicht aufhören können, an sie zu denken. »Das ist nicht wichtig. Zuerst wusste sie offenbar nicht recht, was sie von mir halten sollte, aber am Ende habe ich eine Tasse Kaffee mit ihr getrunken und mich eine Weile mit ihr unterhalten.«

»Wow«, sagte er. »Wie ist es gelaufen?«

»Ganz gut, denke ich. Sie ist nicht lange geblieben. Aber bevor sie gegangen ist, habe ich ihr meine Nummer gegeben.«

»Mann«, sagte Charlie, »du kannst sie doch nicht anbaggern! Das ist einfach … völlig daneben.«

»Halt die Klappe. Ich habe sie nicht angebaggert«, blaffte ich.

Charlie sah mich skeptisch an. Die Bedienung brachte unser Essen, und wir unterbrachen das Gespräch, während sie die Teller auf den Tisch stellte.

»Warum hast du ihr dann deine Telefonnummer gegeben?«, fragte er, nachdem die Bedienung wieder weg war. »Für mich klingt das nach anbaggern.«

»Es schien mir einfach das Richtige zu sein«, erklärte ich. »Falls sie vielleicht mal irgendetwas braucht.«

Er nahm kopfschüttelnd die Gabel in die Hand. »Klar. Und das hatte überhaupt nichts damit zu tun, dass sie süß ist.«

»Nein, hatte es nicht«, bekräftigte ich. »Und außerdem habe ich nie gesagt, dass sie süß ist.«

»Stimmt, du hast *wunderschön* gesagt. Das ist etwas ganz anderes.«

Ich schnitt etwas von meinem Hähnchen ab und aß einen Bissen. »Das ist nicht der Grund dafür gewesen. Da war etwas in ihren Augen – ihrem Gesichtsausdruck.«

»Was meinst du?«, fragte er. »Wie sah sie denn aus?«

»Gebrochen«, antwortete ich. »Ich kenne diesen Ausdruck. So sah ich vor der Transplantation aus, als ich aufgegeben hatte.«

Charlie nickte stumm. Er verstand. Er gehörte zu den wenigen Menschen, die mich in jenen letzten Tagen vor der Operation gesehen hatten. Ich hatte *tatsächlich* aufgegeben. Ich hatte auf den Tod gewartet, der nicht schnell genug gekommen war. Brooke hatte ausgesehen, als würde sie auf das Gleiche warten.

Ich hatte es furchtbar gefunden, sie so zu sehen. Was seltsam war, da ich sie gar nicht kannte. Ich erinnerte mich nicht an ihr Lächeln oder wie sie geklungen hatte, als sie noch glücklich gewesen war. Doch ihr lebloser Blick war herzzerreißend gewesen.

Mein Handy klingelte, und ich zog es aus der Tasche, um aufs Display zu schauen. Es war eine unbekannte Nummer. »Seltsam.«

Charlie aß schulterzuckend weiter.

Ich wischte übers Display, um den Anruf anzunehmen. »Hey, hier ist Seb.«

Die Stimme einer Frau. »Ähm …«

Ich wartete einen Augenblick, doch sie sagte nichts mehr. »Hallo?«

Noch immer Schweigen. Ich ging davon aus, dass sich jemand verwählt hatte, und wollte gerade auflegen, als sie stockend zu sprechen begann.

»Seb … Sebastian?«

»Ja«, antwortete ich.

»O Gott, tut mir leid.«

»Brooke?«, fragte ich. Charlie hob interessiert die Brauen. Am anderen Ende der Leitung herrschte wieder Schweigen, doch die Hintergrundgeräusche verrieten mir, dass sie noch nicht aufgelegt hatte. »Brooke, bist du das?«

»Ja.«

Ich setzte mich kerzengerade auf. Mein Essen war vergessen und all meine Instinkte plötzlich in Alarmbereitschaft. Irgendetwas stimmte da doch nicht. »Brooke, was ist los? Geht es dir gut?«

»Nein.«

Ich wechselte einen Blick mit Charlie und schüttelte dabei den Kopf. *Es geht ihr nicht gut.*

»Was ist los?«, fragte ich.

»Ich hätte dich nicht anrufen sollen.«

»Doch, hättest du«, entgegnete ich, besorgt, dass sie womöglich auflegen würde. »Das ist vollkommen okay. Was ist passiert? Bist du verletzt?«

Ihre Stimme klang so schwach. »Ja.«

Ich sah Charlie wieder an und nickte. Sofort zog er den Geldbeutel aus der Tasche und warf einige Geldscheine auf den Tisch, während wir bereits aufstanden.

»Wo bist du?« Wir waren schon aus der Tür und auf dem Weg zu meinem Auto. »Leg nicht auf, Brooke. Sag mir einfach, wo du bist.«

Wir stiegen ins Auto. Schnallten uns an. Starteten den Motor.

»Ich bin … Äh …«

*O Gott, Brooke, leg nicht auf.*

»In einem Restaurant«, sagte sie. »Im Sunrise Diner.«

Ich wiederholte den Namen, und Charlie tippte ihn in sein Handy.

»Ich habe es gefunden«, sagte er.

Ich stellte Brooke auf Laut und fuhr los. »Brooke, halt durch, okay? Bleib, wo du bist. Ich bin unterwegs.«

»Okay.«

Die Erleichterung in ihrer Stimme traf mich bis ins Mark. Sie klang verstört. Nein, nicht nur verstört − zutiefst verängstigt. Ich fragte mich, worauf wir uns da wohl einließen. Aber ich konnte mich nicht raushalten. Nicht, wenn es um sie ging.

Ich ließ mich angespannt vom Navigationssystem durch die Stadt lotsen. »Bist du noch da?«

»Ja«, sagte sie.

Die Fahrt dauerte zehn Minuten. Ich redete weiter mit Brooke, damit sie in der Leitung blieb, und hoffte gleichzeitig, dass wir auch zu der richtigen Adresse fuhren.

Charlie deutete auf ein heruntergekommenes Gebäude mit einem kaputten Neonschild. »Ist es das?«

»Ja.« Ich fand direkt davor einen Parkplatz. »Brooke, wir sind da.«

Sie legte auf, und ich steckte das Handy ein. Das Glöckchen an der Tür klingelte, als wir eintraten. Eine Frau mit orange-rotem Haar und grellrosa Lippenstift stand mit vor der Brust verschränkten Armen neben einer Sitznische im hinteren Be-reich. Auf ihrem Namensschild stand: Betty Jean. Als wir auf sie zugingen, musterte sie uns mit unverhohlenem Misstrauen.

Kein Wunder. Charlie und ich waren große Kerle. Wahr-scheinlich wirkten wir ziemlich einschüchternd.

Brooke saß zusammengekauert in der Ecke der Sitznische direkt bei der Wand. Die Haare hingen ihr ins Gesicht.

»Hey«, sagte ich, ging in die Hocke und stützte mich mit den Händen gegen die Tischkante. »Was ist passiert?«

Sie sah auf, und mein Herz zog sich zusammen. Hinter mir

hörte ich Charlie murmeln: »Ach du Scheiße.« An ihrem Auge begann sich ein Veilchen abzuzeichnen, und ihr Mund war auf einer Seite geschwollen. Zorn kochte in mir hoch. Jemand hatte sie geschlagen. Wer auch immer es gewesen war, ich würde ihn verdammt nochmal umbringen.

Sie sah kurz mich, dann Betty Jean an. »Es tut mir leid. Er hat mein Handy kaputt gemacht. Ich hatte deine Nummer noch in meiner Tasche.«

»Ja, das ist gut«, sagte ich. »Ich bin froh, dass du mich angerufen hast.«

Sie schniefte. »Ich wusste nicht, was ich tun sollte.«

»Sie wollte noch nicht die Polizei verständigen«, mischte sich Betty Jean ein. »Seid ihr Freunde von ihr?«

Ich stand auf und wechselte einen Blick mit Charlie. »Ja, wir sind Brookes Freunde. Wir übernehmen ab hier.«

Brooke nahm ihren Rucksack, doch Betty Jean traf keinerlei Anstalten, ihr aus dem Weg zu gehen, damit sie aufstehen konnte.

»Wenn ihr ihr wehtut, finde ich euch«, drohte Betty Jean. »Ich finde euch und schneide euch die Eier ab. Und wenn ihr noch so große Kerle seid. Kapiert?«

»Ja, Ma'am«, sagte ich nickend. Ich hatte keinerlei Zweifel daran, dass sie es ernst meinte.

Damit schien sie zufrieden zu sein, denn sie trat beiseite. Brooke stand auf und hängte sich den Rucksack über die Schulter.

»Gehen wir«, sagte ich sanft und wandte mich anschließend noch einmal an Betty Jean. »Danke, dass Sie ihr geholfen haben.«

Sie nickte bloß.

Ich führte Brooke nach draußen zu meinem Wagen. Sie stieg auf der Beifahrerseite ein, und Charlie setzte sich auf die Rückbank direkt hinter mich, als wolle er ihr Freiraum geben.

»Wer hat dir das angetan?«, fragte ich.

Sie sah mich nicht an. »Der Typ, bei dem ich wohne.«

»Wir sollten die Polizei informieren«, sagte ich.

»Nein«, erwiderte sie ängstlich und verzweifelt. »Bitte nicht.«

Tränen schimmerten in ihren Augen. Am liebsten hätte ich sie in den Arm genommen – sie gehalten und ihr versichert, dass alles gut werden würde. Was verrückt war. Ich kannte diese Frau kaum. Aber, großer Gott, dieser Drang war so stark!

»Okay, vorerst keine Polizei«, lenkte ich ein.

Sie nickte und berührte vorsichtig ihre Lippe.

Charlie hatte bisher nichts gesagt, doch ich wusste genau, dass er mich für verrückt halten musste. Oder für bescheuert. Aber das war mir egal. Ich gab die Adresse unseres Hotels ins Handy ein.

»Brooke, das ist Charlie«, sagte ich mit einem Nicken in seine Richtung. »Er ist aus Iowa mit mir hierhergekommen. Wir wohnen nicht weit von hier in einem Hotel. Ich bringe dich erst mal dorthin, okay?«

Sie nickte wieder.

Wir fuhren schweigend zum Hotel. Ich wollte wissen, was geschehen war – wer ihr wehgetan hatte. Wer immer er war, ich wollte ihm die Fresse polieren, bis er zehnmal schlimmer aussah als Brooke jetzt. Was für ein verfluchter Feigling!

Brooke hielt die Arme um den Oberkörper geschlungen und den Kopf von mir abgewandt. Ihr Rucksack lag auf ihrem Schoß. Vorhin hatte sie ihn auch schon bei sich gehabt. Wir erreichten das Hotel, und ich fand einen Parkplatz.

Zu dritt gingen wir aufs Zimmer, und Charlie und ich warteten, während Brooke im Bad verschwand.

»Was machen wir nun?«, fragte Charlie leise.

»Keine Ahnung.« Ich setzte mich auf die Bettkante von einem unserer Betten.

»Mann, du weißt nichts über diese Frau«, sagte er. »Und sie sieht grauenvoll aus. Du hast keinen Schimmer, in was du dich da reinreitest.«

»Ich weiß.«

»Okay, und warum rufen wir dann nicht die Polizei und lassen die das regeln?«, fragte er.

»Hör zu, ich wollte sie einfach erst mal an einen sicheren Ort bringen«, sagte ich. »Wenn sie wieder rauskommt, überlegen wir, wie es weitergeht.«

»Ja, okay«, stimmte er mir zu.

Die Badezimmertür öffnete sich, und wir sahen auf. Brooke kam heraus und sah geringfügig besser aus. Sie hatte noch immer die abgeschnittene Jeans an, in der ich sie auch im Café gesehen hatte, doch als Oberteil trug sie nun eine Hemdbluse mit langen Ärmeln und kleinen gestickten Blumen an der Brust. Sie hatte das getrocknete Blut von der Lippe abgewaschen, aber ihre Blutergüsse hoben sich purpurrot von ihrer Haut ab.

»Sie sollte das mit Eis kühlen«, meinte Charlie, stand auf, nahm den Eiskübel und verließ das Zimmer.

»Tut mir leid, dass ich dir das antue«, entschuldigte sich Brooke. »Du kennst mich ja nicht mal.«

»Ich habe dir doch schon gesagt, dass es in Ordnung ist«, entgegnete ich. »Ich hätte dir meine Nummer nicht gegeben, wenn ich es nicht ernst gemeint hätte. Ich bin froh, dass du dadurch jemanden hattest, den du anrufen konntest.«

Sie nickte.

»Bist du sonst noch irgendwo verletzt?«, fragte ich.

Sie schob die Ärmel ihres Tops hoch und entblößte dunkelrote Flecken an ihren Handgelenken und Unterarmen. »Hier noch. Aber das ist alles.«

»Wer hat das getan?«, wollte ich wissen. »Dein Freund?«

»Er ist nicht wirklich mein Freund«, sagte sie. »Aber er hält sich wohl dafür.«

»Erzählst du mir, was passiert ist?«

Sie zog die Ärmel wieder herunter und sank neben mir aufs Bett. »Ich bin vor einer Weile bei ihm untergekommen. Nach unserem Treffen vorhin bin ich nach Hause gegangen. Als er ein paar Stunden später nach Hause gekommen ist, ist er ausgerastet.«

»Wieso?«

»Ich habe ihn zurückgewiesen.«

Wut brodelte in mir hoch, aber ich hielt sie zurück. Das alles war nicht ihre Schuld, und ich wollte ihr keine Angst machen, indem ich zornig wurde. »Wir sollten die Polizei rufen«, sagte ich.

»Nein«, widersprach sie. »Mit der Polizei will ich nichts zu tun haben.«

»Warum nicht?«, fragte ich. »Er ist auf dich losgegangen.«

Sie stand auf. »Lass mich in Ruhe.«

»Hey, ich versuche nur zu helfen.«

»Verdammt nochmal«, schnaubte sie genervt und wirkte plötzlich defensiv. »Ich habe vorhin etwas genommen, was nicht direkt legal ist, und es wäre mir lieber, deswegen nicht verhaftet zu werden, okay?«

»Was hast du genommen?« Ich wusste, dass sie höchstwahrscheinlich getrunken hatte. Sie roch schwach nach Alkohol. Aber ich musste wissen, womit ich es sonst noch zu tun hatte.

»Nur ein bisschen Xanax«, sagte sie. »Nichts Weltbewegendes. Aber ich habe sie nicht aus der Apotheke, verstehst du? Und nach den miesen Wochen, die ich hinter mir habe, wäre es kein Wunder, wenn sie mich deswegen hochnehmen würden.«

»Machst du das öfter?«, fragte ich.

»Nein«, antwortete sie. »Bloß ab und zu.«

»Aber du trinkst viel?«

»Warum fragst du mich so was? Das geht niemanden etwas an.«

»Vielleicht ist es Zeit, dass sich daran etwas ändert«, sagte ich.

»Ich muss gehen.« Sie nahm ihren Rucksack und ging zur Tür. »Ich hätte dich nicht anrufen sollen.«

Ich stand auf. »Brooke.«

Sie blieb an der Tür stehen.

»Kannst du irgendwohin?«, fragte ich, wohlwissend, dass es wahrscheinlich nicht so wäre. Es gab einen Grund dafür, dass sie einen Wildfremden angerufen hatte. Wahrscheinlich hatte sie kaum eine andere Wahl gehabt. »Falls ja, fahre ich dich.«

Sie antwortete nicht.

»Was ist mit den Harpers? Soll ich sie anrufen?«

»Nein«, sagte sie und fuhr herum. »Bitte nicht. Sie dürfen mich so nicht sehen.«

Der Schmerz und die Verzweiflung in ihren Augen trafen mich tief. Das Verlangen, sie in den Arm zu nehmen, war so groß, dass ich ihm fast nicht widerstehen konnte. »Nur wenn du bleibst. Wenn du gehst, rufe ich sie an. Und die Polizei.«

187

In diesem Augenblick kam Charlie mit dem Eis zurück und reichte mir den Kübel. »Falls du das hier im Griff hast, könnte ich eine Dusche gebrauchen.«

»Ja, alles klar, Danke.« Ich nahm mir ein Handtuch und wickelte etwas Eis hinein.

Er nickte und warf Brooke noch einen kurzen Blick zu, bevor er ins Bad verschwand.

Brooke stellte ihren Rucksack wieder ab und setzte sich auf die Bettkante. Vorsichtig hielt ich das Eis an ihr Gesicht. Sie legte ihre Hand darauf und holte bebend Luft.

»Es tut mir leid, Sebastian«, sagte sie. »Ich bin total verkorkst. Ich sollte gehen und dich nicht mit meinen Problemen belasten.«

»Darüber brauchst du dir im Moment keine Gedanken zu machen«, sagte ich. »Wann hast du zum letzten Mal etwas gegessen?«

»Was?«, fragte sie und sah mich an. »Ich weiß nicht.«

»Wir machen es folgendermaßen«, erklärte ich. »Ich hole dir etwas zu essen. Du isst etwas, trinkst ein bisschen Wasser und spülst diesen Mist aus deinem Körper. Du kannst heute Nacht hierbleiben – dich ausschlafen. Charlie und ich werden dich nicht anrühren. Hier wirst du in Sicherheit sein.«

»Das kann ich nicht von dir verlangen.«

»Hast du ja auch nicht. Ich habe es dir angeboten«, entgegnete ich. »Morgen früh überlegen wir uns, wie es weitergeht, okay?«

Sie nickte. »Okay.«

Ich stand auf, zufrieden, dass wir einen Plan hatten. »Ich bin gleich wieder da. Nicht abhauen.«

»Werde ich nicht«, versprach sie mit leiser Stimme. »Ich kann ja sonst nirgendwohin.«

Herrgott, es tat weh, das aus ihrem Mund zu hören! Was war nur mit dieser Frau geschehen?

»Bis gleich.« Ich öffnete die Tür.

»Sebastian?«

Ich blickte über die Schulter hinweg zu ihr zurück. Selbst mit Blutergüssen und strubbeligen Haaren war sie einfach wunderschön. Ihre Augen machten etwas mit mir. Ihre Stimme sprach etwas tief in meiner Seele an. Ich konnte es mir nicht erklären. Aber es zeigte mir, dass ich so schnell wie möglich einen Ort finden musste, wo ich sie absetzen konnte, und anschließend meinen Hintern zurück nach Iowa bewegen sollte. Diese Frau war gefährlich.

»Ja?«

»Danke.«

Ich nickte bloß und ging, um ihr etwas zum Abendessen zu besorgen.

## KAPITEL 18

# Brooke

Nachdem er für uns alle Abendessen geholt hatte, setzte sich Sebastian zu mir und aß. Ich trank eine große Flasche Wasser. Nach so viel Flüssigkeit würde ich im Lauf der Nacht wahrscheinlich mehrmals auf die Toilette müssen. Aber wahrscheinlich hatte er recht – ich brauchte es. Ich fühlte mich jetzt schon etwas besser.

Charlie warf mir immer wieder argwöhnische Blicke zu, sagte jedoch nichts. Nachdem wir mit dem Essen fertig waren, räumten die beiden auf. Sie überließen mir eines der Betten und teilten sich das andere. Ich versuchte, ihnen klarzumachen, dass ich auf dem Boden schlafen könnte, aber sie sahen mich an, als wäre es vollkommen verrückt von mir, auch nur diesen Vorschlag zu machen.

An der Stelle, an der Jared mich geschlagen hatte, pochte mein Gesicht, doch das Eis hatte geholfen. Ein wenig zumindest. Ich rutschte auf dem Bett nach hinten, streckte mich aus und legte den Kopf aufs Kissen.

Das Treffen vorhin mit Sebastian hatte mich aus der Bahn geworfen. Ich war ins Haus zurückgekehrt und hatte etwas von dem Xanax genommen, das ich kürzlich von irgendeinem Typen gekauft hatte. Was die Drogen anging, hatte ich Sebastian nicht belogen. Allerdings nahm ich solches Zeug nicht oft. Ich wollte nicht wie meine Mutter enden.

Doch nach dem Treffen hatte ich das Gefühl gehabt, als hätte Sebastian mich aufgerissen und meine Trauer ungeschützt freigelegt. Ich hatte sie wieder betäuben müssen. Ich konnte mit all diesen Gefühlen nicht umgehen.

Da ich davon ausgegangen war, dass Jared den ganzen Abend weg sein würde, hatte ich die Xanax mit einigen Gläsern billigem Whisky runtergespült. Ich konnte an nichts anderes denken, als diesen Schmerz zu dämpfen, der mich zu brechen drohte. Aber da der Schlagzeuger und der Bassist sich eine Lebensmittelvergiftung eingefangen hatten, hatten sie ihren Gig absagen müssen und waren wieder nach Hause gekommen.

Während sich die beiden damit abgewechselt hatten, im Bad zu kotzen, hatte Jared seinen Abend damit zubringen wollen, mich zu vögeln.

Ich hatte schon öfter mit ihm geschlafen. Was war heute plötzlich anders gewesen? Da ich ziemlich breit gewesen war, hätte es eigentlich kein Problem sein sollen. Doch ich hatte es nicht tun können. Ich hatte ihn bloß einmal angesehen und gewusst, dass ich nie wieder mit ihm schlafen würde.

Ich hatte nur an Sebastian denken können.

Warum, wusste ich selbst nicht. Ich kannte Sebastian nicht. Er schien ein netter Kerl zu sein, aber ich hatte ihm gegenüber keinerlei Verpflichtungen. Dass ich ihn kennengelernt hatte, hätte eigentlich nichts ändern sollen.

Doch das hatte es getan. Es hatte alles verändert.

Als ich Nein gesagt hatte, war Jared sauer geworden. Er hatte mich beschuldigt, ihn zu betrügen. Ich wies ihn darauf hin, dass wir sowieso kein Paar waren und er wann immer er wollte mit anderen Frauen ins Bett ging. Das hatte ihn bloß noch wütender gemacht und er hatte mich geschlagen.

Geschlagen zu werden war nichts Neues für mich. Aber eine Ohrfeige von meiner Mutter war etwas ganz anderes als der Hieb eines ausgewachsenen Mannes. Er hatte so fest zugeschlagen, dass ich mich um mich selbst gedreht hatte und auf dem Boden gelandet war. Der Schmerz war so entsetzlich gewesen, dass ich nach Luft geschnappt hatte.

An die nächsten Minuten erinnerte ich mich nur schemenhaft. Wir hatten miteinander gerungen. Hände hatten meine Arme gepackt. Irgendwann hatte er mich noch einmal geschlagen. Mein Handy zerstört. Mich wütend angeraunzt, wobei sein Atem nach billigem Fusel gestunken hatte.

Als er versucht hatte, mich zu Boden zu ringen, hatte ich es geschafft, ihm das Knie in den Schritt zu rammen. Dann hatte ich alles von meinen Sachen zusammengerafft, was ich konnte, und war gegangen, während er auf dem Boden gelegen und sich die Nüsse gehalten hatte. Wutentbrannt gedroht hatte, mich umzubringen.

Ich hatte ihm geglaubt.

Mein einziger Gedanke war gewesen, von dort wegzukommen – und dass Jared mir auf keinen Fall folgen durfte. Also war ich mit dem Bus quer durch die Stadt gefahren und hatte dabei die ganze Zeit den Kopf unten gehalten, damit niemand mein Gesicht zu sehen bekam. Der Busfahrer hatte es womöglich doch gesehen, aber er hatte nichts gesagt. Ich war zu dem einzigen Ort gefahren, der mir eingefallen war. Zum Sunrise Diner.

Als ich dort angekommen war, hatten gerade einige Gäste das Diner verlassen, allerdings hatten sie mich nicht richtig wahrgenommen. Betty Jean war ausgeflippt. Sie hatte versucht, mich zu überzeugen, die Polizei zu rufen, doch am Ende hatte ich es geschafft, sie dazu zu überreden, mich einfach ihr Telefon benutzen zu lassen. Weil ich ihr versichert hatte, jemanden zu kennen, den ich anrufen konnte und der mir helfen würde.

Vielleicht hätte ich die Polizei verständigen sollen. Wie hoch standen die Chancen, dass sie eine Frau, die gerade verprügelt worden war, einem Drogentest unterziehen würden? Und selbst wenn, ich hatte ja nur Xanax genommen. Aber zu diesem Zeitpunkt hatte ich nicht unbedingt rational gedacht. Ich war verängstigt gewesen und obendrein noch immer etwas benebelt von den Pillen und dem Whisky. Und ganz unten zu sein und dann auch noch wegen Drogenmissbrauchs angeklagt zu werden, war so ziemlich das Letzte, was ich gebrauchen konnte.

Der gefaltete Zettel mit Sebastians Nummer hatte noch in meiner Tasche gesteckt. Also hatte ich ihn angerufen.

Das war verrückt gewesen. Ich hatte ihn nur einmal, für etwa zwanzig Minuten, getroffen, und doch wandte ich mich in einer Krisensituation ausgerechnet an ihn?

Zugegeben: Ohne mein Handy – und halb weggetreten – hatte ich von niemandem sonst die Nummer parat. Nicht mal Marys. Ich hatte aus purer Verzweiflung gehandelt.

Nun lag ich im Hotelzimmer und starrte an die Decke. Sebastian und Charlie schauten noch eine Weile fern, schalteten dann aber ab und legten sich schlafen. Ich lauschte auf ihre Atemzüge. Sebastian lag auf der Seite neben meinem Bett und schlief mit dem Arm über dem Kopf auf dem Rücken.

Ich wollte ihn nicht anstarren, doch ich konnte an nichts anderes denken als daran, wie ich mich gefühlt hatte, als ich am Telefon seine Stimme gehört hatte. Wie es gewesen war, ihn das Diner betreten zu sehen.

Er war so groß, dass seine Präsenz das ganze Restaurant ausgefüllt hatte. Ich war erleichtert gewesen, ihn zu sehen – hatte mich von dem Moment an, als er zur Tür hereingekommen war, ruhiger gefühlt. Dieser Mann kannte mich kaum, aber er hatte alles stehen und liegen lassen, um eine Unbekannte abzuholen. Ich wusste nicht recht, was ich davon halten sollte.

Doch jetzt war ich so verflucht müde. Obwohl mein Gesicht schmerzte, merkte ich, wie ich wegdämmerte. Das Bett war gemütlich. Ich zog die Decke über mich und ließ zu, dass meine Augen sich schlossen. Mit einem vollen Magen und einem seltsam friedvollen Gefühl ließ ich mich in die Bewusstlosigkeit fallen.

Als ich am Morgen aufwachte, hatte ich einen klaren Kopf. Mein Gesicht tat weh, aber das war nicht anders zu erwarten gewesen.

Sebastian und Charlie schliefen noch im Bett neben mir. Ich setzte mich auf und musste mir das Lachen verkneifen. Zwei große, muskulöse Männer, die sich zusammen in ein Bett quetschten. Das sah irgendwie süß aus.

Ich stand leise auf, damit ich sie nicht weckte, und ging ins Bad. Ich hatte Angst, mich im Spiegel zu betrachten, doch ich sah gar nicht so schlimm aus wie befürchtet. Na gut, ich sah furchtbar aus. Meine Lippe war geschwollen, und ich hatte einen lilafarbenen Bluterguss unterm Auge. Aber es hätte schlimmer sein können.

Ich duschte und zog mich an. Glücklicherweise hatte ich in meinem Rucksack Kleidung zum Wechseln. Ich stellte ihn neben mich aufs Bett und zog vorsichtig den Reißverschluss an einer der Taschen auf. Spähte hinein. Es war die, in der ich das

Foto von Liam und mir beim Valentinsball und die Schatulle mit dem Verlobungsring aufbewahrte. Ich konnte beides nicht lange ansehen, aber ich musste mich vergewissern, dass alles noch da war. Dass alles in Sicherheit war.

Als ich wieder aus dem Bad kam, waren Sebastian und Charlie schon aufgestanden. Charlie war genauso bullig wie Sebastian. Allerdings hatte er hellere Haare und seine Augen waren blau und nicht so faszinierend grünbraun wie Sebastians. Doch sie waren beide groß und muskulös. Sebastian hatte erzählt, dass er Ringer gewesen war. Charlie musste ebenfalls einer sein.

Sebastian lächelte mir zu. »Guten Morgen. Geht es dir etwas besser?«

»Ja«, antwortete ich und versuchte, mir sein Lächeln nicht unter die Haut gehen zu lassen. Doch es kribbelte in meinem Magen. »Das Bett war bequem.«

Charlie schnaubte. »Dann hatte es ja wenigstens einer von uns heute Nacht bequem.«

»Ich habe gut geschlafen«, meinte Sebastian.

»Weil du mir dauernd die Decke geklaut hast«, maulte Charlie.

Sebastian schmunzelte nur. Er kam zu mir und berührte behutsam mein Kinn, neigte mein Gesicht erst auf die eine, dann auf die andere Seite und musterte mich mit intensivem, prüfendem Blick.

Ich hielt den Atem an, hin und her gerissen zwischen dem Wunsch, mich seinen Berührungen zu entziehen und mich ganz in der Wärme seiner Finger auf meiner Haut zu verlieren.

»Verflucht, das macht mich so wütend!« Er ließ von mir ab. »Tut mir leid, Brooke, aber am liebsten würde ich den Mistkerl, der dir das angetan hat, umbringen.«

»Ja, ich auch«, sagte ich.

Sebastian wechselte einen Blick mit Charlie, bevor er wieder mich ansah. »Ich glaube, du musst heute Morgen zur Polizei gehen. Er sollte damit nicht davonkommen.«

Ich trat einen Schritt zurück. Wenn wir zur Polizei gingen, würde das so viele neue Probleme aufwerfen. Was, wenn die Nachrichten darüber berichten und die Harpers davon erfahren würden? Oder ich den Vorfall anzeigte und Jared dennoch auf freiem Fuß bliebe? Er hatte sowieso schon gedroht, mich umzubringen. So würde alles nur noch schlimmer werden.

Und wo sollte ich ab sofort wohnen?

»Ich weiß nicht recht«, sagte ich.

Sebastian legte mir eine Hand auf den Arm. »Ich komme mit dir, okay? Du musst das nicht allein durchstehen. Aber das ist nicht in Ordnung. Hast du dir dein Gesicht angesehen? Gehen wir einfach hin, reden mit ihnen und warten ab, was sie sagen.«

Ich war mir noch immer nicht sicher, ob das eine gute Idee war, willigte jedoch trotzdem ein.

Sebastian fuhr mich zum nächsten Polizeirevier. Er begleitete mich hinein, aber als die Frau am Empfang mich fragte, wie sie uns weiterhelfen könnte, zögerte ich und sah ihn Hilfe suchend an.

»Na los«, forderte er mich auf. »Du schaffst das.«

»Ich möchte einen Fall von Körperverletzung anzeigen«, sagte ich und war selbst überrascht, dass ich so laut und deutlich gesprochen hatte.

Die Beamtin war sachlich, aber auch mitfühlend. Sebastian saß schweigend neben mir, während ich ihr schilderte, was vorgefallen war. Sie stellte Fragen, machte einige Fotos und notierte Jareds Namen und Adresse. Als sie mich nach meinen Kontaktdaten fragte, war ich unsicher, was ich angeben sollte.

Mein Handy war kaputt, und im Augenblick war ich praktisch obdachlos.

»Darf ich Ihnen einstweilen meine Nummer geben?«, fragte Sebastian.

»Und Sie sind?«, wollte die Beamtin wissen.

»Sebastian McKinney«, erwiderte er. »Ich bin Brookes Freund.«

»In Ordnung«, sagte sie und schrieb sich Sebastians Nummer auf. »Wir melden uns in Kürze.«

»Danke, dass Sie sich Zeit für uns genommen haben«, sagte ich.

Sebastian berührte sacht meinen Rücken, während wir das Polizeirevier verließen. Das war tröstlich. Von mir aus hätte er alle Fragen beantworten können, obwohl er überhaupt nicht dabei gewesen war. Doch er hatte die ganze Zeit über geschwiegen und mir nur aufmunternd zugenickt, wenn ich ihn angesehen hatte. Seine stille Gegenwart hatte mir genauso geholfen wie seine sanfte Hand auf meinem Rücken, mit der er mich zu seinem Wagen führte. Ich fühlte mich zittrig, und ein Teil von mir wäre am liebsten zusammengebrochen. Hätte am liebsten geweint und zu viel getrunken und sich ins Bett gelegt. Hätte sich am liebsten betäubt und in den Schlaf geflüchtet.

Doch als ich ins Auto einstieg, atmete ich tief durch und riss mich zusammen. Zumindest vorerst.

»Frühstück?«, fragte er, als er sich neben mich auf den Fahrersitz setzte.

War das Rumoren in meinem Magen nur simplem Hunger geschuldet? Ich hatte bloß selten Appetit. Aber ich fühlte mich so clean wie bereits lange nicht mehr – normaler. Vielleicht hatte ich wirklich Lust auf ein gutes Frühstück.

»Das klingt gut«, meinte ich.

»Super. Holen wir Charlie. Selbst wenn er schon gefrühstückt haben sollte, kann er immer etwas zu essen vertragen.«

Wir holten Charlie ab, und die beiden checkten aus ihrem Hotelzimmer aus. In der Nähe gab es ein Restaurant, in dem man auch frühstücken konnte, und so gingen wir dort hin. Sebastian und Charlie bestellten sich mehr Essen, als ich in einer ganzen Woche verdrücken konnte. Eier, Kartoffelpuffer, Pancakes, Speck, Arme Ritter, Würste. Fast wirkte es wie ein Überbietungswettbewerb zwischen den beiden. Ich nahm Rührei und Toast. Ich fühlte mich noch immer etwas wackelig und war mir nicht sicher, wie viel mein Magen vertragen könnte.

»Und, wann fahren wir los?«, fragte Charlie zwischen zwei Bissen.

Sie saßen mir beide gegenüber, nebeneinander auf die Sitzbank gequetscht, als wollten sie vermeiden, dass ich mich von ihnen bedrängt fühlte. Sebastian hörte auf zu essen und richtete den Blick auf mich.

Ich bemühte mich, mich nicht unter seinem prüfenden Blick zu winden, aber das fiel mir schwer. Seine Augen waren so intensiv. Überlegte er gerade, was er mit mir anstellen sollte? Wo er mich hinbringen sollte? Wie sollte er eine Antwort auf diese Fragen finden, wenn ich schon keine wusste? Ich konnte nirgends hin.

»Seb?«, sagte Charlie. »Das war doch nur eine einfache Frage. Ich wüsste gern, wie unser Plan aussieht.«

»Komm mit uns«, sagte Sebastian zu mir.

»Was?«, fragte ich und versuchte, mich von der Hitze seines Blicks nicht nervös machen zu lassen. Doch es fühlte sich an, als würde er direkt in mich hineinblicken.

»Komm mit nach Iowa«, sagte er und sah mir weiter in die Augen.

»Ähm, Seb, kann ich kurz draußen mit dir reden?«, fragte Charlie.

»Nein«, entgegnete Sebastian. Noch immer wandte er den Blick nicht von mir ab. »Ich weiß, was du sagen willst. Du wirst mich belehren, dass das verrückt ist und eine ganz schlechte Idee. Und du wirst mich fragen, ob ich mir das gut überlegt habe. Aber ich gebe dir recht. Es ist *wirklich* verrückt und vielleicht auch eine schlechte Idee. Keine Ahnung, ich habe es noch nicht genau durchdacht.«

»Das klingt nicht sehr überzeugend«, meinte Charlie.

»Brooke, überlege es dir«, sagte Sebastian, der offenbar gedachte, seinen Freund zu ignorieren. »Wir wissen beide, dass du nicht zu dem Mann, der dir wehgetan hat, zurückkehren kannst.«

»Nein, aber …« Ich verstummte, unsicher, was ich sagen sollte.

Charlie sah mit erhobenen Augenbrauen abwechselnd Sebastian und mich an. »Das ist Blödsinn, Seb. Nichts für ungut, Brooke.«

»Du könntest in Iowa neu anfangen«, sagte Sebastian. »Charlie und ich wären da, und wir könnten dir dabei helfen, dich einzuleben. Probiere es aus, und wenn du es schrecklich findest, fahre ich dich persönlich zurück nach Phoenix.«

Ich konnte das nicht ernsthaft in Betracht ziehen. Ich konnte nicht einfach meine Zelte abbrechen und zwei Männern, die ich erst gestern kennengelernt hatte, durchs halbe Land folgen. Sie waren praktisch Fremde. Woher sollte ich wissen, ob ich ihnen vertrauen konnte?

199

Doch ich tat es. Und obwohl es mir Angst machte, es zuzugeben, wollte ich nicht, dass Sebastian fortging. Die Vorstellung, dass er wieder wegfahren könnte, schmerzte mich, auch wenn es eigentlich nicht sein durfte. Und das allein hätte schon genügen sollen, um Nein zu sagen. Um sich zu verabschieden.

Sebastian war gefährlich. Nicht so wie Jared. Sebastian würde mir keinen körperlichen Schaden zufügen. Aber seine bloße Existenz drohte, meine Schutzwälle einzureißen und mich vollkommen bloßzustellen. Es wäre nur eine Frage der Zeit. Und ich war mir nicht sicher, ober ich etwas Derartiges überleben würde.

»Okay«, hörte ich mich selbst sagen. Fast, als würde jemand anderes sprechen. »Ich komme mit.«

Sebastian strahlte, und sofort kribbelte es in meinem Bauch. »Phantastisch. Das ist großartig. Was ist mit deinen Sachen?«

»Oh, ich besitze nicht viel«, erwiderte ich. »Als ich umziehen musste, habe ich meine Möbel verkauft. Ich habe noch ein paar Dinge bei Jared, aber die würde ich ehrlich gesagt lieber dort lassen. Es sind hauptsächlich Kleider, und ich möchte nicht noch einmal dorthin zurück.« Alles, was mir etwas bedeutete, befand sich in meinem Rucksack.

»Das vereinfacht die Sache«, sagte Sebastian. »Obwohl ich diesem Dreckskerl gern einen Besuch abstatten würde.«

»In diesem Punkt stimme ich dir zu«, sagte Charlie. »Aber bist du dir auch ganz sicher?«

»Ja«, sagte Sebastian. »Ich kidnappe sie ja nicht. Sie will mitkommen.«

»Das meinte ich nicht«, entgegnete Charlie. »Können wir uns draußen unterhalten, oder zwingst du mich wirklich, in ihrer Gegenwart darüber zu reden?«

Sebastian antwortete nicht, sah Charlie nur mit erhobenen Augenbrauen an.

»Verflucht nochmal«, murmelte Charlie. »Na schön. Brooke, ich will dich wirklich nicht schlechtmachen oder so, aber, Seb, hast du den Verstand verloren? Sie ist … Also, sie hat offensichtlich Probleme. Und du hast sie gerade erst kennengelernt. Und sie ist … Du weißt schon.« Sein Blick richtete sich vielsagend auf Sebastians Brust.

»Ja, ich weiß«, antwortete Sebastian. Er sah wieder mich an. »Wenn du es tun willst, bin ich dabei.«

Ich hatte das Gefühl, dass Sebastian sich, wenn er bei etwas »dabei« war, mit Haut und Haaren hineinstürzte. Bei ihm gab es kein Zögern oder Zweifeln. Nur diese brennende Intensität, die mich ansprach – mich anzog und in mir den Wunsch weckte, ihm näherzukommen.

Ich holte tief Luft, wie vor einem Sprung in kaltes Wasser. »Ja. Ich will das tun.«

Wieder lächelte er, und ich schmolz ein ganz klein wenig dahin. »Okay. Dann lasst uns aufbrechen. Wir haben eine lange Fahrt vor uns.«

## KAPITEL 19

# Sebastian

Die Fahrt zurück nach Iowa dauerte zwei Tage. Charlie und ich wechselten uns beim Fahren ab, und selbst Brooke setzte sich ab und zu hinters Steuer. Zu dritt ging die Zeit schnell vorbei. Eine Nacht verbrachten wir im Motel und fuhren früh am nächsten Morgen weiter.

Als die Polizei von Phoenix bei mir angerufen hatte, waren wir schon einige Stunden unterwegs gewesen. Sie hatten Jared hochgenommen. Es hatte sich herausgestellt, dass in vier verschiedenen Staaten offene Haftbefehle gegen ihn vorlagen, sowie zwei Anzeigen wegen Trunkenheit am Steuer. Der Staatsanwalt würde sich nicht besonders anstrengen müssen, um diesen Typen hinter Gitter zu bringen.

Brooke hatte mit dem Beamten gesprochen und ihm mitgeteilt, dass sie gerade dabei wäre, umzuziehen. Er hatte gemeint, das wäre kein Problem. Es war ohnehin unwahrscheinlich, dass sie gegen Jared aussagen müsste. Die anderen Anklagepunkte gegen Jared genügten bereits, um ihn für lange Zeit ins Gefängnis zu bringen, und zu ihrer Anzeige wegen Körperverletzung lagen ihnen alle notwendigen Beweismittel vor. Doch falls sich etwas ändern würde, würden sie sich melden.

Ich war einfach nur froh gewesen, sie von diesem Bastard fortholen zu können – ob er nun ins Gefängnis kam oder nicht.

Mit jeder Meile Asphalt, die unter unseren Reifen hindurchgezischt war, hatte ich mich besser gefühlt.

Brooke verbrachte viel Zeit damit, aus dem Fenster zu starren. Ich fragte mich, was in ihrem Kopf vorgehen mochte. War sie nervös? Zweifelte sie daran, die richtige Entscheidung getroffen zu haben? Aber vielleicht betrachtete sie auch bloß all die Weizen- und Maisfelder. Sie hatte gesagt, dass sie noch nie im Leben so viel Mais gesehen hätte. So war das eben im Mittleren Westen.

Am späten Montagabend kamen wir in Iowa City an. Charlie schnarchte lautstark auf dem Rücksitz, als ich in unsere Auffahrt einbog.

Brooke warf einen Blick über die Schulter und sah dann mich an. Ihre Mundwinkel hoben sich.

Hey, sie lächelte!

Ich grinste sie ebenfalls an. »Er ist ein lauter Schläfer. Seine zukünftige Frau tut mir jetzt schon leid.«

Wir stiegen aus dem Wagen aus, und Charlie torkelte ebenfalls aus dem Auto. Ich nahm meine Tasche – Brooke trug ihren Rucksack – und führte sie hinein.

Charlie und ich wohnten in einem alten Haus unweit der Universität, das seinen Großeltern gehörte. Es hatte zwei Stockwerke, eine überdachte Veranda und Holzfußböden, die, insbesondere, wenn das Wetter umschlug, quietschten. Im Herbst deckte der große Ahorn im Garten alles mit seinem Laub zu.

Brooke blieb mit dem Rucksack auf der Schulter unschlüssig im Wohnzimmer stehen.

»Oben haben wir ein freies Zimmer«, erklärte ich. »Es steht nicht besonders viel drin, aber immerhin gibt es ein Bett. Es wurde schon eine Weile nicht mehr benutzt.«

»Danke«, sagte sie. »Ich kann überall schlafen, aber das klingt toll.«

Charlie hievte seine Tasche auf die Schulter und ging zur Treppe. »Ich gehe ins Bett.« Er blieb noch einmal stehen und sah Brooke an. »Ermorde uns bitte nicht im Schlaf oder so, okay?«

»Hatte ich nicht vor«, erwiderte sie.

Charlie trottete die Stufen hoch, und wir folgten ihm. Ich zeigte Brooke das freie Zimmer und kümmerte mich darum, dass sie alles hatte, was sie brauchte. Da sie mir versicherte, dass sie zurechtkäme, ließ ich sie danach in Ruhe und ging in mein Zimmer.

Obwohl es bereits spät war, schickte ich meiner Mutter eine Nachricht, damit sie wusste, dass ich wieder zu Hause war. Wie ich das mit Brooke erklären sollte, wusste ich noch nicht genau. Wie brachte man seinen Eltern bei, dass man die Frau zu sich geholt hatte, die mit seinem Organspender verlobt gewesen war? Das versprach ein interessantes Gespräch zu werden.

Mir war deutlich bewusst, wie verrückt das alles war. Ich hätte Mrs. Harper anrufen können. Obwohl Brooke es nicht gewollt hatte, hätte sie ihr geholfen. Ich hätte sie bei Menschen lassen können, die sie zweifelsohne gernhatten, und nach Hause fahren können.

Es hätte so viele gute Gründe gegeben, genau das zu tun. Nicht zuletzt, dass sie mit Liam Harper verlobt gewesen war. Außerdem hatte sie fraglos Probleme. Ich wusste nicht, ob sie eine Drogensüchtige oder Alkoholikerin war. Ob der Typ, der sie verprügelt hatte, ein Irrer war, der, wenn er wieder aus dem Gefängnis freikam, nach ihr suchen würde. Sie hatte erzählt, dass sie vorübergehend bei ihm gewohnt hatte, aber warum? Und sie hatte praktisch von jetzt auf gleich die Stadt verlassen.

Bevor wir aufgebrochen waren, hatte sie sich mein Handy geliehen, um einige Anrufe zu tätigen – unter anderem hatte sie mit der Dame vom Diner telefoniert –, aber mehr nicht. Was für ein Mensch haute einfach so ab? Was sagte das über sie aus?

Ich hatte all diese Punkte bedacht, ehe ich sie gebeten hatte, mit mir zu kommen. Auch auf der langen Fahrt hatte ich immer wieder über sie nachgegrübelt. Und obwohl sie alle ihre Berechtigung hatten, bereute ich es nicht, sie hierhergebracht zu haben.

Warum, konnte ich mir nicht erklären. Genauso wenig, wie ich mir erklären konnte, wieso ich sie, als ich sie zum ersten Mal gesehen hatte, sofort erkannt hatte. Oder weshalb ich darauf bestanden hatte, ihr meine Nummer zu geben.

Dafür wusste ich aber genau, was ich empfand, wenn ich sie ansah. Ich wollte sie hier bei mir haben. Ich konnte sie nicht im Stich lassen.

Was selbstverständlich total irre war. Doch ich hatte offenbar beschlossen, mich mit dem Wahnsinn anzufreunden. Ich hatte ihr versichert, dass ich bei dieser Sache mit an Bord war, und das entsprach der Wahrheit.

Es war schön, wieder zu Hause zu sein und im eigenen Bett zu liegen. Also schob ich meine Sorgen für die Nacht einstweilen beiseite und ging schlafen.

Als ich am nächsten Morgen nach unten kam, stand Brooke in der Küche und kochte. Sie hatte sich das Haar etwas schluderig hochgebunden und trug ein weißes Tanktop und darüber einen ärmellosen Häkelpullover. In ihren Shorts zeigte sie viel Bein, und sie war barfuß.

Ich musste dringend aufhören, ihre Beine anzuglotzen.

»Hi«, begrüßte sie mich. »Ich hoffe, es stört dich nicht, dass ich eure Küche benutzt habe, aber ich dachte, ihr hättet vielleicht Lust auf Frühstück. Ihr habt ein Waffeleisen, und ich mache ziemlich gute Waffeln.«

»Danke«, sagte ich. »Du weißt wirklich, wie man Charlies Herz gewinnt.«

Sie schenkte mir ein zurückhaltendes Lächeln und trug zwei Teller mit Waffeln zum Tisch. Ich holte eine Flasche mit Sirup und Gabeln.

»Rieche ich da etwa Essen?« Charlie kam in die Küche und rieb sich die Augen. Seine Haare standen in einem merkwürdigen Winkel von seinem Kopf ab.

»Siehst du?«, sagte ich zu Brooke.

»Äh, ja, ich habe Waffeln gemacht.« Brooke legte zwei auf einen weiteren Teller und reichte ihn Charlie.

»Danke«, sagte er.

Wir setzten uns alle zum Essen an den Küchentisch. Brooke hatte recht, sie machte *wirklich* gute Waffeln.

»Ich habe sie nicht vergiftet«, bemerkte Brooke mit Blick auf Charlie.

Er hatte noch keinen Bissen angerührt. »Das hatte ich auch nicht vermutet.«

Brooke lächelte nur. Ihre blauen Flecken waren nach wie vor sichtbar, wobei die an den Armen langsam verschwanden. Ihr blaues Auge hatte inzwischen einen blasslila Farbton angenommen. In einigen Tagen wäre es vermutlich weg.

Für eine Weile aßen wir schweigend. Charlie schlang sein Essen gierig herunter und holte sich anschließend noch zwei weitere Waffeln von dem Stapel, den Brooke auf die Arbeitsfläche gestellt hatte.

Obwohl ihr Teller erst halb leer war, legte sie bereits die Gabel weg. »Ich habe euch beiden noch nicht richtig für das gedankt, was ihr für mich getan habt. Diese Waffeln sind zwar nichts Besonderes, aber damit will ich euch zeigen, wie dankbar ich bin, dass ihr gekommen seid, als ich euch angerufen habe.«

»Also, eigentlich sind diese Waffeln sogar verdammt phänomenal, Brooke«, bemerkte Charlie.

»Danke«, erwiderte sie.

»Ich bin froh, dass wir helfen konnten«, sagte ich.

»Nun, wenn ich das hier echt durchziehen will, dann muss ich mich endlich am Riemen reißen«, sagte sie. »Ich werde mir einen Job und eine Bleibe suchen. Ich möchte euch nicht länger als nötig zur Last fallen.«

»Das ist wirklich kein Problem«, beteuerte ich. »Aber du kannst für die Stellensuche gern meinen Laptop benutzen, und wenn du irgendwo hinmusst, helfen wir dir und fahren dich.«

»Bei dem Teil mit der Bleibe kann ich vielleicht helfen«, meldete sich Charlie zu Wort. »Meinen Großeltern gehören neben diesem Haus noch einige weitere. Sie vermieten sie. Da ich bezweifle, dass mein Opa an jemanden vermieten würde, der arbeitslos ist, brauchst du allerdings zuerst einen Job. Aber eines ihrer Mietshäuser ist hier ganz in der Nähe. Du weißt schon, Seb, das kleine rote. Seit einigen Wochen steht es wegen Renovierungsarbeiten leer. Wenn ich ein gutes Wort für dich einlege, vermieten sie es dir bestimmt.«

»Wow, das wäre großartig«, freute sich Brooke. »Vielen Dank.«

Ich wechselte einen Blick mit Charlie und nickte dankbar. Er zuckte nur mit den Schultern und widmete sich wieder seinen Waffeln.

»Ich habe so viel zu tun, dass ich vielleicht eine Liste erstellen sollte oder etwas in dieser Art«, meinte Brooke. »Diese ganze Sache mit dem Neuanfang ist ziemlich überwältigend.«

»Warte, ich hole dir etwas.« Ich stand auf und wühlte mich durch einige Schubladen, bis ich schließlich fand, was ich suchte. Ich trug das kleine grüne Notizheft mit Spiralbindung zum Tisch und gab es Brooke. »Die habe ich immer für die Uni und so weiter im Haus. Ich glaube, dieses hier ist noch unbenutzt.«

Sie starrte das Notizheft an, blätterte die Seiten durch. Das Papier raschelte zwischen ihren Fingern. »Danke.«

»Ziemlich tolle Erfindung«, bemerkte Charlie. »Du weißt schon, Papier, das zu einem kleinen Buch gebunden ist. Man kann sogar etwas hineinschreiben.«

»Halt die Klappe, Klugscheißer«, blaffte ich.

Brooke schüttelte den Kopf. »Nein, es ist nur … Schon gut.«

Jemand klopfte an die Tür. Ich sah Charlie fragend an. »Kommt Kimmie heute vorbei?«

»Ich glaube nicht.«

»Dann mache ich auf.«

Ich erhob mich und öffnete die Tür. Draußen stand meine Mutter.

»Ach, du bist es, Mom. Hi«, sagte ich. Was wollte sie hier? »Ich wusste nicht, dass du kommst. Und auch noch so früh.«

»Hi, Schatz«, sagte sie und trat ein. Sie umarmte mich, und ich tätschelte ihr den Rücken. »Ich war mir sicher, ich hätte auf deine Nachricht geantwortet und dir geschrieben, dass ich vorbeischauen würde. Ich musste heute Morgen sowieso eines Termins wegen nach Iowa City.«

»Hm, ich glaube nicht, dass du mir geschrieben hast«, sagte ich. Aber das war keine große Überraschung. Meine Mutter war in Sachen Textnachrichten notorisch unzuverlässig. Meistens las sie sie erst Tage später und vergaß dann auch noch, sie zu beantworten.

»Hmmm. Nun, ich wollte sehen, wie es dir geht. Ich dachte mir, ich schaue gleich vorbei, damit wir uns nicht verpassen. Wie war die Reise?« Sie steuerte auf die Küche zu und erwartete offenbar, dass ich ihr folgte.

Auweia. Das würde interessant werden.

»Meine Reise war gut.«

»Guten Morgen, Charlie. Oh −« Sie blieb in der Küchentür stehen. Charlie und Brooke sahen von ihrem Frühstück auf. Brookes Augenbrauen hoben sich, und sie setzte sich beklommen auf ihrem Stuhl zurecht. Auf Charlies Gesicht erschien ein amüsiertes Lächeln, und er verschränkte erwartungsvoll die Arme vor der Brust. Ich warf ihm einen bösen Blick zu. *Blödmann.*

Meine Mutter war ein wenig altmodisch. Eine Frau an unserem Frühstückstisch vorzufinden − woraus sich folgern ließ, dass sie hier geschlafen haben musste −, hätte sie selbst dann befremdet, wenn sie diejenige gekannt hätte. Und jetzt war sie mit Brooke konfrontiert − einer ihr unbekannten Frau mit einem Veilchen und sichtbaren blauen Flecken − die an unserem Küchentisch saß.

»Mom, das ist Brooke«, sagte ich. »Brooke, das ist meine Mutter Lorraine McKinney.«

Moms Blick zuckte einige Male zwischen uns dreien hin und her. Anscheinend versuchte sie, herauszufinden, ob Brooke zu mir oder zu Charlie gehörte.

»Freut mich, dich kennenzulernen«, sagte Mom.

»Hallo, Mrs. McKinney«, sagte Brooke. »Ich freue mich ebenfalls.«

Pluspunkte für Brooke, weil sie sie *Mrs. McKinney* genannt hatte. Meine Eltern legten beide Wert auf Förmlichkeiten.

Charlie grinste noch breiter. »Guten Morgen, Mrs. McKinney. Brooke kommt aus Phoenix.«

Ich sah Charlie noch finsterer an. *Arsch.*

»Aus Phoenix?«, fragte Mom. »Bist du zu Besuch hier, Brooke?«

Brooke setzte zu einer Antwort an, doch ich kam ihr zuvor. »Nicht direkt, Mom. Können wir uns kurz draußen unterhalten?«

Ich führte meine Mutter hinaus auf die überdachte Veranda und schloss die Tür hinter uns.

»Sebastian, was um alles in der Welt geht hier vor?«, fragte sie.

»Ich habe Brooke in Phoenix kennengelernt«, begann ich.

»Ja, das dachte ich mir schon«, sagte sie. »Was tut sie in eurem Haus?«

»Ich gewähre ihr nur Unterkunft, bis sie sich hier eingelebt hat«, erklärte ich. »Sie wollte neu anfangen, und deswegen habe ich ihr angeboten, sie mit hierher zu nehmen. Das ist alles. Letzte Nacht hat sie in unserem freien Zimmer geschlafen.«

»Sebastian, sei doch nicht so vulgär!«, sagte sie entrüstet, als wäre die bloße Erwähnung ihres Schlafplatzes eine Art sexuelle Anspielung. »Du warst doch bloß wenige Tage weg. Wie hast du sie kennengelernt?«

»Sie …« Ich brach ab, weil ich genau wusste, dass sie sich aufregen würde. »Sie war mit Liam Harper vor dessen Tod verlobt.«

»Du meinst … den Mann, der …«

»Genau, Mom«, sagte ich. »Den Organspender, der mir das Leben gerettet hat.«

»Du hast seine Verlobte hierher mitgenommen?«, fragte sie und erhob die Stimme. »Was hast du dir dabei gedacht?«

»Hör mal, das ist eine lange Geschichte«, erklärte ich. »Sie brauchte Hilfe, und ich hatte das Gefühl, das Richtige zu tun.«

»Ich bin auch der Meinung, dass sie Hilfe braucht«, sagte Mom. »Sie hat ein blaues Auge, Sebastian.«

»Ja, ich weiß.«

Mom runzelte die Stirn, und ihre Sorgenfalten vertieften sich. »Schatz, das ist leichtsinnig. Du kannst doch nicht einfach eine fremde Frau mit zu dir nach Hause nehmen. Insbesondere *diese* Frau.«

Dass sie so über Brooke redete, ging mir gegen den Strich. Es gefiel mir nicht. Aber ich war auch dazu erzogen worden, meiner Mutter gegenüber nicht unhöflich zu werden, und ich wollte nicht, dass sie sich Sorgen machte. Ich hatte ihr schon genug Sorgen bereitet.

»Ich weiß. Das kann ich verstehen. Es ist eine merkwürdige Situation. Aber du hast mir beigebracht, anderen Menschen zu helfen, wenn ich es kann. Brooke hat eine Menge durchgemacht. Sie braucht eine Chance.«

Sie atmete tief durch. »Sei vorsichtig. Ich will nicht, dass dir irgendetwas Schlimmes passiert.«

»Ich weiß, Mom. Ich werde vorsichtig sein. Das bin ich doch immer.«

»Ich sollte jetzt wohl lieber gehen«, sagte sie, wenn auch widerstrebend. »Ich muss zu meinem Termin. Aber du musst uns bald zum Abendessen besuchen und uns von deiner Reise erzählen. Von dem Rest, meine ich.«

»Ja, das mache ich.«

Mom und ich verabschiedeten uns, und ich kehrte in die Küche zurück.

»Das war klasse«, feixte Charlie lachend.

»Vielen Dank auch, Sackgesicht«, brummte ich.

»Komm schon, Mann«, entgegnete Charlie. »Du kannst doch

211

nicht von mir erwarten, dass ich nicht für Peinlichkeiten sorge. So bin ich eben.«

»Du bist ein Vollidiot.«

»Tut mir leid«, sagte Brooke. »Ist deine Mutter verärgert darüber, dass ich hier bin?«

»Nein, alles in Ordnung«, beruhigte ich sie. »Sie war nur überrascht. Und sie macht sich immer Sorgen.«

»Und dazu kommt noch der Umstand, dass diese ganze Sache total irrsinnig ist«, merkte Charlie an. »Auch wenn Brooke gute Waffeln macht.«

»Du hast recht«, sagte Brooke schulterzuckend. »Es war bescheuert, mit euch beiden hierherzukommen.«

»Wenigstens gibst du es zu«, sagte Charlie. Er deutete auf mich. »Und du. *Komm mit uns nach Iowa.* Wer macht denn so was?«

»Ja, gut, vielleicht war es verrückt, aber jetzt lässt es sich auch nicht mehr ändern.« Ich wandte mich an Brooke. »Ich hole dir meinen Laptop, und dann gehe ich duschen. Heute habe ich den ganzen Tag frei. Also sag mir, was du brauchst, und wir kümmern uns darum.«

»Danke«, sagte Brooke.

»Ich werde mich wohl auch besser fertig machen«, meinte Charlie. »Ich schätze, ich sollte bei Kimmie vorbeischauen.«

»Viel Spaß«, wünschte ich ihm.

Charlie stand schnaubend auf und ging nach oben.

»Ist bei dir alles gut?«, fragte ich.

Brooke sah mich an. O Gott, sie war so schön. Ich musste vorsichtig mit ihr sein. Sonst würde ich mich in Schwierigkeiten bringen.

»Ja«, sagte sie. »Alles gut.«

## KAPITEL 20

# Brooke

Anfangs tat Iowa mir gut.

Der Umzug war impulsiv gewesen. Vielleicht sogar leichtsinnig. Doch ich hatte nichts zu verlieren gehabt. Irgendwo ganz weit weg von Phoenix neu anzufangen, schien mich wachzurütteln. Zumindest ein bisschen. Nun war ich schon seit zwei Monaten in Iowa und fühlte mich besser denn je.

Ich blickte aus dem Schaufenster der Buchhandlung, während ich das neue Display fertig machte. Der blaue Himmel war trügerisch. Das Wetter war zwar schön, jedoch nicht annähernd so warm, wie es schien. Ich zog die Ärmel meines Pullovers über die Hände und schlang die Arme um meinen Oberkörper. Joe, mein Boss, staunte immer darüber, dass ich andauernd, sogar an einem sonnigen Tag, fror. Doch ich war im Südwesten aufgewachsen, wo es die meiste Zeit im Jahr warm – oder brütend heiß – war. Mir kamen zwanzig Grad im Juni eher kühl vor.

Den Job bei Booklovers Corner hatte ich bereits in meiner ersten Woche in der Stadt gefunden. Joe hatte mir die Stelle gegeben, ohne auch nur ein Vorstellungsgespräch mit mir zu führen. Er hatte einfach meine Bewerbungsunterlagen in Empfang genommen, mir einige Fragen darüber gestellt, wann ich anfangen könnte, und mich vom Fleck weg eingestellt. Vielleicht war das eine glückliche Fügung gewesen. Es hatte mir die

Peinlichkeit erspart, unangenehme Fragen über meine früheren Arbeitsverhältnisse zu beantworten. Doch der Hauptgrund war wohl, dass Joe fahrig und ein wenig zerstreut war. Und vermutlich genug davon hatte, Collegestudenten einzustellen, deren Arbeitszeiten er an ihre Stundenpläne anpassen musste. Er war um die sechzig, hatte einen dicken weißen Schnurrbart und eine Brille mit Drahtgestell, die ihm ständig von der Nase rutschte. Er war umgänglich und hatte Nachsicht mit mir gehabt, als ich einige Male zu spät gekommen war. Er war eher distanziert, aber ein anständiger Vorgesetzter. Trotzdem war es mir an manchen Tagen fast unmöglich, aus dem Bett aufzustehen. Durch den Schmerz in meiner Brust fühlte ich mich so leer, und immer wieder überkam mich Apathie. Ich wusste, dass ich, wenn ich nicht aufstand, höchstwahrscheinlich meinen Job verlieren würde. Aber war das von Bedeutung? Scherte es mich?

An solchen Tagen zwang ich mich aus dem Bett. Überwand mich dazu, so zu tun, als würde ich mein Leben leben. Und meistens war ich hinterher froh, es getan zu haben.

Charlie hatte sein Versprechen, mir bei der Suche nach einer Bleibe zu helfen, eingelöst. Das Mietshaus seiner Großeltern war nur einen kurzen Fußmarsch von dem Haus entfernt, in dem er mit Sebastian wohnte. Es war klein, aber ich brauchte auch nicht viel Platz, und innen war alles frisch gestrichen. Ich schaffte mir nach und nach, wann immer ich es mir leisten konnte, einige Dinge an. Ein Bett. Eine Couch. Küchenutensilien. Charlies Großmutter hatte mir einen alten Tisch und Stühle überlassen. Sebastian hatte mir dabei geholfen, sie neu zu streichen, und nun sahen sie richtig toll aus.

*Sebastian.* Es war beunruhigend, wie oft ich an ihn dachte. Ich traf ihn und Charlie regelmäßig. Wir drei waren gute Freunde geworden. Charlie witzelte noch immer, dass ich eine Irre wäre, die vorhätte, sie zu ermorden, aber dumme Sprüche und Beleidigungen waren Charlies Art, seine Zuneigung zu zeigen. So machte er es auch immer mit Seb, und die beiden hatten wirklich die süßeste Bromance, die ich je erlebt hatte.

Doch während meine Freundschaft mit Charlie entspannt und lustig war, war meine Beziehung zu Seb gänzlich anderer Natur.

Mir war noch nie jemand wie Sebastian begegnet. Er war so ernst. Nicht, dass er nicht lächelte oder lachte – das tat er. Doch er besaß diese Intensität, die unter der Oberfläche glomm. Ich konnte sie spüren, wann immer er in meiner Nähe war. Seine Ausstrahlung hatte eine merkwürdige Wirkung auf mich – sie wühlte Emotionen in mir auf, die ich nicht recht begreifen konnte.

Ich wusste nicht, was ich mit all diesen Gefühlen anfangen sollte.

Da keine Kunden im Laden waren, ging ich nach hinten und setzte mich an einen kleinen Tisch, um den überall halb leere Kartons herumstanden. Dort schlug ich mein spiralgebundenes Notizheft auf – genau das, das Sebastian mir an meinem ersten Morgen in Iowa gegeben hatte. Auf der ersten Seite stand noch immer die Liste, die ich damals abgefasst hatte – Dinge, die ich erledigen musste, um von vorne anzufangen. Ich hatte einen Punkt nach dem anderen abgehakt. Eine Weile hatte ich sonst nichts hineingeschrieben. Die übrigen Seiten waren leer geblieben.

Es hatte Zeiten gegeben, in denen ich nie ohne ein Notizheft unterwegs gewesen war. Ich hatte Dutzende vollgeschrieben. Auf der Highschool war es ein Zeitvertreib gewesen. Etwas, worauf ich mich hatte konzentrieren können, damit ich den anderen nicht auffiel. Ein Ort für all die Gedanken, die ich nicht gewagt hatte, mit anderen zu teilen.

Als ich dann mit Liam zusammen gewesen war, hatte ich nicht mehr das Gefühl gehabt, von meinem Leben erdrückt zu werden. Aber trotzdem hatte ich weiterhin Notizhefte mit Worten gefüllt. Mit Gedichten. Songtexten. Schreiben war so sehr ein Teil von mir gewesen, dass die Worte selbst, als sie Zufriedenheit ausgedrückt hatten, ein Zuhause auf diesen linierten Seiten gefunden hatten.

Nach seinem Tod nicht mehr.

Ich hatte aufgehört, Dinge aufzuschreiben. Es hatte sich angefühlt, als hätte ich nichts mehr zu sagen. Der einst so stetige Fluss der Worte war versiegt. Verstummt.

In diesem Notizheft gab es Wörter. Holprige Sätze. Halbfertige Gedanken. Radiergummispuren und durchgestrichene oder übermalte Passagen. Auf manchen Seiten gab es mehr Kritzeleien als Wörter. Doch sie waren da.

Zu viele meiner Wörter beschäftigten sich mit Sebastian.

Ich schrieb nie seinen Namen. Aber ich hätte mich selbst belogen, wenn ich behauptet hätte, dass das, was ich schrieb, nicht von ihm handelte. Ich hatte das Gefühl, dass ich eigentlich über Liam schreiben sollte. Mich an ihn erinnern oder meine Trauer verarbeiten sollte. Doch ich musste immer wieder an Sebastian denken. An die Art, wie er, wo immer er auch war, mit seiner Präsenz den Raum auszufüllen schien. An die Farbe seiner Augen. Daran, wie mein Herz etwas schneller schlug, wenn er in meiner Nähe war.

Ich ließ den Worten freien Lauf, hatte dabei jedoch die ganze Zeit ein schlechtes Gewissen.

Das Glöckchen über der Tür klingelte, so leise, dass man es im Hinterzimmer kaum hören konnte. Joe war nach Hause gegangen und hatte es mir überlassen, den Laden zu schließen. Ich schlug mein Notizheft zu und ging nachsehen, ob der Kunde Hilfe brauchte.

Sebastian stand vorne im Laden und begutachtete ein Regal mit Krimis. Er hatte den Kopf zur Seite gelegt, als lese er die Titel auf den Buchrücken. Ich blieb stehen und beobachtete ihn. Dabei spürte ich ein leises Kribbeln in der Brust. Die Ärmel seines U of I-T-Shirts dehnten sich dermaßen über seinen Armmuskeln, dass es aussah, als würden sie gleich aufreißen. Er rieb sich das Kinn, ließ die Finger durch seinen dichten Bart gleiten. Eigentlich hatte ich noch nie etwas für männliche Gesichtsbehaarung übriggehabt, aber bei ihm? Wahnsinn!

Er sah umwerfend aus. Daran führte kein Weg vorbei. Er war einer der schönsten Männer, die ich je gesehen hatte, mit seinen dichten Haaren, seinem sexy Bart und seinen faszinierenden Augen. Seinem Körper, der so viel Kraft und Energie ausstrahlte. Er hatte eine merkwürdige Anspannung in sich, als würde er permanent etwas zurückhalten. Als wäre da ein Feuer in ihm, das er sorgsam unter Kontrolle hielt.

Sein Feuer bewirkte, dass der Funken in meinem Inneren zum Leben erwachen wollte. Brennen wollte. Doch ich hatte Angst, dass er mich zu Asche verwandeln und ich vom Wind verweht werden würde.

Wie von einer fremden Macht getrieben, wanderte mein Blick zu seiner Brust. Ich drängte die aufsteigenden Gefühle zurück, die mich immer überkamen, wenn ich darüber nachdachte, wer er wirklich war. Wenn ich an das Herz dachte, das in ihm lebte.

»Hey«, sagte ich. Die Luft war warm, aber ich zog meinen Pullover dennoch eng um mich. »Was machst du hier?«

»Ich musste mich mit einem meiner Professoren treffen«, sagte er. »Da ich sowieso in der Nähe war, dachte ich mir, ich könnte mal schauen, ob du bald Feierabend hast. Vielleicht gemeinsam mit dir nach Hause gehen.«

Weil ich auch ohne Auto gut zurechtkam, hatte ich mir die Ausgabe für die Anschaffung eines Wagens gespart. Sebastian fuhr zwar Auto, aber mir war aufgefallen, dass er trotzdem, auch wenn er nicht musste, oft zu Fuß ging.

»Ja, wir schließen in ungefähr zehn Minuten«, sagte ich.

»Ich kann warten.«

Ich erledigte die letzten Arbeiten, während Sebastian durch den Laden schlenderte. Wenn ich mit ihm allein war, brachte mich das jedes Mal durcheinander. Weckte zwiespältige Gefühle in mir. Obwohl er hinter hohen Regalen verborgen war, konnte ich ihn dort spüren. Es machte mir Angst, mir einzugestehen, wie sehr mir das gefiel. Dass der Anblick, wie er Bücher in die Hand nahm, sie durchblätterte – auf mich wartete –, meinen Atem schneller gehen und meine Haut prickeln ließ.

»Fertig«, verkündete ich.

Er stellte das Buch, das er gerade betrachtet hatte, ins Regal zurück und lächelte.

Ich wandte rasch den Blick ab, damit er die Röte nicht sehen konnte, die sich bestimmt auf meine Wangen stahl. »Ich hole nur meine Sachen.«

Ich ging nach hinten und steckte das Notizheft in meine Handtasche. Nahm meine Jacke. Dann kehrte ich nach vorne zurück, und Sebastian hielt mir die Jacke, während ich in die

Ärmel schlüpfte. Er war mir so nah, dass ich einen Hauch seines Duftes erhaschte. Er roch immer frisch, nach sauberer Baumwolle, mit einem würzigen Unterton, der nicht von einem Parfüm kam. Das war bloß er. Mein Körper reagierte auf diesen Geruch auf eine Art und Weise, die mich verunsicherte.

Aber, liebe Güte, er roch richtig gut!

Nachdem ich die Lichter ausgeschaltet hatte, gingen wir nach draußen, und ich schloss die Tür hinter uns ab. Da die Luft frisch war, schob ich die Hände in die Jackentaschen. Die Sonne war untergegangen, und die Straßen verblassten im Dämmerlicht. Eine Weile gingen wir schweigend nebeneinanderher. Gemächlich. Ließen uns Zeit, als wollten wir diesen Augenblick so weit in die Länge ziehen, wie es nur ging.

Schließlich brach Sebastian das Schweigen. »Wie läuft es bei der Arbeit?«

»Heute war es ruhig, aber an den Wochenenden ist immer viel los«, antwortete ich. »Es ist ein schöner Job.«

»Irgendwelche Probleme mit dem Haus?«, erkundigte er sich.

»Nein, das Haus ist toll.«

»Es scheint, als würde es dir in Iowa ziemlich gut gehen«, meinte er.

»Ja, es gefällt mir hier.«

Er verstummte einen Moment, und wir gingen noch langsamer. »Wirklich?«

Ich wunderte mich, worauf er hinauswollte. »Ja, tut es. Warum?«

»Ich wollte nur sichergehen.«

»Hast du Angst, dass ich einfach wieder verschwinden könnte?« Ich stupste mit dem Ellenbogen seinen Arm an.

»Irgendwie schon«, erwiderte er. Ich hatte es scherzhaft gemeint, doch sein Tonfall war ernst. »Ja, ich schätze, ich mache mir deswegen Sorgen.«

»Das würde ich dir nicht antun«, sagte ich leise.

»Hast du den Harpers schon gesagt, dass du Phoenix verlassen hast?«

Kurz flammte Wut in mir auf. Die Harpers waren nicht seine Angelegenheit. »Wieso fragst du mich nach ihnen?«

»Ich möchte es wissen«, beharrte er. »Hast du es ihnen gesagt?«

»Ich weiß nicht, warum dich das interessiert.«

Er blieb stehen, drehte sich um und sah mich an. »Weil sie dich gernhaben. Und ich möchte wissen, ob du sie einfach hängen gelassen hast.«

»Ich bin bereits seit Monaten hier, und du machst dir erst jetzt darüber Gedanken?«

»Hör auf, meiner Frage auszuweichen.«

»Ja, ich habe es ihnen gesagt. Meine Güte. Direkt, nachdem ich die Stelle in der Buchhandlung bekommen habe, habe ich ihnen von meinem Umzug erzählt. Ich habe Mary meine neue Nummer geschickt.«

Er sah mir weiter in die Augen. Ich wollte den Blick abwenden, doch wenn er mich so ansah, war ich nicht in der Lage, ihm zu widerstehen.

»Okay. Gut.«

Er klang erleichtert. Ich verstand nicht, weshalb – wieso er überhaupt davon angefangen hatte. Eigentlich hatten wir noch nie über die Harpers gesprochen.

Ich hatte ihnen Bescheid gegeben. Sebastian hatte Marys Nummer in mein neues Handy eingespeichert – ein dezenter Hinweis darauf, dass ich sie kontaktieren sollte. Ich hatte ihr eine Nachricht geschickt, in der ich einfach geschrieben hatte, dass ich weggezogen war und dass es mir gut ginge. Sie hatte daraufhin nachgefragt, wohin ich gezogen wäre, doch ich hatte nicht geantwortet. Ich verstand selbst nicht genau, weshalb ich nicht wollte, dass sie wussten, wo ich war. Vielleicht wollte ich erst abwarten und sehen, ob ich nicht versagte. Wenn ich antwortete – ihnen mitteilte, wo ich mich aufhielt und was ich in der Zwischenzeit gemacht hatte –, wollte ich etwas haben, worauf ich stolz sein konnte. Doch im Moment war ich noch in zu viele Teile zerbrochen. Teile, die nicht zueinanderpassten.

Für den Rest des Nachhausewegs sagte Sebastian nichts mehr. Die Versuchung, ihn zu berühren, war so groß. Ich hätte so gern flüchtig seine Hand gestreift oder wäre ein klein wenig dichter bei ihm gegangen, damit unsere Arme sich berührten. Aber er berührte mich nie. Nicht mal zufällig. Als wir uns in Phoenix kennengelernt hatten, hatte er es ein-, zweimal getan. Doch nun hielt er immer ein wenig Abstand. Ich hatte das Gefühl, dass ich diese Grenze nicht überschreiten durfte – dass er es nicht wollte.

Er kam mit mir bis zu meiner Haustür und blieb neben mir stehen, während ich den Schlüssel aus der Tasche holte.

»Danke, dass du mich nach Hause gebracht hast«, sagte ich.

»Ist doch klar«, sagte er. »Hör mal, ich will dir nicht das Leben schwermachen. Du … Du behältst nur immer alles für dich. Manchmal frage ich mich, was in deinem Kopf vorgeht.«

Ich sah zu ihm auf. Spürte seine Anziehungskraft, wie sie an mir zerrte, mich zu ihm zog. Eine Woge aus Hitze überspülte mich. Doch es waren nicht die Flammen des Verderbens. Es war die verlockende Wärme der Hoffnung. Des Lebens. Der Schöpfungskraft, der Energie, der Leidenschaft. Von all den Dingen, die einst in mir existiert hatten und die ich verloren hatte.

»Eigentlich nichts Wichtiges«, sagte ich, trat zurück und wandte den Blick ab. »Ich mache einfach mein Ding. Es geht mir gut.«

»Okay«, sagte er. Was hörte ich da in seiner Stimme? Skepsis? Enttäuschung? Ich wusste es nicht genau. »Na, dann bis bald. Gute Nacht, Brooke.«

»Gute Nacht.«

Ich sah ihm nach, wie er ging, und fühlte mich plötzlich allein. Vermisste ihn, bevor er überhaupt richtig fort war.

## KAPITEL 21

# Sebastian

Das Dümmste, was ich jemals getan hatte, war, mich in Brooke Summerlin zu verlieben.

Es war sinnlos, es zu leugnen. In gewisser Weise hatte ich sie vom ersten Moment an, als ich sie am Tisch vor dem Restaurant in Phoenix sitzen gesehen hatte, geliebt. Es war unwichtig, ob das nun möglich war oder nicht. Ob Liebe auf den ersten Blick verrückt oder unrealistisch war. Es war passiert, und jetzt versuchte ich, herauszufinden, wie ich mit dieser Tatsache umgehen sollte.

Ich hatte noch nie zuvor jemanden wirklich geliebt. Nicht mal Cami. Zum damaligen Zeitpunkt hatte ich geglaubt, in sie verliebt zu sein. Doch das war keine Liebe gewesen. Sondern Bequemlichkeit und Vertrautheit. Cami war das sprichwörtliche Mädchen von nebenan. Unsere Beziehung war einfach zu erwarten gewesen. Ich hatte sie gerngehabt, und es hatte wehgetan, als sie mich verlassen hatte. Allerdings war da keine Glut zwischen uns gewesen. Kein Feuer, keine Leidenschaft. Es hatte mit uns nicht geklappt, aber trotzdem war eine Frau wie sie die sichere Wahl.

Brooke war alles andere als sicher.

Sie war unberechenbar. Manchmal stand sie überraschend mit massenhaft Essen vor meiner Tür und kochte groß auf. Oder sie bestand darauf, dass wir ins Auto stiegen, um aus der

Stadt herauszukommen, und mit hundert Meilen die Stunde den Highway entlangrasten, während sie aus vollem Halse schrie. Manchmal blieben wir, obwohl wir am nächsten Tag rausmussten, die ganze Nacht wach, damit wir draußen sitzen und zusehen konnten, wie der Himmel sich vor dem Sonnenaufgang rosa verfärbte. Manchmal saßen wir stundenlang zusammen und redeten. Sie erzählte mir Geschichten aus ihrer Kindheit. Hörte meinen zu.

Oder sie tauchte urplötzlich tagelang ab. Ging nicht ans Telefon. Kam nicht zur Arbeit. Zweimal hatte ich mir so große Sorgen gemacht, dass ich zu ihr gegangen war, um nach ihr zu sehen. Sie war zu Hause gewesen, hatte blass und müde gewirkt. Beide Male hatte sie mich wieder weggescheucht und behauptet, sie sei krank. Ich hatte ihr nicht geglaubt.

Sie war ein wandelnder Widerspruch – so schön und so kaputt. Furchtlos und vollkommen unbesorgt um ihre körperliche Unversehrtheit, doch gleichzeitig beladen mit Schwermut und Trauer. Spontan und impulsiv und doch auch zurückhaltend und reserviert. Da war Feuer in ihren Augen, Leidenschaft in ihrem Geist. Doch meistens wurden sie von einem Schmerz überdeckt, über den sie nie mit mir sprach.

Von dem Moment an, in dem wir uns zum ersten Mal begegnet waren, hatte sie sich tief in mir eingenistet. Ich hatte ihr nur einmal in die Augen sehen müssen, um die Wahrheit zu erkennen. Sie war gebrochen. Bereit, aufzugeben. So war ich auch einmal gewesen. Und in diesem Moment war mir klar geworden, dass ich ihr zeigen musste, wie sie wieder leben konnte.

Doch ich liebte sie nicht wegen ihrer Traurigkeit – oder trotz dieser Traurigkeit. Ich liebte sie einfach. Sie machte mich glücklich. Gab mir das Gefühl, lebendig zu sein. Wenn ich mich um sie kümmern konnte, fühlte ich mich wohl.

Brooke zu lieben, war ein Fehler, aber nicht, weil sie unberechenbar war. Nicht, weil ich halb damit rechnete, dass sie eines Tages einfach verschwinden würde. Sondern, weil ich in eine Frau verliebt war, die meine Liebe nicht erwidern konnte.

Ich verkörperte alles, was sie verloren hatte. Das Herz ihres Schmerzes lebte in mir. Wortwörtlich.

Also hielt ich mich zurück. Wir waren Freunde, und diese Freundschaft wollte ich nicht verlieren, obwohl es Zeiten gab, in denen es mich fertigmachte, in ihrer Nähe zu sein. Ich schrieb ihr. Verbrachte Zeit mit ihr. Begleitete sie manchmal abends nach der Arbeit nach Hause. Sah nach ihr, wenn sie abzurutschen schien. Doch ich hielt Distanz zu ihr, damit sie nichts merkte. Damit sie nicht sah, was sie mit mir anstellte. Wie sehr ich sie wollte.

O Gott, ich wollte sie so sehr!

Charlie durchschaute mich sofort, sagte aber nichts. Falls er es doch einmal tun würde, würde ich ihn einfach an seine katastrophale Beziehung mit Kimmie erinnern. Die beiden schienen sich öfter zu streiten als zu vertragen. Wenn es darum ging, sich die falsche Frau auszusuchen, waren wir beide ziemlich gut darin, uns in Schwierigkeiten zu bringen – wenn auch aus unterschiedlichen Gründen.

Ich nahm meine Schlüssel und ging zum Auto. Charlie wollte mit Kimmie zum Jahrmarkt und hatte mich dazu vergattert, mich mit den beiden dort zu treffen. Da ich offensichtlich eine masochistische Ader hatte, hatte ich Brooke eingeladen, denn ich hatte keine Lust, neben Charlie und Kimmie das fünfte Rad am Wagen sein. Aber wenn ich ehrlich war, hatte ich eigentlich gar keinen Vorwand gebraucht, um Brooke zu bitten, mitzukommen. Auch wenn es absolut dämlich war, nutzte ich jede Chance, um mit ihr zusammen sein zu können.

Ich war so was von geliefert.

Als ich vor ihrem Haus eintraf, um sie abzuholen, kam sie bereits heraus. Sie sah bezaubernd aus in ihrem weiten grauen Pullover, der eine Schulter entblößte und dessen Ärmel die Armbänder verdeckten, die sie immer trug. Ihre Jeansshorts waren so kurz, dass man fast ihre ganzen Oberschenkel sehen konnte. Dazu trug sie graue Strümpfe, die ihr bis über die Knie reichten, und ein paar hohe braune Stiefel. Diese Kombination aus kurzen Shorts und langen Strümpfen war einfach der Hammer und so verdammt sexy.

»Hey«, sagte ich. »Bereit für einen schönen, altmodischen Jahrmarkt?«

»Bitte sag mir, dass es dort wenigstens Funnel Cake gibt«, erwiderte sie.

»Da bin ich mir ziemlich sicher«, versprach ich. »Aber warum trägst du einen Pullover? Es ist heiß.«

»Wir haben ungefähr fünfundzwanzig Grad. Das ist *nicht* heiß. Bei über vierzig Grad können wir noch mal darüber reden. Das ist wirklich heiß.«

»Wie du meinst, du Frostbeule.« *Sie* war auf jeden Fall heiß, doch das würde ich nicht laut sagen.

Wir stiegen in mein Auto und fuhren zum Festplatz. Da der Parkplatz nicht besonders voll war, fand ich einen freien Platz in der Nähe des Eingangs. Ich schrieb Charlie, um zu fragen, ob er und Kimmie schon da wären. Er antwortete, dass sie bereits drin wären und gleich hinter dem Eingang warten würden.

Kimmie war hübsch, auf eine *Ehemalige Schönheitskönigin von*

*Johnson County*-Art. Lange Haare, die sie platinblond färbte. Modische Kleidung. Nie ungeschminkt in der Öffentlichkeit. Sie erinnerte mich an Cami. Kimmie war ebenfalls in einer Studentinnenverbindung gewesen. Charlie hatte sie auf einer Collegeparty kennengelernt. Sie war eine Art Ringer-Groupie gewesen, und sie und Charlie waren einige Male miteinander im Bett gelandet. Nachdem Charlie den Abschluss gemacht hatte, war er ihr zufällig wieder begegnet und hatte sich mit ihr verabredet. Seitdem führten sie eine On-Off-Beziehung – und stritten sehr häufig.

Der heutige Tag bildete da keine Ausnahme. Als Brooke und ich die beiden entdeckten, lagen sie sich mal wieder in den Haaren. Er hatte sich aufgerichtet und die Arme vor seiner breiten Brust verschränkt. Sie hatte die Hände in die Hüften gestemmt und war, nach ihrem Gesichtsausdruck zu urteilen, nicht gerade glücklich.

»Schon wieder?«, fragte Brooke.

»Sieht so aus«, sagte ich. »Sollen wir warten, bis sie ihren Zwist ausgefochten haben, oder einfach vorbeigehen?«

»Gehen wir einfach weiter«, sagte Brooke. »Sie können später zu uns stoßen. Oder, na ja, wenn Kimmie wieder so zickig ist, vielleicht auch lieber nicht.«

Ich lachte. »Sag mir ruhig, was du wirklich denkst.«

»Tut mir leid«, sagte sie, obwohl es nicht so klang, als würde es ihr leidtun. »Charlie ist so toll. Ich wünschte, er wäre mit jemandem zusammen, der ihn auch verdient.«

Ich kam mir dumm vor, weil ich, als ich sie sagen hörte, er sei toll, plötzlich einen Anflug von Eifersucht verspürte. Brooke und Charlie verstanden sich gut, doch sie schien kein weitergehendes Interesse an ihm zu haben.

»Ja, ich auch.«

Wir schlenderten ein Weilchen über den Jahrmarkt. Es war ziemlich voll, doch einem bulligen Kerl wie mir machten die Leute bereitwillig Platz. Ich kaufte Brooke Funnel Cake, und sie gab mir etwas ab. Es schmeckte köstlich. Solche Sachen aß ich nur selten, weil ich immer darauf achtete, mein Herz gesund zu erhalten. Doch das verlockende Essen war nicht das Schlimmste. Sondern Brooke dabei zuzusehen, wie sie sich Puderzucker von den Fingern leckte. Davon bekam ich augenblicklich einen sehr unangenehmen Ständer.

Da ich eine Ablenkung brauchte, dirigierte ich sie zu einigen Buden, um ein paar Spiele zu machen. Als ich beim Ringewerfen verlor, lachte sie, doch ich lachte noch mehr, als sie ebenfalls verlor. Ihr Lachen hallte in meinen Ohren wider und übertönte den Lärm der anderen Festbesucher. Ich fand es herrlich, sie zum Lachen zu bringen. Es fühlte sich jedes Mal an wie ein Lottogewinn.

»Ich weiß, es ist albern, aber ich brauche Zuckerwatte«, sagte sie, als die Jahrmarktspiele sie zu langweilen begannen.

»Du weißt schon, dass das der pure Zucker ist?«

»Darum geht es ja gerade«, sagte sie. »Das hat etwas mit Nostalgie zu tun. Meine Mutter ist mit mir einmal zu einem großen Jahrmarkt gegangen. Ich weiß nicht mal mehr, wo er war. In Oklahoma vielleicht? Wie auch immer, damals hat sie mir Zuckerwatte gekauft. An diesem Tag hatten wir richtig Spaß.«

Sie sprach fast nie von ihrer Mutter, doch inzwischen hatte ich mir einiges zusammengereimt. Sie war damals als Teenager nicht bei den Harpers eingezogen, weil es einfach eine nette Abwechslung war. Und sie hatte mir das eine oder andere erzählt. Aber ich hatte immer den Eindruck, dass sie es vermied, zu viel zu erzählen, weil sie Angst hatte, mir die ganze Wahrheit zu sagen.

»Dann kann ich es verstehen.« Ich ging mit ihr zu einer Bude, wo man Zuckerwatte kaufen konnte. Sie bot an, zu bezahlen, doch ich sah sie nur an, als hätte sie den Verstand verloren. Die Verkäuferin reichte ihr ihre Zuckerwatte – sie war knallrosa –, und Brooke lächelte.

»Danke.« Sie zupfte ein Stück ab und steckte es in den Mund. »O Gott, das schmeckt genau so, wie ich es in Erinnerung habe. Möchtest du auch?«

»Nein danke.«

Die Sonne sank langsam tiefer, und auf dem Jahrmarkt wurden die ersten Lichter eingeschaltet. Wir gingen langsam weiter, während Brooke ihre Zuckerwatte aß. Als ich kurz einen Blick aufs Handy warf, war eine Nachricht von Charlie eingegangen.

*Charlie: Sorry, dass ich dich hängen lasse. Ich habe genug von ihr. Habe sie nach Hause gebracht. Ich bin fertig mit ihr. Diesmal wirklich.*

»Ich glaube, Charlie hat mal wieder mit Kimmie Schluss gemacht.« Ich steckte das Handy in die Tasche.

»Tatsächlich?«, fragte Brooke. »Glaubst du, diesmal bleibt es dabei? Oder kommt er sofort zu ihr zurückgerannt, wenn sie ihm schreibt, dass er auf einen Quickie vorbeikommen soll?«

»Ich hoffe, es ist jetzt endgültig aus«, sagte ich. »Ich verstehe nicht, warum er das so lange mitgemacht hat.«

»Ich auch nicht«, sagte Brooke. »Vielleicht, weil das Vertraute einfacher ist als das Unbekannte.«

»Ja, da ist was dran«, stimmte ich ihr zu. Ich machte mir um Charlie keine allzu großen Sorgen. Er würde das schon hinbekommen.

Ich überlegte, ob Brooke mir, wenn ich sie nach ihrer Mutter fragen würde, wohl noch etwas mehr über sie erzählen würde. Ich wollte, dass sie mir vertraute und mich an sich heranließ.

»War das damals mit deiner Mutter das letzte Mal, dass du auf einem Jahrmarkt wie diesem gewesen bist?«

»Ich glaube schon. Damals muss ich acht oder neun alt gewesen sein. Das war eine dieser seltenen Phasen, in denen sie Single gewesen ist.« Sie unterbrach sich und steckte sich noch etwas Zuckerwatte in den Mund. »Ich, äh, ich weiß nicht, wer mein Vater ist, und meine Mutter war eigentlich immer mit irgendeinem Typen zusammen.«

Sie spähte mit zusammengezogenen Augenbrauen zu mir, als wäre sie besorgt, wie ich reagieren würde. Ich lächelte nur.

»Egal, jedenfalls hat sie … Mann, nicht mal diese Geschichte kann ich erzählen, ohne von dem Mist anfangen zu müssen, den meine Mutter gemacht hat.« Sie holte tief Luft. »Okay, ich habe dir ja schon erzählt, dass meine Mutter süchtig war. Sie war oft betrunken. Aber ab und zu hatte sie kurze, trockene Phasen. Ich weiß nicht mehr, wie es zu genau dieser gekommen war. Manchmal hatte es den Anschein, als wolle sie wirklich versuchen, sich zu bessern. Vielleicht war es damals einfach bloß das.«

Wir gingen auf eine Reihe Picknicktische zu und setzten uns.

»Wenn sie nüchtern war, war immer alles so viel besser«, fuhr Brooke fort. »Dann kümmerte sie sich um mich wie eine normale Mutter. Ich musste nicht ständig Angst haben, sie zu verärgern. Und sie unternahm etwas mit mir, wie beispielsweise diesen Besuch auf dem Jahrmarkt. Wir sind hingefahren, und ich erinnere mich nur daran, wie ich herumgelaufen bin, an den Lärm und an die Lichter. Sie muss ein kleines Vermögen an einer der Spielbuden ausgegeben haben, weil sie unbedingt einen pinken Teddybären für mich gewinnen wollte. Sie hat es auch geschafft, und ich habe dieses Ding noch jahrelang aufbewahrt.«

»Was ist damit passiert?«, fragte ich.

»Keine Ahnung«, antwortete sie schulterzuckend. »Wahrscheinlich wurde ich einfach zu groß dafür, und wo er danach hingekommen ist, weiß ich nicht. Bestimmt ist er bei einem unserer Umzüge verloren gegangen.« Sie zog einen weiteren rosafarbenen Bausch aus der Tüte und legte ihn sich auf die Zunge. »Sonst hat sie mir nie Süßigkeiten gekauft, aber an jenem Tag wollte sie wohl aufs Ganze gehen. Vielleicht wollte sie mich ein bisschen verwöhnen, als Entschädigung für all den Mist, den sie trieb, wenn sie betrunken oder high war. Ich wollte Zuckerwatte, und sie kaufte mir welche. Sie ließ sie mich ganz alleine essen. Das war für mich eine riesengroße Sache.«

»Wann hast du sie zum letzten Mal gesehen?«

»Damals war ich siebzehn«, erwiderte sie. »Sie ist umgezogen, und ich bin nicht mitgekommen. Etwa ein Jahr später hat sie mich angerufen. Hat mir erzählt, dass sie in Louisiana wäre und ich wieder bei ihr wohnen sollte. Ich habe abgelehnt, und seitdem habe ich nie wieder etwas von ihr gehört.«

Ich wollte sie berühren – ihre Hand halten oder ihre Wange streicheln –, doch ich tat es nicht. »Tut mir leid. Das ist wirklich kacke.«

»Es ist besser so«, sagte sie. »Sie ist meine Mutter, und ich werde sie immer lieben. Aber ich konnte sie nicht retten. Ich wollte es tun. Ich habe mir lange Zeit gewünscht, gut genug zu sein, um sie dazu zu bringen, dass sie sich bessern will. Ich weiß nicht, wo sie jetzt ist, aber ich hoffe, dass sie eines Tages die Hilfe bekommt, die sie braucht.«

Ich streckte die Hand aus und zupfte mit zwei Fingern ein Stückchen Zuckerwatte ab. Sie war weich und gleichzeitig hart. Ein bisschen wie Brooke.

»Ich auch«, sagte ich.

Sie streckte ihre pink verfärbte Zunge heraus. »Ich glaube, das kann ich nicht alles aufessen. Möchtest du den Rest?«

»Nein danke.«

»Wir sollten ein paar Fahrgeschäfte ausprobieren.« Ihre Augen begannen zu strahlen, doch ihr Lächeln schwand rasch wieder. »Warte mal, darfst du das überhaupt? Wegen … na ja, du weißt schon.«

»Ja, ich darf«, sagte ich. »Es gibt eigentlich kaum etwas, was ich nicht machen kann.«

»Wirklich?«, fragte sie. »Du darfst so ziemlich alles?«

Es war merkwürdig, über mein Herz zu sprechen. Das taten wir nicht oft. Und die Art, wie sie *so ziemlich alles* gesagt hatte, brachte mich ins Grübeln, was genau sie damit gemeint hatte. Obwohl ich mir natürlich etwas vormachte, wenn ich mutmaßte, dass sie damit auf Sex anspielte. An so etwas dachte sie ganz offensichtlich nicht. Auch wenn ich es tat.

»Ja, im Grunde habe ich nur wenige Einschränkungen«, erklärte ich. »Hauptsächlich bei Dingen, die mit großen Druckunterschieden einhergehen wie Tauchen. Ich darf wegen des fehlenden Druckausgleichs in der Kabine nicht mit einem Kleinflugzeug fliegen oder Drachenfliegen betreiben. Aber das ist es eigentlich schon.«

»Wow«, sagte sie. »Ich hätte gedacht, dass es mehr ist.«

»Warum?«

»Ich weiß auch nicht, du bist einfach immer sehr vorsichtig«, sagte sie. »Nicht falsch verstehen, das ist gut. Ich dachte bloß, dass du das tust, weil du von den Ärzten eine lange Liste mit Verboten bekommen hättest.«

»Nein, da ich gesund bin, darf ich weitestgehend so leben, wie ich möchte.«

»Das ist gut.« Sie sah mich einen Moment lang an. Was dachte sie wohl gerade? Dann blinzelte sie, und ihr Lächeln war wieder da. Sie blickte an mir vorbei und fasste etwas ins Auge. »O mein Gott. Wie wäre es damit?«

Ich schaute in die Richtung, in die sie deutete. Es war ein seltsames Konstrukt, das aussah wie eine Steinschleuder für Menschen. Zwischen vier Pfählen war an dicken, dehnbaren Seilen ein Doppelsitz angebracht. Ich verfolgte, wie ein Pärchen darin angeschnallt wurde. Der Sitz federte und schwankte ein wenig, während die Seile angezogen wurden. Dann ertönte ein Signal, und der Sitz schoss über die Höhe der Pfähle hinaus senkrecht in die Luft. Im Fallen schaukelte er hin und her und überschlug sich. Die Spannung in den Seilen ließ ihn immer wieder auf und ab springen, bis er schließlich heruntergelassen wurde und das Pärchen ausstieg. Sie klatschten sich ab und taumelten lachend davon.

»Da willst du einsteigen?«

»Hast du gesehen, wie schnell sie hochgeflogen sind?«, fragte Brooke aufgeregt und staunend. »Hast du das schon mal ausprobiert?«

»Ich habe das noch nie gesehen«, sagte ich. »Es muss neu sein.«

»Lass es uns tun.«

»Ich weiß nicht, ob ich das sollte.«

»Du meintest doch, dass du so ziemlich alles darfst«, wandte sie ein. »Und es fliegt ja nicht so hoch wie ein Flugzeug. Komm schon, Seb. Leb mal ein bisschen.«

Es war wahrscheinlich albern, sich als vierundzwanzigjähriger Mann darüber Gedanken zu machen, was meine Mutter dazu sagen würde, doch das war das Erste, was mir durch den Kopf ging. Wenn sie davon gewusst hätte, wäre sie wahrscheinlich in Ohnmacht gefallen. Aber Brooke hatte recht. Meine Operation lag inzwischen weit genug zurück, dass ich kaum noch Einschränkungen hatte. Ich *konnte* dort einsteigen.

»Bitte?«, bettelte Brooke. Sie biss sich auf die Lippen und zog die Schultern hoch.

Als könnte ich Nein sagen, wenn sie mich so ansah. »Verdammt. Okay. Lass es uns tun.«

»Ja!«

Sie nahm meine Hand und zog mich förmlich mit sich zum Ticketschalter. Während wir darauf warteten, dass wir dran waren, kamen mir Bedenken – eine ganze Menge. Als ich, diesmal aus nächster Nähe, das Ding wieder in die Luft zischen sah, fragte ich mich unweigerlich, was zum Teufel ich hier eigentlich tat. Wie konnte ich mich wissentlich in derartige Gefahr begeben?

Ehe ich's mich versah, saß ich in dem Sitz und schnallte mich an. Der Schultergurt war fast zu kurz. Als ich ihn einrasten ließ, spannte er an meiner Brust, doch das Druckgefühl beruhigte mich ein wenig. Ich sah zu Brooke hinüber, die grinste.

»Bereit?«, fragte sie.

Bevor ich antworten konnte, ertönte schon das Signal und wir schossen gen Himmel. Wir zischten so schnell durch die Luft, dass ich nicht richtig atmen konnte. Adrenalin rauschte durch meine Adern, und mein Herz pochte wie verrückt. Als wir fielen und gleich darauf wieder nach oben schnellten, zog sich mein Magen zusammen.

Aber es war absolut großartig.

Für einen kurzen Augenblick fühlte ich mich frei. Brooke kreischte und lachte, und auch ich ließ mich von dem Hochgefühl, das mich überkam, mitreißen. Ließ die Angst zu. Verwandelte sie in Nervenkitzel.

Wir sausten einige Male auf und ab, ehe wir schließlich wieder auf die Plattform heruntergelassen wurden und die Mitarbeiter uns beim Aussteigen halfen. Ich fühlte mich wacklig auf den Beinen, und Brooke musste sich kurz an mich lehnen, bevor wir die kurze Treppe hinuntersteigen konnten.

Brookes Haare waren vom Wind zerzaust und ihre Wangen gerötet. Ich liebte es, diese Seite von ihr zu sehen zu bekommen – wenn das Strahlen in ihren Augen die Traurigkeit vertrieb. Da ich wusste, dass es nur vorübergehend war, genoss ich es, solange ich konnte.

»Wow, das war wild!«

»Was du nicht sagst.« Ich legte die Hand auf die Brust und atmete tief durch. Es ging mir gut. Eigentlich sogar besser als gut. Ich konnte mich nicht erinnern, wann ich mich zum letzten Mal so … lebendig gefühlt hatte.

»Alles okay?«, fragte sie.

»Ja«, antwortete ich. »Das war klasse. Es geht mir phantastisch.«

Sie lachte wieder, und wir gingen weiter. Zitternd zog sie die Ärmel über die Hände und hielt sie mit den Fingern fest.

»Herrje, es wird richtig kühl. Frierst du wirklich nicht?«

Ich zuckte mit den Schultern. »Nö.«

Sie rieb meinen Arm und drückte meinen Bizeps. »Wahrscheinlich halten dich deine ganzen Muskeln warm.«

Ihre Berührung schickte eine Art elektrischen Schlag direkt in meinen Unterleib. Ich blieb stehen und drehte mich zu ihr um. Dabei bemühte ich mich, mir nichts anmerken zu lassen. »Wenn dir kalt ist, sollten wir vielleicht gehen.«

»Ja«, sagte sie und sah mir in die Augen.

Leute gingen an uns vorbei, doch inzwischen waren es weniger geworden. Musik schallte aus den Lautsprechern, und im Hintergrund hörte man die Geräusche der Fahrgeschäfte. Die Lichter spiegelten sich in ihren Augen, ließen sie funkeln wie ein Feuerwerk.

Es war der perfekte Moment für einen Kuss. Wir standen da und sahen einander an, als wüssten wir es beide. Ich sehnte mich so sehr danach, sie zu küssen, dass ich beinahe schon die Zuckerwatte auf ihren Lippen schmecken konnte. Mein Herz hämmerte wild, und meine Haut prickelte erwartungsvoll.

Ihr Blick zuckte hinab zu meiner Brust.

Und da war sie, die Erinnerung daran, wer ich für sie war. An ihren Schmerz, der in mir lebte.

Ich trat zurück und schob die Hände in die Taschen. »Okay, du Frostbeule, lass uns nach Hause gehen.«

## KAPITEL 22

# Brooke

Das Sonnenlicht stahl sich durch einen Spalt zwischen den Vorhängen, und ein heller Streifen fiel auf meine Decke – und direkt in mein Auge. Stöhnend drehte ich mich um. Mein Kopf tat weh, und die dämliche Sonne ging mir auf die Nerven.

Die letzten Tage waren grau und bewölkt gewesen – passend zu meiner Stimmung. Herbstwetter. Es war September, und ich lebte inzwischen seit über fünf Monaten in Iowa.

Ich checkte die Uhrzeit auf dem Handy. Es war gleich elf. Wenn ich jetzt nicht aufstand, würde ich zu spät zur Arbeit kommen. Mein ganzer Körper fühlte sich so schwer an, als könne ich meine Gliedmaßen nicht bewegen. Selbst sich auf die Seite zu drehen, war schon anstrengend gewesen. Ich wollte in meinem weichen Bett versinken, die Augen schließen und so tun, als existiere der Rest der Welt nicht.

Bereits die letzten zwei Tage war ich nicht bei der Arbeit gewesen. Wenn ich mich heute wieder krankmeldete, würde Joe bestimmt sauer werden, selbst wenn er nicht merken sollte, dass ich ihm etwas vorschwindelte. Ich war nicht krank. Ich wusste nicht, was mit mir los war. Doch ich konnte nicht genug Energie aufbringen, um aufzustehen oder irgendetwas zu tun.

So lethargisch hatte ich mich zuletzt vor meinem Umzug nach Iowa gefühlt. Hier waren bisher selbst meine schlechtesten Tage nicht annähernd so schlimm gewesen. Die Gleichgültigkeit fraß sich wieder durch mich hindurch. Sickerte in die Risse in meiner Psyche, zwängte sich durch meine Adern. Ein Parasit, der meinen Geist auffraß.

Alles hatte vor ein paar Tagen mit einem Heulkrampf angefangen. Ich war nach Hause gekommen und wie aus dem Nichts in Tränen ausgebrochen. Von Schluchzern geschüttelt hatte ich mich auf der Couch zusammengerollt und geweint, bis mein Rücken geschmerzt hatte und meine Kehle wund gewesen war. Hinterher hatte ich ein Fläschchen mit Vicodin herausgekramt, das ich noch übriggehabt hatte. Seitdem ich hierhergezogen war, hatte ich keine Tabletten mehr genommen – nicht mal etwas getrunken. Doch an jenem Tag hatte ich mehrere Pillen in meine zitternde Hand geschüttet und sie geschluckt, weil ich irgendetwas gebraucht hatte, um schlafen zu können. Irgendetwas, das die Woge aus Schmerz, die mich urplötzlich erfasst hatte, zurückdrängte.

Am nächsten Morgen war es mir nicht besser gegangen. Eher noch schlechter. Ich hatte nicht wieder geweint. Hatte nicht mal den Wunsch verspürt, es zu tun. Doch ich hatte vier Stunden gebraucht, um überhaupt zum ersten Mal an diesem Tag aus dem Bett zu kommen.

Es war nichts vorgefallen. Ich wusste nicht, was sich verändert hatte, das mich auf einmal so zurückgeworfen hatte. Es stand weder ein Jahrestag noch Liams Geburtstag an. Ich hatte keine unerwarteten oder unerfreulichen Nachrichten erhalten. Auf der Arbeit war alles in Ordnung gewesen. Einige Tage zuvor hatte ich mich mit Sebastian getroffen. Wir hatten uns gemeinsam mit Charlie einen Film angeschaut. Nichts Außergewöhnliches.

Doch nun war das Gefühl, bloß noch ein Geist zu sein, wieder da. Es hatte mich mit solcher Wucht getroffen, dass es mir all meine Farben und meine Substanz weggerissen zu haben schien, wie ein Tornado die Fassade eines Hauses. Ich war gestaltlos. Transparent. Löste mich auf.

Ich schrieb Joe, dass es mir noch immer nicht richtig gut ginge, und schlief weiter.

Als ich aufwachte, war es dunkel. Da meine Blase voll war, schleppte ich mich aus dem Bett ins Badezimmer. Laut Uhr war es neun. O Gott, ich hatte den ganzen Tag verschlafen! Obwohl ich nicht mal etwas genommen hatte. Das war verrückt. Wahrscheinlich hätte ich beunruhigt sein sollen, aber dafür hätte ich zu viel Energie aufbringen müssen. Ich hatte nicht genug Kraft, um mir darüber Gedanken zu machen.

Joe hatte eine Nachricht geschickt, in der stand, dass er hoffte, es würde mir bald wieder besser gehen. Doch er bat mich auch, ihn wissen zu lassen, ob ich länger ausfallen würde, damit er in der Zwischenzeit jemand anderen einstellen konnte. Ich wollte mich deswegen schlecht fühlen, aber ich empfand nichts. Dann würde ich eben wieder mal einen Job verlieren. In den vergangenen Jahren hatte ich eine ganze Reihe Jobs verloren. Machte das etwas aus?

Sebastian hatte mir ebenfalls eine Nachricht geschickt, in der er fragte, ob ich am Abend schon etwas vorhätte. Er schien immer zu erahnen, wann ich einen schlechten Tag hatte, und fand dann irgendwelche Vorwände, um mich zu treffen. Normalerweise klappte das gut. Aber heute hatte ich keine Lust, ihm zu antworten.

Mein Blick fiel auf meinen offenen Schrank – auf den Rucksack, den ich in Phoenix ständig mit mir herumgeschleppt hatte. Die meisten Sachen hatte ich herausgenommen. Nun enthielt er bloß noch meine Schätze. Meine Erinnerungsstücke an Liam.

Der rationale Teil meines Verstandes wusste, dass dies nicht der richtige Augenblick war, um sie hervorzuholen. Dafür war ich nicht in der richtigen Verfassung. Aber ich tat es trotzdem. Ich zog das Foto vom Ball und die Schachtel mit meinem Ring hervor und nahm sie mit aufs Bett.

Dann setzte ich mich im Schneidersitz zwischen meine zerwühlte Bettwäsche und starrte das Foto an. Strich mit dem Finger darüber. Liam mit seinem frechen Teenagerlächeln – ein junger, vollkommen unbeschwerter Mann. Meine Augen strahlten heller als die Sterne auf dem *Hollywood Nights*-Fotohintergrund. Dieser Abend war einfach nur magisch gewesen.

Ein paar Tränen liefen mir über die Wangen. Sie waren noch qualvoller als der Schmerz, der mich neulich abends überrollt hatte – heiß und grausam flossen sie still meine Wangen hinunter.

*Wie geht's, Bee?*

»Ich bin tot, Liam«, sagte ich laut. Ich wusste, dass er nicht wirklich mit mir redete, doch die Erinnerung an seine Stimme hallte noch immer durch meinen Kopf. »Ich bin ebenfalls gestorben, aber ich sitze hier fest.«

Keine Antwort.

Das Merkwürdige war, dass ich mich nicht mehr nach Liam sehnte. Ich vermisste ihn, und daran würde sich vermutlich nie etwas ändern. Meine Liebe für ihn war echt gewesen, und ich würde sie für den Rest meines Lebens in mir tragen. Doch die Trauer, die mich plagte, hatte nichts mit Liam zu tun. Ich verstand das alles nicht. Wenn ich sein Bild betrachtete und dabei spürte, dass ich nicht mehr im Kummer um ihn versank, warum fühlte ich mich dann noch immer so gebrochen?

Plötzlich schienen die Wände enger zusammenzurücken und die Luft stickig zu werden. Ich musste verdammt nochmal aus diesem Haus raus.

Eine Stimme in meinem Kopf riet mir, Sebastian anzurufen. Ihm zu sagen, dass ich mich mit ihm treffen wollte. Das wäre die klügste – die sicherste – Möglichkeit gewesen.

Scheiß auf sicher.

Ich brauchte einen Kick. Geschwindigkeit. Einen Rausch. Ich musste meinen Schmerz begraben, ihn ausblenden. Ich wühlte in meinen Sachen und fand das Fläschchen mit Xanax. Ich nahm die wenigen Tabletten, die noch übrig waren, schluckte sie ohne Wasser. Da ich keinen Alkohol im Haus hatte, zog ich ein paar saubere Klamotten an – eine locker geschnittene Bluse mit Blumenmuster und weiten Ärmeln und dazu eine enge Jeans –, band mir die Haare hoch und ging.

Draußen bestellte ich mir ein Uber. Während ich wartete, begann das Xanax zu wirken. Es haute heftig rein, da es schon lange her war, dass ich zum letzten Mal etwas genommen hatte. Meine Augenlider wurden schwer, doch ich war froh über das taube Gefühl, das sich in mir auszubreiten begann. Es fühlte sich so gut an. Mein Geist fühlte sich ein wenig verschwommen und fließend an, und meine Gedanken tanzten über die Oberfläche meines Bewusstseins. Heute Abend zählte nur eines: eine Ablenkung finden.

Mein Wagen kam, und ich stieg ein.

Der Fahrer war ein junger Kerl in einem U of I-T-Shirt. Dürr, sandfarbene Haare. »Wo willst du hin?«

»Das muss ich mir erst mal überlegen.« Ich blinzelte ihn schläfrig an. »Ich will ausgehen und Spaß haben. Was schlägst du vor?«

Er hob die Schultern. »Warst du schon mal im Deadwood?«

»Keine Ahnung«, erwiderte ich. »Kann man da gut feiern?«

»Ja«, sagte er und fuhr los. »Das ist hier in der Gegend eigentlich die Partylocation schlechthin.«

»Klingt perfekt.«

Während er mich zum Deadwood fuhr, schwelgte ich in himmlischer Benommenheit. Dort angekommen setzte er mich ab und wünschte mir viel Spaß. Ich winkte ihm noch nach und ging dann hinein.

Es war eine richtig tolle Kneipe mit schummriger Beleuchtung, dunkelrotem Teppich und einer Bar, deren Tresen alt und abgenutzt aussah. Es war brechend voll. Das Publikum schien eine Mischung aus College-Studenten und Mittzwanzigern zu sein. Mir war es im Grunde egal, wer sich dort herumtrieb, solange ich ein paar Drinks in mich hineinkippen und diesen angenehmen Rauschzustand den ganzen Abend aufrechterhalten konnte.

Ich fand einen leeren Barhocker und bestellte mir einen Jack Daniel's. Rechts von mir machte sich ein Typ in John Deere-T-Shirt und Tarnhose an eine Blondine im Minirock heran. Zu meiner Linken trank ein Grüppchen aus ungefähr einem halben Dutzend junger Männer gemeinsam eine Runde und knallte anschließend die Schnapsgläser auf den Tresen. Sie trugen allesamt T-Shirts und darüber offene Karohemden. Außerdem hatte die meisten Baseballkappen auf dem Kopf. Eine Rotte Landei-Collegeboys aus Iowa.

Der Barkeeper brachte meinen Drink, und ich kippte ihn in einem Zug herunter und bestellte gleich den nächsten.

»Das war beeindruckend.«

Ich brauchte einen Moment, um zu begreifen, dass mich jemand angesprochen hatte. Einer der Collegeboys. Er stand an die Bar gelehnt neben mir und grinste.

»Was war beeindruckend?«, fragte ich.

»Wie du dein Glas geleert hast.«

Der Barkeeper kam mit meinem zweiten Drink. Ich trank ihn auf ex.

»Mann«, sagte der Kerl, »du bist ja der Hammer!«

»Joel, Alter, quatsch die Kleine nicht voll«, sagte einer der anderen Typen.

Joel verdrehte die Augen. »Ich unterhalte mich ja nur mit … Wie war doch gleich dein Name?«

»Brooke.«

»Ich unterhalte mich mit Brooke.« Er wandte sich wieder mir zu. »Und, was liegt heute Abend noch an? Bestimmt bist du mit jemandem verabredet.«

»Nö.«

»Du bist alleine hier?«, fragte er.

»Ich bin bloß hier, um zu trinken.«

»Oh Mann, klasse«, sagte er. »Hey, Jungs, das ist Brooke. Sie feiert heute Abend mit uns.«

»Nein, tue ich nicht −«

Meine Antwort wurde von Gejohle abgeschnitten. Diese Jungs waren schon ziemlich besoffen. Doch einer von ihnen bestellte noch eine Runde für alle, auch für mich.

Es sah ganz danach aus, als hätte ich heute Abend sechs neue beste Freunde gefunden.

Einige Stunden später war ich so voll, dass ich kaum noch wusste, wo ich war. Wir saßen noch immer im Deadwood, alle zusammen in eine Sitznische gequetscht. Zumindest ging ich davon aus, dass wir dort waren. Ich konnte mich nicht erinnern, woanders hingegangen zu sein, und im Grunde war es mir auch egal. Mein Hirn war von Fireballs vernebelt, und ich hatte die tollsten Geschichten erzählt. Joel und seine Kumpels hatten so sehr lachen müssen, dass sie sich gekrümmt und auf die Knie geschlagen hatten. Einer von ihnen – ich hatte keine Ahnung, wie er hieß – war zu den Waschräumen gerannt, wahrscheinlich, um zu kotzen. Die anderen hielten ihre Schnapsgläser in den Händen.

Joel hatte den Arm um meine Schultern gelegt. Irgendwie fühlte ich mich dabei nicht so recht wohl. Aber es fiel mir schwer, mich daran zu erinnern, weshalb. Alles um mich herum drehte sich, und wann immer ich blinzelte, brauchte ich etwas zu lange, um die Augen wieder zu öffnen. Ich hörte Stimmen, folgte jedoch der Unterhaltung nicht mehr.

»Kommst du, Süße?«, sagte Joel dicht an meinem Ohr.

»Wo gehen wir hin?«

»Wir machen eine kleine Spritztour«, antwortete er. »Komm.«

Ich stand auf und verließ die Bar. Joel hatte noch immer den Arm um mich gelegt. Das unbehagliche Gefühl wurde stärker, aber ich musste mich konzentrieren, um geradeaus zu laufen. Da es mir half, mich dabei an ihn zu lehnen, war es sicherlich nicht schlimm, dass er mich ein bisschen festhielt. Wäre er nicht da gewesen, wäre ich bestimmt hingefallen. Alles war gut.

Wir gingen die Straße entlang, und dann schob mich jemand auf die Ladefläche eines großen Pick-ups. Mein Handy klingelte, und ich zog es aus der Tasche und spähte auf den Namen auf dem Display. Sebastian?

»Hey, Sebby«, sagte ich. »Was gibt's, Baby?«

»Brooke?«, fragte Sebastian. »Bist du okay?«

»Es geht mir so gut«, antwortete ich. »So gut.«

Einer von Joels Freunden schlug ihm auf den Arm. »Alter, das ist wahrscheinlich ihr Freund.«

Joel wimmelte ihn ab. »Wen interessiert's?«

Irgendwie schienen mehr Leute auf dem Truck zu sitzen, als dort sein sollten, und außerdem merkte ich, dass ich nicht mehr die einzige Frau war. Wann waren denn diese anderen Mädels zu uns gestoßen? O Gott, ich war so voll!

»Ich habe sie nicht mal gesehen«, sagte ich. »Sie sind alle so hübsch. Warum seid ihr so hübsch?«

»Was?«, fragte Sebastian. »Wen hast du nicht gesehen? Brooke, wo bist du?«

Der Truck rollte die Straße entlang, und der Wind blies durch meine Haare. Ich legte den Kopf zurück und lachte.

»Keine Ahnung«, entgegnete ich. »Ich fahre.«

»Was zum Teufel ist da bei dir los?«, wollte er wissen. »Wer ist bei dir?«

Ich wandte mich an Joel. »Wer bist du?«

Er grinste. »Belästigt dich dieser Kerl, Süße?«

Ich lachte, als hätte er den besten Witz aller Zeiten erzählt.

»Brooke, verflucht nochmal, wo bist du?«, fragte Sebastian.

Ich richtete meine Aufmerksamkeit auf die Umgebung, die an uns vorbeizischte. Auf die aufblitzenden Lichter. Ich blinzelte angestrengt und versuchte, scharfzusehen, doch alles blieb verschwommen. »Auf der Straße. Ich weiß es nicht. Heute Nacht bin ich frei, Sebastian. Ich muss alles loslassen.«

Sebastian blieb hartnäckig. »Ich muss wissen, wo du bist.«

Die unüberhörbare Beunruhigung in seiner Stimme drang durch meine Benommenheit, und ich wandte mich an Joel. »Wo fahren wir hin?«

»Wir machen nur eine Spritztour«, antwortete Joel. »Alles okay. Ich bin bei dir.«

Ich kicherte. Der Pick-up fuhr auf den Highway und nahm Geschwindigkeit auf. Ich hielt mich am Rand der Ladefläche fest und drehte mich um, bis ich nach vorne schaute und der Wind mir die Haare aus dem Gesicht blies.

Ich konnte mich nicht erinnern, das Gespräch mit Sebastian beendet zu haben, aber irgendwann hatte ich anscheinend aufgehört, mit ihm zu reden. Joel legte die Arme um meine Hüften, als wolle er mich auf der Ladefläche festhalten. Ich reckte die Arme in die Höhe und lehnte mich lachend in den Fahrtwind.

»Vorsichtig, Brooke.«

»Verflucht, die ist total verrückt.«

»Was tut sie da?«

»Ach du Scheiße, halt sie fest.«

Vielleicht war ich ja tatsächlich verrückt. Mir war es egal.

Jemand half mir, vom Pick-up zu klettern, obwohl ich mich nicht mehr daran erinnern konnte, dass wir angehalten hatten. Ich hatte keine Ahnung, wo wir waren. Als ich unten angekommen war, geriet ich ins Stolpern. Arme hielten mich fest. Das ergab keinen Sinn. Wie viel Uhr war es? Wann hatten wir angehalten. Wo war Sebastian?

Ich versuchte, die anderen danach zu fragen, doch meine Worte waren unzusammenhängend und wirr.

»Mann, sie ist total dicht«, sagte jemand. »Was hast du mit ihr vor?«

Irgendetwas stimmte wieder nicht. Der Arm, der um mich lag, fühlte sich falsch an. Ich drückte dagegen. Versuchte, ihn wegzuschieben. »Lass los.«

»Ist schon gut«, sagte er. War das Joel? Er sprach leise in mein Ohr. »Es ist nicht so, wie du denkst. Alles in Ordnung. Halt nur noch ein bisschen durch, Süße.«

Er führte mich eine Treppe hinauf und in ein Haus hinein. Ich konnte kaum stehen. Es fühlte sich an, als würde der Boden unter meinen Füßen nachgeben. Um mich herum hörte ich Schritte, aber irgendwelche Hände hielten mich fest.

Das Nächste, was ich mitbekam, war, dass ich plötzlich auf einer Couch lag. Wie lange lag ich schon dort? Ich sah mich um, erkannte jedoch nichts wieder.

»Hey«, sagte Joel, »da bist du ja wieder! Ich glaube, du warst ohnmächtig.«

Ich lächelte, vor allem, weil es aussah, als wären da drei Gesichter vor mir, die ineinander verschwammen.

»Wen soll ich für dich anrufen?«, fragte er.

»Wie? Was ist los?«

»Hör mal, du bist wirklich besoffen«, sagte er. »Und ich mache so was nicht, okay? Viele andere schon, weswegen du von Glück sagen kannst, dass du heute Nacht an mich geraten bist. Diese Sasha ist noch betrunkener als du, und mein verkackter Mitbewohner hat sie trotzdem mit auf sein Zimmer genommen.«

»Ich weiß nicht, wovon du redest.« Zumindest versuchte ich, das zu sagen, doch ich lallte bloß.

»Brooke, konzentriere dich mal kurz«, sagte Joel. »Soll ich Sebastian anrufen? Du hast eine Menge versäumter Anrufe von ihm. Aber wenn er dein Ex ist oder so, will ich mich da nicht einmischen.«

»Seb ist nicht mein Ex«, sagte ich und musste schon wieder lachen.

»Okay, ich rufe ihn an.«

Ich nahm undeutlich Stimmen wahr. Dann wachte ich wieder auf – jemand berührte mich an den Schultern, rüttelte vorsichtig an mir.

»Brooke?«

Ich öffnete mühsam die Augen und sah Sebastian vor mir. »Seb?«

»Verdammt nochmal.«

Warum klang er denn so aufgebracht?

»Du musst etwas trinken«, sagte ich. »Komm, besorgen wir noch was. Sonst lässt mein Rausch nach.«

»Eher nicht«, sagte Sebastian. Meine Augen schlossen sich wieder, aber ich konnte ihn noch sprechen hören. »Danke, dass du angerufen hast.«

»Ist doch klar«, sagte Joel. »Hör mal, falls sie deine Freundin ist – sie hat nichts davon erwähnt. Ich dachte einfach, sie ist eine coole Braut, die feiern will.«

»Sie ist nicht meine Freundin.«

Sebastians Stimme klang so streng. So kalt. Es versetzte mir einen Stich.

»Gehen wir«, sagte Sebastian.

Ich versuchte, aufzustehen, aber meine Beine waren wie Wackelpudding. Sebastians breite Arme legten sich um mich, hoben mich hoch und trugen mich, als wöge ich nichts.

Er roch so gut. So vertraut. Obwohl ich derart betrunken war, dass ich kaum die Augen offen halten konnte, registrierte ich, dass ich ihm noch nie so nah gewesen war wie in diesem Moment. Ich lag in seinen Armen, hatte den Kopf an seine Brust gelegt. Sein Bart kitzelte mich an der Stirn. Am liebsten hätte ich das Gesicht an seinen Hals geschmiegt, doch stattdessen lud er mich auf dem Beifahrersitz seines Wagens ab.

Mir war plötzlich kalt, und ich zitterte. Sein Körper war nicht nur warm gewesen. Sondern glühend heiß.

Er stieg ins Auto. »Ich nehme dich mit zu mir nach Hause. Ich will sichergehen, dass du verdammt nochmal nicht im Schlaf stirbst.«

»Ich sterbe nicht«, entgegnete ich versonnen. »Ich kann nicht mehr sterben. Ich bin schon tot.«

## KAPITEL 23

# Sebastian

Noch nie war ich so erleichtert gewesen, jemanden zu sehen, und gleichzeitig so wütend, dass ich denjenigen am liebsten umgebracht hätte.

Brooke saß auf meinem Beifahrersitz und murmelte im Suff irgendwelchen Unsinn. Ich bemühte mich erst gar nicht, zu verstehen, was sie sagte. Sie war so weggetreten, dass es sinnlos war, mit ihr zu reden. Also schwieg ich und heftete den Blick auf die Straße. Und kochte vor Wut.

In den vergangenen Tagen hatte sie sich merkwürdig verhalten. Ich hatte tags zuvor in der Buchhandlung vorbeigeschaut, doch Joe hatte mich informiert, dass sie sich krankgemeldet hätte. Als ich sie angerufen hatte, hatte sie das Gleiche behauptet – dass es ihr nicht gut ginge. Ich wusste, das war Unfug. Sie war diesmal genauso wenig krank wie beim letzten Mal, als sie sich so seltsam benommen hatte.

Nachdem sie sich heute bis vor wenigen Stunden noch immer nicht bei mir gemeldet hatte, hatte ich angefangen, mir Sorgen zu machen. Ich war zu ihrem Haus gegangen und hatte fest damit gerechnet, sie würde mir die Tür nur einen Spalt breit öffnen, weil sie auf keinen Fall wollte, dass ich mir ihre Bazillen einfing. Aber sie war nicht zu Hause gewesen.

Sie war auch nicht ans Telefon gegangen. Erst einige Stunden später, als sie endlich abgenommen und sturzbetrunken geklungen hatte. Im Hintergrund hatte ich Stimmen gehört – insbesondere die Stimme eines einzelnen Mannes. Und etwas, das nach einem Motor und vielleicht nach Reifengeräuschen geklungen hatte. Anschließend hatte sie einfach aufgelegt.

Danach hatte ich sie mit Anrufen bombardiert, jedoch ohne Erfolg. Ich war losgezogen, um sie zu suchen, und hatte derweil weiter versucht, sie zu erreichen. Nachdem mir nichts mehr eingefallen war, wo ich sie noch hätte suchen können, war ich ganz kurz davor gewesen, die Polizei zu verständigen. Dann war ihre Nummer plötzlich auf meinem Display aufgeleuchtet.

Irgendein Kerl war am anderen Ende der Leitung gewesen. Ich war fast ausgeflippt, doch dann hatte ich erfahren, dass er mich angerufen hatte, weil er hoffte, ich könnte sie abholen.

Ich war mir ziemlich sicher, dass er sich, als ich bei ihm aufgetaucht war, beinahe in die Hose gemacht hatte. Ich hatte mich nicht wie ein Arsch aufführen wollen. Ich war dankbar gewesen, dass er so anständig gewesen war, ihren Zustand nicht auszunutzen. Aber ich war auch stinksauer gewesen und in sein Haus gestürmt, als wolle ich alles und jeden in Stücke reißen.

Wenn er ihr ein Haar gekrümmt hätte, hätte ich es getan.

Als wir bei mir zu Hause ankamen, war sie schon wieder bewusstlos. Ich nahm sie wie ein Baby in meine Arme und brachte sie ins Haus. Charlie hob auf der Couch den Kopf. Er war zu Hause geblieben, für den Fall, dass sie dort auftauchen würde, während ich noch auf der Suche nach ihr war.

»Ach du Scheiße«, sagte er. »Ist sie okay?«

»Nur sternhagelvoll«, antwortete ich.

»Brauchst du Hilfe?«

»Nein, ich kümmere mich um sie.«

Ich trug sie nach oben und legte sie, ohne richtig darüber nachzudenken, in mein Bett. Ich hätte sie auch in das freie Zimmer bringen können, aber ich rührte sie nicht mehr an.

Da es nicht so aussah, als würde sie noch einmal aufwachen, zog ich ihr die Schuhe aus und deckte sie zu. Ich war todmüde. Ich zog mich bis auf meine Boxershorts und das T-Shirt aus. Dann blieb ich mit den Händen auf den Hüften neben dem Bett stehen und betrachtete sie einen Augenblick lang. Überlegte, was ich tun sollte. Sollte ich sie hierlassen und selbst im freien Zimmer schlafen? Oder hier im Zimmer auf dem Fußboden? Am Ende pfiff ich auf alle rationalen Entscheidungen und legte mich zu ihr ins Bett.

Als mich mein Wecker am nächsten Morgen weckte, schlief Brooke noch tief und fest – oder sie war noch immer weggetreten. Ich hatte nicht gut geschlafen. Mein Körper schmerzte von der unbequemen Position, in der ich gelegen hatte, damit sie genug Platz im Bett gehabt hatte. Ich hätte gern die Arme um sie gelegt und sie im Schlaf gehalten, doch ich hatte dem Drang widerstanden. Da ich sauer auf sie gewesen war, war mir das recht leichtgefallen. Aber es hatte auch nicht zu erholsamem Schlaf beigetragen.

Zum Glück hatte sie nicht in mein Bett gekotzt. Ich hielt eine Hand vor ihr Gesicht, um mich zu versichern, dass sie noch atmete – sie tat es –, und stand auf. Ich war froh, als Erster aufgewacht zu sein. Ich wollte die Peinlichkeit vermeiden, neben ihr im Bett aufzuwachen, nachdem sie sich höchstwahrscheinlich kaum noch an die vergangene Nacht erinnern konnte.

Ich ging nach unten, um meine Medikamente zu nehmen. Es

war wichtig, dass ich sie jeden Tag um die gleiche Zeit einnahm. Deswegen hatte auch mein Wecker geklingelt. Nachdem ich alle Tabletten geschluckt hatte, machte ich Kaffee und setzte mich an den Tisch. Direkt nach der Einnahme fühlte ich mich immer etwas zittrig, und so wartete ich ab, bis das Gefühl wieder verging.

Plötzlich hörte ich leise Schritte auf der Treppe. Es war nicht Charlies übliches Poltern. Er war noch nicht wach. Eigentlich hatte ich nicht damit gerechnet, Brooke schon so früh zu Gesicht zu bekommen, aber sie kam tatsächlich in die Küche geschlichen. Ihre Miene war eine Mischung aus Verwirrung und Beunruhigung, ihre Haare waren völlig verstrubbelt und sie trug ihre Schuhe in einer Hand.

Ich bedachte sie mit einem unnachgiebigen Blick. Diesmal würde ich sie mit diesem Mist nicht durchkommen lassen.

»Du weißt nicht, wie du hierhergekommen bist, oder?«, fragte ich.

Wenigstens besaß sie den Anstand, ein schuldbewusstes Gesicht zu machen, als sie den Kopf schüttelte. »Nein.«

»Wie wäre es, wenn ich dir erzähle, was ich weiß, und du ergänzt den Rest«, schlug ich vor.

»Okay.«

»Gestern warst du anscheinend zu krank, um zur Arbeit zu kommen, aber nicht zu krank, um auszugehen«, begann ich. »Du hast dich komplett volllaufen lassen und bist einfach mit irgendwelchen Collegejungs mitgefahren.«

Sie blickte angestrengt zu Boden.

»Weißt du eigentlich, wie viel Glück du hattest?«, fragte ich mit erhobener Stimme. »Dieser Kerl, mit dem du fast im Bett gelandet wärst, hätte gestern Abend alles mit dir anstellen können. Du lagst weggetreten auf seiner Couch. Er hätte dir die schlimmsten Dinge antun können.«

»Ich hatte nicht vor, mit ihm ins Bett zu gehen«, widersprach sie und blickte weiterhin zu Boden.

»Nicht?«, erwiderte ich. »Er schien da anderer Ansicht zu sein. Wenigstens hast du dir einen Typen ausgesucht, der ein Gewissen hat.«

»So war das nicht«, behauptete sie.

»Schwachsinn«, konterte ich, spie ihr das Wort praktisch entgegen. »Ich weiß nicht, was in dieser Bar passiert ist, aber du bist verdammt nochmal mit einem Rudel Partyboys mitgegangen und hast dich auf die Ladefläche eines Pick-ups verfrachten lassen. Während sie eine Spritztour über den gottverdammten Highway gemacht haben, hast du sogar versucht, rauszuspringen.«

»Was?«

»Sie mussten dich festhalten«, fuhr ich fort. »Du hättest dich umbringen können, verflucht! Und dann haben sie dich mit zu sich nach Hause genommen. Du bist am Ende nur bei mir gelandet, weil du so fertig warst, dass dieser Typ beschlossen hat, nicht den Körper einer Bewusstlosen vögeln zu wollen. Er hat mich angerufen, damit ich dich abhole.«

Brooke starrte mich entsetzt an. Ihr Gesicht war bleich, ihre Augen blutunterlaufen. »Es tut mir leid. Das wollte ich nicht.«

»Was hast du dir bloß dabei gedacht?«

»Ich weiß es nicht.«

»Das ist alles?«, fragte ich. »Du weißt es nicht. Du hättest vergewaltigt oder getötet werden können. Ich bin auf der Suche nach dir beinahe durchgedreht, und du sagst, *du weißt es nicht*.«

»Es war nicht meine Absicht, derart die Kontrolle zu verlieren«, sagte sie. »Ich wollte bloß …«

»Was?«

»Nichts.«

Ich wartete ab, ob sie weitersprechen würde. Ob sie versuchen würde, zu erklären, was sie vergangene Nacht getan hatte. Nichts.

»Na schön«, sagte ich. »Ich bringe dich nach Hause.«

Sie starrte mich eine Sekunde lang an und sah aus, als hätte ich sie geohrfeigt. Ich riss mich von dem gequälten Ausdruck in ihren Augen los und nahm meine Schlüssel.

»Fahren wir«, sagte ich. »Ich habe heute noch eine Menge zu tun.«

»Lass es gut sein. Ich laufe«, sagte sie mit zitternder Stimme.

Sie drehte sich um und ging. Ich blieb in der Küche stehen und lauschte auf ihre Schritte. Gleich darauf wurde die Haustür geöffnet und wieder geschlossen.

»Verdammt.« Ich versetzte dem Stuhl einen Stoß. Er rutschte über den Holzfußboden und krachte gegen die Wand. Hinterließ wahrscheinlich eine Delle, die ich später wieder richten müsste.

Charlie steckte den Kopf herein. »Ist die Gefahr vorbei?«

»Hast du gelauscht?«

»Ich habe das Ende mitbekommen«, sagte er. »Tut mir leid. Als ich nach unten kam, habe ich euch beide reden gehört. Oder vor allem dich.«

»Was auch immer. Ist egal.«

Er nahm den Stuhl und stellte ihn zurück an den Tisch.

»Ich kapiere es nicht«, sagte ich. »Ich weiß, dass sie einiges durchgemacht hat, aber warum ist sie so verdammt selbstzerstörerisch? Gerade wenn es so aussieht, als ginge es ihr besser – und sie mal nicht andauernd traurig oder betrunken ist –, zieht sie wieder so einen Scheiß ab. Sie hätte letzte Nacht sterben können.«

»Sie braucht Hilfe, Seb«, sagte Charlie. »Nicht die Art Hilfe, die du ihr geben kannst.«

»Ich weiß«, antwortete ich. »Das habe ich ihr auch schon gesagt, aber sie wiegelt nur ab.«

»Vielleicht wird sie die vergangene Nacht wachrütteln«, sagte er. »Vielleicht versteht sie, dass sie am Tiefpunkt angelangt ist.«

»Glaubst du wirklich?«, fragte ich. »An ihrem letzten Tag in Phoenix war sie nur einen Schritt von der Obdachlosigkeit entfernt. Sie hat bei einem Typen gewohnt, der sie verprügelt hat. Weißt du, warum sie an jenem Abend nicht die Polizei rufen wollte? Sie hatte Drogen genommen. Sie hatte Angst, deswegen verhaftet zu werden. War nicht eigentlich *das* schon ein absoluter Tiefpunkt?«

»Liebe Güte, Seb«, sagte Charlie. »Wieso hast du mir das nicht erzählt?«

»Weil ich ein Idiot bin?«, sagte ich kopfschüttelnd. »Weil ich ihr helfen und ihr glauben wollte, als sie behauptet hat, dass sie sich nicht ständig zudröhnt.«

»Glaubst du, dass das bei ihr aktuell der Fall ist?«, fragte er. »Denn wenn sie harte Drogen nimmt, ist das eine ernste Angelegenheit.«

»Kann sein«, sagte ich. »Gestern hätte ich noch gesagt: nie im Leben. Aber nach der letzten Nacht? Ich weiß es nicht.«

»Was willst du unternehmen?«

»Das weiß ich auch nicht«, gab ich zu.

Er klopfte mir auf die Schulter. »Sag Bescheid, wenn du es weißt.«

»Ja, mache ich«, sagte ich. »Danke.«

Ich ging nach oben und legte mich in mein Bett. Drehte mich zu dem Kissen um, auf dem sie gelegen hatte, und atmete tief ein. Es roch nach ihr. Nicht nach dem Alkohol, den sie ausgeschwitzt hatte. Sondern nur nach ihr. Der warme, sanfte Duft ließ mich wohlig die Augen schließen, und ich verspürte ein Ziehen in der Leiste.

O Gott, ich war so blöd! Ich sollte mich raushalten. Sie ihr Leben vor die Wand fahren lassen. Doch ich wusste, dass ich das nicht konnte. Ich war wütend auf sie, aber ich war noch nicht bereit, sie aufzugeben.

Ich setzte mich auf und nahm mein Handy. Ich hätte das schon vor Monaten tun sollen, ungeachtet dessen, was Brooke gesagt hatte. Was sie wollte, war etwas vollkommen anderes als das, was sie brauchte, und ab sofort würde sie bei beidem nicht mehr den Takt angeben. Nicht, wenn so etwas dabei herauskam.

»Hallo?«, meldete sich Mrs. Harper.

»Hi, hier ist Sebastian«, antwortete ich. »Sebastian McKinney.«

»Sebastian, hallo«, sagte sie, merklich überrascht über meinen Anruf.

Ich holte tief Luft. »Okay, es geht um Folgendes …«

## KAPITEL 24

# Brooke

Zwei Tage vergingen, ohne dass ich etwas von Sebastian hörte. Ich hatte sein Haus mit einem fürchterlichen Kater verlassen, doch er war nichts im Vergleich dazu, wie mies ich mich wegen dem, was ich getan hatte, fühlte.

Im Vergleich dazu, was ich empfunden hatte, als er mich abgeschrieben hatte.

Er war fertig mit mir. Ich war zu weit gegangen, und ich wusste, dass es kein Zurück mehr gab. Keine Entschuldigung. Ich hatte zugelassen, dass ich komplett die Kontrolle verloren hatte, und ich hatte es absichtlich getan. Zwar hatte ich nicht willentlich vorgehabt, mich in Gefahr zu bringen, aber auch nichts getan, um es zu verhindern.

Und zum ersten Mal war mir das nicht egal.

Mir von irgendwelchen Männern in Bars Drinks spendieren lassen, zu Jared aufs Motorrad steigen, obwohl wir beide nicht nüchtern waren, Termine oder die Arbeit sausen lassen — bevor ich Sebastian begegnet war, schien mir nichts davon eine Rolle zu spielen. Da mir egal gewesen war, ob ich lebte oder starb, konnte ich doch problemlos ein Risiko eingehen, oder nicht? Dem Rausch nachjagen? Verschwinden? Welche Konsequenzen das nach sich ziehen würde, hatte mich nicht interessiert.

Doch dieser Schmerz, den ich in Sebastians Augen gesehen

hatte, war eine Konsequenz, die ich plötzlich wichtig nahm. Sehr sogar.

An jenem Abend hatte er versucht, mich zu finden – weil er Angst um mich gehabt hatte. Und als er mich schließlich gefunden hatte, war ich nicht nur zugedröhnt gewesen, sondern auch noch mit einem anderen Mann zusammen gewesen.

Eigentlich hatte ich nicht vorgehabt, mit jemandem im Bett zu landen. Als ich losgezogen war, war ich nicht auf einen One-Night-Stand aus gewesen. Wäre ich einigermaßen zurechnungsfähig gewesen, hätte ich diese Typen links liegen gelassen. Eigentlich war ich Single – kein Mann hatte irgendwelche Ansprüche auf mich. Wenn mit dem Typen aus der Bar irgendetwas gelaufen wäre, wäre es kein Fremdgehen gewesen – ich hatte niemanden, mit dem ich fremdgehen konnte.

Aber trotzdem fühlte es sich falsch an. Und ich wusste, dass das, was ich getan hatte, Sebastian genauso verletzt hatte, wie es ihn verletzt hätte, wenn zwischen uns mehr gewesen wäre. Wenn wir mehr als nur gute Freunde gewesen wären.

Das war der Verrat, den seine Miene ausgedrückt hatte, als er mich am Morgen danach angesehen hatte. Zu diesem Zeitpunkt hatte ich keine Antwort darauf gehabt. Ich hatte mich entschuldigen wollen – das wollte ich noch immer –, doch ich wusste nicht, wie. Wie konnte ich ihm in die Augen sehen und ihn um Vergebung bitten, wenn ich das gar nicht verdient hatte? Nicht von ihm. Nicht, nachdem ich ihn so verletzt hatte.

Ich ging von der Arbeit nach Hause, allein in der zunehmenden Dunkelheit. Zum Glück hatte Joe mich nicht gefeuert. Ich hatte mir vorgenommen, in Zukunft stärker zu sein und nicht noch einmal zuzulassen, dass ich in Apathie versank. Schließlich wollte ich meinen Job nicht verlieren und wieder so enden wie damals in Phoenix. Aber ich hatte wenig Vertrauen in meine Fähigkeit, meine Vorsätze durchzuhalten. Was würde ich tun, falls – oder wenn – die Gleichgültigkeit mich wieder überwältigte? Würde ich mich dazu zwingen können, trotzdem weiterzumachen? War es möglich, damit klarzukommen, ohne sich selbst zu vernichten? Ich wusste es nicht.

Die Stille in meinem Haus war ohrenbetäubend. Ich hatte so oft darüber nachgedacht, Sebastian anzurufen, es jedoch nie getan. Ich wusste noch immer nicht, was ich sagen sollte. Und sein Schweigen sprach eine deutliche Sprache. Er wollte sowieso nichts von mir wissen.

Da Joe uns am späten Nachmittag etwas zu essen besorgt hatte, war ich nicht hungrig. Ich schaltete den Fernseher ein – damit irgendetwas die Stille vertrieb – und ging in die Küche, um mir einen Kamillentee zu kochen. Vielleicht würde mir das ja helfen, schlafen zu können.

Als es plötzlich an der Tür klopfte, schlug mein Herz augenblicklich schneller. O mein Gott, war er das?

Doch als ich die Tür öffnete, blieb mir vor Staunen der Mund offen stehen. Es war nicht Sebastian. Ich traute meinen Augen kaum. Olivia?

Sie trug ein geblümtes Sommerkleid mit einer dünnen Strickjacke darüber und Sandalen, aus denen ihre rubinrot lackierten Zehennägel hervorguckten. Ihre blonden Haare waren offen, und neben ihr stand ein Rollkoffer.

»Hi«, sagte sie.

Ich schluckte angestrengt. Stand da tatsächlich Olivia Harper in Iowa City vor meiner Haustür? »Hi.«

»Kann ich reinkommen?«, fragte sie zögerlich. »Vielleicht?«

»Na klar.« Ich trat beiseite, und nachdem sie ihren Koffer ins Haus gerollt hatte, schloss ich die Tür hinter ihr und schob den Riegel vor.

»Danke«, sagte sie. »Tut mir leid, dass ich hier so unangekündigt auftauche, insbesondere nach, du weißt schon … allem, was passiert ist.«

Der Wasserkessel pfiff. Ich war so geschockt, Olivia zu sehen, dass ich nicht wusste, was ich sagen sollte. »Ähm, ich mache mir gerade einen Tee. Möchtest du auch einen?«

»Ja«, sagte sie mit einem zaghaften Lächeln. »Sehr gern.«

Ich schaltete den Fernseher aus, und sie folgte mir in die Küche. Während ich herumwerkelte und unseren Tee zubereitete, versuchte ich dahinterzukommen, was um alles in der Welt sie hier wollte. Woher sie gewusst hatte, wo sie mich finden konnte. Aber ich fragte sie nicht sofort danach.

Wir nahmen unsere Becher mit zur Couch und setzten uns.

»Hör mal, da ich nicht gut darin bin, um den heißen Brei herumzureden, komme ich gleich zum Punkt«, sagte Olivia. »Als wir uns zum letzten Mal gesehen haben, war ich wütend, und das habe ich an dir ausgelassen. Was ich gesagt habe, tut mir sehr leid. Ich habe es nicht so gemeint.«

Ich schloss einen Moment meine Augen, in denen die Tränen brannten. Als Olivia und ich uns zum letzten Mal gesehen hatten, hatten wir uns gestritten. Auch ich hatte Dinge gesagt, die ich bereute. Doch sie hatte mir an den Kopf geworfen, dass ich nicht wirklich Teil ihrer Familie wäre und ich deswegen einfach mit meinem ganzen Mist meiner Wege gehen sollte.

»Mir tut es auch leid.« Ich wischte mir eine Träne weg, die sich aus meinem Augenwinkel gestohlen hatte. »Es tut mir leid, dass ich dich und deine Familie so weggestoßen habe.«

»Ist schon gut«, antwortete sie. »Ich habe dich auch weggestoßen. Das hattest du nicht verdient.«

Ich nahm ihre Hand und drückte sie. »Danke.«

Sie erwiderte den Druck. »O mein Gott, ich habe dich so vermisst.«

»Ich dich auch«, entgegnete ich. »Aber wie hast du mich hier gefunden?«

»Durch einen gewissen großen, muskulösen, bärtigen Mann«, sagte sie.

»Sebastian?«

»Genau. Er hat vor zwei Tagen meine Mutter angerufen. Sie wollte herfliegen, aber ich habe darauf bestanden, dass ich komme.«

»Warum hat er deine Mutter angerufen?« Nun war ich vollständig verwirrt.

»Weil er sich um dich Sorgen macht«, sagte sie. »Aber jetzt musst du mich erst mal kurz die Fragen stellen lassen. Nichts für ungut, aber du hast mir einiges zu erklären, du verrücktes Huhn. Wieso hast du niemandem gesagt, dass du hierhergezogen bist?«

»Weil es verrückt war.«

»Oh Mann, ja, das war allerdings verrückt. Obwohl ich Sebastian kennengelernt habe und deshalb …« Sie verstummte kurz. »Bist du auf Drogen?«

Ihre Frage kam für mich so überraschend, als würde mir jemand unerwartet von hinten einen Stoß versetzen. »Was? Nein. Warum fragst du mich so etwas?«

»Weil Sebastian befürchtet, dass du süchtig sein könntest«, erklärte sie.

»Ich bin nicht drogensüchtig«, antwortete ich scharf.

»Sei ehrlich, Brooke«, beharrte Olivia. »Bei deiner Vorgeschichte … Ich muss wissen, ob das hier eine Intervention wird
oder nicht.«

»Bei meiner Vorgeschichte?«, fragte ich. »Du meinst meine
Mutter.«

»Also ja, bei einer Süchtigen aufzuwachsen macht einen anfälliger. Aber ich frage vor allem, weil Sebastian mir erzählt hat,
was du neulich Nacht getan hast.«

Ich heftete den Blick auf meinen Tee und zögerte. Ich hatte
das Gefühl, bei Olivia an einem Scheideweg zu stehen. Ich
nahm ihr ab, dass ihr ihre Worte leidtaten. An jenem Tag waren
wir beide wütend gewesen. Erfüllt von einem Zorn, der von
unserer Trauer angefacht worden war. Und wenn ich sie jetzt
wieder wegstieß, würde ich keine zweite Chance mehr bekommen. Früher war sie wie eine Schwester für mich gewesen, und
ich liebte sie nach wie vor wie eine. Das hatte ich schon immer
getan.

Ich sah ihr in die Augen. »Letzte Woche habe ich Vicodin
genommen. Und am Samstagabend habe ich mich mit Xanax
und Alkohol zugedröhnt. Aber davor hatte ich seit meinem
Umzug hierher nichts mehr angerührt. Nicht mal einen einzigen Drink. Ich schwöre es.«

»Wo hattest du dir die Tabletten besorgt?«, wollte sie wissen.

»In Phoenix, vor meinem Umzug.«

»Hast du noch mehr?«

Ich brauche einen Augenblick, um zu antworten. Mir lag
bereits eine Lüge auf der Zunge. Beunruhigend, dass mein erster Instinkt war, meinen geheimen Vorrat zu schützen. Das war
kein gutes Zeichen. »Ja.«

»Wo?«

»In meiner Sockenschublade liegt noch mehr Vicodin. In meiner Handtasche ist ein Fläschchen mit der Aufschrift Ibuprofen, aber da ist etwas anderes drin. Ich weiß nicht mal genau, was. Es sind verschiedene Tabletten. Und die letzten Xanax habe ich alle genommen. Das war's. Ich schwöre es.«

Sie sah mich mit erhobenen Brauen an und stand auf. Ich wartete auf der Couch, während sie in meiner Handtasche kramte und schließlich das Fläschchen herauszog. Dann ging sie in mein Zimmer, wo ich sie in meinen Sachen wühlen hörte. Ich ließ es geschehen.

Die Toilette rauschte, und gleich darauf kam sie wieder zurück und rieb sich die Hände. »Nun sind sie weg. Okay?«

»Ja.«

»Hast du irgendwelchen Alkohol im Haus?«

»Nein.«

»Verflixt«, sagte sie und lächelte schief. »Ich könnte jetzt wirklich einen Drink vertragen.«

Ich lachte. Sie setzte sich und nahm wieder ihren Becher.

»Du siehst richtig gut aus«, bemerkte sie, und ihre Stimme klang freundlicher als zuvor. »Irgendwie hatte ich befürchtet, dass du ganz schön fertig aussehen könntest. Aber das trifft absolut nicht zu. Du siehst super aus.«

»Danke«, sagte ich. »Du aber auch. Wie ist es dir ergangen?«

Sie zuckte mit den Schultern. »Ganz gut, schätze ich. Mal sehen, seitdem wir uns zum letzten Mal getroffen haben … bin ich auf die NAU, die Northern Arizona University, gewechselt. Nach dem Abschluss bin ich allerdings wieder zu meinen Eltern gezogen. Das ist Mist, und ich werde mir so schnell wie möglich eine eigene Wohnung suchen. Ich hatte einen, wie ich dachte, tollen Job gefunden, aber vor einigen Wochen wurde mir gekündigt. Mir und noch etwa sechs anderen. Das ist auch Mist. Ich weiß auch nicht, das klingt ziemlich deprimierend, aber eigentlich ist es gar nicht so schlimm. Ich werde einen neuen Job finden. Es ist nur alles irgendwie enttäuschend. Erwachsensein eben, nicht wahr? Ich wünsche mir doch etwas mehr.«

»Wie läuft es in der Liebe?«, fragte ich. »Hast du einen Freund?«

»Nein«, antwortete sie. »Eine Weile war ich mit einem Typen zusammen, den ich von der Uni kannte. Zwei Jahre sogar. Aber dann kam es zu einer ziemlich dramatischen Trennung.«

»Was ist passiert?«

Sie verdrehte seufzend die Augen. »Ich wollte etwas Festes und habe deswegen vorgeschlagen, zusammenzuziehen. Ich dachte, wir könnten zumindest darüber reden. Seine Reaktion darauf war, sich auf der Weihnachtsfeier bei der Arbeit zu betrinken und eine seiner Kolleginnen auf dem Klo zu vögeln.«

»O mein Gott, das ist ja furchtbar!«

»Ja, das war es«, entgegnete sie. »Anfangs war ich wirklich aufgebracht. Aber dann ist mir klar geworden, dass ich auch Ernst gemacht hätte, wenn ich mit ihm zusammengeblieben wäre. Es war trotzdem fies, dass er mir das angetan hat, aber wahrscheinlich war unsere Trennung das Beste, was mir passieren konnte.«

»Tut mir leid«, sagte ich. »Wie schrecklich, dass du das durchmachen musstest!«

»Danke«, sagte sie. »Okay, also, nachdem Sebastian mit meiner Mutter gesprochen hatte, habe ich auch mit ihm geredet. Ich weiß, dass ihr beide euch an dem Tag, an dem wir mit ihm zu Mittag gegessen hatten, begegnet seid. Dann hast du mit ihm die Stadt verlassen und bist hierhergekommen. Er hat mir nicht genauer erklärt, weshalb, aber ich gehe davon aus, dass du das nicht getan hast, weil dein Leben dort so wundervoll gewesen ist.«

»Nein«, sagte ich. »Willst du die Wahrheit wissen?«

»Ja.«

Ich holte tief Luft. »Ich hatte meinen Job und meine Wohnung verloren. Der Typ, mit dem ich zusammengelebt habe, hatte mir ein blaues Auge und eine aufgeplatzte Lippe verpasst.«

»Um Gottes willen!«, keuchte sie. »Warum hast du nicht meine Mutter angerufen?«

Ich hatte einen Kloß im Hals, und meine Stimme zitterte. »Er hatte mein Handy kaputt gemacht. Aber vor allem, weil ich nicht gewollt habe, dass sie davon erfährt.«

»Du solltest ihr etwas mehr zutrauen«, sagte sie. »Was glaubst du, was sie getan hätte? Dich im Regen stehen lassen? Da kennst du meine Familie doch besser. Wir hätten dir geholfen.«

»Ich weiß«, sagte ich. »Aber ich habe immer wieder Mist gebaut. Und ich wusste, dass mir einfach alles zu egal war, um etwas daran zu ändern. Nachdem Liam gestorben war, erschien mir alles so verdammt schwer zu sein.«

»Nun ja, du hast dir nie Hilfe gesucht«, entgegnete sie. »Du hättest das alles nicht ganz allein aushalten sollen. Meine Eltern und ich haben eine Therapie gemacht. Hast du schon mal einen Psychologen aufgesucht? Oder überhaupt mit irgendjemandem über alles geredet?«

»Nein.«

»Vielleicht wird es Zeit dafür«, sagte sie. »Ich meine, liebe Güte, du warst dabei. Du hast es miterlebt. Ich weiß, dass es furchtbar schwer für dich gewesen sein muss.«

Ich senkte den Blick auf meinen Tee, den ich noch immer in Händen hielt. »Ich habe keine Worte dafür.«

Sie legte die Hand auf mein Knie und drückte es. »Und, wie läuft es jetzt gerade? Bei Sebastian klang es so, als wärst du hier ziemlich glücklich gewesen, bis du plötzlich neulich Nacht abgestürzt bist. Was war da los?«

»Ich weiß es nicht«, sagte ich. »Ich war einige Tage ziemlich deprimiert. Das passiert manchmal, aber so schlimm war es schon lange nicht mehr. Ich habe ein paar Tabletten genommen und bin in eine Bar gegangen, um zu trinken.«

»Und am Ende bist du mit einer Horde besoffener Collegeboys auf der Ladefläche eines Pick-ups gelandet?«, fragte sie.

»Mehr oder weniger, ja.«

»Oh Mann, Brooke, du bist eine Idiotin«, sagte sie. »Ich hab dich lieb, aber ernsthaft?«

»Ich weiß. Aber das Schlimmste ist …«

»Was?«, fragte sie. »Sag es mir.«

»Das Schlimmste daran ist, was ich Sebastian damit angetan habe«, erwiderte ich. »Ich habe ihn wirklich verletzt.«

»Sebastian und du, ihr seid also …« Sie wackelte mit den Augenbrauen. »Oder?«

»Was, zusammen?«, fragte ich. »Nein, wir sind nur gute Freunde.«

»Hmmm«, machte sie und sah mich forschend an. »Bist du dir da sicher?«

Ich trank einen Schluck Tee, um eine Sekunde Bedenkzeit zu haben, ehe ich antwortete. »Natürlich bin ich sicher. Wenn es anders wäre, würde ich das ja wohl wissen.«

»Zwischen euch ist nichts passiert?«, sagte sie. »Keine unüberlegte Knutscherei, über die ihr hinterher kein Wort mehr verloren habt, oder eine schweißtreibende, alkoholselige, gemeinsame Nacht, bei der ihr so tut, als hätte es sie nie gegeben?«

»Ich habe dir doch schon gesagt, dass ich nicht mehr getrunken habe«, sagte ich. »Und er rührt nie Alkohol an.«

»Gab es nicht mal einen zarten Augenblick des Verlangens, in dem fast etwas passiert wäre, aber am Ende dann doch nicht?«

»Nein, ich …« Doch bevor ich richtig protestieren konnte, verstummte ich wieder. Es hatte einen solchen Augenblick gegeben. Eigentlich sogar mehrere. Zumindest Augenblicke, die man so hätte deuten können. Ich war mir selbst nicht ganz sicher.

Ich wusste, dass Sebastian mehr für mich war als nur ein guter Freund. Er hatte sich nach und nach in den leeren Raum gestohlen, wo einst mein Herz gewesen war, und ihn mit seiner Wärme erfüllt.

Was sah er, wenn er mich ansah? Zweifellos eine Frau, die eine Katastrophe auf zwei Beinen war. Doch was fühlte er? Freundschaft? Oder mehr?

»Ich weiß es nicht, und es ist auch egal«, sagte ich. »Ich habe es ruiniert.«

»Nur weil man einen Fehler gemacht hat, bedeutet das nicht, dass eine Freundschaft für immer ruiniert ist«, widersprach sie. »Stimmt's?«

»Kann sein, aber Sebastian wird sich sicher nicht mehr mit mir abgeben wollen.«

»Dir ist schon klar, wie viel du ihm bedeutest, oder?«, fragte sie. »Wenn es nicht so wäre, würde er sich einfach raushalten und dich mit so vielen Collegejungs, wie du willst, herumziehen lassen. Aber das hat er nicht getan. Er hat sich an meine Mutter gewandt, in der Hoffnung, dass sie dir helfen kann. Er hat mich vom Flughafen abgeholt und hergefahren. Ich habe sein Gesicht gesehen, als er über dich gesprochen hat. Er ist vielleicht sauer, aber er wird sich nicht von dir abwenden.«

Ich starrte sie an und ließ ihre Worte sacken. Er hatte mich nicht abgeschrieben. Ich hatte nach wie vor eine Chance. Vielleicht hatte ich ihn noch nicht verloren.

»O mein Gott, ich muss zu ihm und mit ihm reden.« Ich stellte meinen noch fast vollen Tee auf den Beistelltisch und sprang voller Tatendrang auf. »Weißt du, ob er zu Hause ist?«

»Immer mit der Ruhe, du Spinnerin!«, sagte sie. »Ja, ich glaube, er ist zu Hause. Ich sollte ihn nach unserer Unterredung anrufen und ihm berichten, wie es dir geht.«

»Okay, dann ruf ihn an. Sprich mit ihm.«

»Vielleicht sollten wir einfach rübergehen«, sagte sie. »Und du redest mit ihm. Es ist nicht weit, oder?«

Ich nickte. »Ja, wir können laufen.«

»Lass mich nur kurz ins Badezimmer verschwinden.«

Während ich darauf wartete, dass sie zurückkam, raste mein Herz. Ich lief unruhig im Wohnzimmer auf und ab, zu angespannt, um still sitzen zu können. Alles ergab jetzt einen Sinn. Ich hatte versucht, es zu leugnen – versucht, meine Gefühle zu verdrängen. Weil ich Angst vor dem hatte, was sie bedeuteten.

Aber ich kannte die Wahrheit. Ich war in Sebastian verliebt, und nichts würde mehr so sein, wie es vorher war.

# TEIL 3

Das Flüstern meines Herzens schwillt an
bis es mehr ist
als ein Lufthauch
Klang
Wut
Leidenschaft
Dinge, die ich nicht kannte,
bis ich dich fand

~B

## KAPITEL 25

# Brooke

Olivia klopfte an die Tür, während ich versuchte, mich hinter ihr zu verstecken. Charlie öffnete, gekleidet in Jeans und T-Shirt.

Seine Augenbrauen hoben sich, und sein Mund verzog sich zu einem Lächeln. »Hi. Ich schätze, ihr wollt zu Seb?«

»O Gott, du bist ja auch so riesengroß«, sagte Olivia erstaunt.

»Ähm, ja. Ich schätze schon.« Er streckte ihr die Hand hin. »Ich bin Charlie.«

»Entschuldige.« Olivia ergriff seine Hand. »Ich bin Olivia. Du hast wirklich schöne Augen. Und ich plappere offensichtlich gerade ohne Sinn und Verstand.«

Charlie grinste. »Macht nichts. Schön, dich kennenzulernen.«

Sie schüttelten sich weiter die Hände und sahen sich dabei deutlich länger in die Augen, als es nötig gewesen wäre. Anscheinend hatten sie beide vergessen, dass ich auch noch da war.

Sebastian kam durch den Flur, und ich spähte vorsichtig an Olivia vorbei. Er trug eine graue Sporthose, und sein ärmelloses Shirt betonte seine muskulösen Arme in all ihrer Pracht. Seine Haare waren strubbelig und ungekämmt und sein Bart etwas dichter als sonst. Mein Herz pochte so wild, als wolle es mir aus der Brust springen, und mein Magen zog sich zusammen. Tief in meinem Inneren erwachten lange vergessene, kribbelnde Gefühle, die sich einen Weg an die Oberfläche bahnen wollten.

»Oh, hi«, sagte Olivia und ließ Charlies Hand los.

»Hast du mit ihr gesprochen?«, fragte Sebastian.

»Ja«, antwortete sie. »Ich denke, es geht ihr gut, aber ich glaube, du solltest einfach selbst mit ihr reden.«

Sie trat beiseite, und sofort richtete sich der intensive Blick aus seinen wundervollen grünbraunen Augen auf mich. Sebastian starrte mich an. Seine Miene war unergründlich.

Charlie blickt kurz hinter sich, dann auf mich. »Ähm, Olivia, du bist nach dem Flug bestimmt hungrig. Möchtest du mit mir etwas essen gehen?«

»Sehr gern«, erwiderte Olivia. »Ich bin bald wieder da, okay, Brooke?«

Ich nickte, ohne den Blick von Sebastian abzuwenden.

Charlie nahm seine Schlüssel und führte Olivia auf die Einfahrt hinaus. Ich trat derweil ins Haus, und als der Motor von Charlies Wagen aufheulte, machte ich die Tür hinter mir zu.

Ich beschloss, mir Olivia zum Vorbild zu nehmen und direkt zum Punkt zu kommen.

»Sebastian, es tut mir so leid. Ich weiß, dir zu erzählen, dass ich einfach ein Wrack bin, ist eine dämliche Entschuldigung. Für das, was ich getan habe, gibt es keine Entschuldigung. Aber ich bin *wirklich* ein Wrack, und das tut mir leid. Es tut mir leid, dass ich mich in Gefahr gebracht habe und dass du mich retten musstest. Aber vor allem tut es mir leid, dass ich dir wehgetan habe.«

Einen Moment lang sah er mich einfach nur an, und ich versuchte, zu verhindern, dass meine Knie zitterten.

»Ich muss wissen, warum du es getan hast«, sagte er.

»Weil ich mich leer gefühlt habe.« Ich schluckte schwer und merkte, wie mir wie aus dem Nichts die Tränen kamen. »Weil ich tagelang das Gefühl gehabt hatte, nicht aus dem Bett aufstehen zu können. Zu verblassen. Und ich wollte etwas *fühlen*.«

»Du wolltest mit ihm etwas fühlen?«, fragte Sebastian.

»Nein, so war es nicht. Ehrlich nicht. Ich habe so sehr die Kontrolle verloren, dass ich nicht mehr wusste, was ich tat. Ich wollte mich nur frei fühlen – all meine Gedanken übertönen. Meine Gefühle betäuben.«

»Wieso?«, fragte er.

»Ich weiß nicht, wie ich es erklären soll.«

»Sag es mir«, beharrte er und kam näher.

»Ich sagte doch schon, dass ich nicht weiß, wie.«

Er schritt rasch auf mich zu, bis er direkt vor mir stand, und stützte die Arme neben mir gegen die Tür, so dass ich zwischen ihnen gefangen war. Er war mir so nah, dass ich seine Körperwärme spüren, seinen verführerischen Duft riechen konnte.

»Sag es mir.«

»Weil ich mich manchmal fühle, als wäre ich gestorben«, flüsterte ich. »Und nicht weiß, weshalb ich hier bin. Ich fühle mich, als hätte mein Herz gleichzeitig mit Liams aufgehört zu schlagen.«

Er sah mich unablässig an. Ich konnte mich nicht abwenden. Er nahm meine Hand und führte sie an seine Brust. Meine Finger zitterten, als ich sie öffnete und leicht sein Shirt berührte. Dann legte er seine Hand über meine und drückte sie an seinen Körper.

»Sein Herz schlägt noch«, sagte er leise und ruhig. »Es hat nicht aufgehört zu schlagen.«

Eine Träne lief mir über die Wange, als ich das rhythmische Pochen seines Herzens spürte. Ich schloss die Augen. Seine Hand war warm, seine Brust fest und stark. Die Schläge seines Herzens pulsierten unter meiner Handfläche.

Er legte die andere Hand vorsichtig an meine Wange, und seine Stimme war so sanft, als er sagte: »Genauso wenig wie deines.«

Ich legte meine Hand auf seine, und er beugte sich vor, bis unsere Stirnen sich berührten. Der Rhythmus seines Herzens pulste durch mich hindurch. Es war Gefühl und Verlangen. Angst und Hoffnung. Es war Leben.

»Es tut mir leid«, flüsterte ich.

»Brooke, dieses Herz hat für dich geschlagen, als es noch in ihm lebte«, sagte Sebastian. »Und jetzt, da es in mir lebt, schlägt es noch immer für dich.«

Er ließ meine Hände los und strich mit den Fingern durch mein Haar. Sein Gesicht war ganz nah bei meinem. Seine Fingerspitzen drückten sich sanft in meine Kopfhaut. Seine Berührung schickte Hitze durch meinen Körper, und ich hielt mich an seinen starken Armen fest, als müsse ich sonst zu Boden stürzen.

»Sag Nein.« Er berührte meine Nase mit seiner. »Sag mir, dass du das nicht tun kannst, und ich lasse dich in Ruhe.«

Mein Körper schrie das Ja, das nicht recht über meine Lippen kommen wollte. Ich wollte ihn in jeder Hinsicht – wollte ihn mehr, als ich jemals einen Mann gewollt hatte.

»Ja.«

Ohne eine Sekunde zu zögern, drückte er die Lippen auf meinen Mund und küsste mich leidenschaftlich. Sein Bart kratzte an meiner Haut, und seine Lippen drückten sich fordernd auf meine, verlangten, dass ich nachgab. Dass ich ihm alles gab.

Ich kapitulierte.

Sein Kuss war wild, und ich erwiderte ihn mit der gleichen stürmischen Leidenschaft. Unsere Münder öffneten sich. Unsere Zungen liebkosten einander. Unsere Geschmäcker vereinten sich. Ich schlang die Arme um seinen Hals, und seine Hände glitten meinen Rücken hinab, während sich unsere Körper aneinanderschmiegten. Er war so groß. So überwältigend. Seine starken Arme umfingen mich, und seine Muskeln spannten sich an.

Plötzlich ließ er von mir ab und ließ mich atemlos zurück. Ich wollte nicht, dass er aufhörte. Er legte eine Hand an meine Wange und sah mir in die Augen.

»Ich begehre dich schon so lange«, sagte er. »Ich will dein Herz dazu bringen, höher zu schlagen. So wild, wie meines es tut, wenn ich bei dir bin. Ich will dich dazu bringen, dass du nach Luft schnappst. Ich will dafür sorgen, dass du *fühlst*, Brooke. Wenn ich es schaffe, dass du nur halb so viel fühlst, wie ich es gerade tue, dann wirst du merken, dass du noch am Leben bist.«

Ich nickte, zu gebannt, um zu sprechen. Er küsste mich wieder, diesmal gierig und aggressiv. Mein Körper erwachte zum Leben, meine Nervenenden kribbelten. Teile von mir, die ich tief begraben hatte, kamen explosionsartig wieder an die Oberfläche.

Er hob mich hoch und drückte mich gegen die Tür. Ich schlang die Beine um seine Taille, während er meinen Po mit den Händen packte. Seine harte Erektion drückte sich an meinen Schoß. Selbst durch unsere Kleidung hindurch schickte seine Berührung lustvolle Funken durch meinen Körper.

Mein letzter richtiger Orgasmus lag Jahre zurück. Es war, als hätte dieser Teil von mir sich abgeschaltet. Doch der Druck von Sebastians Glied, das sich an mir rieb, brachte diese Gefühle schlagartig zurück. Spannung baute sich auf. Ich bewegte die Hüften, sehnte mich nach mehr. Verzehrte mich danach.

Als wäre er mit den Feinheiten meines Körpers bereits bestens vertraut, begann er, sich in einem gleichmäßigen Rhythmus zu bewegen, sich an genau der richtigen Stelle an mir zu reiben. Ich klammerte mich an seinen Rücken, während sich jeder Muskel in meinem Unterleib anspannte. Er hörte nicht auf. Seine Bewegungen waren unerbittlich, sein Atem heiß in meinem Nacken. Ich stöhnte auf, als mich dieses besondere Gefühl überwältigte. Großer Gott, er würde es schaffen, dass ich einfach so kam! Hier, an seiner Haustür.

Ich klammerte mich fester an seinen Rücken. Die Hitze zwischen meinen Beinen wurde immer stärker, und mein Höschen war ganz nass. Prickelnde Wellen der Lust rollten durch mich hindurch, während Sebastians harte Erektion sich an mich presste, seine Hüften nach vorn glitten, sein hartes Glied über meine Klitoris rieb. Das war verrückt.

Mein Höhepunkt überwältigte mich. Ich ließ es zu, sank in seine Arme. Jedes Pulsieren meines Orgasmus ließ mich nach Luft schnappen, und ich spürte, wie seine Hitze mich durchfloss.

»O mein Gott.« Ich atmete schwer, während die letzten Funken durch mich stoben wie elektrische Ladungen. Er hielt mich aufrecht, und ich schmiegte mich an ihn, schlang die Arme fest um seinen Hals.

Er wartete ab, bis ich mich wieder entspannte, bevor er mich behutsam absetzte. Er berührte mein Gesicht und küsste mich, diesmal ganz sanft. Meine Lippen. Meine Wange. Meinen Hals.

»Was fühlst du jetzt?«, fragte er leise an meinem Ohr. Küsste noch einmal meinen Hals.

»Ich fühle mich lebendig«, flüsterte ich. Ich strich mit der Hand über seine Brust, seine Bauchmuskeln. Sein Körper war so fest, so muskulös. Ich ließ die Hand weiter gleiten, unter den Bund seiner Hose. Umfasste sein Glied. »Aber ich will mehr.«

»Das musst du nicht«, sagte er, doch ich konnte das Verlangen in seiner Stimme hören.

»Ich will es.«

Ohne ein weiteres Wort nahm er meine Hand und führte mich nach oben in sein Zimmer. Er schloss die Tür hinter uns und hüllte das Zimmer in Dunkelheit. Wir rissen uns förmlich die Kleider vom Leib und küssten uns wieder begierig. Als ich seine Haut an meiner spürte, stand ich in Flammen. Er drückte mich aufs Bett und legte sich auf mich.

Ohne dass ich ihn darum bitten musste, streckte er die Hand nach dem Nachttisch aus und holte ein Kondom. Er brauchte nur ein paar Sekunden, um es aufzureißen und überzustreifen. Ich starrte auf sein steifes Glied. Ich hatte es bereits durch unsere Kleider hindurch gespürt, aber es zu sehen, war noch einmal etwas ganz anderes. Sebastian war ein großer Mann, und auch sein bestes Stück war da keine Ausnahme.

Selbst im schummrigen Licht schien sich sein intensiver Blick förmlich in mich zu bohren. Er ließ sich zwischen meinen Beinen nieder und drückte den Kopf seines Glieds an meinen Schoß. Dabei ließ er sich Zeit, küsste mich immer wieder, während er nach und nach tiefer in mich glitt.

Anschließend drang er mit einem einzigen, raschen Stoß tief in mich und verharrte so. Ich spürte, wie er mich ausfüllte. Er stöhnte an meinem Hals auf, und sein ganzer Körper spannte sich.

»Du fühlst dich gut an.«

Dann begann er, sich zu bewegen, die Hüften vor und zurück zu wiegen, in mich zu dringen und sich wieder zurückzuziehen. »Du dich auch.«

Doch er fühlte sich so viel mehr als nur *gut* an. Er fühlte sich phantastisch an. Haut rieb sich an Haut. Münder suchten gierig nacheinander. Unsere Körper vereinten sich, bewegten sich im Einklang. Es war anders als alles, was ich je erlebt hatte.

Plötzlich wurde mir die Unumgänglichkeit dieses Augenblicks klar. Seit jenem Tag, an dem wir uns begegnet waren, hatte uns alles auf diesen Moment zugeführt. Jeder gemeinsame Nachhauseweg. Jedes nächtliche Gespräch. Jeder Atemzug. Jeder Herzschlag.

Ich fuhr mit den Fingern durch seine Haare. Sein Bart rieb sich angenehm rau an meiner Haut. Seine Bewegungen wurden schneller – härter. Ich bewegte die Hände über seinen Rücken, spürte die harten, flachen Muskeln, die sich über mir zusammenzogen. So stark und so kraftvoll. Ließ sie weiter abwärtsgleiten zu seinen Pobacken, die sich bei jedem Stoß spannten. Ich breitete die Hände über seinen Po, drängte ihn tiefer in mich, wollte mehr.

Heiße Spannung wuchs in meinem Inneren an. Er war unerbittlich, der Druck seines Glieds köstlich. Sein Rhythmus perfekt. Die Energie zwischen uns steigerte sich zum Rausch, bis ich atemlos nach Luft rang. Seinen Rücken umklammerte. Laut aufschrie, alle Hemmungen längst vergessen.

Seine Erektion verhärtete sich, schwoll noch weiter in mir an. Sie glitt durch meinen nassen Schoss, und die Reibung war so intensiv. Stimulierte jeden Nerv. Er keuchte und stöhnte, und seine tiefe Stimme an meinem Ohr schien in meiner Brust widerzuhallen.

O Gott, er würde es schaffen, dass ich noch einmal kam!

»Shit«, ächzte er. Stemmte sich mit den Armen hoch, so dass die Muskeln sich wölbten. Sah mir in die Augen. »Ich will dich immer weiter vögeln, aber ich glaube, dann kann ich mich nicht mehr zurückhalten.« Wieder stieß er kraftvoll in mich. »Verflucht, du fühlst dich so gut an.«

»Halt dich nicht zurück«, sagte ich. »Komm, Sebastian. Komm in mir.«

Er runzelte die Stirn und stöhnte auf, bevor er weitermachte, immer und immer wieder.

»Ja, ja, oh verdammt, ja«, keuchte ich, als sich der Boden unter mir auftat und ich ins All stürzte. Durch die Luft segelte. Der zweite Orgasmus war noch intensiver als der erste. Meine inneren Muskeln spannten sich fest um sein pulsierendes Glied, und er stöhnte noch lauter. Ich schrie auf, als heiße Wogen purer Lust durch mich rollten, so intensiv, dass es mir den Atem verschlug.

Als es vorbei war, küsste er mich, tief und langsam. In seinem Kuss lag noch immer so viel Leidenschaft. Erlesen und gemächlich, aber gleichzeitig kraftvoll. Voller Gefühle, die wir noch nicht laut ausgesprochen hatten.

Nach einem letzten, sanften Kuss auf die Lippen sah er mir tief in die Augen. Noch nie zuvor hatte ich mich so verletzlich und gleichzeitig so sicher gefühlt.

»Ich liebe dich«, sagte er.

Als ich seine Worte hörte, verspürte ich eine überwältigende Mischung aus Freude und Erleichterung. Erst als er sie laut aussprach, wurde mir klar, wie sehr ich mich danach gesehnt hatte, sie zu hören.

»Ich liebe dich auch«, sagte ich und berührte dabei sein Gesicht.

Er nickte mit einem leichten Lächeln auf den Lippen und küsste mich noch einmal. Dann stand er auf, um sich des Kondoms zu entledigen, bevor er gleich darauf wieder ins Bett zurückkehrte. Mich an sich zog, in seine Arme. Meine Stirn küsste.

Ich legte den Kopf an seine Brust und lauschte auf die Schläge seines Herzens.

## KAPITEL 26

# Sebastian

Brooke atmete langsam und gleichmäßig, und ihr Körper lag warm an meinem. Ich streichelte ihre seidige Haut, sog mit einem tiefen Atemzug den Duft ihrer Haare ein. Sie roch warm und weiblich. Betörend.

Dunkelheit und Stille umfingen uns, als gäbe es nichts anderes auf der Welt, als sie in meinen Armen zu spüren. Ich fühlte mich entspannt – und so befriedigt, wie ich es noch nie zuvor erlebt hatte. Es ging über die körperliche Befriedigung durch einen Orgasmus weit hinaus. Über das wohlige Nachglühen von phantastischem Sex – und phantastisch war er wirklich gewesen. Als ich sie geliebt hatte, hatte ich etwas viel Tieferes empfunden. Etwas Urtümliches – vielleicht sogar Spirituelles. Als hätten sich nicht nur unsere Körper vereint, sondern auch unsere Seelen vermischt.

Ich war mir nicht sicher, ob sie es wusste, aber ich hatte ihr einen Teil von mir gegeben. Und ich wollte ihn nie wieder zurück.

Ich drückte die Lippen auf ihre Stirn, woraufhin sie sich regte.

»Hi.« Sie hob den Kopf und sah mich an. Ihre Stimme klang verschlafen.

»Entschuldige«, sagte ich. »Habe ich dich geweckt?«

»Ich habe nicht geschlafen«, erwiderte sie. »Bloß gedöst.«

Ich berührte ihr Gesicht, küsste ihren Mund, sanft und langsam. Berührte nur sacht ihre Lippen mit meinen.

»Danke«, sagte sie.

»Wofür?«

»Für alles«, antwortete sie. »Dafür, dass du neulich Nacht auf mich aufgepasst hast. Dafür, dass du mir verziehen hast. Dass du mich nicht aufgegeben hast.«

»Du bist es wert«, sagte ich. »Aber jetzt ist Schluss damit, okay?«

»Nein«, widersprach sie. »Ich nehme keine Drogen, Seb. Ich schwöre es. Nicht so, wie du denkst. Neulich Abend habe ich etwas genommen, aber das war das erste Mal, seitdem ich dir begegnet bin. Und Olivia hat alles, was ich noch übrighatte, in der Toilette runtergespült.«

»Gut«, sagte ich. »Dann bist du mir wohl nicht böse, weil ich Mrs. Harper angerufen habe?«

»Nein, ich bin nicht böse«, antwortete sie. »Aber warum hast du das getan?«

»Ich musste etwas unternehmen«, erklärte ich. »Ich konnte mich nicht einfach zurücklehnen und zusehen, wie du dich selbst zerstörst.«

»Also hast du schwere Geschütze aufgefahren«, sagte sie mit einem leisen Lachen.

»Kannst du mir das verübeln?«, fragte ich. »Ich wusste, dass sie dich gernhaben und eine Möglichkeit finden würden, dir zu helfen. Zwar hatte ich nicht direkt damit gerechnet, dass ich Olivia vom Flughafen abholen müsste, aber sie hat heute Morgen angerufen.«

»Ich kann immer noch nicht fassen, dass sie gekommen ist. Ich hätte nicht gedacht, dass sie mich noch einmal wiedersehen will. Und dann war sie plötzlich da und klopfte an meine Tür. Hier, in Iowa.« Sie verstummte und streichelte gedankenverloren meine Brust. »Ich hätte auch nicht gedacht, dass du mich noch einmal wiedersehen willst.«

»Selbstverständlich will ich das.« Ich rollte sie auf den Rücken und beugte mich über sie. »Ich bin in dich verliebt, Brooke. Das sage ich nicht nur einfach so. Wenn ich etwas tue, dann gebe ich alles. So habe ich es damals gelernt, als ich noch Ringer gewesen bin. Wenn wir das hier durchziehen wollen, dann bin ich mit Haut und Haaren dabei. Für flüchtige Affären oder diesen Freundschaft-plus-Quatsch bin ich mir meiner Sterblichkeit viel zu deutlich bewusst. Ich will mit dir zusammen sein. Aber du musst auch mit mir zusammen sein wollen.«

Sie sah mir in die Augen, und ich erkannte, wie sie die Worte auf sich wirken ließ. Wie sie darüber, was ich gesagt hatte, und über das, was es bedeutete, nachdachte. Ich war froh, dass sie nicht sofort antwortete. Das hier war wichtig. Ich hatte mich zurückgehalten, versucht, meine Gefühle vor ihr zu verbergen, weil ich nicht gewusst hatte, ob sie in der Lage wäre, sie zu erwidern. Falls nicht, musste ich dem Ganzen ein Ende setzen, bevor es zu weit ging – ungeachtet dessen, wie sehr ich sie begehrte. Wie sehr ich sie liebte. Denn sie zu lieben wäre niemals genug, wenn sie dieses Gefühl nicht erwidern könnte.

Doch ich wusste, dass es da war, in ihr. Ich hatte es in ihrem Körper gespürt. An der Art, wie sie auf mich reagiert hatte. Wie sie sich hingegeben hatte. Ich hatte es in jedem ihrer Atemzüge gehört. Sie hatte es gesagt, die Worte waren ihr über die Lippen gekommen, und ich hatte die Aufrichtigkeit in ihnen gehört. *Ich* wusste, dass sie mich liebte. Aber sie musste es auch wissen.

Ihr Blick fiel auf meine Brust. Auf die Narbe, die zwischen den Brustmuskeln verlief. Sie strich mit den Fingern über die erhabene Haut, streichelte mich sanft, ehe sie mir in die Augen sah.

»Ich bin ebenfalls in dich verliebt. Ich will mit dir zusammen sein. Mehr als alles andere.«

Ich beugte mich zu ihr und küsste sie. Sie schmeckte so gut. So süß. Es gab so vieles, was ich ihr zeigen wollte. Mit ihr tun wollte. Es schien, als hätte sich eine vollkommen neue Welt eröffnet – eine Welt, in der Brooke Summerlin vielleicht tatsächlich zu mir gehören konnte.

Sie kicherte, und ich wich zurück. »Kitzelt dich mein Bart im Gesicht?«

»Ein bisschen.« Sie streichelte meinen Unterkiefer. »Aber ich liebe ihn.«

»Wie fühlst du dich jetzt?«

Ihre Mundwinkel hoben sich, und ihre Augen funkelten. »Glücklich.«

Ich beugte mich wieder zu ihr und küsste die zarte Haut unter ihrem Ohr. Strich mit der Hand über ihren Körper, von der Hüfte bis zu ihrer Brust. Ihre Brustwarze versteifte sich unter meiner Handfläche, und Brooke stöhnte leise auf.

»Noch mal? Das ist doch nicht dein –«

Ich drückte meine harte Erektion an sie. »Doch, ist es.«

»O mein Gott«, hauchte sie. »Aber was ist mit Olivia?«

Ich drückte ihre runde Brust, die sich herrlich fest in meiner Hand anfühlte. Küsste noch einmal ihren Hals. »Was soll mit ihr sein?«

»Wahrscheinlich kommt sie bald zurück.«

»Keine Sorge, Charlie wird sie schon unterhalten.« Ich küsste mich von ihrem Hals abwärts zu ihrem Schlüsselbein. »Du gehörst jetzt mir. Heute Nacht teile ich dich mit niemandem.«

Sie hob die Arme über den Kopf, während mein Mund weiter zu ihren Brüsten wanderte. Sie waren so perfekt. Ich verteilte Küsse um ihre Brustwarze herum, bevor ich meine Zunge über die harte Spitze gleiten ließ. Daraufhin stieß sie ein wohliges Seufzen aus, und ihr Körper zuckte. Ich nahm sie in den Mund und drückte ihre andere Brustwarze behutsam mit Daumen und Zeigefinger, während ich saugte. Leckte. Küsste. Wieder saugte. Ich liebte es, wie ihre Haut schmeckte. Wie ihre Brust sich in meinem Mund anfühlte.

»O mein Gott, Sebastian«, ächzte sie. »Was machst du nur mit mir?«

Ich stöhnte auf, küsste mich weiter abwärts zu ihrem Bauch. An ihren runden Hüften vorbei. Presste die Lippen in die Falte zwischen Oberschenkel und Becken. Dann spreizte ich ihre Beine und begann gemächlich zu lecken. Erkundete sie. Schmeckte sie. Ihr leises Stöhnen war Musik in meinen Ohren. Ich liebte es, ihr ein gutes Gefühl zu geben.

Sie wand sich und wimmerte lustvoll, als ich an ihrer Klitoris saugte. Sie mit der Zunge massierte. Ihre Muschi schmeckte so verdammt gut. Es war so berauschend, ihren Körper auf diese Weise gefangen zu halten. Wie sie sich bewegte, welche Laute sie ausstieß. Meinen Namen flüsterte. Sie fuhr mit den Fingern durch meine Haare, rollte mit den Hüften. Ich spürte, dass es bei ihr fast so weit war, aber ich war noch nicht bereit dazu, sie zum Höhepunkt kommen zu lassen.

Als ich von ihr abließ, keuchte sie schwer atmend auf, und ihr ganzer Körper war angespannt. Mein Glied war steinhart, sehnte sich danach, wieder in ihr zu sein. Ich umfasste ihre Hüften und drehte sie um. Sie stützte sich auf Händen und Knien ab. Nachdem ich ein Kondom übergestreift hatte, positionierte ich mich hinter ihr und beugte mich über sie. »Ich will dich noch einmal nehmen«, raunte ich ihr ins Ohr. »Diesmal aber hart.«

»Ja«, sagte sie, und das Verlangen in ihrer Stimme brachte mich schier um den Verstand. »O Gott, ja, nimm mich hart, Sebastian. Sofort.«

Sie war so feucht, dass ich mühelos in sie glitt. Sie drückte den Rücken durch, und ihr Po presste sich an meinen Unterleib. Ich begann mit ein paar sanften Stößen, doch dann ließ ich alle Beherrschung fahren.

Ich nahm sie, hart und schnell. Hielt ihre Hüften fest und zog sie an mich, während mein Glied in sie drang. Ihr Haar fiel ihr auf Rücken und Schultern, dunkel auf ihrer Haut. Die Silhouette ihres Rückens, ihrer schlanken Taille und ihrer runden Hüften sah so umwerfend aus – weiche, feminine Kurven. Sie sah über die Schulter hinweg zu mir. Ihre Augen waren glasig und ihre Lippen leicht geöffnet. So verflucht schön.

»Fester«, sagte sie.

Ich gab ihr, was sie wollte, stieß immer wieder keuchend in ihren Schoß. Mein Herz schlug wild, und die Spannung in meinem Unterleib steigerte sich schnell. Ich nahm sie, während sie ihre Lust herausschrie. Wir waren laut und zügellos, ließen uns von unserer Leidenschaft mitreißen.

Ich wollte ihr alles geben. Ihr all ihren Schmerz nehmen. Ich wollte die Traurigkeit aus ihr herausvögeln – bis in ihren Augen nichts anderes mehr lag als Verlangen.

All meine Muskeln waren zum Bersten gespannt. Ich nahm eines ihrer Handgelenke und zog ihren Arm nach hinten. Sie legte sich mit dem Oberkörper aufs Bett, worauf ich auch nach ihrem anderen Arm griff. Sie umfasste meine Handgelenke, während ich ihre Arme hinter ihrem Rücken festhielt. Nun, da sich mir ihr Po entgegenreckte und ihr Körper unter meiner Kontrolle war, vögelte ich sie unerbittlich.

Ihr Stöhnen stachelte mich an, und die Hitze ihres Schoßes machte mich ganz verrückt. War unser erstes Mal noch leidenschaftlich und zärtlich gewesen, entfesselte ich diesmal das Tier in mir. Das Verlangen, sie zu besitzen. Ganz und gar. Sie mit meinem Körper mit der Wildheit eines Raubtiers zu lieben.

»Ach du Scheiße«, wimmerte sie. »Scheiße, ja … O Gott … Ja … Fester.«

Ihre inneren Muskeln spannten sich quälend lustvoll um mich. Meine Hoden zogen sich zusammen, kurz vor der Explosion. Ich stieß noch einmal zu und spürte, dass es bei ihr so weit war. Sie schrie auf, presste das Gesicht in die Matratze und kam mit aller Macht.

Ich konnte mich nicht länger zurückhalten. Wie ein Sprengkörper detonierte ich förmlich in ihr. Mein Glied pulsierte überwältigend heiß und heftig. Mein Gehirn war wie leer gefegt, und ich vögelte sie immer weiter, stöhnte mich durch den unfassbarsten Orgasmus, den ich jemals erlebt hatte.

Schließlich wurde ich langsamer, schnappte keuchend nach Luft. Dann ließ ich ihre Handgelenke los und glitt aus ihr. Sie fiel erschöpft und schwer atmend aufs Bett. Ihre Haare waren feucht und zerzaust.

Noch immer außer Atem kümmerte ich mich kurz um das Kondom, bevor ich mich wieder neben ihr aufs Bett fallen ließ. Sie hatte sich kein Stück bewegt. Ich zog sie in meine Arme und drückte sie an mich. Sie schmiegte die Wange an meine Brust, und ich streichelte ihr Haar.

Die Intensität dieses Moments schnürte mir die Brust zusammen. Obwohl sie so ein gebrochener Mensch war, hatte sie sich mir so verletzlich gezeigt. Hatte mir so vollkommen vertraut. Ich wollte sie in den Armen halten, sie mit meiner Kraft einhüllen. Sie hielt sich mich mit der gleichen Sehnsucht an mir fest. Die Intensität unserer Verbindung war überwältigend. Ich wusste schon seit Monaten, dass ich sie liebte, aber das hier … Das war roh und offen – einfach wunderschön.

»Ich liebe dich«, flüsterte sie.

Ich drückte sie und küsste sie auf den Scheitel. »Ich liebe dich auch, Brooke. Mehr, als ich es in Worte fassen kann.«

## KAPITEL 27

# Brooke

»Hey, Joe.« Ich zog die Eingangstür der Buchhandlung so schnell wie möglich wieder hinter mir zu, damit nicht zu viel kalte Luft hereinströmte. Draußen war es eiskalt. »Wie läuft es?«

Joe stand mit einem Buch in der Hand hinter dem Kassentresen an einen hohen Hocker gelehnt. »Ist ruhig. Bist du zu früh dran?«

»Ja«, antwortete ich. »Ich hatte noch einen Termin, und es war einfacher, danach direkt hierherzukommen, als noch einmal nach Hause zu gehen. Wenn es dich nicht stört, setze ich mich einfach noch ein Weilchen nach hinten.«

Er nickte. »Kein Problem.«

Ich ging nach hinten und nahm an dem kleinen Tisch Platz. Dabei fragte ich mich, ob Joe es mir wohl gestatten würde, hier hinten ein Heizgerät aufzustellen. Ich kuschelte mich in meinen warmen Mantel und rieb die Hände aneinander. Sebastian hatte mich bereits vorgewarnt, dass der Winter kalt werden würde. Es hätte mich nicht gewundert es, wenn es schon schneite. Dabei war erst Oktober.

Zum Glück blieb mir vor Arbeitsbeginn noch etwas Zeit. Ich hatte einen Termin bei meiner neuen Therapeutin gehabt, und obwohl wir noch nicht besonders in die Tiefe gegangen waren, war die Sitzung emotional belastend gewesen.

Obwohl mir rational durchaus die Vorteile einer Therapie

klar waren, war ich nach wie vor nicht überzeugt, dass sie das Richtige für mich war. Oder vielleicht hatte ich auch einfach nur noch nicht den richtigen Therapeuten gefunden. Aber ich hatte Sebastian versprochen, dass ich es ausprobieren würde, und Olivia war in dieser Hinsicht ebenfalls auf seiner Seite. Ich hatte mich darüber beklagt, dass sie sich gegen mich verbündeten, doch sie hatten nicht nachgegeben. Also ging ich nun einmal die Woche mittwochs zur Therapie.

Mein Telefon verkündete mit einem Ping den Eingang einer Nachricht. Ich angelte es aus der Handtasche.

*Seb: Hey, Liebling. Ich habe heute Abend Unterricht, aber ich könnte danach vorbeikommen.*
*Ich: Auf jeden Fall. Ich vermisse dich.*
*Seb: Ich dich auch. Bist du bei der Arbeit?*
*Ich: Ja. Ist kalt hier.*
*Seb: Keine Sorge, ich wärme dich auf.*
*Ich: Kann's kaum erwarten. Ich liebe dich.*
*Seb: Ich dich auch, meine kleine Frostbeule!*

Ich berührte lächelnd seinen Namen auf dem Display. Es fühlte sich so gut an zu lächeln. Seitdem Sebastian und ich zusammen waren, tat ich das viel öfter. Es war ungefähr ein Monat vergangen seit jenem unglaublichen Tag, an dem er mich geküsst ... mich geliebt ... und mir dann die Seele aus dem Leib gevögelt hatte. Ich war so verliebt in ihn, dass ich manchmal nicht wusste, was ich mit mir anfangen sollte.

Doch noch immer war da eine unterschwellige Angst. Was, wenn ich nicht stark genug wäre, ihn so zu lieben, wie er es verdiente? Er war so groß und stark. So leidenschaftlich und entschlossen. Ich hoffte, dass mein Temperament mit seinem mithalten könnte.

Da ich noch ein wenig Zeit totschlagen musste, zog ich mein Notizheft aus der Tasche und brachte einige Zeilen zu Papier, die mir schon den ganzen Morgen im Kopf herumgingen.

*Die Zukunft*
*hat ein Gesicht*
*das sie vorher nicht hatte*
*Potenzial und Hoffnung und Möglichkeiten*
*doch nur*
*wenn die Dunkelheit*
*die stets lauert*
*nicht siegt*

Es war kurz und simpel. Aber ich betrachtete meine Worte und beließ sie, wie sie waren – mit einem zufriedenen Gefühl. Zumindest vorerst. Manchmal brauchte ich Seite um Seite, um meine Gedanken in Worte zu fassen. Bei anderer Gelegenheit genügten bereits wenige Zeilen.

Ich schlug das Notizheft wieder zu und steckte es weg. Das erste, das mir Sebastian gegeben hatte, hatte ich bereits gefüllt, sowie einige weitere. Dieses hier hatte ein dunkelorange-blaues Cover mit Paisleymuster. Es passte super zu meinem Pullover.

Als es Zeit wurde, meine Schicht anzutreten, hängte ich meinen Mantel widerstrebend an einen Haken und ging in den Verkaufsraum. Aber nachdem ich nun schon eine Weile drinnen war, war mir eigentlich gar nicht mehr so kalt.

Joe sah von seinem Buch auf. Er wirkte ein wenig melancholisch. »Wenn hier weiterhin tote Hose ist, kannst du heute früher schließen.«

»Okay«, sagte ich. »Alles in Ordnung?«

Er schlug das Buch zu und legte es auf den Tresen. »Ja, alles bestens. Die Geschäfte laufen nicht so gut. Es gibt immer mal Höhen und Tiefen, aber langsam mache ich mir ein bisschen Sorgen.«

Es überraschte mich nicht, das zu hören – in letzter Zeit war wirklich wenig los gewesen –, allerdings fand ich es schlimm, dass sich Joe deswegen so stresste.

»Also, wenn du meine Stunden reduzieren musst oder dergleichen, lass es mich einfach wissen«, sagte ich.

Er lächelte. »So schlimm ist es dann doch noch nicht. Und wenn es auf die Feiertage zugeht, zieht es für gewöhnlich auch wieder an. Ich habe nur den Eindruck, dass es Jahr für Jahr weniger wird.«

An manchen Tagen hatten wir viele Kunden, aber an anderen fragte ich mich, wie Joe es schaffte, den Laden zu halten. Ich spähte zu dem abgeteilten Bereich auf der anderen Seite des Verkaufsraums. Dort war früher ein kleines Café gewesen, mit einer Theke, wo man Kaffee und Tee hatte kaufen können. »Hast du schon mal darüber nachgedacht, die Café-Theke wieder zu öffnen? Wenn es hier warme Getränke gibt, zieht das vielleicht mehr Leute in den Laden. Insbesondere jetzt, da es wieder kälter wird.«

»Als sie noch offen war, hat es meines Erachtens auch kaum etwas gebracht«, sagte er.

Ich betrachtete mir den Bereich etwas eingehender. »War es damals genauso wie jetzt? Von der Anordnung her meine ich. Gab es Sitzgelegenheiten?«

»Ja, zwei Tische«, antwortete er.

Ich ging auf die abgetrennte Ecke zu und dachte dabei über die derzeitige Platzierung der Bücherregale nach. Hier wurde eine Menge Platz verschwendet. Das Gebäude war ziemlich groß, und Joe hatte seine Auslagen im Raum verteilt. Das wirkte zwar offen und luftig, war jedoch keine effiziente Nutzung der Fläche.

»Was, wenn wir mehr Sitzplätze hätten?«, fragte ich. »Nicht nur zwei nachträglich hingestellte Tische, sondern einen ganzen Sitzbereich. Wenn wir ein bisschen umräumen, ist dafür genug Platz.« Ich deutete auf den hinteren Teil des Ladens. »Und diese ganze Fläche nutzen wir als Lager. Aber könnten wir die Ware nicht auch im Hinterzimmer aufbewahren? Dann hätten wir noch mal beträchtlich mehr Platz.«

»Platz wofür?«

»Für Leute.« Ich hielt einen Moment inne und dachte nach. »Was, wenn das hier nicht bloß eine Buchhandlung wäre? Was, wenn es eher ein … Treffpunkt wäre? Wir müssen uns etwas einfallen lassen, um die Leute dazu zu bringen, dass sie hereinkommen und bei uns einkaufen, anstatt online zu bestellen oder zu einer der großen Ketten zu gehen.«

»Ja, klar«, sagte er. »Dafür haben wir ja die Abteilung mit ortsansässigen Autoren und die Mitarbeiterempfehlungen. Die sind bei den Kunden beliebt.«

»Schon, aber genügt das?«, fragte ich. »Wenn du Sitzplätze hättest, könntest du einige dieser lokalen Autoren hier empfangen. Sie zu einer Lesung einladen. Buchclubs herholen.« Zahllose Möglichkeiten gingen mir durch den Kopf. »Du könntest Open Mic Nights mit Dichtern oder vielleicht sogar akustischer Musik veranstalten. Das ist eine Collegestadt. Die Collegekids lieben so was.«

Er nickte langsam, und sein Blick huschte durch den Raum. »Aber ich hatte nie viel Erfolg damit, die Collegekids hier hereinzulocken.«

»Sie würden kommen, wenn du ihnen einen coolen Treffpunkt bieten würdest«, sagte ich. »Wir müssten nur ein paar Lyrikabende oder etwas in dieser Art organisieren und Flyer auf dem Campus verteilen. Ich wette, dass der Laden dann rammelvoll wäre.«

»Ich müsste jemanden fürs Café einstellen«, sagte er. »Ich habe es schon selbst versucht, aber ich habe keine Ahnung von diesem Geschäftsbereich. Mit Büchern kenne ich mich aus, mit überteuertem Kaffee eher weniger.«

»Okay, aber nehmen wir an, du würdest jemanden einstellen«, fuhr ich fort. »Oder du könntest den Bereich an jemanden untervermieten, der dort sein eigenes Kleinunternehmen betreibt. Was ist mit dem Rest?«

»Ich bin demgegenüber offen«, sagte er. »Allerdings falle ich wegen meinem Knie fürs Umräumen aus. Deswegen habe ich ja auch alles schon so lange gelassen, wie es gerade ist. Die Bücherregale sind für mich zu schwer.«

Ich grinste. »Keine Sorge. In Sachen Muskelkraft weiß ich bereits jemanden.«

Er lachte. »Stimmt, ich habe deinen Freund schon kennengelernt.«

Mich packte kribbelnde Aufregung. »Dann können wir es in Angriff nehmen?«

Er kniff die Augen zusammen, und sein weißer Schnurrbart zuckte.

»Folgender Vorschlag«, sagte ich. »Ich schaue, was ich in Sachen Sitzplätzen ausrichten kann, und gebe dir Bescheid, was es kosten würde. Die Möbel neu zu arrangieren ist kein Problem, dabei können Sebastian und mein Freund Charlie helfen. Und ich lasse mir etwas bezüglich der Veranstaltungen einfallen. Ich halte die Kosten niedrig. Und falls du beim Neustart des Cafés Hilfe brauchst, kann ich das auch übernehmen.«

»Es ist sehr schwer, zu alldem Nein zu sagen«, meinte er.

»Ich glaube, es könnte richtig toll werden«, sagte ich. »Ich behaupte nicht, dass ich genau weiß, was ich tue, aber ich werde mein Bestes geben.«

»Na schön«, sagte er. »Aber ich möchte die neue Ladengestaltung vorher absegnen.«

»Selbstverständlich.«

»Danke, Brooke. Es ist schön, jemanden hierzuhaben, der ein wenig Enthusiasmus mitbringt«, sagte er und lächelte wieder. »Aber jetzt wird es Zeit für mich, nach Hause zu gehen. Wie gesagt, schließ den Laden ruhig früher. Wenn sowieso keine Kunden da sind, musst du auch nicht hier herumsitzen.«

»Mache ich. Danke, Joe.«

Nachdem Joe gegangen war, skizzierte ich in meinem Notizheft einige Ideen für die Umgestaltung. Am späten Nachmittag hatte ich ein paar Kunden, doch danach war nichts mehr los. Also schloss ich den Laden eine Stunde früher und ging nach Hause.

Das Licht auf der Veranda war eingeschaltet, aber als ich eintrat, war es im Wohnzimmer dunkel. Ich fragte mich, wo Olivia sich herumtrieb. Sie war nun bereits seit Wochen hier, und ich wusste nicht genau, wie lange sie zu bleiben beabsichtigte. Anfangs hatte sie zu mir gesagt, sie könne eine Woche bleiben. Doch die Woche war verstrichen, und sie war noch immer hier.

Sie hatte mich gefragt, ob mich das stören würde, aber ich hatte verneint. Es war schön, sie hierzuhaben. Ich hatte den Eindruck, dass es ihr gefiel, aus Phoenix rauszukommen – und nicht bei ihren Eltern zu wohnen. Obwohl sie nette Menschen waren, konnte ich es Olivia nicht verdenken, dass sie nicht mehr mit ihnen zusammenleben wollte. Nachdem sie auf dem College allein gewohnt hatte, hatte das sicher eine große Umstellung bedeutet.

Außerdem hatten wir Spaß zusammen. Da Olivia schon immer ein Hitzkopf gewesen war, gerieten wir durchaus ab und zu aneinander. Doch das waren nur kleine Reibereien, nichts Ernstes. Je länger sie blieb, desto mehr fielen wir in die Vertrautheit von früher zurück. Wir liebten einander wie Schwestern, aber manchmal stritten wir uns eben auch wie Schwestern.

Ich schloss die Tür hinter mir und schaltete das Licht ein. Ich hatte Hunger, wollte allerdings lieber noch auf Sebastian warten. Vielleicht hätte er nachher Lust auf ein Abendessen. Wem machte ich etwas vor? Sebastian hatte immer Lust, etwas zu essen. Ich kannte niemanden, der sich so gesund ernährte wie er, aber er war ein großer Kerl und schien ständig Hunger zu haben.

Ein Rumpeln im Nebenzimmer ließ mich erschrocken zusammenzucken. Vielleicht war Olivia ja doch zu Hause.

»Olivia?«, rief ich.

Weil sie nicht antwortete, holte ich das Handy aus der Tasche, um Seb eine Nachricht zu schreiben.

Da hörte ich wieder ein Geräusch und hielt im Tippen inne. War das ein Stöhnen? Es klang wie die Stimme einer Frau. Ich schüttelte grinsend den Kopf. Vielleicht machte Olivia sich ein paar schöne Stunden allein.

Noch mehr Geräusche und eine andere Stimme. Eindeutig nicht Olivias. Es klang nach einer Männerstimme. Schaute sie sich einen Porno an? Ich tippte schulterzuckend die Nachricht zu Ende. Wenn sie gleich herauskam, würde ich sie gehörig aufziehen.

Dann setzte sich das Geräusch fort – ein rhythmisches Klopfen. Als würden zwei Gegenstände aufeinanderprallen. Oder eher, als würde … ein Bett gegen die Wand stoßen.

Ach du Scheiße.

Entweder schaute sie wirklich einen Porno und legte sich mit sich selbst ordentlich ins Zeug, oder aber es war jemand bei ihr.

Das Stöhnen wurde lauter. Zwei Stimmen. Langsam wurde es peinlich. Ich überlegte, ob ich wieder gehen sollte. Sie hatte offensichtlich noch nicht gemerkt, dass ich zu Hause war. Hätte sie es mitbekommen, hätte sie sich sicher zumindest etwas bemüht, leiser zu sein. Doch stattdessen wurden die beiden immer lauter. Mit wem war sie zusammen?

Das Schlimmste war, dass es mich irgendwie anmachte. O Gott, das würde ich ihr niemals verraten. Aber andere dabei zu belauschen, wie sie eindeutig phantastischen Sex hatten, war erregend. Verflixt, mein Höschen wurde schon ganz feucht.

Wenigstens würde Sebastian bald vorbeikommen. Allerdings wäre es vielleicht besser, vorzuschlagen, die Nacht bei ihm zu verbringen. Dort hatten wir etwas mehr Privatsphäre, denn die Schlafzimmer lagen im ersten Stock und nicht, wie hier, direkt neben dem Wohnzimmer.

Da Sebastian noch nicht geantwortet hatte, rollte ich mich in der Sofaecke zusammen und wartete darauf, dass sie zum Ende kamen. Und wie sie kamen! Entweder erlebten sie einen intensiven, simultanen Orgasmus, oder Olivia täuschte ihn mit voller Inbrunst vor.

Ich spielte ein bisschen mit dem Handy herum, suchte nach Ideen für die Möblierung des Cafés. Ich freute mich so darauf, loszulegen. Noch nie hatte ich einen Job gehabt, der mir wichtig gewesen war, und ich wollte wirklich, dass Booklovers Corner Erfolg hatte. Wenn der Laden schließen müsste, wäre das wirklich traurig – und nicht bloß, weil ich mir dann eine neue Stelle suchen müsste. Es war ein tolles Geschäft mit so viel Potenzial. Es brauchte nur einen kleinen Anschub.

Olivias Zimmertür öffnete sich, und eine imposante Gestalt kam heraus. Groß. Muskelbepackt. Für den Bruchteil einer Sekunde meinte ich, es wäre Sebastian, und mir lief ein eiskalter Schauer über den Rücken. Doch dann trat er weiter ins Licht.

O mein Gott, ich hätte es wissen müssen. Charlie. Natürlich war es Charlie.

Er blieb wie angewurzelt vor der Badezimmertür stehen und sah mich an. Er trug nur enge Boxershorts und hatte das Shirt über beide Handgelenke gezogen, als wäre er im Begriff gewesen, hineinzuschlüpfen.

»Oh, hey, Brooke«, sagte er. »Du, äh … Du bist hier.«

»Ja«, entgegnete ich.

Olivia kam kichernd aus ihrem Zimmer gestolpert. Sie trug ein tailliertes T-Shirt, das jedoch nicht lang genug war, um ihre pinkfarbene Unterwäsche zu verdecken. Sie schlang die Arme von hinten um Charlie, bevor ihr aufzufallen schien, dass er irgendwo hinstarrte. Dann fiel ihr Blick auf mich, und sie machte große Augen.

»O Gott«, sagte sie. »Du solltest doch eigentlich bei der Arbeit sein.«

»Tut mir leid«, erwiderte ich. »Ich bin früher nach Hause gekommen.«

»Wie lange bist du schon hier?«, wollte sie wissen.

»Lange genug«, sagte ich augenzwinkernd.

Sie stöhnte. »Na super.«

Charlie zog sich bloß lachend das Shirt über den Kopf und sah mich an. »Wie war die Arbeit?«

»Ähm, ganz gut«, antwortete ich. »Aber vielleicht solltest du dir eine Hose anziehen.«

Er blickte auf seine muskulösen Beine hinunter und zuckte mit den Schultern.

»Mist, ich habe ja auch keine Hose an«, stellte Olivia fest. »Charlie, komm hier rein.«

Er folgte Olivia grinsend zurück ins Schlafzimmer.

Ein paar Minuten später kehrten sie vollständig angezogen zurück. Ich täuschte vor, in mein Handy vertieft zu sein, während sie sich verabschiedeten. Und sich zum Abschied küssten. Das dauerte eine ganze Weile.

Schließlich ging Charlie, und Olivia machte die Haustür zu. Dann kam sie zu mir und setzte sich auf die Couch. Ihre Wangen waren gerötet und ihr Blick verträumt.

»Charlie also?«, fragte ich. »Ist das gerade erst passiert?«

Sie biss sich auf die Lippen. »Äh, nein, nicht direkt.«

»Was?«, fragte ich. »Seit wann läuft das schon?«

»Also …«, sagte sie gedehnt und krauste die Nase. »Eigentlich seit der ersten Nacht, als ich hier eingetroffen bin.«

Mir blieb der Mund offen stehen. »Was? Du hast mit Charlie gleich in der ersten Nacht geschlafen?«

»Ja, ich weiß«, sagte sie. »Das war verrückt. Wir sind zusammen zum Essen gegangen, damit du und Seb reden konntet.

Aber dann haben plötzlich *wir beide* stundenlang geredet. Wir gingen erst wieder, als das Restaurant geschlossen hat. Als wir zurückkamen, warst du noch in Sebastians Zimmer. Da ich keinen Schlüssel für dein Haus hatte, hat Charlie mich eingeladen, noch zu bleiben. Na ja, und dann ist es eben passiert.«

»Warum hast du mir nichts davon erzählt?«

Sie seufzte. »Ich war kurz davor, habe mich aber irgendwie unwohl gefühlt. Als könntest du sauer werden, weil ich ihn ja gerade erst kennengelernt hatte und er außerdem ein Freund von dir ist. Keine Ahnung, das klingt wahrscheinlich unlogisch. Und anfangs wusste ich auch nicht, ob überhaupt etwas daraus werden würde. Aber dann fingen wir an, uns Nachrichten zu schicken und uns zu unterhalten. Und wir haben uns noch einmal getroffen, und dann, na ja …«

»Wow«, staunte ich. »Ich bin nicht sauer. Nur überrascht. Entweder habt ihr beiden euch in den vergangenen Wochen ziemlich gut versteckt, oder ich war unaufmerksam.«

»Vor allem Letzteres«, sagte sie. »Du warst sehr mit Sebastian beschäftigt.«

»Ja, ich schätze, das stimmt«, entgegnete ich. »Und, was ist das mit euch beiden? Habt ihr nur Spaß?«

Sie schüttelte den Kopf. »Nein, und das ist das Verrückte daran. Ich glaube nicht, dass es so ist. Anfangs war ich mir nicht sicher, was zwischen uns ist. Deswegen habe ich dir auch nichts davon erzählt. Es war dieser irrsinnige Taumel der Gefühle, wie in einem Film oder so. Brooke, er ist … gut. phantastisch. Ich mag ihn wirklich, wirklich gern. Und dabei geht es mir nicht bloß um Sex. Obwohl der Sex, o mein Gott, echt unglaublich ist.«

»Ja, das habe ich auch mitbekommen.«

»Betrachte es als Wiedergutmachung für die vielen Male, als ich dir und Seb zuhören musste.«

Ich verzog das Gesicht. »Touché.«

»Nicht schlimm«, meinte sie. »Meine Mitbewohnerin auf dem College hat es mit ihrem Freund unter der Bettdecke getrieben, während ich noch im Zimmer war. Das härtet mit der Zeit ab.«

»Igitt«, entfuhr es mir. »Deswegen hast du also die Rückkehr nach Phoenix vor dir hergeschoben.«

»Im Grunde schon«, sagte sie. »Darf ich dir etwas anvertrauen, weswegen du mich wahrscheinlich für durchgeknallt halten wirst?«

»Klar …«

Sie biss sich wieder auf die Lippen. »Charlie möchte nicht, dass ich wieder zurückgehe, und … Ich denke, ich werde bleiben.«

»Warum befürchtest du, ich könnte dich für durchgeknallt halten?«

»Nun ja, weil ich ihn gerade erst kennengelernt habe und bereits in Betracht ziehe, mein altes Leben aufzugeben und ganz woanders neu anzufangen.«

»Also, dir ist schon klar, mit wem du hier gerade redest, oder?«, fragte ich. »Ich saß neben Sebastian im Auto, nachdem ich ihn weniger als vierundzwanzig Stunden kannte.«

»Da ist was dran«, sagte sie. »Ich weiß, warum ich dich gernhabe. Im Vergleich zu dir wirke ich viel weniger verrückt. Ich werde dieses Argument auf jeden Fall anführen, wenn ich meiner Mutter davon erzähle.«

Ich lachte. »Ich glaube nicht, dass *Aber Brooke hat es auch so gemacht* ein gutes Argument ist.«

»Du hast doch gerade selbst gesagt, dass du *noch schlimmer* bist.« Sie lächelte und zog die Beine auf die Couch hoch. »Was haben diese Jungs aus Iowa nur, das uns dazu bringt, die Koffer zu packen und unser Leben über den Haufen zu werfen?«

»Ich weiß es nicht, aber sie sind sehr überzeugend.«

»Bist du bestimmt nicht sauer?«, fragte sie. »Noch nicht mal, weil ich dir zuerst nichts erzählt habe? Wir wollten es dir sagen. Wir haben sogar heute darüber gesprochen. Er hat auch Sebastian noch nichts gesagt.«

»Nein, ich bin nicht sauer«, versicherte ich ihr. »Ihr beiden gehört zu meinen Lieblingsmenschen. Das ist großartig.«

»Danke«, sagte sie. »Ich schiebe dich noch immer bei meinen Eltern als Ausrede dafür vor, dass ich noch nicht wieder zurück nach Hause gekommen bin, aber ich werde ihnen bald die Wahrheit beichten müssen. Ich hatte gehofft, vielleicht vorher noch einen Job zu finden. Um den Schock ein wenig abzumildern und damit es nicht ganz so sehr danach klingt, als würde ich aus Dummheit für einen Mann, den ich gerade mal einen Monat kenne, umziehen.«

Ich keuchte auf, denn es fühlte sich an, als würde unvermittelt über meinem Kopf eine Glühbirne aufleuchten. »O mein Gott, Olivia. Du hast doch einen Abschluss in Betriebswirtschaftslehre, oder?«

»Ja, mit Schwerpunkt Neue Medien. Warum?«

»Und du hast in einem Café gearbeitet?«

Sie nickte. »Während der gesamten Collegezeit.«

»Hör zu«, sagte ich. »In der Buchhandlung gibt es einen Café-Bereich, aber der ist schon seit einer Weile geschlossen. Er ist nicht groß, ich glaube, dort gab es früher Tee und Kaffee und vielleicht eine kleine Vitrine mit Muffins oder so. Allerdings versuche ich Joe gerade zu überreden, ihn wieder zu öffnen und um einige Sitzplätze zu erweitern. Kleine Events, wie Lesungen und Open Mic Nights oder dergleichen zu veranstalten. Er ist interessiert, aber er braucht jemanden, der sich um das Café kümmert. Was, wenn …«

Noch während ich sprach, wurden ihre Augen immer größer. »Brooke, das könnte ich übernehmen.«

Ich setzte mich aufrecht hin. »Und bei deinem letzten Job warst du doch auch für den kompletten Social-Media-Bereich verantwortlich, oder? Joe ist, was das angeht, ein hoffnungsloser Fall. Er versucht noch immer so zu tun, als existiere das Internet nicht. Du könntest mit ihm in diesem Bereich zusammenarbeiten. Ich bin mir sicher, dass es uns dabei helfen würde, Werbung für den Laden und die Veranstaltungen und so zu machen.«

»Ich bin gerade kurz vorm Durchdrehen«, sagte sie aufgeregt. »Könnte das tatsächlich klappen?«

»Ich müsste mit Joe reden«, antwortete ich. »Aber ich denke schon.«

»Ach, Brooke, das wäre großartig«, freute sie sich. »Die Buchhandlung ist so süß, aber du hast recht. Sie braucht einen Sitzbereich. Und vielleicht ein bisschen coole Kunst. Oh, und eine bessere Beleuchtung. Weißt du, was toll wäre? Ich habe in einem Geschäft in der Stadt solche Lampen in Sternform gesehen. Es gab sie in verschiedenen Farben und Mustern, und sie waren nicht teuer.«

»Das ist perfekt«, sagte ich. Mein Telefon pingte, und ich nahm es zur Hand. »Wenn ich Joe morgen bei der Arbeit sehe, frage ich ihn. Er wird bestimmt erleichtert sein, dass er nicht erst nach jemandem suchen muss.«

*Sebastian: Bin unterwegs.*

Ich betrachtete lächelnd das Display.

»Weißt du, du hast wirklich ein total hübsches Lächeln«, bemerkte Olivia.

»Danke«, sagte ich. »Aber wie kommst du jetzt darauf?«

»In letzter Zeit wirkst du einfach sehr glücklich«, meinte sie. »Ich hatte irgendwie vergessen, wie die glückliche Brooke aussieht.«

Ich senkte das Handy. Offensichtlich wusste Olivia, was zwischen mir und Sebastian passiert war. Wir hatten unsere frische Beziehung nicht vor ihr oder Charlie geheim gehalten. Doch abgesehen von gelegentlichen Bemerkungen hier und da fiel es mir schwer, mit ihr darüber zu sprechen. Liam war ihr Bruder gewesen. Ich war mir nicht sicher, ob sie es als illoyal empfinden würde, wenn ich mit jemand anderem zusammen war.

Obwohl in Wahrheit eigentlich *ich* diejenige war, die befürchtete, dass ich mich illoyal verhielt.

»Stört es dich, dass ich mit Sebastian zusammen bin?«, fragte ich.

»Nein. Wie gesagt, es freut mich, dich so glücklich zu sehen.«

»Schon, aber …« Ich senkte wieder den Blick und wusste nicht recht, wie ich mich ausdrücken sollte. »Weißt du, wenn die Dinge anders lägen –«

»Ich verstehe schon«, sagte sie. »Aber die Dinge liegen nicht anders. Wir haben ihn verloren. Das bedeutet nicht, dass du für immer allein bleiben musst. Es ist in Ordnung, weiterzuleben. Das solltest du sogar. Es ist gesund.«

Ich strich mir das Haar hinters Ohr und nickte. »Ich weiß nicht genau, wie ich mir das vorstellen soll, was mit uns nach dem Tod passiert. Aber manchmal frage ich mich, ob er mich sehen kann. Verstehst du? Manchmal kann ich ihn beinahe spüren. Als wäre er in gewisser Weise noch hier. Vielleicht bilde ich mir das aber auch nur ein.«

»Nein, so geht es mir auch«, sagte sie. »Nicht immer. Aber hin und wieder muss ich urplötzlich an ihn denken. Ich frage mich dann immer, ob das seine Art ist, uns mitzuteilen, dass er noch da ist.«

Plötzlich wurde ich von Gefühlen überwältigt, und ich musste die Tränen wegblinzeln. »Aber wenn er mich sehen kann, was muss er dann über mich denken? Es ist eine Sache, mein Leben weiterzuleben. Aber, Olivia, Sebastian ist nicht einfach nur irgendein Mann. Er hat …«

»Liams Herz«, sagte sie sanft. »Ich weiß. Ich muss zugeben, dass das schon ein wenig merkwürdig ist. Und vielleicht, wenn man sehr genau darüber nachdenkt, auch ein bisschen makaber. Aber es ist nicht zu übersehen, dass du ihn sehr gernhast.«

Ich nickte. »Ich habe Liam geliebt. Das weißt du. Aber das hier ist anders. Ich weiß nicht, ob ich es erklären kann. Liam war zum Wohlfühlen. Wie eine kuschlige Decke. Aber Sebastian ist …«

»Wie ein Feuerwerk?«

»Ja, ganz genau«, sagte ich. »Mit ihm ist alles noch viel intensiver. Ich wusste nicht, dass es so sein kann.«

Sie lächelte. »Dann lass die Schuldgefühle los. Sebastian tut dir gut. Gestatte dir, glücklich zu sein.«

Wie aufs Stichwort klopfte er an die Tür. Ich stand auf, um ihn reinzulassen, und spürte in meinen Bauch wieder dieses wohlige Gefühl, das immer kam, wenn ich in seiner Nähe war. Prickelnde, kribbelnde Freude, gemischt mit Erregung. Mein

Körper, der auf seine Ausstrahlung reagierte. Ich öffnete ihm die Tür, und sein Lächeln wärmte mich wie die Sonne.

»Hey«, sagte ich.

»Hi, meine Schöne.«

Er strich mir das Haar aus dem Gesicht und küsste mich. Und daran war nichts auszusetzen.

## KAPITEL 28

# Sebastian

Ich stellte den Wagen vor dem Haus meiner Eltern ab und sah zu Brooke hinüber. Sie trug einen Mantel über ihrem schulterfreien dunkelblauen Kleid. Es hatte weite Ärmel und einen braunen Ledergürtel, und dazu hatte sie die kniehohen Stiefel angezogen, die mir so gut gefielen. Ihre langen Haare fielen ihr offen über die Schultern, und sie hatte die Halskette um, die ich ihr neulich gekauft hatte – eine silberne Kette mit einem Maiskolben-Anhänger, der für Iowa stand.

Sie strich ihr Kleid zurecht. »Bist du sicher, dass das okay ist?«

Ich betrachtete sie lächelnd von oben bis unten und labte mich ungeniert an ihrem Anblick. »Du siehst wunderschön aus.«

»Vielleicht hätte ich doch das lange anziehen sollen«, meinte sie. »Ist dieses sicher nicht zu kurz?«

»Mir gefällt es«, sagte ich und betrachtete ihre Beine. Nachher wollte ich sie unbedingt in diesen Stiefeln vögeln. »Es ist nicht zu kurz.«

»Okay.«

Ich beugte mich zu ihr und küsste sie. »Du schaffst das. Meine Eltern beißen nicht.«

»Nehmt euch ein Zimmer«, maulte Charlie auf dem Rücksitz.

Ich warf ihm im Rückspiegel einen bösen Blick zu.

Das sagte ausgerechnet derjenige, der den Großteil der fast zweistündigen Autofahrt damit zugebracht hatte, auf dem Rücksitz mit seiner Freundin zu knutschen. Die beiden benahmen sich wie Teenager.

Meine Eltern hatten mich gebeten, heute zu ihnen zum Abendessen zu kommen. Wir hatten uns schon eine Weile nicht mehr gesehen. Charlie hatte sich selbst eingeladen – was normal war. Meistens kam er mit, wenn ich meine Eltern besuchte. Meine Mutter war eine vorzügliche Köchin, und sie kochte immer genug, um eine ganze Armee zu verköstigen. Und wenn Charlie mitkam, musste auch Olivia dabei sein – die beiden trennten sich nur, wenn es nicht anders ging.

Und es war das erste Mal, dass ich Brooke meinen Eltern vorstellte.

Bevor wir ein Paar geworden waren, hatte ich sie mehrmals eingeladen, Charlie und mich nach Waverly zu begleiten, aber es hatte nie geklappt. Ich wusste, dass meine Mutter Brooke gegenüber misstrauisch war – man musste fairerweise zugeben, dass sie sich unter etwas fragwürdigen Umständen kennengelernt hatten –, doch nun konnte ich es kaum erwarten, sie meiner Familie zu präsentieren. Meine Eltern wussten, dass wir zusammen waren, offiziell einander vorgestellt hatte ich sie allerdings noch nicht. Das war ein großer Schritt, aber auch ein guter.

Ich drückte einen Kuss auf Brookes Handrücken. »Bereit?«
»Ich denke schon.«
Wir stiegen alle aus, und ich nahm Brookes Hand.
»Wow, hier bist du aufgewachsen?«
»Ja«, sagte ich. »Wieso? Hattest du es dir anders vorgestellt?«
»Sehr. Du hast von *einer Kleinstadt in Iowa* gesprochen. Da

dachte ich an ein altmodisches Farmhaus und nicht an eine richtige Villa.«

Ich betrachtete das Haus meiner Eltern. Es war schön, aber keine Villa. Es verfügte über eine Garage mit vier Stellplätzen – mein Vater war ein Autonarr – und eine Veranda, deren Dach von weißen Säulen getragen wurde. Die Fassade war eine Kombination aus Holz und Backsteinen, und die meisten Fenster waren hell erleuchtet.

»So groß ist es auch wieder nicht«, wandte ich ein.

Brooke drückte nur meine Hand.

Ich öffnete die Haustür – ohne mir die Mühe zu machen zu klopfen – und führte alle ins Haus. Brooke blieb im Eingangsbereich stehen und sah sich um.

»Hey, Mom«, rief ich. Ich hörte Geräusche aus der Küche, und Essensduft lag in der Luft, von dem mir sofort der Magen knurrte. »Hier riecht es aber gut.«

Ich half Brooke gerade aus dem Mantel, als jemand den Flur entlangkam. Doch als ich aufsah, stand dort nicht meine Mutter. Sondern Cami.

Charlie begann hinter mir zu husten. Ich stierte Cami an. Sie sah genau so aus, wie ich sie in Erinnerung hatte – wellige blonde Haare, eine hellrosa Strickjacke, geblümter Rock, hohe Schuhe. Aber was suchte sie hier?

»Hi, Sebastian«, sagte sie zögerlich, während sie uns vier musterte.

Brooke sah zuerst mich an, dann Cami. Instinktiv legte ich den Arm um sie und zog sie an mich.

»Hi«, erwiderte ich stirnrunzelnd und sah gleich darauf zu meiner Erleichterung, dass meine Mutter durch den Flur kam. *Ich hoffe, sie hat eine gute Erklärung dafür parat.*

»Herzlich willkommen«, sagte Mom, doch als ihr Blick auf Brooke fiel, schwand ihr Lächeln. »Oh. Ich wusste nicht, dass du … noch jemanden mitbringst.«

»Ich habe dir geschrieben, Mom«, sagte ich. »Hast du schon wieder vergessen, auf dein Handy zu schauen?«

»Sieht ganz so aus«, antwortete sie.

Diese Situation war peinlich hoch zehn. Camis Wangen röteten sich, und es kostete sie offensichtlich große Mühe, Brooke nicht anzustarren. Charlie hörte endlich auf zu husten, während Olivia ihm auf den Rücken klopfte und sich leise erkundigte, ob es ihm gut ginge. Ich behielt den Arm um Brooke, die Hand auf ihrer nackten Schulter.

Noch nie zuvor hatte ich mich in meinem Elternhaus so gefühlt. Defensiv, als müsse ich mein Territorium verteidigen. All meine Instinkte waren alarmiert. Dieser Ort war immer mein Zuhause gewesen, doch heute Abend fühlte es sich an wie eine Falle.

Ich beschloss, die unerklärliche Anwesenheit meiner Ex-Freundin zumindest vorerst zu ignorieren. »Mom, das ist Brooke. Du hast sie schon einmal kennengelernt, aber das ist eine Weile her. Und das ist Olivia Harper.«

Meine Mutter blinzelte überrascht, als sie den Namen *Harper* hörte, entsann sich jedoch rasch wieder ihrer guten Manieren. »Schön, dass ihr beide da seid. Hi, Charlie.«

»Hi, Mrs. McKinney«, erwiderte Charlie. »Ähm, hi, Cami.«

Cami bedachte ihn mit einem zurückhaltenden Lächeln.

»Also, dann machen wir uns einen netten Abend«, sagte Mom. »Ich lege noch ein paar Gedecke auf. Es gibt ja mehr als genug Essen für alle.«

Meine Mutter kehrte in die Küche zurück. Cami blieb ihr

dicht auf den Fersen. Charlie wechselte einen *Was soll das denn?*-Blick mit mir. Ich zuckte nur mit den Schultern. Ich wusste nicht, was hier los war. Während er mit Olivia in die Küche ging, hielt ich Brooke zurück.

»Das alles tut mir sehr leid«, sagte ich mit gesenkter Stimme. »Cami ist ... Also, sie ist meine Ex-Freundin.«

»Ja, das dachte ich mir.«

»Ich habe keine Ahnung, warum sie hier ist«, versicherte ich ihr. »Meine Mutter ist mit ihrer Mutter befreundet, aber ich dachte, sie wohnt in Chicago oder so. Ich habe sie seit Jahren nicht mehr gesehen.«

»Du kennst sie also von ... früher?«, fragte Brooke.

Ich nickte. »Von der Highschool. Bis Anfang der Collegezeit. Sobald ich kann, knöpfe ich mir meine Mutter alleine vor und frage sie, was das zu bedeuten hat. Aber wenn du lieber gehen möchtest ...«

Brooke legte ihre Hand auf meine Brust. »Nein, wir müssen nicht gehen. Ist schon in Ordnung.« Sie warf einen Blick in Richtung der Küche. »Ich hoffe bloß, dass Olivia nicht alles noch schlimmer macht. Darin ist sie wirklich gut.«

»Ja, das verspricht interessant zu werden.« Ich berührte ihr Kinn, drückte es nach oben und küsste zärtlich ihre Lippen. Ich meinte, im Augenwinkel Cami zu sehen, die uns aus dem Nebenzimmer beobachtete, doch als ich aufsah, war sie nicht da.

Ich führte Brooke in die Küche, wo alle anderen bereits herumstanden. Mein Vater kam aus seinem Arbeitszimmer und sah beim Anblick von Brooke und Olivia noch überraschter aus als meine Mutter. Er warf meiner Mutter einen Seitenblick zu – in dem eindeutig ein *Ich habe es dir gleich gesagt!* lag – und begrüßte die beiden höflich.

Herrje, das würde das schrägste Abendessen aller Zeiten werden!

Mom bat Cami, ihr beim Weinausschenken zu helfen, und mir entging nicht, dass sie genau zu wissen schien, wo sie alles Nötige finden konnte. Brooke und ich lehnten beide den Wein ab.

»O mein Gott, Seb, sieh dich doch nur an«, sagte Olivia. Sie stand draußen im Flur vor der Küche vor der Wand mit den alten Bildern aus meiner Zeit als Ringer. »Du siehst ohne den Bart total anders aus.«

»Ja.« Ich wünschte, meine Eltern würden diesen ganzen Mist abhängen. »Diese Fotos zeigen auch praktisch einen komplett anderen Menschen.«

»Das bist noch immer du«, widersprach meine Mutter lächelnd. »Du bist noch immer derselbe.«

Sie das sagen zu hören, gefiel mir nicht, doch ich wusste nicht genau, warum. Brooke schob die Hand in meine und drückte sie. Als ich zu ihr blickte, schenkte sie mir ein aufmunterndes Lächeln. Fast schien es, als würde sie verstehen, was in mir vorging, obwohl ich selbst es nicht tat.

»Mit diesem Milchgesicht erkenne ich dich kaum wieder«, meinte Olivia. Sie wandte sich an Charlie. »Hast du auch so jung ausgesehen, als du noch Ringer warst?«

Charlie ließ immer nur für ein paar Tage die Stoppeln stehen, anstatt sich einen dichten Bart wachsen zu lassen wie ich. Doch als wir noch gerungen hatten, hatten wir uns stets glatt rasieren müssen. Er rieb sich übers Kinn. »Ja, aber ich bin deutlich attraktiver.«

»Das hättest du wohl gern«, witzelte ich.

Cami half meiner Mutter dabei, das Essen zum Tisch zu

bringen. Dann setzten wir uns alle, gaben es herum und füllten unsere Teller. In der Luft lag eine derartige Spannung, dass es mich wunderte, dass wir sie überhaupt noch atmen konnten.

Meine Mutter gab sich gelassen, aber jedes Mal, wenn sie mich ansah, vertieften sich die Sorgenfalten auf ihrer Stirn. Mein Dad war entweder ahnungslos oder hatte beschlossen, die beklommene Stimmung zu ignorieren. Charlie grinste mir amüsiert zu. Er genoss unübersehbar mein Unbehagen. Ich hatte nicht übel Lust, ihm eine zu verpassen.

Brooke schwieg. Ich legte ihr beruhigend eine Hand aufs Bein.

»Das schmeckt wirklich gut, Mrs. McKinney«, sagte Olivia. »Vielen Dank.«

Mom lächelte. »Gern geschehen.«

Mein Vater räusperte sich. »Sebastian, wie läuft das neue Semester?«

»Gut«, antwortete ich. »Ich hänge mich voll rein.«

»Dann müsstest du ja bald fertig sein«, meinte er. »Hast du deinen Abschluss in Betriebswirtschaftslehre jetzt schon fast in der Tasche?«

»Noch nicht ganz«, entgegnete ich. Seit zwei Jahren ging ich wieder auf die Uni. Mit den Scheinen, die ich in den anderthalb Jahren auf der U of I gemacht hatte, hätte ich mit dem Studium eigentlich so gut wie fertig sein müssen. Doch ich hatte noch einige zusätzliche Mathe-Kurse belegt, die ich für mein Hauptfach eigentlich nicht brauchte. Und ich war mir, was den Abschluss in Betriebswirtschaftslehre anging, auch gar nicht mehr so sicher, ob er das Richtige wäre. Aber darüber hatte ich noch mit niemandem gesprochen – vor allem nicht mit meinen Eltern.

»Na, dann beeile dich, mein Sohn«, sagte Dad. »Ich brauche dich in den Autohäusern. Sobald du mit der Uni fertig bist, gehört der Posten als stellvertretender Geschäftsführer dir.«

»Ein Familienunternehmen«, sagte Olivia. »Schön. Brooke und du, habt ihr vor, hierherzuziehen?«

Die Anspannung im Raum steigerte sich noch weiter, doch entweder bekam Olivia nichts davon mit, oder sie hatte absichtlich *Brooke und du* gesagt. Charlie unterdrückte ein Kichern, während Olivia mich unschuldig lächelnd ansah. Das war eindeutig Absicht gewesen.

»Ich weiß es nicht genau«, erwiderte ich. »Darüber haben wir noch nicht so richtig gesprochen.«

»Selbstverständlich tut er das«, sagte Dad und gedachte offensichtlich, den *Brooke und du*-Teil ihrer Bemerkung zu ignorieren. »So war es doch schon immer geplant. Waverly ist dein Zuhause.«

Ich hob nur die Schultern. Ich wollte nicht über dieses Thema reden.

»Nun, Cami, hast du dich bereits wieder in der Stadt eingelebt?«, erkundigte sich Mom und schenkte Cami ein freundliches Lächeln.

»Ich bin wirklich froh, wieder hier zu sein«, antwortete Cami. »In Chicago war auch einiges toll, aber mir ist klar geworden, dass das Leben in der Großstadt nichts für mich ist.«

»Nein, dein Herz schlägt für Waverly«, sagte Mom. »Du bist genau da, wo du hingehörst.«

Cami nickte, und ihr Blick fiel auf mich. »Ich finde, wenn man älter wird, lernt man mehr darüber, was man eigentlich in seinem Leben will, und das ist manchmal etwas anderes, als man früher wollte.«

»Sehr richtig«, pflichtete Mom ihr bei. »Es ist vollkommen normal, solange man noch jung ist, ein wenig zu experimentieren. Vielleicht aufs College zu gehen oder woanders zu leben. Neue Freunde zu finden. Aber wenn man es zulässt, bringt einen das Zuhause immer wieder zurück – zurück zu den Menschen, für die man bestimmt ist.«

Herrgott nochmal, das war so lächerlich! Meine Mom konnte doch nicht ernsthaft Cami eingeladen haben, um uns wieder zusammenzubringen? Aber die Art, wie sie ständig Cami und mich ansah – und Brooke ignorierte –, machte es ziemlich offensichtlich, dass sie genau diese Absicht verfolgte.

Ich drückte unter dem Tisch Brookes Oberschenkel, bevor ich mir den halb leeren Brotkorb nahm und aufstand. »Ich glaube, wir brauchen noch mehr Brot. Mom, kommst du bitte mit und hilfst mir?«

Sie öffnete den Mund, als wolle sie entgegnen, dass der Korb noch nicht leer sei, doch ich sah sie streng an. Daraufhin setzte sie wieder ein Lächeln auf, legte die Serviette beiseite und erhob sich ebenfalls.

Ich stakste in die Küche, pfefferte den Korb auf die Arbeitsfläche und führte sie in Dads Arbeitszimmer. Ich wollte nicht, dass alle am Tisch mithörten.

»Was ist hier los?«, fragte ich mit gesenkter Stimme. »Warum ist sie hier?«

»Cami?«, fragte Mom. »Sie ist kürzlich zurück nach Waverly gezogen. Ich dachte mir, es wäre nett, wenn wir uns alle wiedersehen würden.«

»Hast du vergessen, was sie getan hat?«, fragte ich. »Ich weiß, dass du mit ihrer Mutter befreundet bist und kein schlechtes Wort über sie verlieren willst. Aber sie hat mich verlassen, als ich sie dringend gebraucht hätte. Stört dich das denn gar nicht?«

»Das war für alle eine schwierige Zeit«, sagte sie. »Und Menschen werden älter und reifer. Sie verändern sich.«

»Dann soll ich also einfach darüber hinwegsehen, dass sie mich im Stich gelassen hat, als es schwierig wurde, weil sie damit nicht zurechtgekommen ist?«

»Sie war noch jung«, entgegnete Mom.

»Ich kann nicht fassen, dass du sie in Schutz nimmst«, sagte ich. »Ausgerechnet du. Ich lag damals im Sterben, Mom. Wären sie die Richtige gewesen, wäre sie geblieben.«

Mom atmete tief durch. »Ich weiß, Schatz. Ich war auch lange Zeit wütend auf Cami. Das hat meine Freundschaft mit ihrer Mutter sehr belastet. Aber neulich ist sie zu mir gekommen, und wir haben sehr lange geredet. Sie bereut zutiefst, was sie getan hat, und sie wünscht sich eine Chance, sich bei dir zu entschuldigen.«

»Ich bin nicht wütend auf Cami«, widersprach ich. »Und es ist nett, dass sie sich entschuldigen möchte. Das ist in Ordnung, und ich hege auch keinen Groll gegen sie. Ich bin über sie hinweg. Aber wenn du glaubst, dass wir durch dieses große Wiedersehen, das du inszeniert hast, wieder zusammenkommen, kannst du dir das gleich aus dem Kopf schlagen.«

»Also –«

»Mom«, fiel ich ihr ins Wort, »meine *Freundin* sitzt ihr am Tisch gegenüber. Ich habe Brooke nicht als hübsches Anhängsel mitgebracht. Habe ich, seitdem es mir wieder besser geht, schon jemals eine Frau mitgebracht? Nein, keine einzige. Weil es mir mit keiner ernst war. Mit Brooke aber schon. Ich liebe sie, und daran solltest du dich lieber gewöhnen, denn wenn es nach mir geht, wird sie für sehr lange Zeit an meiner Seite sein.«

»Schätzchen«, sagte sie in einem beschwichtigenden Tonfall, der mir auf die Nerven ging, »ich kann nachvollziehen, weshalb du dich für Brooke interessierst. Du findest sie bestimmt sehr aufregend. Aber sie ist nicht die Art von Frau, die man heiratet und mit der man eine Familie gründet.«

Ich starrte sie sprachlos an und traute meinen Ohren nicht. »Hast du das gerade wirklich zu mir gesagt?«

»Sebastian, du hast viel durchgemacht«, fuhr sie fort. »Aber deine Krankheit liegt nun hinter uns. Es ist wieder Normalität eingekehrt. Du kannst die Universität beenden und wieder nach Hause ziehen, um mit deinem Vater zusammenzuarbeiten. Brooke ist sicher sehr nett, aber ich bezweifle, dass sie in deine Lebensplanung passt.«

Noch nie zuvor war ich so wütend auf meine Mutter gewesen. Meine Rückenmuskeln spannten sich an, und ich ballte die Hände zu Fäusten. Ich musste hier raus, bevor ich noch etwas sagte, was ich anschließend bereuen würde. »Mom, ich hab dich lieb, aber ich gehe jetzt.«

»Sebastian …«

Sie wollte noch mehr sagen, doch ich war schon wieder auf dem Weg zurück ins Esszimmer. Alle sahen von ihren Tellern auf und starrten mich beunruhigt an. Außer Charlie. Er grinste noch immer besserwisserisch.

»Gehen wir.«

Charlies Miene wurde ernst, und er nickte, erhob sich und berührte Olivia auffordernd am Ellenbogen. Brooke biss sich auf die Lippen und runzelte besorgt die Stirn, aber sie stand auf und folgte mir zur Haustür.

»Sebastian, wo willst du hin?«, rief mir Dad vom Tisch nach. Ich antwortete nicht. Ich würde nicht zulassen, dass sie meine

Freundin derart respektlos behandelten. In der Sekunde, als ich Cami gesehen hatte, hätte ich bereits umdrehen und gehen sollen. Diesen Fehler hatte ich mir zuzuschreiben, und später, wenn ich mich wieder abgeregt hatte, würde ich mich dafür bei Brooke entschuldigen. Doch im Moment musste ich uns verdammt nochmal hier rausholen.

Wir stiegen in mein Auto, und ich fuhr auf die Straße. Dabei umklammerte ich das Lenkrad und knirschte mit den Zähnen. Zorn floss wie flüssiges Silber durch meine Adern.

»Es tut mir leid«, sagte ich.

Charlie nahm es mit einem wortlosen Nicken zur Kenntnis. Es bedurfte keiner weiteren Worte. Er verstand mich.

Brooke berührte mein Bein. Ich nahm ihre Hand und drückte sie an meine Lippen. Presste einen festen Kuss auf ihren Handrücken. Verschränkte die Finger mit ihren und drückte sie, im Vertrauen darauf, dass sie verstand. Ich war nicht böse auf sie. Ich brauchte nur Zeit, um mich zu beruhigen.

Wenn meine Eltern ernsthaft glaubten, dass Brooke bloß eine Art Experiment war − eine Phase, aus der ich herauswachsen würde −, täuschten sie sich gewaltig.

## KAPITEL 29

# Brooke

Auf der langen Rückfahrt von Waverly war es still im Wagen. Charlie und Olivia wechselten auf dem Rücksitz ein paar geflüsterte Worte, aber davon abgesehen herrschte Schweigen. Sebastian war verkrampft und seine Muskeln so angespannt und steif, dass die Blutgefäße an seinen Unterarmen deutlich hervortraten. Sein Körper strahlte Hitze aus, als würde sein Blut tatsächlich kochen. Unter anderen Umständen hätte ich das verdammt sexy gefunden.

Er hielt meine Hand, drückte ab und zu einen Kuss auf meinen Handrücken, um mir zu zeigen, dass er nicht auf mich böse war. Das brauchte er mich nicht extra wissen zu lassen. Ich verstand es auch so.

Das war eine der unangenehmsten Situationen meines ganzen bisherigen Lebens gewesen. Auch ohne Sebastians Erklärungen hatte ich gewusst, dass Cami seine Ex sein musste. Die Art, wie er sie angesehen hatte, war unmissverständlich gewesen. Ich wusste nicht viel über sie oder was zwischen den beiden vorgefallen war, außer, dass sie ihn verlassen hatte, als er krank gewesen war.

Dafür verachtete ich sie.

Dabei handelte es sich nicht um die allgemeine Abneigung, die manche Frauen für die Ex ihres Freundes empfanden. Es störte mich nicht, dass er in der Vergangenheit mit einer anderen zusammen gewesen war, mit der es ihm obendrein sehr ernst gewesen war. Ich verachtete sie dafür, dass sie ihn im Stich gelassen hatte, als er schwach gewesen war.

Und nun, da er wieder stark war, wollte sie ihn zurück.

Das war eindeutig. Sie hatte nicht an dem Abendessen teilgenommen, weil sie eine alte Freundin war, die sich dafür interessierte, wie es Sebastian heute ging. Oder die sich nach der jahrelangen Trennung mit ihm darüber unterhalten wollte, was sich in der Zwischenzeit ereignet hatte. Ich erkannte es, wenn eine Frau auf einen Mann scharf war.

Doch am schlimmsten war Sebastians Mutter gewesen. Eine Ex-Freundin, die glaubte, noch eine Chance zu haben, war das eine. Aber seine Mutter, die offensichtlich in dem Glauben, dass er allein kommen würde, dieses ganze Treffen inszeniert hatte, war etwas ganz anderes. Sie hatte Cami eingeladen, weil sie wollte, dass Sebastian wieder mit ihr zusammenkam. Obwohl sie gewusst hatte, dass ich jetzt seine Freundin war.

Sie hatte unmissverständlich deutlich gemacht, was sie von mir hielt – und von meiner Beziehung mit ihrem Sohn.

Als wir uns zum ersten Mal begegnet waren, war ich kurz davor gewesen, obdachlos zu werden, und hatte ein blaues Auge und eine aufgeplatzte Lippe gehabt. Ich wusste, was sie über mich denken musste. Ich war Abschaum – nicht gut genug für ihren Sohn. Nicht weil ich Perlenarmbänder, Bauernblusen und Stiefel trug. Obwohl sie mich vielleicht nicht direkt abgekanzelt hätte, wenn ich wie ein kleines, anständiges Mädchen aus Iowa in einer bis zum Hals zugeknöpften Strickjacke und einem züchtigen Rock, der mir bis über die Knie hing, bei ihr aufgetaucht wäre.

Aber hier ging es nicht um meine Art, mich zu kleiden, oder

meine nicht manikürten Fingernägel – obwohl ich gemerkt hatte, dass sie ihr ebenfalls aufgefallen waren. Sie brauchte keine Einzelheiten über meine Vergangenheit zu kennen, um es zu wissen. Sie sah es mir an. Manche Leute konnten das. Ich konnte es nicht erklären, aber manchmal begegneten mir Menschen, die meine Vergangenheit in mir lesen konnten. Als wäre die Geschichte meines verkorksten Lebens auf meine Haut eintätowiert. Oft war der Grund dafür, dass sie eine ähnliche Vorgeschichte hatten – sie waren das Kind eines Süchtigen oder eines gewalttätigen Elternteils, die in mir eine verwandte Seele erkannten. Doch andere brauchten mich nur einmal anzusehen, um zu wissen, dass ich in Armut und Vernachlässigung aufgewachsen war – und reagierten direkt mit Geringschätzung.

Mrs. McKinney hatte genau das getan. Schon beim ersten Mal, als wir uns begegnet waren und ihr das Entsetzen ins Gesicht geschrieben gestanden hatte, dass ihr Sohn sich mit *dieser Sorte* Frau einließ. Und sie tat es immer noch – war sogar so weit gegangen, zu versuchen, unsere Beziehung zu sabotieren und Sebastian wieder mit seiner Ex zu verkuppeln.

Das widerte mich an. Ich wollte keine Kluft zwischen Sebastian und seiner Familie aufreißen. Aber dafür war es wahrscheinlich bereits zu spät.

Wir setzten Charlie und Olivia vor dem Haus der Jungs ab und fuhren die kurze Strecke zu meinem Haus weiter. Wir gingen hinein, und sobald sich die Tür hinter uns geschlossen hatte, packte er mich grob und küsste mich. Ich sank gegen ihn, schlang die Arme um seinen breiten Hals, stellte mich auf die Zehenspitzen und presste meinen Körper an seinen.

Er hielt mich fest, und seine Küsse waren wild und aggressiv. Erfüllt von dem Zorn, der in ihm brodelte – sich in Lust und

Begierde verwandelte. Ich konnte sein Verlangen in seinen angespannten Muskeln spüren.

»Ich liebe dich«, raunte er grollend in mein Ohr und schob mich rückwärts in Richtung meines Zimmers. »Ich liebe dich, und es tut mir leid.«

Meine Antwort wurde von seinem Mund erstickt. Später blieb noch genug Zeit zum Reden.

In meinem Zimmer rissen wir uns förmlich die Kleider vom Leib, doch als ich die Stiefel ausziehen wollte, hielt er mich zurück. Er zog mir das Höschen über die Schuhe herunter, bevor er mich umdrehte und über die Bettkante beugte.

»Verdammt, ist das scharf!«, keuchte er.

Ich blickte über die Schulter zu ihm, während er ein Kondom nahm und es sich überstreifte. Sein hartes Glied ragte vor seinen schlanken Hüften auf. Er hatte die perfekte Menge Haar auf der breiten Brust – genau so viel, dass es männlich und kraftvoll wirkte – und eine sexy Linie feiner Härchen unterhalb seines Nabels. Die Adern in seinen Armen zeichneten sich deutlich ab, und der Blick aus seinen faszinierenden Augen wanderte über mich.

»Schon seitdem ich gesehen habe, wie du sie angezogen hast, wollte ich dich in diesen Stiefeln vögeln«, sagte er.

Er ließ die Hand zwischen meinen Pobacken hindurchgleiten, bis seine Finger meinen Schoß berührten. Bereits diese leichte Berührung ließ mich praktisch vibrieren. Er begann, Druck auf meine Klitoris auszuüben, sie langsam zu reiben, während er mit der anderen Hand meine Hüfte packte und mich festhielt. Ich versuchte, mich ihm entgegenzudrängen, damit er mir mehr gab, doch er hielt mich weiter fest.

»Ich weiß, Baby«, sagte er. »Du willst meinen Schwanz, nicht wahr? Du willst mich in dir spüren?«

»Ja.«

Er rieb schneller, und ich verdrehte genüsslich die Augen. Er wusste genau, wo er mich berühren musste, um mich ganz wild zu machen. Dann glitten seine Finger in mich, und er stöhnte auf.

»So ist es gut«, sagte er. »So feucht für mich. Ich werde es dir so heftig besorgen. Bist du bereit?«

»O mein Gott, ja«, ächzte ich.

In einer einzigen fließenden Bewegung zog er die Finger aus mir, packte meine Hüften mit beiden Händen und drang in mich ein. Was er so abrupt, so ungestüm tat, dass ich aufschrie. Er hielt mich unerbittlich fest, grub die Finger in meine Haut und stieß wieder in mich – hart. Immer wieder. Seine Hüften bewegten sich schnell vor und zurück, und sein Körper prallte gegen meinen.

Mit aller Kraft klammerte ich mich an den Laken fest, drückte den Rücken durch, um ihn ganz in mich aufzunehmen. Seine Energie und seine Kraft waren überwältigend. Ich wollte, dass er alles an mir ausließ – all seinen Zorn und seine Frustration. Ich wollte vergessen, wie ich mich gefühlt hatte, wie ich unter den abschätzigen Blicken seiner Mutter zusammengeschrumpft war. Die Erniedrigung und die Scham. Die Schuldgefühle. Ich wollte, dass er alles aus mir herausvögelte.

Er war erbarmungslos. Wild. Presste mich in die Matratze, bis das Bett über den Boden rutschte. Bei jedem Stoß keuchte und stöhnte er grollend, und seine Stimme klang urtümlich und roh. Noch nie hatte jemand so etwas mit mir gemacht – mich mit so viel Leidenschaft und Intensität genommen. Ich wusste nicht, wie viel mehr ich noch ertragen könnte, und gleichzeitig wünschte ich, es würde niemals aufhören.

Die Hitze in meinem Unterleib steigerte sich fast bis zur Grenze des Erträglichen. Die Anspannung in meinem Inneren wurde immer stärker, wie bei einem Gummiband, das gedehnt wurde. Gerade als ich kurz davor war, über den Rand des Abgrunds zu stürzen, wurde er plötzlich langsamer. Sein Griff lockerte sich, und seine Stöße ließen nach.

Er glitt aus mir und drehte mich um. Dann rutschte ich rückwärts aufs Bett, und er legte sich auf mich. Sein Atem ging schwer, und er war schweißgebadet. Der Schweiß glänzte auf den harten Konturen seines Körpers, akzentuierte jede Wölbung und jede Rundung. Er sah mir direkt in die Augen, und ich erlebte, wie sein glasiger, verschwommener Blick plötzlich scharf wurde und sich all seine durchdringende Intensität auf mich richtete.

Wieder glitt er in mich, diesmal jedoch sanft. Gemächliche, kraftvolle Stöße trugen mich erneut dem Höhepunkt entgegen und erfüllten mich mit atemberaubender Lust. Den Blick fest aufeinander gerichtet, bewegten wir uns gemeinsam im langsamen Tanz zweier vor Hitze, Verlangen und Leidenschaft brennender Körper. Dieser Augenblick der Innigkeit schien die Stelle in meiner Brust, die einst leer gewesen war, auszufüllen. Bis zum Bersten.

Als ich spürte, wie er in mir anschwoll, wusste ich, dass er kurz davor war. In dem verzweifelten Verlangen nach Erlösung klammerte ich mich an seinem Rücken fest und rieb bei jedem Stoß meine Hüften an ihm. Er unterbrach den Augenkontakt keine Sekunde lang, und die Wildheit in seinem Blick verlangte, dass ich es ihm gleichtat. Er konnte bis in meine Seele schauen, jeden noch so kleinen Teil von mir sehen. In diesem Moment war ich nackter, entblößter als jemals in meinem Leben, mein ganzes Selbst offen vor ihm.

Seine Stirn legte sich in Falten, und sein Rücken versteifte sich. Er stieß wieder fester zu, und beim ersten Pulsieren seines Orgasmus war es auch um mich geschehen. Ich ging in Flammen auf, und heiße Funken setzten jeden Zentimeter meines Körpers in Brand. Meine Sinne versagten mir ihren Dienst, und mein Hirn konnte nichts anderes mehr registrieren als die beinahe brachialen Wogen der Lust.

Ihre Wucht raubte mir so sehr den Atem, dass ich mich bloß noch an ihm klammern konnte. Er drückte das Gesicht an meinen Hals, und sein Atem strich heiß über meine Haut. Wir hielten einander fest, so dass sich unser Schweiß vermischte und unsere Körper sich aneinanderpressten. Genossen den Augenblick.

Dann stützte er sich hoch und strich mir die wirren Haare aus dem Gesicht. Seine Küsse waren zärtlich – andächtig. Unsere Blicke trafen sich, und das Gefühl von Erfülltheit in meiner Brust trieb mir die Tränen in die Augen.

»Es tut mir leid, was passiert ist«, sagte er. »Es ist egal, was die anderen denken. Nur wir beide zählen.«

Ich nickte. »Ist schon okay, und außerdem war es ja nicht deine Schuld.«

Er küsste mich wieder, bevor er aufstand und ins Badezimmer ging. Ich zog die Stiefel aus und stellte sie neben das Bett. Eine Minute später legte er sich wieder neben mich und zog die Decke über uns. Ich kuschelte mich in die Beuge seines starken Arms und legte den Kopf auf seine Brust.

»Darf ich dich etwas fragen?«

»Klar«, antwortete er.

»Willst du wirklich für deinen Vater arbeiten?«, fragte ich. »Du hast noch nie etwas davon erwähnt. Mir war nicht bewusst, dass du das planst.«

»Das liegt daran, dass ich mir nicht mehr sicher bin, ob ich es überhaupt noch will«, sagte er. »Früher sah mein Plan so aus. Damals, auf der Highschool, erschien es mir wohl logisch. Mein Vater war früher Ringer, ist aufs College gegangen. Als er so alt war wie ich jetzt, hat er sein erstes Autohaus eröffnet. Da erschien es mir selbstverständlich, in seine Fußstapfen zu treten.«

»Aber das war vorher«, sagte ich sanft.

»Das war vorher«, sagte er. »Ich kann nicht verstehen, warum keiner will, dass ich mich ändere. Es ist, als wäre ich eine Straße entlanggefahren, und als mein Herz schlappgemacht hat, bin ich scharf links abgebogen. Und ich bin immer wieder abgebogen, habe unerwartete Abzweigungen genommen. Ich habe mich nicht mal mehr vorwärtsbewegt, sondern manchmal rückwärts, manchmal seitwärts. Dann, nach meiner Operation, begann es mir wieder besser zu gehen. Zu jenem Zeitpunkt hatte ich noch gedacht, dass das Elend niemals enden würde, doch irgendwann war ich plötzlich wieder gesund gewesen. Und seitdem habe ich den Eindruck, die Menschen in meinem Leben würden ständig darauf warten, dass ich auf diese alte Straße zurückkehre. Aber ich bin so weit von ihr abgewichen, dass ich nicht mal mehr weiß, wo sie sich befindet. Und selbst wenn ich sie wiederfinden würde, wüsste ich nicht, ob sie noch die richtige für mich wäre.«

»Diese Straße führte nach Waverly«, sagte ich. »Zur Arbeit im Autohaus deines Vaters.« *Zur Ehe mit Cami, oder zumindest mit*

*einer Frau wie ihr. Einem Mädchen aus Iowa mit Haaren wie Mais-*
*griffel.*

»Genau.« Er hielt kurz inne und streichelte dabei weiter meine Haut. »Ich wäre beinahe gestorben. Und zwar qualvoll und langsam. Ich verstehe nicht, dass meine Eltern, obwohl sie miterlebt haben, was ich alles durchgemacht habe, nicht erkennen, inwiefern mich das verändert hat.«

»Ich schätze, die Menschen sehen manchmal nur, was sie sehen wollen«, sagte ich.

»Ja.«

»Was wünschst du dir?«, fragte ich. »Falls du dieses Leben in Waverly nicht willst.«

Er holte tief Luft, und ich spürte, wie sich seine Brust unter mir weitete. »Versprichst du mir, nicht zu lachen?«

»Warum sollte ich lachen?«, entgegnete ich. »Außer, du willst mir eröffnen, dass du Dragqueen werden willst. Dann kann ich für nichts garantieren.«

»Nein«, sagte er schmunzelnd. »Ich habe darüber nachgedacht, etwas im Bereich Architektur zu machen.«

Ich stützte den Kopf auf die Hand, damit ich ihn ansehen konnte. »Tatsächlich?«

»Ja. Dafür habe ich mich schon immer interessiert. Allerdings war ich damals auf der Highschool so sehr auf den Sport fokussiert, dass ich kaum an etwas anderes gedacht habe. Ich wusste ja, dass nach dem College schon ein Job auf mich wartete. Warum sollte ich mir also Gedanken machen? Aber wenn man plötzlich keinen Sport mehr treiben kann und beinahe seine ganzen Freunde verloren hat, hat man plötzlich viel Zeit. Als ich krank war, habe ich viel gelesen, über verschiedene Themen, aber Architektur hat mich fasziniert. Eine Zeit lang hatte ich sogar ein Abonnement für den *Architectural Digest*, es allerdings irgendwann gekündigt.«

»Wieso?«

»Ich weiß es nicht«, sagte er. »Es kam mir albern vor. Ich stand schon so kurz vorm Abschluss. Einen Abschluss in Betriebswirtschaftslehre kann man immer gebrauchen, selbst wenn ich nicht für meinen Vater arbeiten würde. Damit hat man eine Menge Möglichkeiten. Weißt du, ich bin sowieso bereits im Rückstand. Durch meine Krankheit habe ich mehrere Jahre verloren. Wenn ich jetzt noch mal von vorne anfange, mit einem ganz anderen Hauptfach, dauert es deutlich länger, bis ich fertig bin.«

»Vom Zeitaspekt solltest du dich nicht abschrecken lassen«, meinte ich. »Aber das College ist teuer.«

»Stimmt, aber das ist nicht das große Problem«, sagte ich. »Ich will nicht arrogant klingen, aber meine Eltern haben einen Haufen Geld. Sie haben mir meinen kompletten Collegefonds ausbezahlt, und der war, sagen wir mal, schon fast zu viel des Guten. Ich habe noch nicht mal die Hälfte aufgebraucht.«

»Wow, das erleichtert einiges«, sagte ich. »Worauf wartest du dann eigentlich noch?«

»Das ist eine gute Frage«, erwiderte er. »Vielleicht versuche ich noch immer herauszufinden, welcher Weg eigentlich für mich bestimmt ist.«

Ich machte es mir wieder auf seiner Brust gemütlich. Die Wärme seines Körpers war so beruhigend. Trotzdem ging mir die Frage nicht aus dem Sinn, ob der Weg, der für ihn bestimmt war, auch für mich bestimmt wäre.

## KAPITEL 30

# Brooke

Auf der Arbeit war viel los. Joe hatte entschieden, Olivia die Chance zu geben, das Café wiederzueröffnen, und sie hatte diese Aufgabe mit Elan in Angriff genommen. Wir verbrachten unsere Zeit damit, nach günstigen Angeboten für Möbel und Deko zu suchen, um den Laden zu verschönern, verglichen Anbieter und Kosten und bearbeiteten Joe, damit er unsere Pläne für die Neugestaltung der Buchhandlung absegnete. Doch er hatte einige sehr spezielle Anforderungen, die er nicht bereit war, aufzugeben. Es war wirklich kein Wunder, dass er die Ladenfläche bisher nicht effizient genutzt hatte, denn es war schwierig, alles zu seiner Zufriedenheit zu organisieren.

Eigentlich hatten wir gehofft, vor den Feiertagen die ersten Veranstaltungen auf die Beine stellen zu können, aber alles hatte länger gedauert als erwartet. Inzwischen war es Mitte Dezember, und es gab noch immer einiges zu erledigen. Aber Joe störte es nicht zu warten, und im Laden war auch wieder mehr los, weil die Leute ihre Weihnachtseinkäufe machten.

Diese Woche hatte sich das Chaos etwas gelegt. Olivia war in Phoenix, um ihre Eltern zu besuchen und einige ihrer Sachen zu verkaufen, die sie bei ihrem Umzug nicht mitnehmen wollte. Charlie hatte sie nicht begleiten können, weil er arbeiten musste, und schmollte deswegen seit ihrer Abreise. Am ersten Abend hatte Sebastian ihn offiziell für unausstehlich erklärt und war zu mir rübergekommen.

Er war nun schon die ganze Woche bei mir. Mich störte das nicht. Ich fand es schön, jeden Abend neben ihm einzuschlafen und jeden Morgen wieder neben ihm aufzuwachen. Ich glaube, wir merkten beide, dass das etwas war, woran wir uns gewöhnen konnten.

Als ich nach der Arbeit nach Hause kam, war das Haus leer, doch wenige Minuten später bekam ich eine Nachricht von Sebastian.

*Sebastian: Steht unser Date heute Abend noch?*

*Ich: Ja! Was machen wir?*

*Sebastian: Wie wär's mit Kino? Es gibt einen neuen Horrorstreifen.*

*Ich: Ja, unbedingt!*

*Sebastian: Abgemacht. Ich habe schon nachgesehen, wann er läuft. So gegen neun?*

*Ich: Perfekt.*

*Sebastian: Ich bin noch ungefähr eine Stunde in der Bibliothek. Die Abschlussprüfungen werden brutal.*

*Ich: Komm direkt her, wenn du fertig bist. Ich mache uns Abendessen.*

*Sebastian: Habe ich dir in letzter Zeit eigentlich gesagt, wie sehr ich dich vergöttere?*

*Ich: Ja, aber du darfst es gern wiederholen.*

*Sebastian: Ich sage es dir später mit meiner Zunge.*

*Ich: Versprochen?*

*Sebastian: Das ist entweder eine Drohung oder ein Versprechen. Was genau, kannst du mir hinterher sagen, wenn du damit fertig bist, mich anzuflehen, dass ich aufhören soll.*

Ich musste lachen und legte das Handy auf die Anrichte. Wenn er so weitermachte, würde ich das Höschen wechseln müssen. Ich erwog gerade, ihm eine noch unanständigere Nachricht zu schicken – vielleicht auszuloten, wie weit ich gehen musste, damit er seine Sachen packte und augenblicklich nach Hause kam –, aber ich entschied, es auf ein anderes Mal zu verschieben. Er lernte wie verrückt für die Abschlussprüfungen. Wenn er noch eine Stunde brauchte, dann sollte ich ihn besser nicht ablenken. Später hatte er noch genug Zeit, seine Zungen-Drohung wahr zu machen.

Mein Handy klingelte, und ich nahm es zur Hand. Mary. Das war merkwürdig. Hoffentlich war mit Olivia alles okay.

»Hi, Mary.«

»Hi, Brooke«, sagte sie. Ihr ernster Tonfall alarmierte mich sofort. »Hast du einen Augenblick Zeit?«

»Ja«, sagte ich. »Hat Olivia ihren Flug erwischt?«

»Hat sie. Sie sollte in etwa einer Stunde landen«, antwortete sie.

»Okay, gut«, sagte ich. »Was gibt es?«

»Auf einem der Freeways bei Phoenix hat es einen Unfall gegeben«, sagte sie. »Die Fahrerin, die den Unfall verursacht hat, wurde getötet.«

Mir schlug das Herz bis zum Hals, und meine Hände zitterten. Ich verstand nicht, warum sie mir das erzählte. Es passierten doch ständig Autounfälle. Was war an diesem so wichtig?

»Ähm, okay.«

»Die Fahrerin, die den Unfall verursacht hat, war alkoholisiert«, fuhr sie fort. »Ich glaube, aus diesem Grund haben auch die Nachrichten darüber berichtet. Deswegen, und weil es, obwohl mehrere Autos in den Unfall verwickelt waren, nur ein

Todesopfer gab. Aber … Schatz, die Fahrerin, die gestorben ist, war deine Mutter.«

»Was?« Mir wurde kotzübel. Meine Mutter? »Woher weißt du das?«

»In dem Artikel im Internet stand ihr Name«, sagte sie. »Ich habe herumtelefoniert, um mich zu versichern, dass sie es wirklich war. Sie besaß eine Fahrerlaubnis aus Texas und eine ältere aus Arizona.«

Ich starrte schockiert und wie betäubt die Küchentheke an. »Sie … Sie hat einen Unfall verursacht?«

»Ja«, antwortete Mary.

»Aber sie hat niemanden getötet?«, fragte ich.

»Nein.«

»Wurde jemand verletzt?«

»In den Nachrichten stand, dass es Leichtverletzte gab, aber niemand musste ins Krankenhaus«, sagte sie.

»O Gott.« Ich presste eine Hand gegen meinen Magen, unsicher, ob ich mich womöglich übergeben müsste. »Weißt du sonst noch etwas? Warum war sie in Phoenix?«

»Das weiß ich leider nicht«, antwortete sie. »Ich habe den Namen des Bestattungsinstituts, wo ihre sterblichen Überreste hingebracht wurden. Soll ich dort für dich anrufen?«

Ich atmete tief durch. »Nein, wenn du mir die Nummer gibst, kann ich dort selbst anrufen. Kannst du sie mir per Textnachricht schicken?«

»Ja, natürlich«, antwortete sie. »Falls du nach Phoenix kommen musst, kannst du gern bei uns unterkommen.«

Die Harpers wohnten noch immer im selben Haus. Ich war mir nicht sicher, ob ich damit klarkommen würde. »Ich weiß nicht recht, Mary. Ich überlege es mir.«

»Brooke, es tut mir so schrecklich leid«, sagte sie. »Falls ich irgendetwas für dich tun kann, sag es mir. Das ist mein Ernst.«

»Danke«, sagte ich. »Und danke, dass du mir Bescheid gegeben hast.«

»Keine Ursache«, erwiderte sie. »Lass es mich wenigstens wissen, falls du in die Stadt kommst.«

»Mache ich.«

Wir verabschiedeten uns, und eine Minute später kam ihre Nachricht. Das war so surreal. Was hatte meine Mutter in Phoenix gewollt? Warum war sie betrunken Auto gefahren? Wie war es ihr in all den Jahren ergangen?

Ich wurde den Gedanken nicht los, dass sie nach Arizona zurückgekehrt war, weil sie mich gesucht hatte.

Eine Stunde später kam Sebastian von der Uni nach Hause. Er fand mich in meinem Zimmer beim Packen vor.

»Was ist los?«, fragte er. »Alles in Ordnung?«

Ich faltete das Shirt, das ich in der Hand hielt, zusammen und legte es in meine Tasche. »Ich muss nach Phoenix. Meine Mutter ist gestorben.«

»O mein Gott.«

Sofort schloss er mich in die Arme. Ich lehnte mich an seine breite Brust und atmete tief ein. Ließ mich von ihm halten. Mir war nicht nach Weinen zumute. Ich wusste selbst nicht genau, wie ich mich fühlte. Ich stand noch immer zu sehr unter Schock, um etwas zu empfinden.

»Ich komme mit dir«, sagte er.

Ich wich zurück. »Du hast diese Woche drei Abschlussprüfungen. Die wirst du nicht versäumen.«

»Scheiß auf meine Prüfungen«, sagte er. »Die verschiebe ich.«

»Seb, es geht mir gut«, versicherte ich ihm. »Ich bin nur ein paar Tage weg, mehr nicht. Da ihr aktueller Lebensgefährte bereits vieles übernommen hat, muss ich mich nicht um die Beerdigungsvorbereitungen und so weiter kümmern.«

»Wird es eine Trauerfeier oder dergleichen geben?«, fragte er.

»Vielleicht eine kleine, aber das werde ich erfahren, wenn ich dort bin.«

»Ich begleite dich auf jeden Fall.«

»Nein.« Ich legte die Hand auf seine Brust. »Ich muss bloß ein paar Dinge regeln. Ich weiß, dass es um meine Mutter geht, aber … O Gott, das klingt furchtbar, aber als ich sie zum letzten Mal gesehen habe, hat sie versucht, mich grün und blau zu schlagen. Und das ist schon Jahre her. Wir standen uns also nicht unbedingt nahe.«

»Egal«, beharrte er. »Ich komme mit.«

»Ich habe meinen Flug bereits gebucht«, wandte ich ein.

»Ist mir egal –«

Ich berührte sanft seine Lippen. »Sebastian, hör mir zu. Ich würde mich schrecklich fühlen, wenn du deine Prüfungen verpassen würdest. Das werde ich dir auf keinen Fall antun. Es ist schon schlimm genug, dass ich hinmuss. Bitte mach es mir nicht noch schwerer.«

»Was ist mit Olivia?«, fragte er. »Kann sie in Phoenix bei dir bleiben?«

»Sie sitzt gerade im Flugzeug zurück hierher«, sagte ich. »Ich kann kaum von ihr verlangen, dass sie sofort wieder zurückfliegt. Sie muss arbeiten.«

Er legte die Hände an meine Wangen. »Wirst du so lange bei den Harpers wohnen?«

»Sie haben es mir angeboten, aber …«

»Bleib bei ihnen, dann bleibe ich hier und absolviere meine Prüfungen. Ich will nicht, dass du allein bist.«

Ich atmete tief durch. »Okay, mache ich.«

Er strich mir stirnrunzelnd das Haar aus der Stirn. »Das alles gefällt mir trotzdem nicht. Ich sollte bei dir sein.«

»Ich weiß, aber mir wird viel wohler sein, wenn ich weiß, dass du deine Prüfungen endlich hinter dich bringen kannst«, versicherte ich ihm. »Bitte. Das musst du für mich tun. Bestehe diese Prüfungen mit Bravour. Am Freitag bin ich wieder zurück, und dann können wir feiern.«

Er gab mir einen Kuss auf die Stirn und nahm mich wieder in die Arme. Ich wusste, dass ihm das alles nicht recht war, doch ich hätte mich furchtbar schuldig gefühlt, wenn er meinetwegen seine Prüfungen versäumt hätte.

## KAPITEL 31

# Sebastian

Als ich den Unterrichtsraum verließ, wusste ich, dass ich meine Abschlussprüfung bestanden hatte – was an ein Wunder grenzte, da ich seit Brookes Abreise mit den Gedanken permanent woanders gewesen war. Eigentlich war ich gut darin, mich auch mitten im Chaos auf eine Sache fokussieren zu können, aber das mit Brookes Mutter belastete mich ziemlich und machte es mir schwer, mich zu konzentrieren.

Trotzdem hatte ich es durchgezogen, und das hatte ich für sie getan. Sie hatte gewollt, dass ich die Tests mit Bravour bestand, und deswegen würde ich auch verdammt nochmal genau das tun.

Dennoch wurde ich das Gefühl nicht los, dass ich sie hätte begleiten sollen.

Ich fand es schrecklich, dass sie dort allein war und sich ohne mich mit etwas so Tiefgreifendem wie dem Tod ihrer Mutter auseinandersetzen musste. Bei ihrer Abreise hatte ich schon ein ungutes Gefühl gehabt, das sich inzwischen noch verstärkt hatte. Sie hatte mich per Textnachrichten auf dem Laufenden gehalten, und heute Morgen hatte sie mir geschrieben, dass sie einige Tage länger bleiben müsste als ursprünglich geplant. Ich war bereits auf dem Sprung gewesen, zum Flughafen zu fahren und den ersten Flug zu nehmen, den ich kriegen konnte – oder eben einfach die verdammten vierundzwanzig Stunden nach

Phoenix zu fahren –, doch sie hatte mich davon abgehalten. Schon wieder. Am Montag stand für mich noch einmal eine Prüfung an, und sie wollte, dass ich blieb und sie absolvierte.

Sie hatte darauf bestanden, dass ich genau das für sie tun müsste. Ich wollte ihre Wünsche erfüllen, wohl war mir dabei aber nicht.

Den Rest des Tages hatte ich frei, würde allerdings später noch etwas lernen müssen. Doch erst mal brauchte ich etwas zu essen. Darum fuhr ich nicht direkt zur Bibliothek, sondern zu Billy's, einem Diner, wo ich gern hinging und wo es leckeres Frühstück gab. Wenn nicht zu viel los war, könnte ich vielleicht gleich dort mit dem Lernen anfangen.

Im Restaurant war es ruhig. Ich nahm mir einen Tisch am Fenster und bestellte mir einen Frühstücksburrito. Dann zog ich einen Packen Umschläge aus dem Rucksack und legte sie vor mir auf den Tisch.

Anmeldeunterlagen. Ich hatte sie von fünf unterschiedlichen Universitäten mit guten Architekturstudiengängen angefordert. Zwar war nicht garantiert, dass ich, falls ich es wagen und mich anmelden würde, auch genommen werden würde, doch so hatte ich zumindest eine Chance. Meine Zensuren waren gut, insbesondere, seitdem ich an die University of Iowa zurückgekehrt war, und ich erfüllte die meisten Teilnahmevoraussetzungen.

Aber ich war trotzdem immer noch unsicher.

Ich brauchte Brooke nicht erst zu fragen, um zu wissen, was sie dazu sagen würde. Sie würde mich ermutigen, mich zu bewerben. Ich wusste, dass sie hinter mir stand.

Doch etwas hielt mich weiterhin davon ab, es zu wagen. Wenn ich angenommen würde, würde ich die U of I verlassen müssen – und Iowa ebenfalls. Alle Unis, für die ich mich interessierte, lagen in anderen Staaten. Mir gefiel die Vorstellung, an einen anderen Ort zu ziehen, grundsätzlich ganz gut – das war nicht das Problem. Aber in diesem Fall gäbe es kein Zurück mehr. Mein Leben würde offiziell einen neuen Weg einschlagen – einen, der nicht nach Waverly und zu der Arbeit in einem der Autohäuser meines Vaters und einer Nebentätigkeit als Ring-Coach führen würde.

Wie ich Brooke bereits erklärt hatte, hatte ich diesen Weg an dem Tag, an dem mein Herz ausgesetzt hatte, verlassen. Das war inzwischen fast sieben Jahre her, und ich versuchte noch immer, durchzublicken. Wer ich war. Wo es für mich hinging. Einst hatte ich geglaubt, ich müsste sterben, bevor ich alt genug wäre, Bier zu trinken, doch dann war ich plötzlich wieder gesund geworden und in der Lage gewesen, den Scherbenhaufen wieder einzusammeln und in mein altes Leben zurückzukehren.

Doch beim Versuch, die Fragmente dessen, was ich einst gewesen war, wieder zusammenzusetzen, war ich irgendwann ins Stocken geraten. Einige der Teile passten nicht mehr. Ich war nicht mehr dieser Typ von damals, der geglaubt hatte, Ringen sei eine Metapher für das Leben – der gemeint hatte, zu gewinnen sei alles. Der damit zufrieden gewesen war, dem Weg zu folgen, den alle von ihm erwartet hatten.

Ich wollte nicht wie meine Freunde von früher sein, die nie über den eigenen Tellerrand hinausschauten. Die in Jobs arbeiteten, die ihnen nichts bedeuteten, und ihre Freundinnen von der Highschool oder vom College heirateten, weil man das eben so machte. Nicht, weil sie es wollten. In ihren Leben gab es nichts, wofür sie brannten.

»Hi, Sebastian.«

Ich hob den Kopf und sah zu meiner Überraschung, dass Cami neben meinem Tisch stand. Ich war so tief in Gedanken versunken gewesen, dass ich sie nicht bemerkt hatte.

»Hi.« Rasch sammelte ich die Anmeldeunterlagen wieder ein und steckte sie in den Rucksack. »Was tust du denn hier?«

»Ich habe mich heute Morgen in der Nähe mit einer Freundin auf einen Kaffee getroffen. Als ich hier vorbeigefahren bin, habe ich dein Auto bemerkt und angehalten. Hast du etwas dagegen, wenn ich mich setze?«

»Ich denke nicht.« Ich rutschte unbehaglich auf meinem Stuhl herum, denn ich hatte keine große Lust, mit ihr zusammenzusitzen und zu plaudern. Wegen des Abendessen-Debakels neulich war ich noch immer sauer auf meine Mutter. Allerdings trug Cami daran keine Schuld.

»Danke.« Sie setzte sich auf den Platz mir gegenüber. »Und, wie geht es dir so?«

»Gut«, antwortete ich. »Und dir?«

»Okay«, erwiderte sie. »Es ist seltsam, wieder in Waverly zu sein. Es sieht alles noch gleich aus, ist es aber nicht. Verstehst du?«

»Ja, die Dinge ändern sich.«

»Das tun sie«, stimmte sie mir zu. »Und Menschen ebenfalls.«

Die Bedienung brachte mein Frühstück und erkundigte sich bei Cami, ob sie ihr eine Speisekarte bringen sollte. Cami sah mich an, als hoffe sie, dass ich sie einladen würde, zu bleiben, doch ich tat es nicht. Daraufhin sagte sie der Bedienung, das sei nicht nötig.

»Sebastian, ich wollte mich unbedingt entschuldigen«, sagte sie. »Ich hatte gehofft, dass ich bei der Einladung deiner Eltern zum Abendessen Gelegenheit dazu bekommen würde, aber ...«

»Das war irgendwie schwierig, weil ich mit meiner Freundin gekommen bin«, vervollständigte ich den Satz. Cami zuckte zusammen, doch das kümmerte mich nicht. Ich war mit Brooke zusammen, und es war besser, dass sie wusste, was Sache war.

»Ja«, sagte sie. »Also, was ich sagen wollte, ist, dass es mit leidtut. Ich habe dich im Stich gelassen, als du mich gebraucht hast. Das war kindisch und egoistisch. Ich war so sehr in dieses Studenten- und Partyleben vernarrt. Ich habe gedacht, ich will einen Freund, der mich verwöhnen und mit mir angeben kann. Aber alles, was ich am Ende davon hatte, war Drama. Jungs, die sich nicht wirklich für mich interessiert haben. Die mich betrogen und behandelt haben, als wäre ich austauschbar. Und dann bin ich nach Chicago gezogen und dachte, ich würde dort ein glamouröses Großstadtleben führen. Aber nichts war so, wie ich es erwartet hatte.«

Cami tat mir leid. Das Leben hatte sie offenbar ziemlich gebeutelt. Ich wusste, wie sich das anfühlte. »Ich bin dir nicht mehr böse. Das ist lange her. Und es tut mir leid, dass du so viel Mist erlebt hast.«

Sie sah mir in die Augen und lächelte. »Danke. Das bedeutet mir viel.«

Ich erwartete, dass sie jetzt, nachdem sie ihre Entschuldigung losgeworden war, gehen würde. Doch sie blieb sitzen und fuhr versonnen mit dem Finger am Rand ihres Wasserglases entlang. Ich aß weiter mein Frühstück.

»Und, was machst du so?«, fragte sie. »Bist du noch an der U of I?«

»Ja«, sagte ich. »Vorerst.«

»Denkst du, dass du nach dem Abschluss wieder nach Waverly ziehen wirst?«

Ich hielt inne, legte die Gabel weg und sah sie fest an. »Nein.«

»Oh«, sagte sie. »Warum nicht?«

Ich war selbst überrascht, wie sicher ich meiner Sache plötzlich war. Aber diese Frage von Cami zu hören – von der Frau, die genauso zu meinen früheren Zukunftsplänen gehört hatte wie der Job im Autohaus meines Vaters –, festigte meine Entschlossenheit. »Weil das nicht das Leben ist, das ich will.«

»Du willst den Job bei deinem Vater ablehnen?«, fragte sie. »Du weißt schon, dass er dir in einigen Jahren die Leitung übertragen würde. Dich vielleicht sogar zum Miteigentümer machen würde. Du würdest ein Vermögen verdienen. Du könntest in Waverly leben wie ein König.«

»Und?«

»Und? Er serviert dir eine Karriere auf dem Silbertablett. Du könntest dein Leben wiederhaben.« Sie hielt inne und klimperte ein paarmal mit den Wimpern. »Wenn du willst, könntest du alles wiederhaben.«

»Ich will es aber nicht«, entgegnete ich, woraufhin sie gequält das Gesicht verzog. Es lag nicht in meiner Absicht, ihre Gefühle zu verletzen, aber warum waren alle so begriffsstutzig, Herrgott nochmal?! »Tut mir leid, Cami, aber das hat nichts mit dir zu tun. Mein Leben ist jetzt anders. Ich bin nicht mehr der Sebastian, den du auf der Highschool gekannt hast.«

»Natürlich nicht«, sagte sie. »Ich habe mich ebenfalls verändert. So ist das eben, wenn man älter wird und gewisse Dinge erlebt. Aber das bedeutet nicht, dass du die Chance auf ein bequemes Leben einfach wegwerfen solltest.«

»Ich habe kein Interesse an Bequemlichkeit«, entgegnete ich. »Und weißt du was? Ich glaube, das hatte ich noch nie. Selbst wenn mein Herz nie krank geworden wäre und ich das alles nicht hätte durchmachen müssen, hätte mich Bequemlichkeit nie zufriedengestellt. Ich hätte sie gehasst.«

»Was willst du dann?«

»Ich will Risiken eingehen«, erwiderte ich. »Orte sehen, an denen ich noch nie war. Ich will meine Träume verfolgen und scheitern und es noch einmal versuchen. Ich will Leidenschaft. Wenn ich schon hier bin, will ich auch richtig leben. Was hätte das Ganze denn sonst für einen Sinn?«

»Aber warum geht nicht beides?«, fragte sie. »Und was, wenn gewisse Dinge einfach vorbestimmt sind?«

Ich schob meinen Teller weg. Langsam hatte ich genug von dieser Unterhaltung. »Bist du hier, um mich zu irgendetwas zu überreden?«

»Ich weiß nicht.«

»Hör zu, ich nehme deine Entschuldigung an«, sagte ich. »Aber wenn du auf den Busch klopfen willst, ob es für uns beide noch eine Chance gibt, verschwendest du deine Zeit. Nicht, weil ich noch sauer auf dich wäre. Sondern weil ich dich hinter mir gelassen habe. Ich habe jemanden in meinem Leben, der mein Ein und Alles ist. Du willst wissen, was ich will? Sie. Bei allem anderen bin ich mir ehrlich gesagt noch nicht sicher. Aber Brooke ist das eine, bei dem ich mir ganz sicher bin.«

»Was, wenn das ein Fehler ist?«

Ich hob die Augenbrauen. »Du fragst mich, ob Brooke ein Fehler ist?«

Sie schwieg, presste die Lippen aufeinander und hielt den Blick auf die Tischplatte gesenkt. Ich wusste nicht genau, ob sie überlegte, was sie sagen sollte, oder ob sie es nur für den dramatischen Effekt tat.

»Ich weiß, wie du sie kennengelernt hast«, sagte sie schließlich.

»Was hat das damit zu tun?«

»Seb, deine Mutter hat mir erzählt, dass sie eigentlich ihn heiraten sollte – den Organspender. Und dann ist er gestorben, und sie waren noch so jung. Das muss ein furchtbarer Verlust gewesen sein. Ist es dir noch nie in den Sinn gekommen, dass vielleicht *das*« – sie deutete auf meine Brust – »der Grund dafür ist, dass sie mit dir zusammen ist? Dass sie dich eigentlich gar nicht will? Dass sie bloß das will, was von ihm noch übrig ist?«

»Warum redest du mit meiner Mutter über Brooke?«, konterte ich.

»Weil wir uns Sorgen um dich machen.«

»Cami, du hast kein Recht mehr, dir Sorgen über mich oder darüber, mit wem ich zusammen bin, zu machen. Das hast du verloren, als du mich verlassen hast.«

Sie verschränkte die Arme vor der Brust. »Wir kennen uns seit der Vorschule. Unsere Mütter sind seit Jahren befreundet. Nur weil wir kein Paar mehr sind, heißt das noch lange nicht, dass ich mir keine Sorgen mehr um dich machen darf.«

»Es besteht kein Grund zur Besorgnis«, stellte ich klar. »Und wenn meine Mutter Probleme mit meinem Leben oder meiner Freundin hat, sollte sie mit mir darüber sprechen. Und nicht mit meiner Ex.«

»Es ist ja nicht so, dass sie hinter deinem Rücken tratscht«, meinte sie. »Sie ist lediglich um ihren Sohn besorgt und befürchtet, dass du nicht auf sie hören würdest.«

»Nun, ich kann dir versichern, dass es nichts gibt, weswegen sie beunruhigt sein müsste. Oder du. Und was Brooke betrifft, und das hier« – ich berührte meine Brust –, »finde ich deine Äußerung nicht nur makaber, sondern geradezu beleidigend.«

»Es liegt nicht in meiner Absicht, sie oder dich zu beleidigen«, behauptete sie. »Allerdings kann ich nicht verstehen, wie du das Leben, das dir eigentlich zustehen würde, wegwerfen kannst. Es wäre dir fast genommen worden, aber jetzt könntest du es wiederhaben. Du musst es dir bloß nehmen. Aber das willst du nicht.«

»Was, wenn ich dir erzählen würde, dass ich nach dem Abschluss nach Waverly zurückziehe?«, fragte ich. »Dass ich für meinen Vater arbeiten und ein hübsches Haus kaufen und ehrenamtlich als Ring-Coach arbeiten würde, genau, wie es alle immer von mir erwartet haben – aber gemeinsam mit Brooke. Würde das etwas ändern? Bist du wirklich um meine Karriere oder meine finanzielle Sicherheit besorgt?«

Sie öffnete leicht die Lippen und kniff die Augen zusammen, fing sich jedoch sofort wieder, bevor sie antwortete: »Ich bin um dich besorgt. Um dein Leben und dein Glück.«

»Das habe ich alles im Griff, Cami«, sagte ich. »Ich *bin* glücklich. Glücklicher als jemals zuvor.«

Sie strich sich das Haar hinters Ohr und nahm ihre Handtasche. »Na, dann ist es ja gut. Ich hoffe, du bist tatsächlich so glücklich, wie du behauptest.«

Nachdem ich darauf nichts erwiderte, marschierte sie in Richtung Ausgang davon.

Verdammt, meine Mutter! Es machte mich wütend, dass sie mit Cami über Brooke geredet hatte. Meine Mutter kannte Brooke nicht. Sie hatte ganz offensichtlich irgendwelche absurden Schlüsse über sie gezogen. Brooke wollte mich nicht als Lückenbüßer für Liam Harper. Wenn es so gewesen wäre, hätte sie von sich aus Interesse an mir signalisiert. Doch sie hatte mich damals nicht mal kennenlernen wollen.

Und dieses Herz in meiner Brust fühlte sich manchmal noch immer an wie eine Mauer zwischen uns. Nicht mehr so sehr wie früher, aber manchmal fragte ich mich, ob sie es jemals schaffen würde, wirklich ganz loszulassen. Wirklich nach vorne zu blicken. Mein Herz war nicht der Grund dafür, dass sie mich wollte – sondern einer der Gründe dafür, dass sie Angst davor gehabt hatte, mit mir zusammen zu sein.

Zurück nach Waverly zu ziehen, für meinen Vater zu arbeiten, Cami zu heiraten … in einem hübschen Haus zu leben, mit zwei Komma fünf Kindern und einem Minivan in der Auffahrt … das bedeutete Sicherheit. Deswegen wollte meine Mutter dieses Leben für mich. Doch es wäre kein Leben – sondern nur eine Existenz.

Ich wollte keine Sicherheit. Ich wollte keine Freunde wie diese Typen, die ich auf der Highschool gekannt hatte. Ich wollte Charlie, der immer zu mir gehalten hatte, selbst als wir streng genommen Rivalen gewesen waren. Ich wollte keine Frau wie Cami, der es vor allem um ihren Ruf ging und darum, jemanden zu finden, der sich um sie kümmerte. Ich wusste, warum sie mich wollte. Ich war für sie ein Mittel zum Zweck, um ein bequemes Leben zu haben – ein schickes Haus und jedes Jahr ein neues Auto. Ein Leben, um das sie alle anderen Ehefrauen in Waverly beneiden würden.

Ich zog die Anmeldeunterlagen wieder aus dem Rucksack. Vielleicht gab es da ja doch ein Stück von mir, das ich mir wieder zurückholen musste. Den Tatendrang und die Zielstrebigkeit, die ich einst gehabt hatte. Die unbeirrbare Entschlossenheit, alles zu tun, um meine Ziele zu erreichen. Dank dieser

Eigenschaften hatte ich damals die Staatsmeisterschaft gewonnen. In vielerlei Hinsicht hatten sie mir auch geholfen, meine Krankheit zu überstehen. Ich hätte womöglich nicht lange genug überlebt, um ein Spenderorgan zu erhalten, wenn ich nicht über diese mentale Stärke verfügt hätte. Diesen inneren Antrieb. Erst ganz am Ende hatte ich aufgeben wollen.

Doch seitdem es mir wieder besser ging, hatte ich diesen inneren Antrieb nicht genutzt. Weder für die Schule noch für meine Zukunftspläne. Ich hatte mich immer für einen Menschen gehalten, der aufs Ganze ging, aber die einzige Sache, bei der ich alles gegeben hatte, war die Beziehung mit Brooke.

Sie hatte mich dazu gebracht. Wenn ich mit ihr zusammen war, spürte ich eine Flamme in mir lodern. Das Verlangen, wirklich zu leben und nicht nur zu existieren.

Ich riss den ersten Umschlag auf und breitete die Papiere vor mir auf dem Tisch aus. Es wurde Zeit, dass ich endlich anfing zu leben.

## KAPITEL 32

# Brooke

Das Erste, was mir auffiel, als ich in Phoenix ankam, war, dass ich das Wetter nicht mehr gewohnt war. Wir hatten Mitte Dezember, und in Iowa war es kalt gewesen. Auf dem Weg zum Flughafen hatte ich meinen dicksten Mantel und Handschuhe getragen. Doch in Arizona schien die Sonne, und es war um die zwanzig Grad warm. Wie in Iowa im Sommer. Ich beklagte mich ständig darüber, dass ich fror, aber der warme Sonnenschein in Phoenix fühlte sich irgendwie falsch an, insbesondere, weil man überall Weihnachtsdekorationen sah.

Die ersten beiden Tage waren schwierig, doch ich kam zurecht. Ich traf mich mit dem Bestatter und nahm Kontakt zum Lebensgefährten meiner Mutter auf. Wir vereinbarten ein Treffen, bei dem er mir einige Habseligkeiten meiner Mutter mitgeben wollte.

Ich hatte eine tränenreiche Zusammenkunft mit Mary und Brian Harper. Es war schön, sie wiederzusehen, aber in ihrem Haus zu wohnen war fast mehr, als ich ertragen konnte. Jedes Zimmer steckte voller Erinnerungen an Liam.

Ich war mir meiner Gefühle für ihn nicht mehr sicher. Ich betrachtete mir die Fotos von ihm, die an den Wänden hingen, und versuchte, mir ihn so vorzustellen, wie er damals gewesen war. Doch er verblasste langsam in meinem Gedächtnis. Es fiel mir nicht mehr so leicht, mir den Klang seiner Stimme in Erinnerung zu rufen. Ich wusste nicht mehr, wie sich seine Hände auf meiner Haut angefühlt hatten, oder sein Mund auf meinen Lippen.

Dort zu schlafen war noch schlimmer. Falls Liams Geist noch irgendwo auf dieser Welt war, dann im Haus seiner Eltern. Ich übernachtete in Olivias altem Zimmer – einem Zimmer, das einst auch meines gewesen war. Aber Liams Zimmer auf der anderen Seite des Flures schien mich zu locken. Es war bereits vor Jahren ausgeräumt und in ein Gästezimmer umgewandelt worden. Die Tür stand leicht offen, und für einen Augenblick wirkte es wieder wie sein Zimmer. Das Zimmer, in das ich mich mitten in der Nacht geschlichen hatte. Wo wir uns unter der Decke eingekuschelt und entdeckt hatten, wie es war, Liebe zu machen.

Das Haus nebenan – der letzte Ort, an dem ich meine Mutter gesehen hatte – war frisch gestrichen, hatte einen neuen Zaun und im Garten lag überall Kinderspielzeug herum. In der Auffahrt standen schicke Autos. Es wirkte freundlich und bewohnt – ganz anders als zu der Zeit, als wir dort gelebt hatten. Ich vermutete, dass es auch im Inneren schön aussah. Bestimmt hatte mittlerweile jemand die Wände neu gestrichen und diesen hässlichen Pfirsichton, den meine Mutter damals ausgesucht hatte, übermalt. Hatte die Dellen und Kratzer ausgebessert und den Rauchgeruch weggewaschen. Die Narben der kaputten Familie, die einst dort gelebt hatte, entfernt.

Da die Trauerfeier für Montag angesetzt war, beschloss ich, länger zu bleiben. Doch ich bezweifelte, dass ich noch eine Nacht im Haus der Harpers verbringen könnte. Also gab ich vor, am Freitag abzufliegen, nahm mir stattdessen jedoch ein Zimmer auf der anderen Seite von Phoenix.

Am Sonntagnachmittag stieg ich in meinen Mietwagen, um mich mit dem Lebensgefährten meiner Mutter in ihrem Haus etwas außerhalb von Mesa zu treffen. Es stand in einer ruhigen Straße in einem Wohngebiet und wirkte von außen wie ein nettes Zuhause. Ich konnte mir gut vorstellen, wie eine normale Familie dort wohnte, mit Töpfen und Pfannen, die tatsächlich zum Kochen benutzt wurden. Mit einem Esstisch, an dem die Mahlzeiten gemeinsam eingenommen wurden. Einem Wohnzimmer, das nicht mit Gerümpel vollgestopft war. Aber ich wusste, dass Äußerlichkeiten täuschen konnten.

Ich klopfte, und ein Mann mit struppigen Haaren, einem stoppligen Kinn und gebräunter, wettergegerbter Haut öffnete mir die Tür. Er hatte tiefe Falten auf der Stirn und unter den Augen, doch ich schätzte, dass er jünger war, als er aussah. Anscheinend hatte er lange Zeit im Freien in der Sonne gearbeitet. Er trug ein verblichenes blaues T-Shirt und abgewetzte Jeans.

»Du musst Desirees Tochter sein«, sagte er mit leichtem texanischem Akzent und trat beiseite. »Ich bin Mack. Komm ruhig rein.«

»Danke.«

Ich wusste selbst nicht, wie ich mir den Ort, an dem sie zuletzt gelebt hatte, vorgestellt hatte, aber bestimmt nicht so. Zunächst einmal war das Haus sauber. Zumindest weitestgehend. Auf dem Couchtisch standen zwei volle Aschenbecher, aber die Couch selbst war frei. Keine Bierdosen oder nachlässig versteckte Drogenutensilien. Es roch nach Zigaretten, jedoch nicht nach Gras. Und auch nicht nach Schimmel oder süßlich-widerlich nach Müll, der zu lange im Haus herumgestanden hatte.

Mack sah sich um, bevor er auf die Couch deutete. »Hier, du kannst dich setzen. Ich würde dir ja etwas zu trinken anbieten, aber ich habe nur Wasser. Ich sollte wohl mal einkaufen gehen, allerdings war mir nicht danach.«

Der Schmerz in seiner Stimme ließ mich aufhorchen, und ich betrachtete mir sein Gesicht genauer. Seine Augen waren blutunterlaufen, und er sah schmuddelig aus, wie jemand, der eine Dusche nötig hatte. Doch er war stocknüchtern. Seine geröteten Augen und seine Nervosität hatten nichts damit zu tun, dass er betrunken oder high war und versuchte, sich nichts anmerken zu lassen. Das hätte ich sofort erkannt. Er war niedergeschlagen. In Trauer.

Auch das war mir gleich klar. Ich kannte dieses Gefühl zu gut.

»Schon okay.« Ich ließ mich auf der Kante des Sofas nieder. »Ich brauche nichts.«

»Ich habe mich immer gefragt, ob ich dich wohl eines Tages kennenlernen würde.«

Er setzte sich ans andere Ende der Couch. »Du erinnerst mich an sie. Obwohl du vermutlich auch ein bisschen wie dein Vater aussiehst.«

Ich zuckte mit den Schultern. »Kann sein. Ich weiß es nicht.«

»Nun, du hast vermutlich einige Fragen.«

O Gott, wo sollte ich anfangen? »Ja. Du weißt vermutlich, dass ich sie lange Zeit nicht mehr gesehen habe. Als ich zum letzten Mal von ihr gehört habe, lebte sie in Louisiana mit … Ich kann mich nicht mehr erinnern, welchen Namen sie genannt hat. Wie lange kanntest du sie?«

»Drei Jahre«, antwortete er. »Wir haben uns in Houston kennengelernt.«

»Drei Jahre?«, fragte ich. »Wart ihr die ganze Zeit zusammen?«

Er nickte. »Ja. Manchmal war es schwierig, aber ich kann dir versichern, dass ich deine Mutter geliebt habe.«

Als ich noch bei ihr gelebt hatte, hatte keine ihrer Beziehungen so lange gehalten. Und ich konnte mich auch nicht erinnern, jemals einen Mann sagen gehört zu haben, dass er sie liebte – zumindest nicht so, dass es glaubhaft geklungen hätte. »Wow, das ist unglaublich. Wann seid ihr hierhergezogen?«

»Vor etwa einem Jahr«, erwiderte er. »Zu jenem Zeitpunkt war sie bereits einige Monate trocken gewesen und hatte beschlossen, eine Luftveränderung würde ihr guttun. Sie hat oft gesagt, dass sie egal, wo sie gelebt hätte, Arizona immer als ihr Zuhause betrachtet hätte. Also habe ich sie hierher zurückgebracht.«

Ich hatte alles, was er nach dem Wort *trocken* gesagt hatte, kaum noch mitbekommen. »Sie war trocken? Aber ich dachte … Der Unfall …«

»Sie ist fast vierzehn Monate durchgehend trocken gewesen. Aber wie man sieht, hat sie irgendwann doch wieder zur Flasche gegriffen.«

»Dann warst du also auch schon mit ihr zusammen, als sie noch auf Drogen gewesen ist? Du sagtest ja, ihr wärt drei Jahre lang ein Paar gewesen und ihre trockene Phase hätte vierzehn Monate angehalten.« Ich hätte ihn gern gefragt, ob er ebenfalls Drogen nahm, doch das erschien mir zu aufdringlich.

»Als wir uns kennenlernten, war sie clean«, sagte er. »Diese Phase hielt ungefähr sechs Monate an, und ich habe sie relativ am Anfang kennengelernt. Als sie rückfällig wurde, habe ich es mit ihr durchgestanden. Ich dachte mir, dass ich sie vielleicht genügend lieben würde, um sie da rauszuholen – um uns da rauszuholen. Und nach einer Weile funktionierte es tatsächlich.

Sie hat einen zweimonatigen Entzug gemacht, und ungelogen, hinterher war sie ein neuer Mensch.«

»Ähm, tut mir leid, wenn die Frage zu persönlich sein sollte, aber bist du auch süchtig? Ich frage nur, weil es bei den Männern, mit denen sie in meiner Kindheit zusammen war, immer so war.«

Er schüttelte den Kopf. »Nee, so was habe ich nie angerührt. Na ja, ich rauche, und ich schätze, dass mich das eines Tages ins Grab bringen wird. Aber ich trinke kaum etwas, und von dem anderen Zeug lasse ich erst recht die Finger.«

»Also, als ihr hierhergezogen seid, ging es ihr gut und sie war trocken«, sagte ich. »Wie lange ist es her, dass sie rückfällig geworden ist?«

»Ich kann es nicht genau sagen«, überlegte er. »Ich habe es erst ein paar Tage vor dem Unfall gemerkt. Da ich allerdings zwei Jobs habe, bin ich nicht so oft zu Hause. Sie hatte auch einen Job, aber ich schätze, dass sie in den vergangenen Monaten öfter nicht zur Arbeit gegangen ist. Davon hat sie mir nichts erzählt. Vor ein paar Wochen wurde sie gefeuert, weil sie ständig gefehlt hat. Davon hat sie mir auch nichts erzählt. Als sie den Unfall hatte, war ich bei der Arbeit. Wäre ich hier bei ihr gewesen, hätte ich sie nicht fahren lassen.«

Sein unüberhörbar schlechtes Gewissen schmerzte mich. »Nein, es war nicht deine Schuld. Du darfst dir für das, was sie getan hat, keine Vorwürfe machen.«

Er schüttelte mit gesenktem Blick den Kopf. »Ich schwöre dir, ich habe alles versucht. Und sie hat sich so lange Zeit echt gut gehalten. Ich dachte, wir hätten das Schlimmste hinter uns.«

»Es tut mir leid«, sagte ich leise. »Aber danke, dass du ihr geholfen hast. Ich wollte immer daran glauben, dass es doch möglich ist, dass es ihr irgendwann besser geht. Dass sie vielleicht irgendwo glücklich ist. Es klingt, als wäre sie das gewesen, zumindest für eine gewisse Zeit.«

»Das Schlimmste ist, dass ich es eigentlich hätte besser wissen müssen«, sagte er. »Menschen sind, wie sie sind, Brooke. Man kann sie nicht ändern. Ich konnte deine Mutter nicht ändern. Ich schätze, ich wusste immer, dass es eines Tages so enden würde. Ich wollte daran glauben, dass sie sich ändern könnte, aber manche Dinge stecken so tief in einem drin, dass man nichts dagegen tun kann. Ganz egal, wie lang sie nicht zu Alkohol oder Drogen gegriffen oder keinen Streit mit mir gesucht hat. Irgendwann ging es immer wieder los. Am Ende war sie jedes Mal wieder so, wie sie eben war.«

Ich sah ihn an, und abgrundtiefes Grauen packte mich. Die Luft fühlte sich plötzlich zäh an, und meine Augen waren trocken und juckten. Ich musste hier raus, sofort. »Okay, also danke, dass du dich mit mir getroffen hast. Ich hoffe … Ich hoffe, du schaffst das alles. Aber, tut mir leid, ich glaube, ich kann nicht länger bleiben.«

»Oh, warte einen Moment. Ich habe etwas für dich.«

Er stand auf und verschwand durch eine Tür. Mein Rücken war schmerzhaft verkrampft, und mir war übel. Ich war kurz davor, aufzustehen und zu gehen – dieses Haus erdrückte mich –, als Mack schon wieder zurückkam, mit einer Aufbewahrungsbox aus Plastik in den Händen.

»Hier sind ein paar Sachen, die du vielleicht aufheben möchtest«, sagte er. »Ich weiß nicht genau, was da alles drin ist, aber immer, wenn wir umgezogen sind, hat sie genau darauf geachtet, dass wir sie mitnehmen.«

Ich stand auf und nahm die Box entgegen. Zwar hatte sie ein

gewisses Gewicht, war jedoch zu leicht, um voller Papiere zu sein. »Okay, danke.«

Er nickte. »Und, Brooke, es tut mir leid. Sie hat viel von dir gesprochen. Darüber, wie klug du bist und wie hübsch. Ich glaube, sie wollte dich gern wiedersehen, aber sie hatte Angst.«

Mir traten Tränen in die Augen. Ich atmete tief durch, um nicht zu weinen. Noch nicht. »Danke, Mack. Ich bin froh, zu wissen, dass sie mit dir schöne Zeiten erlebt hat. Auch wenn es ein schlechtes Ende genommen hat.«

»Ich auch«, sagte er. »Kommst du zur Beerdigung?«

»Ja«, sagte ich, obwohl es eine Lüge war. »Wir sehen uns dort. Pass auf dich auf.«

Die Musik war lauter, als ich es in Erinnerung hatte. Sie war nicht live, erinnerte mich aber dennoch an Jareds Band. Ich fragte mich, was wohl aus den Jungs geworden war. Da ihr Sänger im Knast saß, waren sie bestimmt getrennte Wege gegangen. Bei den meisten konnte ich mich nicht mal mehr an die Namen erinnern.

»Na, ich werd nicht mehr«, sagte Rick. Er lief die Bar entlang bis zu meinem Platz ganz am Ende des Tresens. »Du bist es, Kleine. Lange nicht mehr gesehen.«

»Hi, Rick.«

»Das Übliche?«

Ich zögerte einen Augenblick, weil ich wusste, dass das alles eine furchtbar schlechte Idee war. Es gab keinen Grund für mich, hier zu sein. Doch nach der Rückkehr in mein Hotel hatte ich das Gefühl gehabt, durchzudrehen. Alles, was Mack gesagt hatte, war mir unablässig durch den Kopf gegangen, hatte den Staub alter Erinnerungen aufgewühlt. Alten Schmerz zurückgebracht.

»Klar«, antwortete ich, obwohl ich nicht mehr wusste, was *das Übliche* gewesen war.

Er verschwand kurz und kehrte mit einem Glas zurück, dessen Inhalt nach Whisky aussah.

»Du siehst gut aus«, sagte er, als er mir das Glas über den Tresen schob. »Was hast du so gemacht?«

»Ich bin nach Iowa gezogen.«

»Ernsthaft?« Er nahm einen Lappen und wischte ein paar Flecken vom Tresen. »Wozu?«

»Ich brauchte eine Luftveränderung.«

»Was hat dich wieder hierhergeführt?«, erkundigte er sich. »Hattest du genug davon, dir den Hintern abzufrieren?«

»Nein.« Ich nahm einen Schluck. Es schmeckte nicht besonders, aber es war trinkbar. »Ich musste nur einige Dinge regeln. Ich bleibe nicht.«

Er nickte. »Dann freut es mich, dass du vorbeigekommen bist. Ich habe mich schon gefragt, was aus dir geworden ist.«

An seinem Tonfall erkannte ich, dass er diesbezüglich eigene Theorien aufgestellt hatte und sie nicht unbedingt zu meinem Vorteil ausgefallen waren. Ich schluckte den Rest meines Drinks herunter. »Ja, ich schätze, ich bin mehr oder weniger einfach von der Bildfläche verschwunden. Aber es geht mir gut.«

»Schön.« Er nahm mein Glas und ging, um es wieder zu füllen.

Ich hielt ihn nicht davon ab.

## KAPITEL 33

# Sebastian

Ich ließ mich nicht von ihrem Lächeln täuschen.

Als ich Brooke am Flughafen abholte, wurde meine Erleichterung darüber, sie wiederzusehen – ich hatte sie ja so vermisst! – von dem Ausdruck in ihren Augen gedämpft. Sie lächelte. Sagte, dass alles glattgegangen wäre. Dass sie mich vermisst hätte und sich freuen würde, wieder zu Hause zu sein. Doch ihre Augen sagten etwas anderes.

Der gehetzte Ausdruck war wieder zurück.

Ich brachte sie nach Hause, und obwohl sie mich bat, zu bleiben, stimmte da irgendetwas nicht. Weil Olivia bei Charlie war, hatten wir das Haus für uns. Und wir hatten uns fast eine Woche nicht mehr gesehen. Aber sie schien kein Interesse an einem leidenschaftlichen Wiedersehen zu verspüren. Sie erkundigte sich nach meinen Abschlussprüfungen, obwohl ich ihr eigentlich schon erzählt hatte, wie sie gelaufen waren, und es dazu eigentlich nichts mehr zu sagen gab. Ich wollte darüber sprechen, was sie in Phoenix gemacht hatte – und was sie über ihre Mutter in Erfahrung gebracht hatte –, doch sie antwortete nur ausweichend. Ich merkte, dass sie nicht darüber reden wollte.

Als sie sagte, dass sie müde wäre und bloß noch ins Bett wollte, erhob ich keine Einwände. Zwar war ich nicht müde, aber ich legte mich trotzdem zu ihr. Es genügte mir, sie zu halten – mich an sie zu schmiegen und ihren weichen Körper zu spüren. Als ich ihren Duft einatmete, roch sie gut. Nach Brooke. Aber irgendetwas war anders. Die Veränderung war so subtil, dass ich sie nicht genau benennen konnte. Ein Hauch von etwas, das ich nicht identifizieren konnte.

Was immer in Phoenix vorgefallen war, hatte seine Spuren bei ihr hinterlassen. Während ich sie unter der Decke im Arm hielt, verfluchte ich mich dafür, dass ich mich von ihr hatte überreden lassen, hierzubleiben. Ich hatte gewusst, dass das keine gute Idee gewesen war. All meine Instinkte hatten mich getrieben, sie zu begleiten. Ich hätte ihren Ärger einfach hinnehmen und dennoch mitfliegen sollen. Sie hatte mich gebraucht, und ich war nicht da gewesen.

Verdammt.

Ich hoffte bloß, dass es ihr, wenn sie sich ausgeruht hatte, etwas besser gehen und sie sich mir öffnen und mir erzählen würde, was geschehen war.


Brooke öffnete sich mir nicht.

Nicht am nächsten Tag und auch nicht am Tag darauf. Auch nicht, nachdem sie schon eine Woche wieder zurück war. Nicht nach zwei Wochen. Weihnachten kam und ging. Wir feierten gemeinsam mit Charlie und Olivia. Ich rief meine Eltern an, fuhr aber nicht nach Hause, um sie zu sehen. Zwischen uns bestanden noch immer zu viele Spannungen.

An Silvester gingen wir mit Freunden in eine Bar. Charlie und Olivia waren mit von der Partie und dazu noch ein paar Leute, die wir kannten. Brooke trank ein Glas Champagner, und ich dachte mir nichts dabei. Selbst ich gönnte mir ein Glas. Dann trank sie noch eines, so schnell, dass ich nicht gleich merkte, dass sie bereits das dritte in der Hand hielt. Um Mitternacht lachte sie über alles und war zu betrunken, um noch geradeaus zu laufen.

Am nächsten Morgen wiegelte sie ab. Man würde Silvester schließlich nur einmal im Jahr feiern. Es wäre eine Party gewesen, und sie hätte sich eben ein bisschen zu sehr amüsiert. Sie würde ihren Kater mit Kaffee und einem ausgiebigen Frühstück bekämpfen, und alles wäre wieder gut.

Aber nichts war wieder gut.

In den darauffolgenden Wochen fing ich an, ihr Haus nach Alkohol und Tabletten zu durchsuchen. Ich kam mir dabei mies vor, als würde es bedeuten, dass ich ihr nicht traute. Doch dabei ging es nicht um Vertrauen. Ich konnte spüren, wie sie mir entglitt, Stück für Stück. Nur ein einziges Mal fand ich etwas – eine offene Flasche Wein in ihrem Kühlschrank. Sie behauptete, sie hätte ihn zum Kochen gekauft. Ich entschloss mich, ihr zu glauben. Immerhin hatte die Flasche offen herumgestanden. Sie hatte nicht versucht, sie zu verstecken.

Aber ob sie nun trank oder nicht – ich konnte die Veränderung in ihr spüren. Konnte sie in ihren Augen sehen. Wir gingen noch immer miteinander aus. Ich lud sie zu Dates ein oder wir verbrachten gemeinsam Zeit zu Hause. Wir verabredeten uns mit Charlie und Olivia. Sie ging zur Arbeit und ich zur Uni. Ich erwähnte, dass ich erwog, möglicherweise auf eine andere Uni zu wechseln, und sie ermunterte mich begeistert, es durchzuziehen.

Ich redete mir ein, dass womöglich doch alles ganz normal wäre. Dass ich mir vielleicht bloß alles einbildete. Ich hatte mir so große Sorgen darüber gemacht, wie sie mit dem Tod ihrer Mutter fertigwerden würde, dass ich automatisch vom Schlimmsten ausging. Erwartete, dass sie abstürzte. Aber vielleicht würde sie das ja gar nicht. Vielleicht hatte ich ihr genug Liebe geschenkt, um ihr durch diese schwere Zeit zu helfen, und sie würde es gut verkraften.

Ende Januar waren sie und Olivia eifrig mit den Vorbereitungen für die erste Veranstaltung in der Buchhandlung beschäftigt. Olivia hatte zum Jahresersten die Kaffeetheke wiedereröffnet, und es schien gut zu laufen. Zumindest war Olivia zufrieden.

Sie und Charlie waren nach wie vor ein Paar. Ihre Beziehung hatte sich anfangs so schnell entwickelt, dass ich ein wenig besorgt gewesen war. Doch ich hatte noch nie zuvor erlebt, dass Charlie so verrückt nach einer Frau gewesen war. Manchmal gerieten sie sich auch in die Haare, jedoch nie so heftig, wie es damals bei Kimmie der Fall gewesen war. Und Olivia war ein Hitzkopf. Vermutlich gehörten die gelegentlichen Temperamentsausbrüche – und zu meinem Pech auch der anschließende, lautstarke Versöhnungssex – bei ihr einfach dazu. Sie war nicht zickig oder boshaft, sondern einfach nur ein bisschen hitzig. Und ich merkte ihr an, dass sie Charlie ebenso sehr liebte wie er sie. Ich freute mich für die beiden.

Eines Freitagnachmittags schrieb ich Brooke direkt nach Unterrichtsende eine Nachricht, in der ich sie fragte, wann sie Feierabend hätte. Wenn sie nicht länger arbeiten müsste, könnte ich in der Buchhandlung vorbeischauen und sie abholen.

*Brooke: Ich bin nicht bei der Arbeit. Es geht mir nicht gut.*
*Ich: Tut mir leid, Schatz. Brauchst du was, dann bringe ich es dir?*
*Brooke: Nein, komm nicht vorbei. Ich darf dich nicht anstecken.*

Ich betrachtete frustriert ihre Nachricht. Klar, ich musste aufpassen, dass ich nicht mit Krankheitskeimen in Berührung kam.

Doch ich wurde den Verdacht nicht los, dass sie gar nicht krank war. Dass sie einen schlechten Tag und eine Ausrede vorgeschoben hatte, um nicht vor die Tür gehen zu müssen.

Anstatt ihr eine Nachricht zu schreiben, fuhr ich bei einem Deli vorbei, besorgte dort heiße Hühnersuppe und fuhr anschließend zu ihr. Sie empfing mich an der Tür in einem knittrigen T-Shirt, Leggings, dicken Socken und einer großen Decke um die Schultern. Zwar hatte sie sich über den Winter in Iowa nicht annähernd so häufig beklagt, wie ich erwartet hatte, aber sie besaß inzwischen trotzdem eine wachsende Kollektion an Decken, die sie trug wie andere Frauen Schmuck.

Sie spähte durch den Türschlitz. »Hey, ich habe dir doch geschrieben, dass du nicht kommen sollst. Ich will dich nicht anstecken.«

Anstatt auf der Eingangstreppe stehen zu bleiben, setzte ich meine Körpergröße ein, trat zur Tür und drückte sanft dagegen, bis sie keine andere Wahl hatte, als mich hereinzulassen.

»Ich stecke mich schon nicht an. Wenn du wirklich so krank bist, wasche ich mir eben häufig die Hände und schaue, dass es zwischen uns jugendfrei bleibt.« Ich gab ihr einen Kuss auf die Stirn. »Ich habe dir Suppe mitgebracht.«

Ich holte einen Löffel aus der Küche und brachte ihr die Suppe ins Wohnzimmer. Sie ließ sich auf die Couch sinken und igelte sich in der Sofaecke ein.

Als sie die Suppe entgegennahm, lächelte sie. »Danke.«

»Ehrensache«, sagte ich. »Ich muss mich doch um meinen Schatz kümmern.«

»Aber du solltest lieber nicht bleiben«, wandte sie ein. »Ich fände es schrecklich, wenn du meinetwegen krank werden würdest. Du weißt, dass du damit nicht leichtsinnig sein darfst.«

»Ich weiß. Bist du erkältet oder so?«, fragte ich. Sie klang nicht verschnupft.

»Etwas in dieser Art.« Sie pustete auf einen Löffel Suppe und nippte daran.

Ich beobachtete sie einen Moment lang. Sie sah ein bisschen blass aus, aber noch immer verdammt wunderschön. Selbst mit einem unordentlichen Knoten aus dunklem Haar auf dem Kopf, in unordentlichen Klamotten und in eine Decke gewickelt. Doch sie schwand dahin, und das Licht in ihren Augen wurde immer schwächer.

»Du weißt, dass du mit mir reden kannst?«, sagte ich. »Über alles.«

»Ja, natürlich.«

»Verrätst du mir, was sonst noch los ist?«

Sie sah auf. »Was meinst du damit?«

»Du bist nicht nur krank«, sagte ich. »Glaubst du etwa, ich merke es nicht, wenn dich etwas bedrückt?«

»Es geht mir gut«, entgegnete sie. »Ich bin bloß ein bisschen angeschlagen. Das liegt an der Jahreszeit. Völlig normal. Im Laden niesen die Kunden ständig alles voll. Es überrascht mich, dass ich mir nicht schon früher etwas eingefangen habe.«

»Okay«, sagte ich. »Aber ich habe trotzdem den Eindruck, dass du mir etwas vorenthältst.«

»Denkst du etwa, ich belüge dich?«, fragte sie. »Worauf willst du hinaus?«

»Auf nichts«, erwiderte ich. »Es ist nur, dass du dich, seitdem du in Phoenix warst … merkwürdig verhältst. Als würde dir eine Menge durch den Kopf gehen, worüber du nicht sprichst.«

»Ich habe dir erzählt, was in Phoenix passiert ist«, entgegnete sie. »Meine Mutter ist gestorben. Ihr Freund hat mir berichtet, dass sie eine Weile trocken gewesen ist, dann aber wieder einen Rückfall erlitten hatte. Ich war wirklich traurig und hatte auch Mitleid mit ihm. Das war's.«

»Hast du bereits die Kiste geöffnet, die er dir mitgegeben hat?«

Sie zögerte und senkte den Blick auf ihre Suppe. »Nein. Noch nicht.«

»Fürchtest du dich davor, was du darin entdecken könntest?«, fragte ich behutsam.

»Ich glaube schon«, gab sie zu, und für eine Sekunde glaubte ich, ihr Schutzwall würde brechen. »Aber mal ehrlich, eigentlich ist es keine große Sache. Wahrscheinlich enthält sie sowieso bloß unnützen Kram. Sie hat manchmal seltsame Dinge aufgehoben.«

Herrgott, warum wollte sie einfach nicht mit mir reden?

»Was hat deine Therapeutin zu alldem gesagt?«, fragte ich. »Konnte sie dir helfen?«

»Ehrlich gesagt war ich schon eine Weile nicht mehr bei ihr.«

»Was?« Damit hatte ich nicht gerechnet. »Ich dachte, du wärst einmal wöchentlich dort.«

»Nun ja, ich bin auch jede Woche hingegangen, aber als ich nach Phoenix geflogen bin, musste ich die Sitzungen absagen. Und du kennst das ja. Es kommt ständig etwas dazwischen. Ich habe einfach noch keine neuen Termine vereinbart.«

»Brooke, findest du nicht, dass du das tun solltest?«

»Ich mache es ja auch noch«, entgegnete sie. Ihr schnippischer Tonfall regte mich auf. »Ich komme nur neben der Arbeit und allem anderen nicht dazu.«

»Aber du musst das zu deiner Priorität machen«, sagte ich. »Insbesondere unter diesen Umständen.«

»Was meinst du mit *unter diesen Umständen?*«

»Ich meine, dass du deine Mutter verloren hast. Und dazu kamen noch die Feiertage und so weiter. Das kann für jeden schwierig sein. Ich sehe es in deinen Augen. Da ist etwas, worüber du nicht sprichst. Wenn du schon nicht mit mir reden willst, rede wenigstens mit ihr darüber.«

»Es gibt nichts, worüber ich reden müsste.« Sie streifte die Decke von den Schultern und stand auf. »Es geht mir gut.«

Sie ging in die Küche und stellte die Suppe in den Kühlschrank. Als sie zurückkam, setzte sie sich neben mich auf die Couch. Ich legte den Arm um sie, und sie kuschelte sich an mich.

»Mach dir meinetwegen nicht so viele Sorgen«, bat sie.

»Brooke, ich liebe dich«, sagte ich. »Selbstverständlich mache ich mir Sorgen um dich.«

Sie atmete tief durch. »Ich liebe dich auch. Und es tut mir leid.«

»Was tut dir leid?«

»Ich weiß nicht. Alles.«

Ich legte das Kinn auf ihren Kopf und drückte sie an mich. Ich hasste es, mich so hilflos zu fühlen. Ungeachtet ihrer Worte wusste ich, dass es ihr nicht gut ging. Depressionen waren eine ernste Angelegenheit. Ich hatte alles getan, was ich konnte, um sie da herauszulocken. Um ihr mit meiner Liebe zu helfen, es durchzustehen. Aber sie hielt sich noch immer zurück. Behielt alles für sich. Als wolle sie mich nicht mit ihren Problemen belasten. Doch ich wollte ihr helfen, diese Last zu tragen. Und das hatte ich ihr auch gesagt. Hatte versucht, es ihr zu zeigen. Ich war für sie da. Ich konnte ihr helfen.

Aber wenn sie keine Hilfe wollte – was konnte ich dann noch ausrichten?

Ich spürte, dass sie immer mehr abrutschte, und wenn sie nicht irgendetwas aufhielt, würde sie tief abstürzen. Ich sah es kommen. Beim letzten Mal hatte ich, wie sie es formuliert hatte, *schwere Geschütze* aufgefahren. Dass Olivia nach Iowa gekommen war und Brooke Gelegenheit gehabt hatte, wieder Kontakt zu den Harpers aufzunehmen, hatte ihr gutgetan. Es hatte ihr geholfen. Für eine Weile hatte sie sich so gut geschlagen.

Doch an wen konnte ich mich diesmal wenden? Was war mein Notfallplan, falls sie sich nicht mehr fing? Es gab nichts mehr, was Olivia noch für sie hätte tun können. Ich hatte gehofft, ihre Therapeutin könnte vielleicht etwas ausrichten, aber wenn sie nicht mehr zu ihren Sitzungen ging, würde das auch nichts helfen. Zwar könnte ich sie hinfahren und warten, bis sie ins Gebäude gegangen war – was ich ernsthaft in Erwägung zog –, aber davon abgesehen konnte ich sie nicht zwingen, hinzugehen. Und würde die Therapie überhaupt etwas helfen, wenn sie sie bloß auf mein Drängen hin machte? Würde sie sich öffnen?

Ich wusste, wie es war, kämpfen zu müssen. Wenn Umstände, über die man selbst keine Kontrolle hatte, einen in die Knie zu zwingen drohten. Das war heftig und verdammt schwer auszuhalten.

Das Herz, das Brooke geliebt hatte, hatte mich gerettet. Ich wollte mich dafür revanchieren. Ich wollte sie retten. Nicht nur ihr zuliebe oder für mich selbst. Auch für Liam Harper. Für den Mann, der, wenn er weitergelebt hätte und ich gestorben wäre, Brooke mit seiner Liebe durch die schlimmen Zeiten geholfen hätte.

Ich wusste bloß nicht, ob ich das schaffen konnte.

## KAPITEL 34

# Brooke

Obwohl mir vage bewusst war, was los war, hatte ich nicht die Kraft, etwas daran zu ändern. Bei der Arbeit hatte ich mich wieder krankgemeldet – zum zweiten Mal in dieser Woche. Ich redete mir ein, nur müde zu sein. Gegen eine Erkältung zu kämpfen. Doch die Schwere in meinen Gliedern und die immer stärker werdende Lethargie, die mich plagte, rührten nicht daher, dass ich mir in der Buchhandlung etwas eingefangen hatte.

In Phoenix hatte ich mich total gehen lassen, was ich schrecklich fand. Bevor ich nach Iowa gekommen war, hatte ich mich ständig betäubt. Mal war ich zu deprimiert gewesen, um aus dem Bett zu kommen, mal zu besoffen, um mir deswegen noch Gedanken zu machen. Ich hatte Mittel und Wege gefunden, um meine Trauer zu verdrängen. Ich hatte mich selbst therapiert, indem ich mich entweder bis zur Bewusstlosigkeit betrunken oder für einen billigen Kick unnötige Risiken eingegangen war. Hatte verhindert, dass ich zu viel gefühlt hatte.

Doch nun hatte ich diesen Schutz nicht mehr. Ich hatte mich wieder geöffnet, aber das bedeutete auch, dass ich verletzlich geworden war. Ich war nach Phoenix geflogen, ohne etwas zu haben, womit ich meine Gefühle vor dem Ansturm alter Erinnerungen hätte schützen können. Liams Haus. Meine Mutter. Alles war auf mich eingestürmt und hatte mich überwältigt.

Das alles hatte etwas Unvermeidbares. Ein Muster, das ich ständig wiederholen musste. Ich hatte mal gelesen, dass der menschliche Körper eine Homöostase anstrebte – einen Zustand des Gleichgewichts, den er dauerhaft aufrechtzuhalten versuchte. Vielleicht galt das auch für den ganzen Menschen. Ich hatte einen Normalzustand, eine Art Standardeinstellung, in die ich immer wieder zurückfiel.

Genau wie sie. Genau wie meine Mutter.

Lag das daran, dass ich Liam verloren hatte? Hatte sein Tod mich so sehr zerrissen, dass ich mich davon nicht mehr erholen konnte? Oder war meine Kindheit der Grund dafür? Ich war mein ganzes Leben lang herumgeschoben worden. Hatte Verletzungen und Vernachlässigung erlebt. Dinge gesehen, die kein Kind sehen sollte.

Oder war ich einfach so geboren worden?

Meine Erfahrungen hatten mich geformt, aber schlussendlich war ich die Tochter meiner Mutter. Sie hatte in einer Chaos-Endlosschleife gelebt. Es hatte kurze Zeiträume gegeben – die sich üblicherweise in Wochen oder Monaten bemessen hatten –, in denen alles gut gewesen war. Sie war glücklich gewesen. Nüchtern. Eine Mutter für ihre Tochter, eine gute Freundin für die Menschen in ihrem näheren Umfeld. Doch diese Phasen waren immer nur vorübergehend gewesen. Selbst mit einem Mann in ihrem Leben, der sich angestrengt hatte, der sie augenscheinlich wirklich geliebt hatte, war sie gescheitert. War wieder zu der Person geworden, die sie tief im Inneren war. Und das hatte sie umgebracht.

Ich bekam Macks Gesicht nicht aus dem Kopf. Er hatte so traurig ausgesehen. So tief bestürzt. Er hatte für sie Opfer gebracht, in dem Glauben, dass das, was er tat, gut genug wäre. In dem Glauben, dass er sie retten könnte. Und am Ende war ihm nichts geblieben als der Schmerz darüber, jemanden geliebt zu haben, der zu kaputt gewesen war, um diese Liebe zu erwidern. Und die Trauer darüber, sie trotz seiner Bemühungen verloren zu haben.

Ich konnte das Gefühl – die Furcht – nicht abschütteln, dass ich auch so war.

Olivia öffnete die Tür, und ein Schwall kalter Luft strömte herein. Ich wickelte die Decke fester um mich.

»Immer noch krank?«, fragte sie.

»Ja«, entgegnete ich. »Wie läuft es in der Buchhandlung?«

Sie antwortete nicht sofort, hielt mir den Rücken zugewandt und zog ihren Mantel aus. Meine Nackenhärchen sträubten sich, und ein nervöses Kribbeln breitete sich in meiner Magengrube aus. Olivia war sauer.

»In der Buchhandlung?« Sie drehte sich um und stemmte die Hände in die Hüften. »Na ja, ganz gut, würde ich sagen. Es steht eine Signierstunde mit einem Autor an, von der ich keine Ahnung habe, wie sie ablaufen soll, da du ja beschlossen hast, zu Hause bleiben zu müssen, um die Couch warmzuhalten oder was auch immer.«

»Tut mir leid«, sagte ich. »Ich fühle mich nicht wohl.«

Sie verdrehte die Augen. »Ja, genau.«

»Was soll das denn heißen?«.

»Lassen wir das lieber.« Sie ging in die Küche und öffnete den Kühlschrank.

»Nein, ernsthaft«, beharrte ich. »Du bist offensichtlich sauer. Tut mir leid, dass ich nicht bei der Arbeit war. Morgen komme ich wieder. Oder wenn du willst, können wir die Veranstaltung jetzt gleich besprechen.«

»Ich möchte dich nicht beim Schmollen stören.«

»Ich schmolle nicht«, widersprach ich. »Was zum Teufel soll das?«

»Was immer du auch machst – ich habe langsam die Nase voll davon.« Sie knallte die Kühlschranktür zu.

»Es geht mir einfach nur nicht gut.«

»Könntest du mal damit aufhören? Du magst vielleicht alle anderen mit diesem Theater täuschen, aber ich kaufe es dir nicht ab. Das habe ich noch nie.«

»Ich spiele kein Theater«, sagte ich.

»Nicht?« Sie kam aus der Küche und verschränkte die Arme vor der Brust. »Schwachsinn. Wenn du willst, bist du sehr gut darin, um Aufmerksamkeit zu heischen.«

»Wie bitte?«

»Du versinkst einfach in Selbstmitleid und wartest, bis alle angerannt kommen, um dich aus deinem Loch zu ziehen, und dann sonnst du dich in ihrer Zuwendung.«

»Was zum Teufel redest du da, Olivia?«

Sie schüttelte den Kopf. »Hör auf, so zu tun, als wüsstest du nicht genau, was du da tust. Ich habe das schon oft bei dir erlebt. Bin sogar selbst wieder darauf hereingefallen. Ich bin extra hergekommen, weil ich dachte: Verdammt, ich habe einige verletzende Dinge gesagt, und wenn es ihr schlecht geht, kann ich ihr vielleicht helfen. Aber es war nur wieder das übliche Spiel. Was ist es diesmal? War Sebastian zu beschäftigt, um dir genügend Aufmerksamkeit zu schenken? Musst du dir noch mehr bescheuerte Dramen ausdenken, damit alle angelaufen kommen und dir versichern, wie süß und lieb du doch bist?«

»Das denkst du also von mir?«, sagte ich. »Dass ich Theater spiele, um Aufmerksamkeit zu bekommen?«

»Du kriegst alle dazu, dich in Schutz zu nehmen«, behauptete sie. »Meine Eltern haben es getan. Sebastian tut es selbstverständlich auch. Wenn es um dich geht, ist er völlig blind. Aber jetzt auch noch Joe und sogar Charlie. Herrgott, es ist, als würde sich jeder, der dich kennenlernt, sofort überschlagen, um dich glücklich zu machen.«

»Wovon redest du?«, fragte ich. »Ich habe nie von jemandem verlangt, mich in Schutz zu nehmen. Ich habe ein paar Tage bei der Arbeit verpasst. Warum machst du so ein Drama daraus?«

»Oh, ich bin hier nicht diejenige, die theatralisch ist«, konterte sie. »Ich habe keine Ahnung, warum Joe dich nicht einfach feuert.«

Zorn kochte in mir hoch, und meine Wangen wurden heiß. Ich stand auf und ballte die Hände zu Fäusten. »Was habe ich dir denn jemals getan?«

»Wo soll ich da nur anfangen?«, erwiderte sie. »Deinetwegen sind meine Eltern nach Liams Tod durch die Hölle gegangen. Sie haben sich ein Bein ausgerissen, um dir zu helfen, und du bist einfach abgehauen.«

»Ich bin abgehauen, weil du mir an den Kopf geworfen hast, dass du mich nicht bei euch haben willst«, argumentierte ich. »Du hast gesagt, ich würde nicht zu eurer Familie gehören.«

»Weil du damals schon total kaputt warst«, sagte sie. »Sie konnten über nichts anderes reden als *die arme Brooke. Ach, das arme Ding.*«

»Du findest also, sie hätten sich einfach nicht um mich kümmern sollen?«

»Sie hätten sich vielleicht mal um *mich* kümmern sollen«, sagte sie und trat näher an mich heran. »Er war mein *Bruder.*«

»Verabscheust du mich deswegen so sehr?«, fragte ich. »Wegen der Art, wie deine Eltern mich nach seinem Tod behandelt haben?«

»Du hast ja keine Ahnung, wie es gewesen ist«, sagte sie aufgebracht. »Und es hat nie wirklich aufgehört. Alle kommen gerannt, um dich zu retten. Ich habe meinen Bruder verloren, aber alle waren so sehr damit beschäftigt, sich um dich Sorgen zu machen, dass sie vergessen haben, sich zu fragen, wie es mir eigentlich geht.«

»Und du denkst, das war meine Schuld?«, fragte ich. »Glaubst du, ich habe darum gebeten? Um irgendetwas davon? Ich hätte alles dafür gegeben, ihn zurückzubekommen. Alles dafür gegeben, diesen dämlichen Ausflug nicht gemacht zu haben.«

»Aber du hast es getan«, sagte sie. »Auch er hat dich retten wollen. Er konnte verdammt nochmal nicht anders.«

Die tiefere Bedeutung, die in diesen Worten lag, schrie mir geradezu ins Gesicht. Brachte meine Wut noch mehr zum Kochen, bis sie wie Feuer durch meine Adern floss. »Weil er mich geliebt hat.«

»Ja, und das hat ihn getötet«, fauchte sie. »Er ist verdammt nochmal deinetwegen gestorben.«

Meine Hand fuhr nach vorn, und meine offene Handfläche traf mit einem lauten Klatschen ihre Wange. Sie wich zurück und hielt sich das Gesicht, während ich sie entsetzt anstarrte. Ohne ein weiteres Wort nahm sie ihren Mantel, rannte aus der Tür und knallte sie hinter sich zu.

Ich taumelte rückwärts. Mein Herz raste. O mein Gott. Was hatte ich getan? Ich hatte sie geschlagen. Ich war so wütend geworden, dass ich sie geohrfeigt hatte.

Genau, wie meine Mutter es mit mir gemacht hatte.

Die Reifen ihres Wagens quietschten, als sie rückwärts aus der Einfahrt fuhr. Wie hatte ich ihr das nur antun können? Ausgerechnet ihr. Ich presste die Hand vor den Mund und schluchzte.

Herrje, was stimmte bloß nicht mit mir? Warum war ich so eine Katastrophe? Ich stolperte in mein Zimmer und schloss die Tür hinter mir. Ich erwog, mein Handy zu suchen – um sie anzurufen oder ihr zu schreiben. Aber was würde das bringen? Es war besser, wenn sie mich verließ – sich von mir fernhielt. Das wäre für alle besser.

## KAPITEL 35

# Brooke

Als Sebastian die Tür öffnete, konnte ich ihm nicht in die Augen sehen. Ich bemerkte das erste Zucken eines Lächelns in seinem Gesicht, doch ich wandte rasch den Blick ab und trat an ihm vorbei in sein Haus.

»Hey, was ist los?«, fragte er.

Ich ging noch einige Schritte weiter, bemühte mich, Abstand zwischen uns zu bringen. Wenn er mich in den Arm nehmen, mich auch nur berühren würde, wäre es um meine Entschlossenheit geschehen. Dann wäre ich nicht stark genug, das zu tun, von dem ich wusste, dass es getan werden musste.

»Ich muss mit dir reden«, sagte ich.

»Gern«, entgegnete er. »Wir haben das Haus für uns. Ich weiß nicht, wo Charlie hin ist. Ist er bei Olivia?«

O mein Gott, er wusste es nicht. »Ich gehe davon aus.«

»Brooke, du beunruhigst mich gerade wirklich«, sagte er. »Was ist los?«

»Ich habe Olivia geschlagen.«

Er sagte nichts. Ich warf einen Blick über die Schulter, voller Furcht vor dem, was ich sehen würde.

Sein Blick war intensiv, durchbohrte mich förmlich. »Was ist vorgefallen?«

»Sie kam nach Hause und war wütend auf mich, weil ich

nicht bei der Arbeit gewesen bin«, erklärte ich. »Wir haben uns gestritten, und ich habe sie geschlagen.«

»Du lieber Himmel«, keuchte er. »Wann?«

»Vorhin«, sagte ich. »Sie ist gegangen. Ich nehme an, dass sie jetzt bei Charlie ist. Ich hoffe es.«

»Ihr habt euch wegen der Arbeit gestritten?«, fragte er. »Wie konnte das so eskalieren …«

»Unwichtig.«

Er kam einen Schritt auf mich zu, zögerlich, als befürchte er, er könnte mich verscheuchen. »Doch, es ist wichtig.«

»Ich bin wütend geworden und habe sie geohrfeigt«, sagte ich. »So ist es gewesen.«

»Du kannst mir die ganze Geschichte erzählen«, sagte er. »Ich werde nicht ausflippen.«

»Ich habe dir doch schon gesagt, dass es nicht wichtig ist.«

»Okay«, sagte er. »Wir machen Folgendes. Wir geben ihr erst mal Zeit, um sich zu beruhigen. Ich bin mir sicher, dass Charlie schon daran arbeitet. Heute Nacht kann sie hier schlafen, und morgen früh setzen wir uns alle zusammen. Wir klären das.«

»Nein, tun wir nicht«, widersprach ich. »Es gibt nichts zu klären.«

»Dann willst du die Freundschaft mit ihr einfach wegwerfen?«, fragte er. »Wegen eines einzigen Streits?«

»Nicht wegen eines einzigen Streits«, entgegnete ich. »Sondern weil ich ihr immer nur alles versaut habe. Sie hatte eine liebe Familie, hat in einem schönen Haus gewohnt, und dann bin ich aufgetaucht. Sie musste alles mit mir teilen, ob sie wollte oder nicht. Ihr Zimmer. Ihre Eltern. Ihren Bruder.«

»Ich glaube nicht, dass es so gewesen ist«, meinte er. »Du und

Olivia, ihr wart damals doch gute Freundinnen, oder etwa nicht?«

»Als er gestorben ist, ist alles in die Brüche gegangen«, sagte ich. »Und vielleicht hatte sie recht. Vielleicht war es tatsächlich meine Schuld.«

»Mal langsam«, sagte er und hob eine Hand. »Stopp. Hat sie das gesagt? Hat Olivia behauptet, du wärst schuld an Liams Tod?«

»Das war ich, auf gewisse Weise«, erwiderte ich. »Wenn er mich niemals kennengelernt hätte, wäre er an jenem Tag nicht auf der Straße unterwegs gewesen.«

»Brooke, so darfst du doch nicht denken.«

»Seine Familie ist meinetwegen durch die Hölle gegangen«, sagte ich. »Ich war zu schwach, um mit seinem Tod klarzukommen. Also habe ich einfach gesagt: Scheiß drauf. Und dann haben sie weiter versucht, mir zu helfen, Seb. Sie haben es verdammt nochmal immer weiter versucht. Und wofür?«

»Für dich«, sagte er. »Sie haben es weiter versucht, weil sie dich gernhaben.«

Ich schüttelte den Kopf und atmete zittrig ein. »Das hätten sie nicht tun sollen. Sie hätten mich noch am selben Abend, als meine Mutter weggegangen ist, wieder nach Hause schicken sollen. Oder das Jugendamt verständigen sollen. Sie hätten mich nie in ihr Leben lassen sollen.«

»Brooke, was um alles in der Welt redest du da?«

»So ist das bei mir«, sagte ich. »Erkennst du es nicht? Ich bin total kaputt. Und daran wird sich auch nie was ändern. Es ist unerheblich, ob es mir vielleicht eine Zeit lang gut geht. Ich kann diesen Zustand nicht aufrechterhalten. Sie konnte das nicht und ich auch nicht.«

»Sie?«, fragte er. »Sprichst du von deiner Mutter? Brooke, du bist nicht deine Mutter.«

»Richtig«, stimmte ich ihm zu. »Ich bin nicht sie. Aber ich bin aus dem gleichen Holz geschnitzt. Für eine Weile habe ich geglaubt, dass es vielleicht nicht so wäre. Immerhin wurde ich als Teenager nicht schwanger oder drogensüchtig. Aber solche Details sind nicht von Bedeutung. Genau wie sie habe ich früher oder später den Menschen, die ich liebe, wehgetan. Ich ziehe sie in all das mit hinein und vermassle alles. Ich kann das nicht mehr.«

»Du willst Olivia also einfach abservieren?«, fragte er.

»Ich spreche nicht von Olivia.«

Seine Miene verhärtete sich, und er verschränkte die Arme vor seiner breiten Brust, die Füße schulterbreit auseinander, wie eine hohe, unnachgiebige Mauer, und sah mich finster an. Er zog die Augenbrauen nach unten, und die Adern an seinen muskulösen Armen traten deutlich hervor.

»Ich weiß, was du vorhast«, sagte er.

»Sebastian, du musst das verstehen«, entgegnete ich. Ich hatte einen Kloß im Hals. »Der größte Liebesbeweis, den meine Mutter mir jemals erbracht hat, war, mich zu verlassen. Sie hat es getan, um mir eine Chance zu geben. Es ist nicht ihre Schuld, dass es nicht funktioniert hat. Sie hatte ihre eigenen Dämonen, gegen die sie kämpfen musste, und die haben sie getötet. Sie hat jemanden zurückgelassen, der gebrochen und am Boden zerstört ist, weil er sie nicht retten konnte. Du kannst mich auch nicht retten. Und ich liebe dich zu sehr, um zuzulassen, dass du dich damit quälst, es zu versuchen.«

Er sagte nichts. Sah mich nur mit verschränkten Armen an.

»Es tut mir leid«, beteuerte ich. Herrgott, das tat so weh! »Du sollst all die Dinge tun, die du tun möchtest. Beende die Uni.

Mach deinen Abschluss in Architektur. Verwirkliche deine Träume.«

»Was wirst du tun?«

Ich blinzelte irritiert. »Was? Keine Ahnung.«

»Wirst du zur Arbeit gehen?«

»Was hat das denn damit zu tun?«, fragte ich. »Ich sage dir gerade, dass ich nicht mit dir zusammen sein kann, und du machst dir Sorgen um meinen dämlichen Job?«

»Ich möchte bloß wissen, wie ernst es dir mit der Selbstzerstörung ist«, sagte er. »Ich merke genau, was du hier tust, Brooke. Wenn du meinst, dass du das brauchst, dann von mir aus. Geh. Aber ich durchschaue deinen Schwachsinn.«

»Das ist kein Schwachsinn«, brauste ich auf. »Ich verstehe sowieso nicht, warum du mit jemandem wie mir zusammen sein willst. Sieh dir doch nur deine Familie an, und wie du aufgewachsen bist. Glaubst du etwa, ich passe in diese Welt hinein? Weißt du, woher ich komme, Seb? Aus Häusern, in denen es nach Zigaretten stank. Nach Gras. In denen bergeweise Bierdosen oder angekokelte Alufolienstückchen herumlagen. Ich bin mit einer Mutter aufgewachsen, die mich geschlagen hat, wenn ich sie bloß schief angesehen habe. Die so dürr war, dass sie ausgesehen hat, als würde sie nie etwas essen. Wir waren so arm, dass einmal an Weihnachten mein einziges Geschenk aus einem halb vollen Malbuch und einem Stift von unserem Vermieter bestand.«

»Nichts davon ist deine Schuld«, sagte er. »Nichts davon macht *dich* aus.«

»Ach nein?«, fragte ich. »Ich hatte einen Verlobten und eine Familie, die mich geliebt hat. Und, zugegeben, für eine gewisse Zeit habe ich gelebt wie ein normales Mädchen. Ich bin sogar aufs College gegangen. Aber nach einer Weile bin ich direkt wieder in das zurückgefallen, was ich wirklich bin. Die Betrunkene in einer Bar, die mit einem Typen abhängt, der ihr Veilchen verpasst.«

Er schüttelte den Kopf. »Wir wissen beide, dass du nicht so bist.«

»Aber genau das versuche ich dir doch die ganze Zeit verständlich zu machen«, sagte ich. »Ich bin so. Auf genau das falle ich jedes Mal wieder zurück. Nette, normale Menschen versuchen, mir zu helfen, und ich tue nichts anderes, als noch mehr Zerstörung zu bringen.«

»Brooke —«

»Nein«, sagte ich. »Ich werde dir nicht deine zweite Chance auf Leben ruinieren. Dieses Herz in deinem Körper hat etwas Besseres verdient. Das galt für Liam, und das gilt auch für dich.«

Da er mir den Weg zur Tür versperrte, schob ich mich mit gesenktem Kopf an ihm vorbei. Ich konnte ihm nicht ins Gesicht sehen. Ich wollte ihn nicht verletzen, aber es ließ sich nicht vermeiden. Auf diese Weise war es wenigstens vorbei, und er konnte sein Leben weiterleben. Das wünschte ich mir für ihn. Dass er lebte. Dass er die zweite Chance, die ihm geschenkt worden war, nutzte. Und sie nicht sinnlos vergeudete, indem er versuchte, jemanden wie mich wieder geradezubiegen.

Ich knallte die Tür hinter mir zu. Sebastian folgte mir nicht.

Ich lief durch die Kälte nach Hause. Mein Atem kondensierte in der Luft. Ich versuchte, mir vorzustellen, wie meine Mutter sich an dem Abend gefühlt haben musste, als ich endgültig zu den Harpers gezogen war. Was mochte sie gedacht haben, als sie zurück ins Haus gegangen war? Als sie fortgefahren war und mich zurückgelassen hatte? Ich hatte immer geglaubt, dass sie erleichtert gewesen sein musste. Ich war ihr eine Last gewesen, die sie nicht mehr losgeworden war. Eine Konsequenz ihrer Unvorsichtigkeit.

Liam hatte gesagt, dass sie mich verlassen hatte, weil sie mich liebte. Das hatte ich nie so richtig geglaubt – bis zu diesem Augenblick. Bis ich vor der gleichen Entscheidung gestanden hatte.

Sie mochte sich an jenem Abend erleichtert gefühlt haben – und wenn es auch nur Erleichterung darüber gewesen war, dass ihre Tochter nun in besseren Händen war –, doch ich empfand nicht dasselbe. Ich hatte gehofft, durch die Gewissheit, das Richtige getan zu haben, Erleichterung zu empfinden. Aber das Einzige, was ich spürte, war das erdrückende Gewicht der Einsamkeit. Der Schmerz in meiner Brust breitete sich aus, fraß mich auf. Ich war so hohl. So leer.

Sebastian hatte mir mein Herz zurückgegeben, und für eine Weile hatte es im Einklang mit seinem geschlagen. Doch ich hatte es bei ihm zurückgelassen. Er konnte es behalten. Ich brauchte es nicht mehr.

## KAPITEL 36

# Sebastian

Falls Brooke auffiel, wie oft ich nachprüfte, wie es ihr ging, ließ sie es sich nicht anmerken. Oder vielleicht war ich auch unauffälliger, als es bei meiner Körpergröße zu erwarten gewesen wäre. Im Alltag ließ ich mich von alldem nicht beeinträchtigen. Ich besuchte weiter normal die Uni. Lernte. Traf mich ab und zu mit Charlie. Aber ich fand immer eine Möglichkeit, herauszufinden, was sie so trieb.

Da sie kaum das Haus verließ, war das nicht besonders schwierig. Sie ging nicht zur Arbeit. Ich hatte keine Ahnung, ob sie tatsächlich gekündigt hatte, noch immer vorschützte, krank zu sein, oder einfach ohne weitere Erklärungen aufgehört hatte zu erscheinen. Ich hätte gern mit ihrem Chef darüber gesprochen, entschied mich jedoch am Ende dagegen. Selbst wenn er mich angehört hätte – was hätte es schon gebracht? Ich konnte sie ja schlecht in die Buchhandlung schleppen und sie zwingen zu arbeiten.

Sie war auf einem Selbstzerstörungstrip, der verdammt schmerzhaft mitanzusehen war.

Anfangs hatte ich geplant, einfach ein paar Tage verstreichen zu lassen, ihr Freiraum zu geben und darauf zu warten, dass sie zurückkam. Doch aus den Tagen war eine Woche geworden, ohne dass ich etwas von ihr gehört hatte. Es fiel mir schwer, sie nicht anzurufen oder bei ihr vorbeizugehen. Ich wusste, dass sie litt, und ich sehnte mich mit jeder Faser meines Körpers danach, sie zu trösten. Aber ich wartete ab.

Olivia zog mehr oder weniger bei uns ein. Keiner von uns erwähnte Brooke. Sie war der sprichwörtliche Elefant im Raum, den wir alle zu ignorieren vorgaben. Das war bescheuert, doch das eine Mal, als ich versucht hatte, anzusprechen, was los war, hatte Charlie versucht, mich mit Blicken zu erdolchen.

Ich konnte Olivia nicht verübeln, wütend zu sein. Zu erfahren, dass Brooke sie geohrfeigt hatte, war ein Schock gewesen. Das war keinesfalls in Ordnung, aber ich wusste, es steckte mehr dahinter. Wenn Olivia Liams Tod ins Spiel gebracht hatte – behauptet hatte, Brooke wäre daran schuld gewesen … Nun, dann hatte sie es trotzdem nicht verdient, geschlagen zu werden. Niemand verdiente das. Doch dadurch wurde es nachvollziehbarer, weshalb Brooke wütend genug gewesen war, um so etwas zu tun.

Aber Brooke hatte alle weggestoßen. Sie war völlig allein, und das fand ich furchtbar.

Da ich es schon eine Weile vor mich hergeschoben hatte, meine Eltern wiederzusehen, nahm ich, als sie mich baten, zum Abendessen vorbeizukommen, die Einladung an. Ich fuhr hinaus nach Waverly – diesmal allein. Nicht mal Charlie hatte ich etwas davon erzählt. Ich würde hingehen. Zwar hatte ich überhaupt keine Lust darauf, aber wenigstens könnte ich mich über Moms leckeres Essen freuen.

Falls Cami jedoch dort wäre, würde ich auf der Stelle umdrehen und wieder gehen.

Glücklicherweise empfingen mich nur meine Mutter und mein Vater. Ich ging mit ihnen ins Haus und unterhielt mich mit ihnen in der Küche, während sie das Abendessen vorbereiteten. Hauptsächlich Small Talk. Sie erkundigten sich nicht nach Brooke oder weshalb ich allein gekommen war.

Meine Mutter hatte genug gekocht, um zehn Personen satt zu bekommen, aber das war typisch für sie. Wir setzten uns gemeinsam an den Tisch, doch das Schweigen war irritierend. Ich konnte mich nicht mehr erinnern, wann ich zuletzt dort gewesen war, ohne dass wenigstens Charlie dabei gewesen wäre. Aber so war es früher einmal gewesen. Nur wir drei.

»Wie läuft es mit dem Studium?«, wollte mein Vater wissen.

»Gut.« Ich hatte ihnen noch nicht erzählt, dass ich mich bei anderen Universitäten beworben hatte. Das war einer der Gründe, weshalb ich gekommen war. »Ich habe kurz vor Schluss sogar noch einige Kurse gewechselt, aber das klappt prima.«

»Gewechselt?«, wunderte sich Dad. »Wieso?«

»Um diverse Zulassungsbedingungen zu erfüllen«, erklärte ich. »Ich bewerbe mich für verschiedene Studiengänge in Architektur.«

Dad legte die Gabel weg. »Architektur? Warum denn das?«

»Weil ich Architekt werden möchte«, antwortete ich. Wenn er solch offensichtliche Fragen stellte, bekam er eben auch eine offensichtliche Antwort.

»Seit wann?«

Ich zuckte mit den Schultern. »Ich denke schon eine Weile darüber nach. Es ist genau das, was ich machen möchte.«

»Aber, Schatz«, wandte Mom ein, »du stehst doch so kurz vor deinem Abschluss. Du möchtest doch jetzt sicherlich nicht noch einmal so lange weiterstudieren, oder?«

»Diesbezüglich hatte ich auch Bedenken, aber ich habe darüber nachgedacht und entschieden, dass es mir das wert ist.«

Meine Eltern sahen einander ratlos an.

Dad runzelte die Stirn. »Das bedeutet dann wohl …«

»Das bedeutet, dass ich nicht wieder hierher zurückziehen und für dich arbeiten werde«, sagte ich. »Es tut mir leid, Dad. Ich weiß, du hast dir das für mich gewünscht. Aber es ist einfach nicht das, was ich mit meinem Leben anfangen möchte.«

»Mein Sohn, das ist etwas, was ich für dich tun kann«, sagte Dad. »Etwas, das ich dir geben kann. Ich habe dieses Unternehmen aus dem Nichts aufgebaut. Ich würde dich nicht nur einfach für mich arbeiten lassen. Das würdest du bloß so lange tun, bis du genug Erfahrung gesammelt hättest, und dann würde ich es dir übergeben.«

»Ich weiß«, sagte ich. »Aber du musst mir das nicht geben. Ihr beide habt mir schon alles gegeben. Ihr habt mich gut erzogen, habt mir ein schönes, solides Zuhause geschenkt.« Ich sah meine Mutter an. »Und ihr habt mich nicht aufgegeben, als ich bereit gewesen bin, das Handtuch zu werfen.«

Meine Mutter holte tief Luft. »Ich weiß nicht recht, was ich dazu sagen soll.«

»Seitdem mir klar geworden ist, dass ich mein Leben doch werde leben können, versuche ich herauszufinden, was ich daraus machen soll«, erklärte ich. »Und ich glaube, ich blicke langsam durch.«

Dad nickte bedächtig. »Nun gut. Welche Universitäten ziehst du in Betracht?«

Ich konnte mir ein kleines Grinsen nicht verkneifen. So war mein Dad. Direkt weiter mit den praktischen Fragen. »Ich habe mich an der Virginia Tech, an der University of Texas und der University of Michigan beworben.«

Mom blieb der Mund offen stehen, und ihre Sorgenfalten vertieften sich.

»Mom«, sagte ich rasch, bevor sie zu Wort kommen konnte, »ich weiß, dass sie weit weg sind. Aber sie passen am besten zu mir.«

»Du hast dich schon beworben«, sagte mein Vater. Es war keine Frage, sondern eine Feststellung.

»Nachdem ich meine Entscheidung getroffen hatte, bin ich gleich aufs Ganze gegangen«, antwortete ich.

Dad schmunzelte. »Natürlich. Ich hätte auch nichts anderes erwartet.«

»Ach, Sebastian«, seufzte meine Mutter.

Dad legte seine Hand auf ihre. »Er schafft das schon. Sieh ihn dir doch nur an. Du wolltest deinen Sohn zurückhaben. Ich würde sagen, wir haben ihn wieder, und sogar noch mehr als das.«

Es fühlte sich verdammt gut an, das aus seinem Mund zu hören. »Danke, Dad.«

»Was ist mit deiner Freundin?«, fragte Dad, und Mom senkte den Blick auf die Tischplatte. »Kommt sie mit dir?«

Ich hatte erwartet, dass sie nach Brooke fragen würden, aber ich hatte keine gute Antwort parat. Das Leben ohne sie war furchtbar. Es fühlte sich durch und durch falsch an. Und je mehr Zeit verging, in der ich sie nicht sah, desto mehr beschäftigte mich die Frage, ob sie überhaupt jemals wieder zu sich kommen würde.

Ich hatte mir vorzustellen versucht, ohne sie wegzuziehen. In einer anderen Stadt die Uni zu besuchen und sie zurückzulassen. Doch das Problem war, dass sich ohne sie all meine Pläne in Wohlgefallen auflösten. Sie war ein fester Bestandteil all meiner Träume und Ziele.

»Ich weiß es nicht«, antwortete ich, und das war die reine Wahrheit.

»In Ordnung«, sagte Dad. »Ich müsste lügen, wenn ich behaupten wollte, dass ich nicht enttäuscht bin. Ich habe mich schon darauf gefreut, dich in meiner Nähe zu haben. Aber ich bin stolz auf dich.«

»Danke, Dad.«

Nach dem Abendessen fuhr ich mit einem vollen Magen nach Hause – und einem Käsekuchen, von dem ich wusste, dass Charlie ihn gierig verschlingen würde. Ich war zufrieden damit, wie ich mit meinen Eltern verblieben war. Sie hatten mich an der Haustür umarmt und mir beide noch einmal versichert, wie stolz sie auf mich wären.

Doch je näher ich Iowa City kam, desto mehr wuchs mein Unbehagen. Ich hatte aufgepasst, dass Brooke nichts anstellte, wobei sie sich verletzen könnte – oder Schlimmeres –, und bisher hatte sie sich keine Verrücktheiten einfallen lassen. Zumindest soweit ich wusste. Aber ihr Schweigen tat weh. Ich begann mit einem neuen Bewusstsein dafür, wer ich war und wer ich werden wollte, in die Zukunft zu blicken. Doch ohne sie war das alles bedeutungslos.

Ich liebte sie nicht wegen irgendeines seltsamen, durch eine Organtransplantation verursachten Phänomens. Meine Gefühle für sie hatten nichts mit dem Verlangen nach Pfirsich-Eistee zu tun, das mich gelegentlich überkam.

Allerdings gab es tatsächlich eine Sache, die ich mir nicht erklären konnte: An dem Tag, an dem wir uns begegnet waren, hatte Liams Herz ihres erkannt.

Doch das Band, das wir geschmiedet hatten, war unseres. Es fußte auf der Asche unserer früheren Leben – unseres einstigen Selbst. Wir waren zwei Menschen, die durch die Hölle gegangen waren. Wir hatten Schmerz, Tragik und Verlust durchlitten.

Und doch hatten wir uns danach gefunden. Und für mich war ein gemeinsam gelebtes Leben die einzig mögliche Option.

Ihr gehörte mein Herz, und daran würde sich nie etwas ändern. Es hatte ihr schon gehört, ehe es mir gehört hatte. Und das tat es noch immer. Ich hoffte nur, dass sie das begreifen würde, bevor es zu spät war.

## KAPITEL 37

# Brooke

Der Barkeeper stellte ein Glas Whisky auf einer Serviette vor mich. Zum Dank nickte ich, woraufhin er wieder ging, um sich um seine übrige Kundschaft zu kümmern.

Es herrschte nicht viel Betrieb. Zwar waren genügend Leute da, dass im Hintergrund das leise Raunen der Gespräche zu hören war, aber nicht so viele, dass es richtig voll gewesen wäre. Es lief Musik, doch die meisten Songs kannte ich nicht. Die Beleuchtung war gedimmt, der Barkeeper lächelte nie und der Typ, der zwei Hocker weiter an der Bar saß, nickte immer wieder ein, wobei sein stoppliges Kinn auf seine Brust sank.

Ich trank einen Schluck von meinem Wasser und ließ den Whisky auf seiner Serviette stehen. Ich hatte mein Notizheft offen vor mir liegen und hielt einen Stift in der Hand. Seitdem ich Sebastian verlassen hatte, hatte ich kein Wort mehr geschrieben. Allerdings fraßen mich meine Gedanken innerlich auf, und ich hoffte, sie zu Papier bringen zu können, damit sie sich vielleicht etwas beruhigten.

Das war die Idee meiner Therapeutin gewesen. Heute Morgen hatte ich sie, praktisch aus einer Laune heraus, angerufen. Ich konnte mich nicht mehr erinnern, wann ich zum letzten Mal bei ihr gewesen war. Für eine komplette Sitzung war ihr Terminkalender zu voll gewesen, aber sie hatte sich trotzdem am Nachmittag eine Viertelstunde für mich Zeit genommen.

Es hatte mich so viel Überwindung gekostet, mich zu zwingen, zu ihr zu gehen. In der Zeit zwischen dem Anruf und meinem Termin hatte ich mir mindestens ein Dutzend Ausreden einfallen lassen, um ihr abzusagen. Doch am Ende war ich hingegangen. Sie hatte mir einige Fragen gestellt und dann vorgeschlagen, dass ich es mit einer Schreibübung versuchen soll.

*Schreiben Sie einfach*, hatte sie gesagt. Ohne feste Form oder Absicht. Ich sollte mir keine Gedanken über Satzstrukturen, Zeichensetzung oder auch nur den Sinn der Worte machen, sondern einfach schreiben, was mir durch den Kopf ging – welche Gedanken und Gefühle auch immer es sein mochten.

Ich fing an, und mein Stift glitt übers Papier und hinterließ eine blaue Tintenspur. Ich ließ den Blick immer weiter gleiten, gestattete mir nicht, zu lesen, was ich geschrieben hatte. Ich brauchte einfach ein Ventil. Einen Ort, wo ich all diese Gefühle abladen konnte. Da die erste Seite schon voll war, blätterte ich um und schrieb weiter. Spähte nach dem Whisky. Trank noch immer nichts.

Ich schrieb mehr. Füllte Seite um Seite. Meine Hand verkrampfte sich, weshalb ich hin und wieder innehalten und die Finger dehnen musste. Doch die Wörter strömten immer weiter aus meinen Gedanken durch den Stift und aufs Papier.

Irgendwann hörte ich auf. Der wahnsinnige Wirbel in meinem Kopf drehte sich nicht mehr ganz so schnell, und der Strudel der Gedanken verlangsamte sich. Ruhe erfüllte mich. Meine Muskeln lockerten sich, und die Anspannung in meinen Schultern ließ nach. Ich legte den Stift hin und bewegte die Finger, öffnete und schloss einige Male meine Hand.

Dann, mit einem gespannten Kribbeln in der Magengrube, betrachtete ich, was ich geschrieben hatte.

Anfangs war alles noch ungeordnet. Einzelne Wörter, ein paar Sätze. Dinge wie *hohl*, *Tränen* und *ich bin einsam*. Aber oben auf der dritten Seite begann mein Geschreibsel, mehr Form anzunehmen. Ganze Zeilen und Sätze zu bilden. Vollständige Gedankengänge. Fragen.

*Gibt es auf der anderen Seite der Finsternis eine Tür, und falls ja, werde ich in der Lage sein, sie zu finden?*

*Wie endet der Kreislauf?*

*Bin ich hierfür stark genug?*

Und dort, zwischen den Wörtern, die ich geschrieben hatte, war sein Name. Sebastian.

Ich dachte ständig an ihn. Ich vermisste ihn schrecklich. Die Wärme seines starken Körpers. Seine große Hand, die meine hielt. Die Art, wie sein Bart an meinem Hals oder meiner Wange kratzte … oder an meinen Schenkeln. Die Art, wie er mich küsste, so wild und leidenschaftlich. Allein der Gedanke an ihn ließ mir Tränen in die Augen treten und die leere Höhle in meiner Brust schmerzen.

Ich schlug das Notizheft zu und steckte es in meine Tasche. Legte etwas Geld auf den Tresen – selbst inklusive Trinkgeld immer noch mehr, als nötig gewesen wäre – und ging zur Tür hinaus.

Den Whisky ließ ich unangetastet stehen.

Mein Haus war dunkel und kalt. Ich drehte die Heizung hoch und schaltete einige Lampen an. Leicht zitternd ging ich in mein Zimmer und suchte mir ein paar dickere Socken und einen langen Strickpullover heraus. Während ich sie anzog, fiel mir die halb offene Schranktür ins Auge.

Ich holte meinen Rucksack heraus – den, den ich in Phoenix immer mit mir herumgetragen hatte. Die Schatulle mit Liams

Verlobungsring war noch da. Ich öffnete sie und strich mit dem Finger über das glatte goldene Ringband, legte es dann beiseite und nahm das Foto vom Ball zur Hand.

*Wie geht's, Bee?*

»Ich weiß es nicht«, sagte ich und berührte sein Gesicht auf dem Foto. »Ich schätze, nicht besonders gut.«

Ich betrachtete das Foto eine Minute lang. Doch Liam konnte mir nicht helfen. Er war nicht mehr da, um mich zu retten. Ich atmete tief durch und räumte alles wieder weg.

Die Box meiner Mutter stand noch immer ungeöffnet im Schrank. Ich hatte mich davor gefürchtet, hineinzusehen. Ich konnte mir nicht vorstellen, was eine Frau wie sie aufbewahren würde. Befand sich irgendetwas Bedeutsames darin? Oder wartete nur eine weitere Enttäuschung? Eine Schachtel voller Kram, den ich entsorgen müsste.

Ich stellte die Box aufs Bett und setzte mich im Schneidersitz davor. Schließlich öffnete ich mit klopfendem Herzen den Deckel und legte ihn beiseite.

Die Kiste war voll bis zum Rand. Ich sah Papiere und einige Umschläge. Die meisten wirkten alt – verblasst und vergilbt. Eine Kopie von einem alten Mietvertrag für eine Wohnung in Albuquerque. Zwei Bustickets von Fort Worth nach Tulsa. Ein Briefumschlag, der aussah, als hätte er einst eine Grußkarte enthalten, in dem eine Handvoll Fotos steckte – alle von Leuten, die ich nicht kannte. Nichts davon war wirklich bedeutsam – zumindest nicht für mich –, und so suchte ich weiter unten.

Meine Hand berührte etwas Weiches. Ein merkwürdiger Kontrast zu dem Papier, das es umgab. Ich packte es und zog es aus der Box.

Es war der pinkfarbene Teddybär, den meine Mutter für mich auf dem Jahrmarkt gewonnen hatte.

Ich starrte das zerschlissene Kuscheltier an. Sein Fell war ungleichmäßig abgenutzt und ein Fuß so fadenscheinig, dass die Füllung schon zu sehen war. Er hatte ein Auge verloren, das ich zu ersetzen versucht hatte, indem ich ihm mit Filzstift ein neues gemalt hatte, doch im Vergleich zum Original war es ganz schief und krumm. Der Faden, der einst der Mund gewesen war, hatte sich gelöst, und das einst knallige Pink war ziemlich verblasst.

Von allen Spielsachen, die ich jemals besessen hatte – und das waren nicht viele gewesen –, war dieses hier immer mein liebstes gewesen. Hatte mir am meisten bedeutet. Ich hatte jede Nacht damit geschlafen. Hatte ihn jeden Morgen sorgsam auf mein Kissen gesetzt. Ich hatte in meinem Zimmer gesessen, ihn gehalten und ihm Geschichten erzählt. Ihm Gebete und Wünsche zugeflüstert. Hatte ihn fest in den Arm genommen und geweint.

Zu dem Zeitpunkt, als er verschwunden war, war ich bereits zu groß dafür gewesen. Dennoch war ich traurig darüber gewesen, dass er nicht mehr da war. Zwar hatte ich nicht mehr damit geschlafen, aber er hatte mir trotzdem etwas bedeutet. Es war eine Erinnerung an einen schönen Tag mit ihr. Einen Tag, dessen Schönheit so sehr hervorstach, weil es so wenige von seiner Art gegeben hatte.

Eine Träne stahl sich aus meinem Augenwinkel und lief meine Wange hinunter. Sie hatte den Teddy aufgehoben. Ich wusste nicht, wann sie ihn genommen und in ihre Box getan hatte, aber irgendwann hatte sie beschlossen, ihn aufzubewahren. Hatte sie das für sich selbst getan? Hatte sie sich so an diesen Tag erinnert, wie ich es tat?

Vielleicht repräsentierte er für sie das Gleiche wie für mich.

Eine Erinnerung an etwas Schönes zwischen uns. Einen Traum von dem, was hätte sein können, wenn die Dinge anders gewesen wären.

Eines wusste ich ohne den geringsten Zweifel: Es bedeutete, dass sie mich geliebt hatte.

Ich berührte das Gesicht des Teddys und biss mir auf die Lippen, um nicht zu sehr zu weinen. Obwohl ich mir wünschte, ich hätte die Gelegenheit gehabt, sie noch einmal zu sehen, war das hier in gewisser Weise besser. Der Teddy flüsterte die Worte, die ich so dringend hören musste, sprach direkt zu meinem Herzen: *Ich liebe dich, Brooke.*

Ich atmete zitternd ein und schniefte. Anstatt den Teddy zurück in die Box zu legen, steckte ich ihn in meinen Rucksack zu dem Ballfoto und dem Verlobungsring. Ich hatte das Gefühl, dass er dorthin gehörte, zu den anderen Momenten, die mich geformt hatten. Den schönen. Den Erinnerungen, in denen die Liebe gewonnen hatte.

Ich wischte mir die Wangen ab und ging ins Bad, um mir die Nase zu putzen. Gerade als ich das Papiertaschentuch in den Mülleimer warf, klopfte es an der Haustür.

Es klang nicht nach Sebastians großer Faust. Sein Klopfen war lauter. Nervös ging ich hin und öffnete. Es war Olivia.

»Hi«, sagte sie.

Ich war so überrascht, sie zu sehen, dass ich nicht wusste, was ich sagen sollte.

»Hör mal, wenn du mich nicht sehen willst, kann ich das verstehen«, sagte sie. »Aber könntest du mir vielleicht Bescheid geben, wie du dich entscheidest, damit ich entweder reinkommen oder mich wieder ins Auto setzen kann? Es ist eiskalt hier draußen.«

»Komm rein.«

»Die Winter in Iowa sind wirklich das Letzte«, murrte sie und rieb die Hände aneinander, während ich die Tür hinter ihr schloss. Sie trug einen dicken Mantel und eine Strickmütze mit einer kleinen gehäkelten Blume an der Seite. »Also, ich bin rübergekommen, weil ich glaube, dass ich das elendere Miststück war. Können wir vielleicht reden?«

»Klar.«

Wir setzten uns an den kleinen Tisch, den Sebastian und ich neu gestrichen hatten. Das schien bereits so lange zurückzuliegen.

»Okay, ich fange an«, sagte sie. »Was Liam zugestoßen ist, war nicht deine Schuld. Das habe ich nicht so gemeint, und ich hätte so etwas nicht sagen dürfen. Als ich es Charlie gebeichtet habe, hat er mich ordentlich zur Schnecke gemacht. Er ist immer noch sauer auf dich, weil du mich geohrfeigt hast, aber er hat mir auch klargemacht, dass es hundsgemein war, dir so etwas Schlimmes an den Kopf zu werfen.«

Ich nickte, doch meine Schuldgefühle waren überwältigend stark. »Es ist egal, was du gesagt hast. Ich hätte dich nicht schlagen dürfen. Es tut mir leid.«

»Schon okay«, meinte sie. »Ich hatte es verdient. Zumindest ein bisschen.«

»Meine Mutter hätte es auch so gemacht«, sagte ich und sah die Tischplatte an. »Sie hat mich geschlagen, wenn sie wütend war.«

Olivia legte eine Hand auf meine. »Ich weiß. Dadurch, dass du es getan hast, konnte ich verstehen, wie du dich dabei gefühlt haben musst. Zumindest ein wenig. Darüber habe ich mir vorher nie wirklich Gedanken gemacht. Ich habe nur daran

394

gedacht, wie wütend ich gewesen bin, weil meine Eltern sich ständig Sorgen um dich gemacht haben. Aber ich glaube, das lag daran, dass du es nötiger hattest als ich. Ich hatte eine tolle Kindheit mit lieben Eltern, die noch verheiratet waren. Das Schlimmste, was mir jemals widerfahren ist, war, als mich mit neun ein anderes Kind von der Schaukel geschubst hat und ich mir den Arm gebrochen habe. Und selbst das war gar nicht so schlimm. Ich erinnere mich vor allem daran, wie ich, nachdem der Gips angelegt worden war, ein Eis bekommen habe.«

Ich lachte leise auf, und sie drückte meine Hand.

»Aber du … Du hast Dinge erlebt, die ich mir nicht mal vorstellen kann«, sagte sie. »Und du warst immer so allein.«

»Ja.«

»Durch Charlie ist mir noch etwas anderes klar geworden«, sagte sie. »Ich lag mit ihm im Bett, und es war einer dieser Momente, die so schön sind, dass sie einem den Atem rauben. Weißt du, was ich meine?«

Ich nickte.

»Es war nichts Sexuelles«, fuhr sie fort. »Sondern pure Zufriedenheit. In diesem Augenblick war ich so glücklich und so verliebt, dass ich hätte weinen können. Und ich musste daran denken, wie glücklich ich mich schätzen kann, dass wir uns kennengelernt haben. Und wie unglaublich es ist, dass wir uns so sehr lieben. Und dieses Gefühl ist absolut ausgewogen und beruht auf Gegenseitigkeit. So etwas erlebt man nicht jeden Tag, und wenn man es tut, will man es nicht mehr verlieren. Man würde sogar alles tun, um es zu behalten.«

Sie hielt inne und sah mir in die Augen. Atmete durch, bevor sie weitersprach.

»Da wurde es mir schlagartig klar«, sagte sie. »Wenn ich Charlie verlieren würde, wüsste ich nicht, wie ich das durchstehen sollte.«

Ich atmete zitternd ein und nickte. Ich war noch nicht bereit zu sprechen.

»Du hast genau das durchgestanden.« Tränen traten ihr in die Augen. »Du hast ihn genauso geliebt wie ich Charlie, und du musstest ihn sterben sehen. Und dann musstest du versuchen, ohne ihn weiterzuleben.«

Ich nickte wieder. Mehr brachte ich nicht zustande.

»O Gott, Brooke«, sagte sie. »Ich verstehe es jetzt. Du bist nicht schwach. Um nach so etwas weiterzumachen, muss man verdammt stark sein. Ich weiß nicht, wie du das hinbekommst.«

»Nicht besonders gut«, sagte ich. »Offenkundig. Ich bin total kaputt.«

Sie lachte. »Ja, das bist du echt. Aber mal ehrlich? Du bist nicht so schlimm, wie du denkst.«

Ich wünschte, ich könnte ihr glauben.

Wir atmeten beide tief durch und wischten uns die Augen.

»Glaubst du, wir schaffen es, das zu überstehen?«, fragte sie. »Weil ich dich liebhabe und dich wirklich nicht verlieren will.«

»Ich will dich auch nicht verlieren.«

Wir standen auf und umarmten uns fest. Davon mussten wir schon wieder weinen, und so hielten wir uns aneinander fest und ließen den Tränen freien Lauf.

»Ich weiß, dass ich ein Miststück bin«, sagte Olivia unter Tränen. »Aber ich bemühe mich, daran zu arbeiten. Ich versuche, nicht mehr so oft die Beherrschung zu verlieren und mich gegenüber den Menschen, die ich liebe, weniger schrecklich zu verhalten.«

»Ich hab dich auch lieb«, sagte ich schniefend. »Und glaub mir, ich bin Expertin darin, mich gegenüber den Menschen, die ich liebe, schrecklich zu verhalten.«

Sie ließ mich los und strich mir die Haare aus dem Gesicht. »Was, denkst du, wirst du jetzt tun? Vielleicht wieder zur Arbeit gehen? Joe möchte, dass du zurückkommst.«

»Warum sollte er mich zurückwollen?«, wunderte ich mich. »Ich bin die schlechteste Angestellte aller Zeiten.«

»Das nun nicht«, entgegnete sie. »Du solltest mit ihm reden. Wenn du willst, kann ich mitkommen.«

Ich setzte mich wieder hin, und Olivia tat es mir gleich. »Ich bin mir nicht sicher, was ich tun soll. Hier zu sein ist so schmerzhaft«, sagte ich. »Ich überlege, woanders hinzugehen. Noch mal von vorne anzufangen. Aber ich weiß nicht, wo. Und an *mir* würde sich trotzdem nichts ändern. Ich wäre trotzdem noch total kaputt. Aber ich würde zumindest nicht andauernd mit Erinnerungen konfrontiert werden.«

»Ich hoffe, dass du nicht weggehst«, erwiderte sie. »Oh Mann, das Leben ist wirklich kompliziert.«

»Das stimmt«, pflichtete ich ihr bei. »Ich weiß auch nicht. Ich fühle mich so verloren.«

»Ich wünschte, ich könnte dir helfen, zu finden, was du suchst.«

»Ich weiß«, sagte ich. »Aber ich glaube, das kann niemand.«

## KAPITEL 38

# Sebastian

Nachdem ich aus meinem ungeplanten Nickerchen wieder aufgewacht war, ging ich die Treppe hinunter. Ich schlief in letzter Zeit schlecht, doch als ich mich hingelegt hatte, hatte ich mich eigentlich nur zwanzig Minuten ausruhen wollen. Drei Stunden später war ich wieder zu mir gekommen, wie ein Komapatient, der sich zurück ins Bewusstsein kämpfte. Nun war ich benommen und dehydriert. Ich fühlte mich beschissen.

Allerdings war das derzeit eigentlich mein Normalzustand. Ich jammerte nicht herum wie ein Riesenbaby. Ich bewältigte normal meinen Alltag. Aber innerlich war ich am Boden. Fast fühlte es sich wieder so an, als würde ich langsam sterben. Als müsste mein Herz wieder kämpfen, um mitzuhalten. Ein gebrochenes Herz fühlte sich offensichtlich ähnlich an wie eine Myokarditis. Total übel.

Ich holte mir ein Wasser aus dem Kühlschrank und ging zum Sofa. Inzwischen hatte ich damit aufgehört, ständig aufs Handy zu schauen, in der Hoffnung, dass Brooke eine Nachricht geschickt hatte. Aber ab und zu tat ich es doch und stellte ein ums andere Mal enttäuscht fest, dass sie sich nicht gemeldet hatte. Ich hätte sie auch anrufen können, doch das kam mir nicht richtig vor. Wenn ich mich zurück in ihr Leben drängen würde, würden wir wieder genau dort stehen, wo wir angefangen hatten. Erst musste sich etwas ändern.

Ich ließ mich aufs Sofa fallen. Olivia saß in dem großen Polstersessel am Fenster.

»Hey«, sagte sie.

»Wie geht's?«, antwortete ich. »Wo ist Charlie?«

»Einkaufen.«

Ich nahm einen Schluck. »Ich hoffe, er bringt mir Abendessen mit.«

Sie lächelte. »Klar, du weißt doch, dass er sich gut um dich kümmert. Was allerdings bedeutet, es gibt etwas Gesundes. Laaangweilig.«

Ich tippte mir auf die Brust. »Ich muss auf meine Pumpe aufpassen.«

»Ja«, setzte sie an. »Apropos, gestern habe ich mit Brooke geredet.«

Jetzt hatte sie meine ungeteilte Aufmerksamkeit. »Tatsächlich? Wo?«

»Bei ihr zu Hause.«

»Und?«

»Nun, ich habe mich für meinen Anteil an der blöden Sache, die neulich vorgefallen ist, entschuldigt«, erklärte sie. »Und sie hat das Gleiche getan.«

»Ihr habt euch wieder versöhnt?«

Sie nickte. »Ja, wir vertragen uns wieder. Mir sind einige Dinge klar geworden, dich ich bereits vor langer Zeit hätte begreifen sollen. Du weißt schon, Thema Lebenserfahrung und so weiter. Das macht einiges aus.«

»Auf jeden Fall. Wie geht es ihr?«

»Nicht so gut«, erwiderte sie. »Aber nicht ganz so schlecht, wie ich gedacht habe. Sie isst genug und so weiter. Und sie hatte ein Notizheft und einen Stift herumliegen. Wenn das bedeutet, dass sie schreibt, könnte das ein gutes Zeichen sein. Weißt du, ich glaube, das ist ihre Art, gewisse Dinge zu bewältigen.«

»Ja, das stimmt.«

»Aber, ich weiß auch nicht, Seb. Ich habe ihr gesagt, dass sie wieder zur Arbeit kommen kann, weil ich weiß, dass Joe sie zurücknehmen würde. Er vermisst diese doofe Trulla. Aber sie hat Nein gesagt. Sie meinte, sie würde darüber nachdenken, wegzugehen und irgendwo noch einmal neu anzufangen.«

*Ach du Scheiße, nein.* »Wie bitte?«

»Sie hat jetzt nicht schon ihre Koffer gepackt oder so. Aber bei ihr weiß man nie. Sie hat ja auch Phoenix Hals über Kopf verlassen. Ich mache mir ein bisschen Sorgen, dass sie das noch einmal tun könnte. Und wenn sie beschließt, von der Bildfläche zu verschwinden, ist es schwierig, sie wiederzufinden. Glaub mir. Nach dem Tod meines Bruders hatte sie noch nicht mal das Stadtgebiet verlassen, aber es war trotzdem unmöglich, sie ausfindig zu machen.«

Ich stand so abrupt auf, dass ich mein Wasser verschüttete. Doch das war mir egal. Ich schnappte mir meine Jacke und die Schlüssel. Nun war endgültig Schluss.

»Viel Glück«, wünschte Olivia mir.

Ich war bereits aus der Tür.

In Brookes Haus war es dunkel. Ich hämmerte an die Tür. Keine Reaktion. Schon wieder. Verdammt. Sie konnte doch nicht schon fort sein. Laut Olivia hatte sie ihr doch gerade erst von diesem Plan erzählt.

*O Gott, Brooke, tu das bitte nicht. Hau mir ja nicht ab.*

Da ich noch immer einen Schlüssel hatte, ließ ich mich selbst ins Haus. Sollte sie doch deswegen sauer auf mich sein. Ich lief durch alle Zimmer. Ihre Sachen waren noch da. Sogar ihr

Rucksack stand noch im Schrank. Ich wusste, was sie darin aufbewahrte, und bezweifelte, dass sie ihn zurückgelassen hätte. Das beruhigte mich ein wenig.

Dennoch machte ich mir Sorgen. Wo konnte sie sein?

Ich durchsuchte die Küche nach Flaschen. Schaute in den Abfall. Nichts. Überprüfte das Badezimmer und die Schubladen in ihrem Schlafzimmer. Immer wieder musste ich daran denken, wie sie damals bei diesem Studenten auf der Couch gelegen hatte, zu voll, um richtig stehen zu können. Ich hoffte, dass sie so etwas nicht wieder tun würde. Doch wenn sie wirklich vor dem Zusammenbruch stand, ließ sich kaum einschätzen, was sie tun würde, um ihrem Schmerz zu entkommen.

Ich würde sie kaum finden, wenn ich bloß ziellos in der Gegend herumfuhr. Sie hatte kein Auto – sie ging überall zu Fuß hin oder nutzte den Bus oder ein Uber. Da es draußen saukalt war, war sie höchstwahrscheinlich nicht zu Fuß unterwegs. Sie konnte praktisch überall sein.

Ich rief sie auf dem Handy an, landete jedoch direkt auf der Mailbox. Entweder hatte sie meinen Anruf ignoriert oder ihr Handy war ausgeschaltet. Womöglich hatte sie vergessen, es aufzuladen. Oder einfach keine Lust dazu gehabt. Verflixt.

Ich schickte ihr trotzdem eine Nachricht, für den Fall, dass sie einfach nur nicht mit mir reden wollte. Vielleicht würde sie sie ja lesen.

*Ich lasse dich in Ruhe, wenn du das willst, aber bitte sag mir, wo du bist.*

Außerdem schrieb ich noch Olivia und Charlie und bat sie, mir Bescheid zu geben, falls Brooke sich bei ihnen melden würde.

Olivia schrieb kurz darauf zurück, dass sie sie angerufen hätte, jedoch lediglich die Mailbox erreicht hätte.

Es gab ein paar Stellen, wo ich nach ihr suchen konnte – Orte, von denen ich wusste, dass sie sich dort manchmal aufhielt oder dass sie dort gern hinging. Die Buchhandlung war geschlossen. Ich schaute bei dem Restaurant vorbei, wo wir ein paarmal gegessen hatten, aber dort war sie nicht. Falls ein Horrorstreifen lief, wäre sie vielleicht im Kino. Ich checkte das Programm, doch keiner der Filme klang nach etwas, das sie sich ansehen würde.

Falls sie trinken wollte, war sie vielleicht in einer Bar. Aber das hier war eine Collegestadt, verdammt nochmal! Hier gab es an jeder Ecke eine Bar. Ich fuhr noch ein Weilchen weiter durch die Stadt, fand allerdings nirgends eine Spur von ihr.

Als Letztes fiel mir nur noch eine kleine Taverne ein, die in Laufweite von unserer Wohngegend lag. Zwar bezweifelte ich, dass sie in der Kälte dorthin gelaufen war, doch überall sonst hatte ich bereits gesucht. Dann konnte ich genauso gut dort auch noch vorbeischauen.

Als ich eintrat, wusste ich sofort, dass sie da war. Nach ein paar Sekunden entdeckte ich sie auch gleich. Sie saß am hinteren Ende der Bar auf einem Hocker. Es sah aus, als würde sie etwas in ein Notizheft schreiben. Bei ihrer linken Hand stand ein Glas Wasser und direkt vor ihr ein Glas, das wahrscheinlich Whisky enthielt.

Bei ihrem Anblick erwachte etwas in mir. Diese Energie, die ich schon immer gehabt hatte. Die Entschlossenheit. Ich spürte sie wieder, stärker als jemals zuvor. Intensiver als vor jedem Ringkampf – sogar vor dem Kampf gegen Charlie bei der

Staatsmeisterschaft. Sie schien sich auf einen einzigen Punkt zu bündeln, und in diesem Moment traf ich eine Entscheidung. Ich würde aufs Ganze gehen. Ich wusste genau, was ich tun musste. Und es gab kein Zurück mehr.

## KAPITEL 39

# Brooke

Ich spürte Sebastian, bevor ich ihn sah. Nicht, weil er zur Tür hereingekommen war. Sie war zu weit weg, um sie zu hören oder den kalten Luftzug zu spüren. Doch mein Herz begann, wild zu pochen, und als ich aufsah, wusste ich, dass er da sein würde.

Groß, breit und stark. Seine Ausstrahlung raubte mir den Atem und brachte mein Herz zum Rasen.

Steifbeinig kam er auf mich zu. Seine Stirn war gerunzelt, die dunklen Augenbrauen nach unten gezogen, sein Mund ernst, seine Schultern starr. Doch in seiner Miene lag kein Zorn, obwohl jemand, der ihn nicht gut kannte, es leicht dafür hätte halten können.

Während er sich auf mich zubewegte, richteten sich einige Blicke auf ihn. Besonders der Barkeeper behielt ihn genau im Auge.

Ich schlug mein Notizheft zu und drehte mich auf dem Barhocker zur Seite. »Was machst du hier?«

»Komm mit mir«, sagte er.

Sein durchdringender Blick war beunruhigend. Selbst im schummrigen Licht der Taverne wirkten die wechselnden Farben seiner Augen noch intensiver als sonst.

»Wohin?«

Sein Tonfall änderte sich nicht. Eindringlich, aber auch fast monoton, sagte er: »Komm einfach.«

Etwas an der Art, wie er es sagte, machte es mir unmöglich, mich zu weigern. Ich kramte in meiner kleinen Handtasche und nahm etwas Geld heraus.

»Alles in Ordnung, Miss?«, fragte der Barkeeper, als ich den Schein auf den Tresen legte.

»Ja«, sagte ich nickend und sah ihn direkt an. Ich wusste genau, wie das alles wirken musste. Ein großer, bärtiger, bulliger Kerl kam in eine Bar marschiert und sah aggressiv und einschüchternd aus. Ja, das tat er wirklich. Selbst ich bekam bei seinem Anblick eine Gänsehaut. Aber Sebastian war der Letzte, der mir wehtun würde. »Ja, alles in Ordnung. Bei ihm bin ich in Sicherheit.«

»Sind Sie sicher?«, fragte der Barkeeper noch einmal nach und sah zuerst Sebastian und dann mich an.

»Vollkommen«, entgegnete ich. »Aber danke, dass Sie gefragt haben.«

»Kein Problem.«

Ich steckte das Notizheft in die Tasche und rutschte vom Hocker herunter. Bevor meine Füße auf dem Boden aufkamen, hatte Sebastian schon auf dem Absatz kehrtgemacht und war losgegangen. Er drehte sich erst wieder um, als er mir die Tür aufhielt.

Noch immer schweigend ging er zu seinem Wagen. Ich stieg auf der Beifahrerseite ein und schnallte mich an.

»Wo fahren wir hin?«

Er antwortete nicht.

Wir fuhren aus der Stadt heraus. Er wirkte angespannt und umklammerte fest das Lenkrad. Während die Lichter der Zivilisation hinter uns verblassten, steigerte sich meine Nervosität. Wohin brachte er mich? Und wozu?

Er bog auf eine holprige Straße ab. Da es dunkel war, konnte ich die Umgebung kaum erkennen. Wir folgten den Windungen der Straße, bis sie schließlich endete. Nun bog er wieder ab und fuhr immer weiter. Inzwischen wusste ich wirklich nicht mehr, wo wir waren. Auf einer Straße jedenfalls nicht mehr. Mir wurde ein wenig bange. Ich verstand nicht, was hier vor sich ging.

Die Scheinwerfer waren eingeschaltet, doch ich konnte vor uns trotzdem nur Schwärze erkennen. Es schien, als würde der Boden plötzlich nicht mehr existieren. Er fuhr immer weiter auf den schwarzen Abgrund zu. Als wir ihn fast erreicht hatten, hielt er den Wagen an.

Er schaltete auf Parken und ließ den Motor laufen. »Steig aus.«

»Was?«

Er öffnete seine Tür. »Steig aus und tausch den Platz mit mir.«

Verdattert stieg ich aus und ging ums Heck herum. Er stakste schweigend an mir vorbei und stieg auf der Beifahrerseite ein.

Ich sah mich um und wusste schlagartig, wo wir sein mussten. Es sah aus wie ein Steinbruch. Und der Wagen stand direkt am Rand eines tiefen Abgrunds.

Ich stieg auf der Fahrerseite ein und schloss die Tür.

»Sebastian, was soll das?«, fragte ich. »Du machst mir Angst.«

Er drehte sich auf dem Sitz um und sah mich an. Es fiel mir schwer, unter der Hitze seines Blicks nicht den Kopf einzuziehen. »Es liegt nicht in meiner Absicht, dir Angst einzujagen.«

»Okay«, sagte ich. »Aber was wollen wir dann hier draußen?«

»Erinnerst du dich noch daran, wie wir uns zum ersten Mal begegnet sind?«, fragte er.

»Ja.«

»An diesem Tag ist etwas passiert. Ich kann nicht erklären, woher ich wusste, wer du bist. Ich hatte dich noch nie zuvor gesehen. Ich hatte keine Ahnung, wie du aussiehst. Aber ich kannte dich.« Er legte eine Hand auf seine Brust. »Dieses Herz kannte dich. Ich weiß nicht, wie das sein kann, aber es ist so. Deswegen habe ich dich angesprochen. Habe darauf bestanden, dass du meine Telefonnummer annimmst. Da war eine Verbindung zwischen uns, vom ersten Augenblick an.«

»Ich weiß.«

»Aber das ist nicht der Grund dafür, dass ich mich in dich verliebt habe. Ich habe mich in dich verliebt, weil du bist, wie du bist, und nicht wegen dem, was hier drinnen ist.« Er tippte wieder auf seine Brust. »Ich habe mich in dein Wesen verliebt, selbst, als es noch unter Traurigkeit verborgen gewesen ist. Ich habe mich in deinen Sinn für Humor verliebt, und in deine Abenteuerlust, die manchmal durchblitzt. In deinen Körper und in die Art, wie er perfekt mit meinem zusammenpasst. Ich habe mich in dieses Gefühl, wieder lebendig zu sein, verliebt, das du mir gibst.«

Er verstummte und senkte einen Moment lang den Blick. »Dich zu lieben ist gleichzeitig das Einfachste und das Schwerste, was ich jemals getan habe. Anfangs habe ich gedacht, die Tatsache, dass mein Herz einst ihm gehört hat, würde zu schwer wiegen. Du vielleicht zu tief verletzt worden wärst, um noch einmal jemanden lieben zu können – insbesondere mich. Aber das war nicht der Fall, und für eine Weile, oh Mann, war es so verdammt schön. Wir waren ein tolles Paar, Brooke.«

Ich nickte.

»Ich habe etwas an deinem Blick wiedererkannt«, sagte er. »Ich habe es gesehen, als wir uns kennengelernt haben, und ich sehe es jetzt. Das ist der gleiche Blick, den ich hatte, als ich auf ein neues Herz gewartet habe. Eigentlich habe ich nicht wirklich auf ein Spenderorgan gewartet. Ich habe auf den Tod gewartet. Und ich weiß, dass du durch die Hölle gegangen bist. Aber, verdammt nochmal, du musst nicht mehr in ihr leben. Weil du lebendig bist. Du bist nicht gestorben.«

»Ich weiß.«

»Tust du das?«, fragte er. »Ich bin mir da nämlich nicht so sicher.«

Er hatte recht. Ich war mir auch nicht ganz sicher.

»Weißt du, was das Verrückteste an dieser ganzen Situation ist? Du hast mir vor Augen geführt, wie ich wieder leben kann. Ausgerechnet die Frau, die sich nicht entscheiden kann, ob sie leben oder sterben will, hat mir gezeigt, was Leben ist. Brooke, merkst du das denn nicht?! Ich habe vorher nicht gelebt. Ich habe existiert. Bin immer auf Nummer sicher gegangen. Aber ich will keine Sicherheit. Ich will Leidenschaft. Ich will Risiken eingehen. Ich will Grenzen überschreiten und Sachen ausprobieren, die ich noch nie gemacht habe, und Orte sehen, an denen ich noch nie war. Du hast das in mir bewirkt.«

Tränen brannten in meinen Augen, doch ich wusste nicht, was ich sagen sollte.

»Ich habe alles versucht«, fuhr er fort. »Ich habe versucht, dir zu helfen. Ich habe versucht, dich zu lieben. Ich habe sogar versucht, ohne dich zu leben, und das war ein einziger Alptraum. Aber durch all das ist mir etwas bewusst geworden. Ich kann dich nicht ändern. Ich kann dich nicht dazu bringen, leben zu wollen. Das musst du selbst tun.«

Er blickte zur Windschutzscheibe hinaus und atmete tief

durch. »Ich kann das nicht mehr. Ich kann dich nicht durch dein Leben schleppen, in der Hoffnung, dass du irgendwann aufwachst und anfängst, es zu leben. Ich kann dich nicht retten, Brooke. Du musst dich selbst retten.«

»Was meinst du damit?«

»Ich meine damit, dass ich nicht dein Held sein kann«, sagte er. »Weil du keinen brauchst. Niemand hat die Kraft, um dir das abzunehmen. Ich kann da sein, um dich zu unterstützen und zu lieben, aber am Ende ist das alles nicht genug, wenn du dich nicht dafür entscheidest zu leben.«

Ich nickte und blickte auf meine Hände. Ich wusste, dass er recht hatte.

»Es ist folgendermaßen«, sagte er. »Ich liebe dich, und ich habe dir schon öfter gesagt, dass ich das nicht auf die leichte Schulter nehme. Aber ich kann so nicht weitermachen. Dafür tut es viel zu sehr weh. Und ich weiß auch, dass ich nicht ohne dich leben kann. Es ist, als wäre da etwas in mir, das fest mit dir verwoben ist. Ohne dich zu leben ist keine Option.«

Er verstummte und hob den Kopf. Noch nie zuvor hatte ich mich vor ihm gefürchtet, doch in diesem Moment tat ich es. Ich fürchtete mich vor der Wahrheit – und der felsenfesten Entschlossenheit in seinen Augen.

»Du musst dich entscheiden, jetzt sofort«, sagte er. »Wirst du leben oder wirst du sterben? Und wie immer du dich auch entscheidest – ich komme mit dir.«

»Was?«

»Wenn du nicht leben willst – wenn du es einfach nicht schaffst – dann tritt aufs Gas. Bring es hinter dich.«

Ich schaute entsetzt zur Windschutzscheibe hinaus. Wir waren nur wenige Meter vom Abgrund entfernt. Es würde bloß Sekunden dauern, ihn zu erreichen. Wir würden über die Kante fahren und …

»Aber wenn du leben willst – und damit meine ich, wirklich leben, Brooke. Ohne diesen selbstzerstörerischen, leichtsinnigen Mist. Ohne abzutauchen und alle wegzustoßen. Wenn du dein Leben leben willst, dann leg den Rückwärtsgang ein. Setz zurück. Wir wechseln die Plätze, und ich fahre uns nach Hause. Aber du musst deine Wahl treffen, jetzt gleich. Und was immer du entscheidest, gilt für uns beide. Wenn du in den Abgrund fährst, komme ich verdammt nochmal mit dir. Weil ich tief in meiner Seele weiß, dass ich ohne dich nicht leben kann. Ich liebe dich, und ich kann nichts halbherzig machen. So bin ich eben. Ich gehe entweder aufs Ganze oder ich lasse es. Wenn du also leben willst, mit mir, dann leg den Rückwärtsgang ein. Aber wenn nicht, dann gib Gummi und wir gehen gemeinsam drauf.«

Ich starrte ihn fassungslos an. Es fühlte sich an, als wäre mein Herz stehen geblieben. Er bluffte nicht. Er hatte mich nicht hergebracht, um mich zu erschrecken, damit ich mich aus Angst fürs Leben entschied. Er wusste nicht, ob ich vielleicht losfahren und uns beide umbringen würde. Doch er war vollkommen bereit, es zu riskieren.

Er saß reglos da. Schwieg. Gab mir Zeit.

Er hatte recht. Ich schwankte ständig zwischen Leben und Aufgeben. Und dadurch hatte ich Menschen, die ich liebte, verletzt. Ihn verletzt.

Und ich liebte ihn. Herrje, ich liebte ihn so sehr, dass es meine Seele verzehrte! Ich hatte Liam geliebt wie ein Kind. Es war eine einfache, reine Liebe gewesen. Aber Sebastian: Unsere Liebe war wie Feuer. Wie ein Gewittersturm. Erfüllt von Energie, Chaos und Leidenschaft.

Er hatte die Fragmente meiner selbst aufgesammelt und sich so sehr bemüht, sie zusammenzuhalten. Doch das lag nicht in seiner Macht. Er konnte sie wieder zusammensetzen, aber sie würden immer wieder auseinanderfallen, es sei denn, *ich* beschloss, sie wieder zusammenzukitten.

Ich musste mich entscheiden.

War ich nichts weiter als ein Geist? Das Echo eines Mädchens, das einst einen Jungen geliebt hatte? Der Abklatsch einer Frau, die ihrem eigenen Kind wehgetan hatte? *Entscheide dich.* Die Worte hallten dumpf durch meinen Kopf, wiederholten sich ständig in Sebastians tiefer Stimme. Sie hallte durch meine Brust – ließ meine Finger zucken.

Ich holte das Notizheft aus meiner Tasche. Sebastian sagte nichts. Er sah mich unablässig an, während ich es aufschlug und rasch die Seiten durchblätterte. *Entscheide dich.*

Da war es, geschrieben in blauer Tinte. Ich wusste nicht recht, wo es hergekommen war, denn die Worte schienen irgendwie nicht die meinen zu sein. Aber ich hatte sie in der Bar niedergeschrieben, mit einem Glas Whisky vor mir, dass ich nicht beabsichtigt hatte zu trinken. Als eine Erinnerung daran, wer ich sein könnte, und an meine Entscheidung, jemand anderes zu sein.

*Die Entscheidung liegt bei dir, Brooke. Bei dir ganz allein. Du kannst entscheiden, wer du bist. Das ist das Schöne daran. Die Häuser, in denen du gelebt hast, oder das Chaos in ihrem Inneren machen dich nicht aus. Deine Mutter macht dich nicht aus. Verluste machen dich nicht aus. Das einzig Bedeutsame sind die Entscheidungen, die du triffst. Du kannst nicht kontrollieren, was dir widerfährt. Und manchmal bedeutet das auch Schmerz und Leid. Trauer und Verlust. Aber auch der schlimmste Schmerz könnte nicht existieren ohne die Liebe, die ihm vorausgegangen ist. Und ist diese Liebe nicht etwas wert? Ist diese Liebe nicht sogar alles wert? Aber du kannst nicht lieben, wenn du nicht lebst. Du wirst dich also entscheiden müssen.*

Ich holte zitternd Luft und legte das Notizheft weg. Packte das Lenkrad mit beiden Händen. Trat mit dem Fuß so fest, wie ich konnte, auf die Bremse. Und legte den Rückwärtsgang ein.

Als ich vom Abgrund zurücksetzte, atmete Sebastian nicht erleichtert auf. Er beobachtete mich nur weiter unablässig, und in seinen Augen brannte noch immer die gleiche Intensität. Ich hielt an und schaltete auf Parken.

»Bist du sicher?«, fragte er.

Ich nickte und bemühte mich, nicht zu weinen. Den Aufruhr der Gefühle zu ignorieren, der in mir aufwallte. »Ja. Ich bin sicher.«

Er legte die Hand an meinen Hinterkopf und zog mich zu ihm. Unsere Münder trafen aufeinander, und unfassbare Erleichterung durchflutete mich. Er küsste mich leidenschaftlich, presste mein Gesicht an seines.

Ich kletterte über die Mittelkonsole auf seinen Schoß, ohne den Kuss zu unterbrechen. Seine Lippen auf meinen, sein Bart an meiner Wange, fühlten sich an wie vom Schicksal bestimmt. Als käme ich nach Hause. Ich setzte mich rittlings auf seinen breiten Körper, und er schlang seine starken Arme um mich.

»Ich liebe dich«, flüsterte ich in seinen Mund. »Ich liebe dich, und ich weiß nicht, womit ich dich verdient habe.«

Er wich ein wenig zurück, strich mir die Haare aus dem Gesicht und sah mir tief in die Augen. »Vielleicht funktioniert die Liebe so nicht. Sie ist kein Spiel. Es muss keiner verlieren, damit der andere gewinnen kann. Ich liebe dich, weil du mein Herz bist. Du bist mein Leben. Und wenn ich mich dafür entscheide

– wenn ich mich entscheide, dich zu lieben und der Mann zu sein, den du brauchst –, dann gewinnen wir beide. Die Liebe gewinnt.«

Ich nickte. »Sebastian, ich weiß, dass noch so viel Arbeit vor mir liegt. Aber ich werde sie bewältigen. Versprochen.«

»Tu es nicht nur für mich«, sagte er. »Tu es für dich.«

Ich küsste ihn wieder. Streichelte seinen Bart. »Für mich. Für dich. Für uns.«

Da lächelte er, und genau, wie beim ersten Mal, als wir uns begegnet waren, milderte es seine überwältigend intensive Präsenz ein wenig ab. Funken stoben durch meine Adern, und die Leere in meiner Brust füllte sich – füllte sich mit seiner Liebe. Seinem Licht. Seinem Leben.

Tief in meinem Inneren hatte ich damals, als ich Sebastian kennengelernt hatte, geahnt, dass mein Leben nie wieder sein würde wie zuvor. Aber ich hätte nie gedacht, wie sehr sich diese Ahnung bewahrheiten würde. In ihm hatte ich meine Zukunft gefunden. Mein Zuhause. Mein Leben. Und das alles würde ich nie wieder hergeben.

Ich würde diese Entscheidung jeden Tag aufs Neue treffen. Die Entscheidung, zu lieben und zu leben. Für mich, für ihn, für uns.

## KAPITEL 40

# Sebastian

Brooke verließ das Gebäude, und als sie mich erblickte, begannen ihre Augen zu leuchten. Ihr weites gelbes Kleid flatterte im Sommerwind, und ihre Armbänder blitzten im Sonnenlicht. Ich wartete im Wagen auf sie, und während sie auf mich zukam, strich sie sich die Haare aus dem Gesicht und zog den Träger ihrer Handtasche zurecht.

Mann, diese Frau war so verflucht sexy! Kurven und lange Beine. Weiche Haut. Ich konnte es kaum erwarten, sie nach Hause zu bringen.

In unser Zuhause. Mittlerweile wohnte ich nicht mehr in dem Haus, das Charlie und ich uns so lange Zeit geteilt hatten, sondern bei Brooke. Da Charlie und Olivia dauerhaft zusammenleben wollten, war mein Auszug nur die logische Konsequenz gewesen. Aber selbst wenn es anders gewesen wäre, wäre ich mit Brooke zusammengezogen. Wir begannen ein neues, gemeinsames Leben. Gingen aufs Ganze.

Ein Jahr würden wir noch in Iowa City bleiben, bevor es nach Virginia ging, wo ein neues Abenteuer auf uns warten würde. Zwei der drei Unis, an denen ich mich beworben hatte, hatten mich angenommen. Ich hatte mich für die Virginia Tech entschieden. Sie schien mir die passendste zu sein. Und wir waren beide noch nie dort gewesen. Das machte die Wahl sogar noch perfekter. Wir würden einen neuen Landesteil erkunden.

Neue Dinge erleben. Es würde merkwürdig sein, nicht mehr in Iowa zu leben. Doch für mich war ein Zuhause kein Ort. Sondern eine Person.

Sie blieb auf dem Gehweg stehen, um einen Anruf anzunehmen. Wieder lächelte sie und hob einen Finger, um mir zu signalisieren, dass ich noch einen Moment warten sollte. Ich winkte. *Lass dir Zeit, mein Liebling.*

Brooke würde ebenfalls wieder zur Uni gehen. Sie war im Onlineprogramm der University of Colorado angenommen worden und würde ihren Abschluss in Anglistik machen. Da sie nach Liams Tod an der Arizona State in einigen Kursen durchgefallen war, hatte sie sich etwas mehr anstrengen müssen, um zugelassen zu werden. Sie hatte einen langen Brief an die Zulassungsabteilung geschrieben – einen Brief, aus dem sehr viel mehr geworden war und in dem sie ihre Geschichte erzählt hatte.

Die Zuständigen hatten sie nicht nur angenommen, sondern auch auf mehrere Stipendien hingewiesen, die für sie infrage kamen, und sie sogar dazu angeregt, ihre Texte bei verschiedenen Medien zur Veröffentlichung einzureichen. Bisher hatte sie das noch nicht getan, aber ich würde sie weiter dazu ermutigen. Was sie geschrieben hatte, war so ergreifend. Ihre Texte waren aufrichtig und wunderschön, auch wenn sie darin einige ihrer dunkelsten Momente beschrieb.

Sie hatte sie inzwischen erweitert, meine Geschichte mit ihrer verwoben. Eine Chronik der Wege, die wir gegangen waren, die die Momente in den Mittelpunkt stellte, die uns dorthin geführt hatten, wo wir heute waren. Die Tragödien, die uns zusammengebracht hatten.

Mein Handy klingelte. Es war Charlie.

»Hey, was gibt's?«

»Alter, du musst mir helfen, runterzukommen«, sagte er. »Ich bin verdammt nochmal kurz vorm Durchdrehen.«

»Wieso, was ist denn los?«

Er holte tief Luft. »Ich tue es. Ich frage sie.«

»Ernsthaft? Du machst ihr heute Abend einen Antrag?«

»Nein, nicht heute Abend«, entgegnete er. »Sondern jetzt. Also, wenn sie gleich reinkommt.«

»Wenn du es jetzt gleich tun willst, warum zum Teufel telefonierst du dann mit mir?«, fragte ich. »Dir kommen doch nicht etwa Zweifel, oder?«

»Von wegen«, sagte er. »Ich werde diese Frau so was von heiraten. Aber ich befürchte, ich habe es schon vermasselt.«

»Wie denn das?«

»Ich wollte, dass es eine ganz große Überraschung wird«, erklärte er. »Darum habe ich, damit sie nichts merkt, versucht, sie auf eine falsche Fährte zu locken. Aber ich glaube, ich habe es damit übertrieben, und nun ist sie böse auf mich. Sie sitzt draußen in der Einfahrt im Auto und telefoniert. Sie sieht stinksauer aus.«

Ich spähte zu Brooke hinüber. Sie nickte bedächtig mit dem Kopf und sagte gleich darauf etwas, das nach *Alles wird gut* aussah.

»Ja, ich glaube, sie redet gerade mit Brooke«, sagte ich. »Hör zu, beruhige dich. Konzentrier dich. Halte dich an den Plan. Du schaffst das.«

»O Gott, ich bin so nervös«, sagte er. »Ich glaube, so nervös war ich nicht mal, als ich bei der Staatsmeisterschaft gegen dich antreten musste.«

Witzig, dass er das sagte. Wir redeten nicht oft über derlei Dinge. Typisch Mann – wir wollten uns so etwas nicht eingestehen. Aber ich konnte nachempfinden, wie er sich fühlte. Mich hatte es auch nervös gemacht, ihm gegenüberzustehen. Obendrein hatte ich noch eine Überraschung für Brooke in petto, die *mich* nervös machte. Es war schwierig, zu verhindern, dass sie etwas davon merkte.

»Denk daran: Es ist keine Nervosität«, ermahnte ich ihn. »Es ist Vorfreude.«

»Verstehe, Vorfreude. Ach du Scheiße, da kommt sie. Ich muss auflegen.«

Brooke steckte das Handy in die Tasche und kam zum Auto.

»Hey«, sagte sie zur Begrüßung, als sie auf der Beifahrerseite einstieg. »Tut mir leid. Das war Olivia. Ich habe vorhin schon einen Anruf von ihr verpasst, darum wollte ich diesen annehmen.«

»Kein Problem. Was gibt es Neues bei ihr?«

Sie verdrehte die Augen. »Sie ist einfach Olivia. Sie dreht total durch, weil sie findet, Charlie verhält sich neuerdings seltsam. Ich habe sie beruhigt, dass Charlie immer seltsam ist, aber das hat nicht geholfen.«

Ich musste lachen. »Sie hat keinen Anlass zur Sorge.«

»Wieso? Hast du etwa mit ihm gesprochen?«

»Ja. Wahrscheinlich sollte ich dir nichts davon verraten, aber er wird ihr einen Antrag machen.«

»O mein Gott.« Sie schlug die Hand vor den Mund und sah mich mit aufgerissenen Augen an. »Wirklich? Wann?«

»Jetzt gerade«, antwortete ich. »Sie saß draußen in der Einfahrt und hat mit dir telefoniert, während er drinnen auf sie gewartet hat.«

»Das ist so witzig«, sagte sie. »Olivia war beleidigt, weil er sie vorhin gebeten hat, einkaufen zu gehen. Aber sie wollte nicht oder was auch immer, und dann haben sie sich deswegen gestritten. Sie konnte nicht verstehen, weshalb er sie so dringend aus dem Haus haben wollte.«

»Das war offenbar der Grund dafür.« Ich hatte gewusst, dass Charlie plante, ihr einen Antrag zu machen – ich hatte ihn sogar beim Ringkauf begleitet –, doch er hatte mir nicht verraten, wann und wie genau er es tun würde.

»Sie wird ausflippen«, sagte Brooke. »Ich freue mich so sehr für die beiden.«

Ich ließ den Wagen an und fuhr vom Parkplatz. »Ja, ich mich auch. Obwohl … Bedeutet das, dass ich einen Anzug anziehen muss?«

»Wahrscheinlich schon.« Sie musterte mich von oben bis unten und leckte sich die Lippen. »O Gott, ich kann es kaum erwarten. Du wirst im Anzug zum Anbeißen aussehen.«

Ich lachte nur und reichte ihr einen Becher mit Deckel.

»Hast du mir meinen Milchshake geholt?«, fragte sie, während sie ihn mir abnahm.

Ich lachte wieder. »Einen Proteinshake, mein Schatz. Aber ich habe ein Café gefunden, wo sie richtig lecker sind. Mit Bio-Molkeneiweiß, wenig Zucker und all den guten Sachen.«

»Mm, gesund«, sagte sie augenzwinkernd und probierte einen Schluck. »Oh, das ist *tatsächlich* lecker. Schokolade-Erdnussbutter?«

»Genau.«

»Mjam.«

»Ich dachte mir, dass du nach deiner Sitzung etwas Nahrhaftes gebrauchen könntest«, sagte ich. »Wie war es?«

Sie nahm noch einen Schluck, bevor sie den Becher in den Getränkehalter stellte. »Hart. Sogar richtig hart. Wir haben beschlossen, früher aufzuhören, und sie hat mir ein bisschen Zeit für mich allein in ihrem Büro gegeben. Deswegen hat es heute auch etwas länger gedauert, bis ich rausgekommen bin. Ich musste mich erst ein wenig sammeln.«

Ihre Therapeutin war großartig, aber die Sitzungen waren manchmal strapaziös. Sie ging nun bereits seit Monaten jede Woche zu ihr und arbeitete all die Traumata auf, die sie erlebt hatte. Das war nicht immer einfach, doch es hatte eine große Wirkung. Die Einnahme der richtigen Medikamente half ihr ebenfalls. Zwar hatte es einige Monate gedauert, die richtige Dosierung zu finden, aber sie waren ein weiteres Hilfsmittel, auf das sie sich stützte, damit es ihr wieder besser ging.

Im Endeffekt war es allerdings sie, die alle Arbeit machte. Ich stand ihr stets zur Seite, doch es war ihre Stärke, die durchschien. Ihre Freude, die in ihren Augen glänzte.

Ich war lediglich der Mann, der sich so glücklich schätzen durfte, es genießen zu dürfen.

»Du kannst dir immer so viel Zeit lassen, wie du willst«, sagte ich. »Es stört mich nicht, zu warten, wenn du erst mal alles verarbeiten musst oder was auch immer.«

»Danke«, entgegnete sie. »Noch vor einer halben Stunde hätte ich mich am liebsten im Bett verkrochen und geheult. Aber ich habe einiges aufgeschrieben und für eine Weile meine Gefühle ganz bewusst zugelassen. Ich glaube, das muss ich ab und zu tun, anstatt mich vor ihnen zu verstecken. Selbst wenn es wehtut.«

Ich strich mit der Rückseite meiner Finger über ihre Wange. »Wie geht es dir jetzt?«

»Gut«, antwortete sie, und an ihrem Tonfall erkannte ich, dass sie selbst davon überrascht war. »Sogar richtig gut. Ich fühle mich gereinigt. Als wäre ich innerlich frisch und sauber.«

Als wir an einer roten Ampel anhalten mussten, beugte ich mich zu ihr und küsste sie sanft auf den Mund. »Gut.«

»Danke, dass du mich heute abgeholt hast«, sagte sie. »Das wäre aber nicht nötig gewesen. Ich hätte auch den Bus nehmen können.«

»Ich hole dich gern ab. Aber ich habe mir überlegt, dass es vielleicht an der Zeit ist, dir ein eigenes Auto zu besorgen. Du bist so viel unterwegs, dass es einiges für dich vereinfachen würde.«

»Ja, das wäre schön«, stimmte sie mir zu.

»Und ich kenne jemanden, der uns einen guten Preis machen wird.« Ich zwinkerte ihr zu.

Sie lachte. »Dein Vater kann es wohl kaum erwarten, mich endlich in einem seiner Autos zu sehen, oder?«

»Aber klar.« Meine Eltern hatten sich wirklich sehr gebessert. Nachdem sie Brooke erst einmal kennengelernt hatten, hatten sie sich, genau wie ich, in sie verliebt. Allerdings hatte ich ihnen den Teil unserer Geschichte, in dem ich sie an den Rand eines Abgrunds gefahren und ihr versichert hatte, dass ich mit ihr sterben würde, vorenthalten. Davon brauchten sie nichts zu wissen.

An jenem Tag hatte ich nicht gelogen. Sie zum Steinbruch zu bringen war keine List gewesen, um sie unter Druck zu setzen, damit sie sich aus Angst änderte. Damals hatte ich es todernst gemeint. Wir hätten entweder gelebt oder wären gestorben, und wir hätten es gemeinsam getan. Natürlich war ich froh, dass sie sich entschieden hatte zu leben – und dass sie diese Wahl jeden Tag aufs Neue traf –, aber wenn es nötig gewesen wäre, wäre ich auch mit ihr draufgegangen. War das verrückt? Vielleicht. Doch für mich gab es nur alles oder nichts. Etwas anderes kannte ich nicht.

»Was meinst du?«, fragte ich. »Sollen wir dieses Wochenende nach Waverly fahren? Du kannst dir von meinem Vater die VIP-Behandlung geben lassen. Aber ich warne dich, er wird dich dazu nötigen, mindestens zehn Autos Probe zu fahren. Das Gute daran ist allerdings, dass wir danach mit ihnen zu Abend essen können. Wenn ich meine Mutter lieb darum bitte, würde sie bestimmt wieder Parmesan-Hähnchen machen.«

»Von mir aus fahre ich mit deinem Vater auch hundert Autos Probe, wenn ich dafür das Parmesan-Hähnchen deiner Mutter essen kann.«

»Super. Ich gebe ihnen Bescheid.«

»Ja, aber schreib ihr keine Textnachricht«, bemerkte Brooke lächelnd. »Die liest sie vielleicht erst nächste Woche.«

»Ich weiß«, sagte ich. »Ich rufe sie an.«

Zu Hause angekommen verwöhnte ich sie erst einmal mit einer ausgiebigen Rückenmassage. Die hatte sie sich verdient. Außerdem war sie ein guter Vorwand, um ihre nackte Haut berühren zu können. Anschließend kuschelten wir uns zusammen ins Bett und unterhielten uns eine Weile. Nach ihrer Sitzung musste sie sich ein paar Dinge von der Seele reden.

Doch irgendwann eskalierten meine gemächlichen, zärtlichen, eigentlich nur aufmunternd gemeinten Küsse. Unsere Körper wollten mehr. Wir wollten mehr. Ich liebte sie in unserem Bett, in die Laken verheddert. Ich genoss jede Berührung, jeden Kuss, jede noch so kleine Stelle ihrer Haut. Liebte sie auf jede Weise, die ich kannte. Sie war mein Ein und Alles.

Und schon bald – sehr bald – würde ich dafür sorgen, dass wir den Rest unseres Lebens gemeinsam verbringen würden.

## KAPITEL 41

# Brooke

In der Buchhandlung war es still. Die ordentlich aufgeräumten, präzise angeordneten Regale schienen alle Geräusche zu absorbieren wie ein frisch verschneites Feld. Einladend und friedvoll. Es roch nach Büchern – nach Papier, Leder und Druckerschwärze. Dazu mischte sich leichter Kaffeeduft und ein Hauch von Lavendel.

Nach dem großen Erfolg unserer ersten Lesungen und Veranstaltungen hatte Joe für mehr Sitzmöglichkeiten gesorgt, damit auch ein größeres Publikum genug Platz hatte. Eine Handvoll Kunden saß mit Büchern vor sich an den Tischen. Einige tranken Kaffee oder Tee. Über der Kaffeetheke hingen sternförmige Lampen von der Decke, und die Wände waren mit gerahmten Drucken von Klassiker-Buchcovern dekoriert. Außerdem hatten wir für ein bisschen magischen Glanz weiße Lichterketten aufgehängt.

Ein dumpfes Geräusch kam aus dem Hinterzimmer, wie ein Karton, der über den Boden geschoben wurde. Wahrscheinlich war es Joe.

Als ich nach hinten ging, stapelte er gerade die Kartons einer frisch eingetroffenen Lieferung.

»Hey«, sagte ich. »Ruhiger Nachmittag, oder?«

»Wahrscheinlich bloß die Ruhe vor dem Sturm«, meinte er. »Obwohl heute Morgen durchaus einiges los war.«

Ich musste lächeln. Inzwischen lief das Geschäft deutlich besser. Joe war noch immer nicht recht bei der Sache – stand oft herum und las, wenn er eigentlich etwas anderes tun sollte –, doch die Veränderungen im Laden hatten sich großartig bewährt. Die Leute kamen nicht mehr nur wegen der Bücher zu uns. Sondern wegen des Ambientes. Der Laden hatte sich zu einem beliebten Treffpunkt für Collegestudenten – insbesondere für die literaturaffinen unter ihnen – gemausert. Lerngruppen trafen sich bei uns genau wie Buchclubs. Und einmal im Monat kam sogar eine Strickgruppe.

Die Veranstaltungen waren sehr gut besucht. Autorenlesungen und Signierstunden waren beliebt, aber die Open Mic Nights waren der Hit. Joe hatte in ein kleines Soundsystem investiert, und die Leute liebten es, auf der Bühne zu stehen. Doch es kamen nicht bloß Studenten. Es zog die verschiedensten Menschen in den Laden. In der vorigen Woche waren bei uns ein Studienanfänger mit langem blondem Pferdeschwanz, ein Herr mittleren Alters in Anzug und Krawatte, ein junger Mann im Footballtrikot, der so bullig wie Sebastian gewesen war, und ein neunundachtzigjähriger Afroamerikaner mit kratziger Stimme und einer Begabung fürs Geschichtenerzählen aufgetreten.

»Brauchst du hier hinten Hilfe?«, erkundigte ich mich. »Oder soll ich schon mal alles für heute Abend vorbereiten?«

»Ich komme zurecht«, sagte er und schob die Brille auf seiner Nase hoch. »Ich schaffe nur ein wenig Platz.«

Ich ging wieder nach vorne und erledigte einige Dinge. Bediente Kunden. Olivia kam in den Laden und winkte mir breit grinsend zu. Ihr blassrosa Shirt passte perfekt zu ihren blonden Haaren, und außerdem würde ich ihr später noch sagen müssen, dass ihr Po in ihrer Jeans phantastisch aussah. Seitdem Charlie um ihre Hand angehalten hatte, strahlte sie mit der Sonne um die Wette. Im kommenden Jahr wollten sie in der Karibik heiraten. Sie hatte mich bereits gefragt, ob ich ihre Trauzeugin sein wollte, und ich hatte absolut nichts gegen einen Tropenurlaub einzuwenden, in dessen Rahmen ich auch noch erleben durfte, wie zwei meiner besten Freunde heirateten. Eigentlich war Olivia heute Abend nicht im Dienst, aber sie checkte trotzdem kurz bei der Barista, ob alles in Ordnung war. Sie hatte im Laden wirklich hervorragende Arbeit geleistet. Nicht nur hatte sie die Kaffeetheke wiedereröffnet, sondern auch bei der Umgestaltung geholfen und mit Joe und mir verschiedene Aktionen organisiert. Obendrein hatte sie eine komplett neue Webseite erstellt, und sie kümmerte sich um alle Social-Media-Kanäle der Buchhandlung.

Joe behandelte uns beide wie Enkelinnen, und Olivia hatte ihm schon eröffnet, dass er zur Hochzeit einfliegen müsste – und dass er gar keine andere Wahl hatte. Er hatte vorgeschützt, von dieser Aussicht wenig begeistert zu sein – er hasste es zu fliegen –, doch ich wusste, er war gerührt, dass sie ihn dabeihaben wollte.

Ich würde ihn vermissen, wenn Sebastian und ich nächstes Jahr umzogen. Aber wir würden ihn besuchen. Und wer wusste schon, was die Zukunft bringen würde? Vielleicht würde es uns eines Tages doch wieder nach Iowa verschlagen. Im Augenblick freute ich mich aber sehr auf den Ortswechsel. Es fühlte sich an wie ein Abenteuer. Allerdings würde ich mir letztendlich bestimmt wünschen, dass wir uns irgendwann irgendwo niederließen. Dass wir einen Ort finden würden, wo wir Wurzeln schlagen und Teil der Gemeinschaft werden könnten. Wo wir ein sicheres und stabiles Zuhause schaffen könnten.

Es wurde Abend, und die Sonne ging unter. Während immer

mehr Gäste kamen und sich die Tische zu füllen begannen, traf ich die letzten Vorbereitungen für die Open Mic Night. Sebastian und Charlie trafen ein. Die beiden waren so groß, dass alle anderen im Vergleich zwergenhaft wirkten. Wenn man sie zusammen sah, war das noch auffälliger. Sie gingen zu Olivias Tisch, und ich verließ meinen Platz am Kassentresen und gesellte mich ebenfalls zu ihnen.

Sebastian schlang einen Arm um mich und drückte mich. Dann warteten wir darauf, dass Charlie und Olivia mit ihrer nicht ganz jugendfreien Begrüßung fertig wurden.

»Warte kurz«, sagte Charlie und hielt Olivia davon ab, sich hinzusetzen, indem er ihr eine Hand auf den Arm legte. »Wir haben eine Überraschung für dich.«

»Für euch beide«, ergänzte Sebastian.

Bevor wir weiter nachfragen konnten, deuteten die beiden zur Eingangstür.

Brian und Mary Harper betraten den Laden und sahen sich suchend um. Olivia stieß einen Schrei aus und schlug gleich darauf die Hand vor den Mund. Danach rannte sie zu ihren Eltern, stürzte sich auf sie und versuchte ungeschickt, beide gleichzeitig zu umarmen.

Sebastian und ich warteten an Olivias Tisch, während sie ihren Eltern Charlie vorstellte. Ich wollte sie bei diesem wichtigen Moment nicht stören. Als Brian Charlies Hand schüttelte und Mary ihn liebevoll umarmte, hatte ich Tränen in den Augen. Olivia streckte ihnen ihre Hand hin, damit sie ihren Verlobungsring bewundern konnten.

Die Schönheit dieses Augenblicks brachte mein Herz zum Überlaufen. Sie waren alle so glücklich. So voller Leben und Liebe.

Mary warf mir quer durch den Raum einen Blick zu. In ihrem blonden Haar glänzten silberne Strähnen, und als sie lächelte, bildeten sich in den Winkeln ihrer blauen Augen – die so sehr Liams ähnelten – kleine Lachfältchen.

Sie kam zu mir und legte die Hände an mein Gesicht. »Ich bin so stolz auf dich, meine Süße«, sagte sie und gab mir einen Kuss auf die Stirn.

Ich schmiegte mich in ihre Umarmung, und sie drückte mich fest. Es war schön, sie wiederzusehen. Brian umarmte mich ebenfalls und schüttelte anschließend Sebastian die Hand. Offenbar hatte Mary keine Lust auf höfliches Händeschütteln, sondern ging mit weit offenen Armen auf Sebastian zu. Er beugte sich zu ihr herunter, nahm sie in seine kräftigen Arme und drückte sie vorsichtig.

»Wow.« Sebastian trat einen Schritt zurück und räusperte sich. »Ich glaube, ich habe was im Auge.«

»Ich kann nicht glauben, dass ihr hier seid«, sagte Olivia. »Wie konntet ihr das vor mir verheimlichen?«

»Wir wollten, dass es eine Überraschung wird«, meinte Mary.

Olivia wandte sich zu Charlie um und gab ihm einen Klaps auf den Arm. »Wie konntest *du* mir das verheimlichen?«

»Hey, gib nicht mir die Schuld«, wehrte sich Charlie. »Seb hat sie eingeladen.«

Sebastian zuckte schmunzelnd mit den Schultern.

Mary drückt Sebastians Arm. »Und wir sind froh darüber. Es ist nicht leicht für uns, dass all unsere Kinder so weit weg sind.«

Die Art, wie sie das sagte – *all unsere Kinder*, und dabei direkt Sebastian und mich ansah –, ließ die Tränen, die ich zurückzuhalten versucht hatte, nun doch gewinnen. Ich berührte meine

Lippen und atmete tief durch, während sie mir über die Wangen liefen.

Aber es waren keine Tränen des Kummers oder der Trauer. Es waren Freudentränen.

Wir setzten uns alle gemeinsam an einen der runden Tische. Um uns herum wurde es immer lauter, während immer mehr Gäste eintrafen und die anderen Tische sich füllten. Als die Warteschlange zu lang wurde, sprang Olivia auf, um der Barista ein wenig unter die Arme zu greifen, und ich musste zurück an die Kasse, um einige Kunden abzukassieren.

Um acht Uhr begab ich mich in den kleinen Bereich, den wir als die Bühne bezeichneten, und eröffnete den Abend. Bei den Veranstaltungen mussten stets Olivia oder ich als Moderatorinnen fungieren. Joe ging nicht mal in die Nähe eines Mikrophons. Er blieb beim Kassentresen stehen und sah aus der Ferne zu.

Ich dankte allen Anwesenden für ihr Kommen und gab das Mikrophon an den ersten Mitwirkenden des Abends weiter. Dann kehrte ich an unseren Tisch zurück und setzte mich neben Sebastian. Er nahm meine Hand, und ich legte die Wange an seine Schulter.

Wir lauschten dem Bericht eines Mannes, der das vergangene Jahr in Südamerika verbracht hatte. Der nächste Vortragende hatte einen sehr starken Akzent, aber seine Darbietung war so lebhaft, dass wir trotzdem zumindest den groben Sinn seiner Worte verstanden. Danach kam eine junge Frau in einem U of I-Sweatshirt an die Reihe, die derart verängstigt aussah, dass ich versucht war, aufzustehen und sie zu retten. Doch sie schloss die Augen, atmete tief durch und trug ein wunderschönes Gedicht vor, das sie über ihre Mutter geschrieben hatte. Ich glaube, wir waren alle sehr berührt, nicht nur von ihren Worten, sondern auch von ihrem Mut.

»Bist du bereit?«, raunte mir Sebastian ins Ohr.

Ich nickte. »So bereit, wie ich bloß sein kann.«

Ich holte noch einmal tief Luft, stand auf und trat ans Mikrophon. An einer Lesung hatte ich noch nie teilgenommen, sondern höchstens ab und zu Sebastian etwas laut vorgelesen. Mit der Öffentlichkeit hatte ich bislang keinen meiner Texte geteilt. Doch als ich nun Mary und Brian, Olivia und Charlie und Sebastian – und sogar Joe – im Publikum sitzen sah, konnte ich mir gar keinen besseren Zeitpunkt dafür vorstellen als diesen Abend, an dem all meine Lieben hier waren.

Ich nahm meinen Text zu Hand, schluckte und begann zu lesen.

»Eingehüllt in Dunkelheit und Trauer bricht ihr Herz. Leere verzehrt sie. Dort, wo einst Zufriedenheit und Freude wohnten, liegen nur noch die Fragmente eines zerbrochenen Lebens wie Glasscherben auf dem Boden.«

Ich machte eine Pause und sah auf. Sebastian nickte.

»Aber das Leben ist nicht geradlinig. Es ist keine in den Sand gemalte Linie, die sich bloß in eine Richtung bewegt, und dort, wo sie auf die Wellen trifft, aufhört zu existieren. Es ist kreisförmig. Sich wiederholend. Tod bringt Leben. Verzweiflung bringt Hoffnung. Zerstörung bringt Wiedergeburt.

Denn was ist die Leere, wenn nicht ein Gefäß, das es zu füllen gilt. Der hohle Raum in ihrer Brust ist bereit, wartet. Bewahrt sich die Hoffnung, so gering sie auch sein mag, dass er eines Tages wieder erfüllt sein wird.

Unausgesprochene Gedanken und glimmende Kohlen verbergen sich unter der Oberfläche. Grün wird zu Braun, erzählt von der darin enthaltenen Wahrheit. Vom Tode berührt. Durch eine Tragödie erlöst. Leben und Liebe existieren in den Schlägen seines Herzens. Ein Herz, das zwei Menschen sich teilen. Von einem geliebt wird.

Und darin liegt die wunderschöne Traurigkeit der Existenz. Freude und Leid. Glück und Herzschmerz. Licht und Dunkelheit. Aber vor allem Liebe.«

Ich trat vom Mikrophon zurück und atmete auf. Das Publikum applaudierte, und mein Gesicht rötete sich. Lächelnd strich ich mir das Haar hinters Ohr und fühlte mich erfüllt und zufrieden.

Sebastians stolzes Lächeln wärmte mich von innen heraus. Er klatschte mit allen anderen, doch die Liebe in seinen Augen fesselte mich. So eisern. So entschlossen. Er hatte mich nie aufgegeben, nicht mal, als ich mich selbst aufgegeben hatte. Er hatte die Wahrheit gekannt – dass wir uns gemeinsam aus dem Abgrund der Tragödien wieder erheben würden. Und sein Glaube an diese Wahrheit war noch immer unerschütterlich.

Liams Tod hatte mich fast vernichtet. Aber mir war klar geworden, dass selbst die schlimmsten Situationen zu etwas Wunderschönem hinführen konnten. An dem Tag, an dem er gestorben war, hatte sich unser aller Leben für immer verändert. Es ließ sich unmöglich sagen, wie unsere Leben verlaufen wären, wenn es nicht geschehen wäre. Doch darum ging es nicht mehr. Es *war* geschehen. Es war ein Ende gewesen und gleichzeitig ein Anfang. Eine Tragödie und ein Geschenk.

Liams Geist lebte weiter. Im Lachen seiner Schwester. In der Großzügigkeit und Güte seiner Eltern. In der Liebe, die zwischen Charlie und Olivia erblüht war.

Und selbstverständlich in Sebastian. Sein Herz hatte Sebastian eine zweite Chance auf Leben gegeben – ein Geschenk von unermesslichem Wert. Aber es hatte auch mir eine zweite Chance gewährt. Sebastian und ich hatten beide einen Teil unserer selbst verloren und waren mit einer Welt – und einer Zukunft – konfrontiert gewesen, die sich unwiderruflich verändert hatte. Allein waren wir hilflos umhergetaumelt. Doch gemeinsam hatten wir uns aus der Asche der Verzweiflung erhoben – zwei neu geschaffene Menschen, erfüllt von Hoffnung.

Die Liebe hatte all das bewirkt.

Es war die Liebe gewesen, die Sebastian zu mir geführt hatte, als er eigentlich nicht gewusst hatte, wer ich war. War das vielleicht Liam gewesen, der durch Zeit und Raum die Hand nach uns ausgestreckt hatte? Hatte er durch das Herz, das er und Sebastian sich teilten, gesprochen, ihm etwas zugeflüstert, als er mich auf der anderen Straßenseite gesehen hatte? Sebastian meinen Namen verraten? Ich wusste es nicht. Vielleicht hatte Liam Sebastian zu mir geführt, in dem Wissen, dass er mich lieben würde. Oder vielleicht hatte Liams Herz mich wiedererkannt und die Nähe zu dem Herz gesucht, zu dem es einst gehört hatte.

Oder vielleicht war alles auch nur ein Zufall gewesen und Sebastian hätte sich ebenso gut abwenden und in die entgegengesetzte Richtung davongehen können.

Doch daran glaubte ich nicht.

Weil ich daran glaubte, dass die Wege der Liebe jenseits unseres Verständnisses lagen. Sie war viel machtvoller als Trauer. Machtvoller als Leid. Sogar machtvoller als der Tod. Und am Ende würde die Liebe immer siegen.

Bei uns hatte die Liebe triumphiert.

Ich würde Liam immer lieben. Um wieder lieben zu können, musste ich ihn nicht vergessen oder so tun, als hätte ich ihn niemals geliebt. In meinem Herzen war genug Platz für die Erinnerung an ihn – das Bewusstsein dafür, auf welche Weise er mein Leben berührt hatte – und mehr als genug Raum, um Sebastian zu lieben. Die tiefe, beständige, unerschütterliche und leidenschaftliche Liebe, die ich für ihn empfand, brauchte nicht allein zu existieren. Dafür war sie zu stark. Zu sicher. Sie gab mir die Kraft, die Freude dem Schmerz vorzuziehen. Die Hoffnung dem Kummer. Das Leben dem Tod.

Liam hatte versucht, mich vor meiner Vergangenheit zu retten. Sebastian hatte versucht, mich für eine Zukunft zu retten, die er mit mir teilen wollte. Die Kraft der Liebe hatte es mir ermöglicht, mich dafür zu entscheiden, mich selbst zu retten. Und mich selbst dem Mann zu schenken, der mich liebte. Das alles war nicht perfekt. Mein Heilungsprozess noch nicht vollendet. Aber ich würde mich jeden Tag dafür entscheiden, zu leben und zu lieben. Für meine Freunde, die meine Familie waren. Für Liam. Für Sebastian. Für mich selbst.

Die Gäste blieben noch eine Weile, standen zusammen, sahen sich um, kauften Bücher, tranken einen Kaffee oder Tee. Da die Harpers eine Woche in der Stadt bleiben würden, schmiedeten wir Pläne, ihnen unsere Lieblingsplätze in Iowa zu zeigen. Charlie und Sebastian machten sich vor allem darüber Gedanken, wo wir essen gehen könnten – die beiden dachten wirklich mit dem Magen. Olivia wollte, dass Mary und ich sie beim Kauf des Hochzeitskleids begleiteten. Sebastians Eltern hatten uns alle nach Waverly zum Abendessen eingeladen. Es versprach eine amüsante Woche zu werden.

Langsam leerte sich die Buchhandlung, und ich bot Joe an, es zu übernehmen, den Laden zu schließen. Charlie und Olivia gingen mit ihren Eltern einen Nachtisch essen, aber Sebastian und ich beschlossen, noch zu bleiben. Er wartete gemeinsam mit mir, bis der letzte Kunde gegangen war. Ich schaltete alles aus und versicherte mich, dass abgeschlossen war.

Sebastian hielt mir den Mantel, während ich in die Ärmel schlüpfte. »Ich bin mit Charlie hergefahren. Wir müssen also laufen.«

»Macht nichts.« Ich zog meine Haare aus dem Kragen und richtete meine Kette mit dem Maiskolben-Anhänger. »Es ist ein wunderschöner Abend.«

Er hielt mir die Tür auf, und ich schloss hinter uns ab. Die Luft war kühl, und die Stille der Nacht verriet, dass die Welt sich zur Ruhe gelegt hatte. Während wir gingen, fuhr ein einzelnes Auto an uns vorbei, dessen leise Motorengeräusche bald wieder in der Ferne verklangen. Sebastians Hand, die meine umfasst hielt, war warm und behaglich. Wir gingen gemächlich unter hohen Ahornbäumen den Gehweg entlang, deren Äste einen grünen Baldachin bildeten.

Sebastian war still. Ich hatte den Eindruck, dass er über etwas nachdachte. Er wirkte ein wenig in sich gekehrt, als wäre er mit den Gedanken hier und gleichzeitig weit weg.

Als wir bei unserem Haus ankamen, blieb er auf den Stufen vor der Eingangstür stehen.

Er stand dicht bei mir, und ohne ein weiteres Wort nahm er meine linke Hand und drückte sie an seine Brust. Sein Herz pochte unter meiner Handfläche, und seine Hand war so groß, dass sie meine fast verdeckte.

»Dieses Herz gehört dir.« Er beugte sich vor, bis unsere Stir-

432

nen sich berührten. »So war es schon immer, und ich bin jeden Tag dankbar, dass es mich zu dir geführt hat.«

Ohne meine Hand, die auf seinem Herzen lag, loszulassen, griff er mit der freien Hand in seine Tasche.

»Eigentlich wollte ich das heute Abend in der Buchhandlung tun, vor allen anderen. Deswegen hatte ich auch die Harpers eingeladen. Ich dachte, es wäre der perfekte Moment dafür. Ein schöner Anlass, bei dem alle Menschen, die dich lieben, dabei sind. Aber dann habe ich doch beschlossen, zu warten. Weil das hier nicht für alle anderen ist – sondern nur für uns.«

Mein Herz schlug plötzlich schneller, als er eine graue Samt-schatulle hervorzog. Einen Ring wie der, der darin lag, hatte ich noch nie zuvor gesehen. Drei schmale goldene Bänder, die sich beinahe wie Ranken umeinander schlangen. Er war mit einem Diamanten besetzt, dessen Fassung aussah wie ein Kreis aus winzigen Blättern.

Er nahm meine Hand, die noch immer auf seinem Herzen lag, hielt sie fest und sank gleichzeitig auf ein Knie. Ich biss mir auf die Lippen. Ob ich das nun tat, um zu verhindern, dass ich in Gelächter ausbrach oder eher in Tränen, wusste ich selbst nicht recht. Ich war beidem recht nah.

Sein Blick war intensiv und konzentriert, als er zu mir aufsah. »Brooke, willst du mich heiraten?«

»Ja.« Ich berührte sein Gesicht, ließ die Finger über seinen Bart gleiten. »Ja. Ich liebe dich so sehr.«

Er steckte den Ring auf meinen Finger und erhob sich wie-der. Dann legte er die Hände an meine Wangen und sah mich fest an. »Ich liebe dich auch. Wir haben beide eine zweite Chance auf Leben, und ich werde den Rest von meinem damit verbringen, dich zu lieben.«

Unsere Lippen vereinten sich zu einem atemberaubenden Kuss. Er schlang seine starken Arme um mich und drückte meinen Körper an seinen. Ich hielt ihn fest und verlor mich ganz in dem Gefühl, wie sein Mund meinen liebkoste.

Die Stelle in meiner Brust, die sich einst so hohl angefühlt hatte, war jetzt voll. Erfüllt von Liebe und dem Leben, das Sebastian mir geholfen hatte, wiederzuentdecken.

Das Leben, das ich mit ihm verbringen würde – damit, ihn zu lieben. Eine zweite Chance und ein unschätzbar wertvolles Geschenk. Eines, für das ich auf ewig dankbar sein würde.

# EPILOG

Zweifaches Unrecht ergibt kein Recht
doch zweifacher Schmerz
findet zusammen
um etwas Größeres zu erschaffen
etwas Wunderschönes
weil Liebe alle Wunden heilt
Unrecht wiedergutmacht
Kummer lindert
Träume erfüllt
Liebe macht alles möglich
sie ist Atem, Wärme und Leben
Schöpfung und Wahrheit
die Antwort auf die alles entscheidende Frage
warum wir hier sind

~B

# Brooke

Während wir den Pfad entlanggingen, hielt Sebastian meine Hand. Das Sonnenlicht war warm auf meiner Haut, und ich rückte meine Sonnenbrille zurecht, um meine Augen vor dem grellen Licht zu schützen. Es war schon viele Jahre her, dass ich in Arizona gelebt hatte, und ich empfand es so befremdlich, dass das Wetter im Dezember derart warm war. Doch nach dem verfrühten Schneesturm, den wir in Iowa hinter uns gelassen hatten, bildete die Wüstenhitze eine angenehme Abwechslung.

Nachdem wir im kleinen Kreis in Iowa geheiratet hatten, waren wir für zwei Jahre nach Virginia gezogen, um die Uni zu beenden. Dann hatten wir etwas Verrücktes getan – noch verrückter als mein Entschluss, mit zwei Wildfremden nach Iowa umzuziehen. Wir hatten all unsere Besitztümer bis auf das, was wir tragen konnten, verkauft, uns zwei Round-the-World-Tickets besorgt und waren aufgebrochen.

Dreizehn Monate lang hatten wir uns die Welt angeschaut. In Europa hatten wir architektonische Meisterleistungen bewundert – von uralten römischen Aquädukten über gotische Kathedralen bis hin zu eleganten, modernen Wolkenkratzern. In Asien hatten wir Tintenfisch und scharfe Chilischoten gegessen, von denen uns tagelang der Mund gebrannt hatte. Hatten Museen und Tempel besichtigt. In Südamerika Surfen gelernt. Wir waren durch den Amazonas-Dschungel marschiert, mit einem Führer, bei dem wir uns nicht sicher gewesen waren, ob er uns an eine Riesenschlange verfüttern oder zurück in die Zivilisation bringen würde. Wir hatten in vornehmen Hotels übernachtet, in reizenden Frühstückspensionen, Unterkünften mit Moskitonetzen über den Betten und in einer Strandhütte ohne Wände, die jedoch so einsam gelegen war, dass sie keine gebraucht hatte. Gelebt hatten wir von Ersparnissen, den Resten von Sebastians Collegefonds und dem Geld, das ich als Reisejournalistin für ein Onlinemagazin verdient hatte.

Als wir schließlich wieder in die Staaten zurückgekehrt waren, waren noch immer um die hundert Orte übrig gewesen, die wir gern sehen wollten. Mindestens. Doch zu diesem Zeitpunkt waren wir bereit für unser nächstes Abenteuer gewesen. Eines, das uns nicht ganz so weit weg von zu Hause führen würde.

Sebastian hatte einen Job in einem Architekturbüro in Iowa City gefunden. Er hatte sich in verschiedenen Städten beworben: Chicago, Austin, Miami, Seattle. Doch wir hatten beide das Gefühl gehabt, dass Iowa uns zu sich zurückrief. Wir hatten in der Nähe von Familie und Freunden sein wollen, und alle, die wir gernhatten, waren dort. Sebastians Eltern lebten nach wie vor in dem Haus in Waverly, in dem er aufgewachsen war. Olivia und Charlie hatten sich in Iowa City niedergelassen. Ihre Tochter Liliana war nur zwei Wochen nach unserer Rückkehr zur Welt gekommen. Sogar Brian und Mary Harper waren dort. Sie waren umgezogen, um näher bei Olivia und Charlie zu sein.

Wir hatten uns ein hübsches Haus in einer Wohngegend gekauft, die uns gefiel, nicht weit entfernt von Olivia und Charlie. Es war nichts Besonderes, aber dafür gemütlich. Von unseren

Reisen hatten wir viele Schätze mitgebracht, mit denen wir es schmückten: Kunst, Bücher, Vasen, Schalen, Statuen. In unserem Wohnzimmer hing eine große, dekorative Weltkarte, auf der alle Orte, die wir bereist hatten, golden markiert waren.

Unser Haus stand für so viel mehr als ein Dach über dem Kopf. Es war ein Zuhause. Ein Ort, an dem man sicher und geborgen war. Ein Ort, an dem wir Wurzeln schlagen und unser gemeinsames Leben aufbauen konnten.

Ein Ort, wo wir unseren Sohn großziehen konnten.

Ich legte im Gehen die Hand auf meinen Bauch. Es blieben noch etwa acht Wochen – plus minus –, bis er auf die Welt kommen würde, doch es fiel mir schwer, mir vorzustellen, dass er noch größer werden würde. Mein Bauch kam mir jetzt schon gewaltig vor.

Wenn unser Sohn allerdings nach dem Mann kam, den ich geheiratet hatte, würde er zwangsläufig groß werden.

»Ich glaube, dort ist es«, sagte Sebastian und deutete geradeaus.

Wir liefen auf dem Gras weiter und fanden, wonach wir gesucht hatten. Liams Grab.

Ich war zuvor nur einmal dort gewesen, bei seiner Beerdigung. Seine Familie hatte ihm einen wunderschönen Grabstein gekauft, auf dem in großen Buchstaben sein Name eingemeißelt war. *Liam Edward Harper*. Darunter standen *Geliebter Sohn* und sein Geburts- und sein Todestag. Es hatten nur noch zwei Monate bis zu seinem zwanzigsten Geburtstag gefehlt.

Ich legte den Blumenstrauß, den ich mitgebracht hatte, neben den Grabstein.

Sebastians Hand beschrieb kleine Kreise auf meinem Rücken. »Möchtest du einen Augenblick allein sein?«

Ich nickte, woraufhin er sich ein Stück entfernte.

*Wie geht's, Bee?*

»Mir geht es richtig gut. Vielleicht weißt du das auch schon. Ich stelle mir gern vor, dass du mich sehen kannst, aber ich weiß nicht, ob es wirklich so ist.« Das Baby versetzte mir einen Tritt, und ich rieb mir den Bauch. »Ich habe einige der Orte von unserer Weltkarte besucht. Eigentlich sogar richtig viele davon. Es war phantastisch. Wir sind wieder in die Staaten zurückgekehrt, und Sebastian und ich leben jetzt in Iowa. Wir haben ein schönes Haus. Und wir bekommen ein Baby.«

Ich verstummte, denn ein plötzlicher Ansturm von Gefühlen schnürte mir die Kehle zu und ließ meine Augen brennen.

»Es tut mir leid, dass du nicht bleiben konntest.« Ein paar Tränen liefen mir über die Wangen. »Aber obwohl du nicht viel Zeit hattest, hat dein Leben so viel bedeutet. Also, vielen Dank. Danke für die Zeit, die wir hatten. Danke, dass du mich auf den Ball eingeladen hast. Dass du mein Freund gewesen bist – und meine Familie, als ich sonst niemanden hatte. Und danke, vielen, vielen Dank für die Geschenke, die du uns gegeben hast, als du gegangen bist. Dein Tod hat für andere Leben und Heilung bedeutet. Wenn es schon so kommen musste, hätte es wenigstens kein glücklicheres Ende nehmen können.«

Ich blieb noch einen Augenblick stehen, atmete einfach nur. Fühlte.

Dann wischte ich mir die Augen und trat vom Grab weg. Atmete tief durch. Sebastian kam zurück, legte den Arm um meine Schultern und zog mich an sich.

»Geht es dir gut?«, fragte er sanft.

»Ja«, antwortete ich und meinte es auch so. »Es ist immer noch traurig, aber ich bin froh, dass wir hergekommen sind. Es fühlt sich richtig an.«

»Für mich ebenfalls«, sagte er. »Lässt du mich auch einen Moment allein?«

»Ja, natürlich.«

Ich schlenderte davon, während Sebastian vor Liams Grab stehen blieb. Das Baby bewegte sich und stupste mich mit seinen Armen und Beinen. Er war ein aktiver kleiner Kerl. Ich hatte so eine Ahnung, dass wir mit ihm alle Hände voll zu tun haben würden.

Nach einigen Minuten drehte Sebastian sich um. Ich nickte ihm zu, gesellte mich wieder zu ihm und schob meine Hand in seine. Er berührte meinen Bauch und küsste mich auf den Scheitel.

»Bereit?«, fragte er.

»Ja«, erwiderte ich. »Gehen wir.«

Während wir zu unserem Mietwagen zurückgingen, floss mein Herz schier über vor Emotionen, doch traurig war ich nicht. Stattdessen empfand ich ein überwältigendes Gefühl von Frieden. Liam war der Lichtblick im Leben eines Mädchens gewesen, das zu viel Dunkelheit gekannt hatte. Doch er war nicht die Liebe meines Lebens gewesen.

Das war Sebastian.

Er war mein bester Freund. Mein Seelenverwandter. Der Mann, den ich mit jeder Faser meines Körpers liebte. Seine Liebe war für mich keine Krücke, auf die ich mich stützte. Sie war ein Feuer, das die Flammen in mir anschürte. Wir liebten einander, glaubten aneinander und unterstützten einander. Wir beschritten Seite an Seite den Weg, den wir gewählt hatten, und unsere tiefe Verbundenheit gab uns dabei Sicherheit.

Sebastian ging schweigend neben mir. Ich überlegte, was er wohl zu Liam gesagt hatte, fragte ihn jedoch nicht danach. Wenn er es mir erzählen wollte, würde er es tun. Aber vielleicht war das auch etwas, was nur die beiden anging – etwas, das er nicht mit jemand anderem teilen musste.

Schließlich fuhren wir nach Phoenix zurück und entdeckten in der Nähe unseres Hotels ein Restaurant. Wir waren für einige Tage nach Phoenix gereist, hauptsächlich, um Liams Grab zu besuchen. Ich hatte das Gefühl gehabt, es tun zu müssen. Vielleicht, um damit abschließen zu können. Und da unser Nachwuchs bald auf die Welt kommen würde, war es einfacher gewesen, jetzt noch herzukommen. Zwei Erwachsene auf Reisen war das eine – darin waren wir Experten. Aber mit einem Baby unterwegs zu sein war etwas ganz anderes.

Im Restaurant herrschte nicht viel Betrieb. Die Bedienung brachte uns unser Abendessen. Ich war am Verhungern – doch in letzter Zeit hatte ich eigentlich immer Appetit. Als er ungefähr halb aufgegessen hatte, legte Sebastian die Gabel beiseite und sah mir in die Augen.

»Ich habe ihm dafür gedankt, dass er mir sein Herz gegeben hat«, sagte er. »Dafür, dass er mir das Leben gerettet hat. Und ich habe ihm dafür gedankt, dass er dich geliebt hat. Er war Teil deines Lebens, in einer Zeit, als du ihn gebraucht hast, und ich bin wirklich froh, dass er da war. Ich bin froh, dass er es war.«

Ich holte tief Luft. »Ich auch.«

Er streckte die Hand über den Tisch und ergriff meine. Führte sie an seine Lippen und küsste sie.

»Als wir dort waren, habe ich noch über etwas anderes nachgedacht.«

»Ja? Worüber denn?«

»Welchen Namen wir unserem Kind geben sollen«, sagte er. »Eigentlich wundert es mich, dass wir nicht schon früher darauf gekommen sind.«

Ich hob erwartungsvoll die Augenbrauen. Seitdem wir wussten, dass wir einen Jungen bekommen würden, hatten wir hin und her überlegt, wie wir ihn nennen sollten. Ich befürchtete langsam, wir würden uns niemals einigen. »Seb, wir nennen ihn nicht Blade. Oder Ranger. Oder Steel.«

»Komm schon«, sagte er. »Das sind supercoole Namen. Ich werde sie auf jeden Fall für unsere zukünftigen Kinder im Hinterkopf behalten. Aber nein, ich habe an einen anderen Namen gedacht.«

»Okay, und an welchen?«

Er lächelte, und in den Augenwinkeln seiner grünbraunen Augen entstanden kleine Fältchen. »Liam.«

# NACHWORT

Organspende rettet Leben.

Bitte denken Sie darüber nach, sich als Organspender zu registrieren. Und teilen Sie Ihre diesbezüglichen Wünsche auch
Ihrer Familie und anderen nahestehenden Personen mit.

Weitere Informationen finden Sie unter www.organspende-
info.de

# DANKSAGUNG

Ich habe das Glück, immer tolle Menschen an meiner Seite zu haben, und auch bei diesem Buch war das nicht anders.

Die Grundidee für diese Geschichte kam von keinem Geringeren als meinem Mann. Danke, dass du mich mit dieser Geschichte herausgefordert hast. Und für deinen unendlichen Glauben an mich. Er bedeutet mir mehr, als ich es in Worte fassen kann.

An Nikki, die meine *Writer's Angst* erträgt und aufpasst, dass ich bei meinen Geschichten nichts vermassele.

An Jodi, die in so vielerlei Hinsicht über sich hinausgewachsen ist. Danke für dein Feedback und die Unterstützung bei der Veröffentlichung dieses Buches. Du bist eine wundervolle Freundin, und ich bin so froh, dass ich dich habe.

An Elayne, die meinem Text den letzten Feinschliff gegeben und gute Fragen gestellt hat.

Und danke an alle, die dieses Buch lesen. Jede Geschichte, die ich schreibe, ist mein Geschenk an euch. Danke, dass ihr mich auf dieser Reise begleitet.

# TRIGGERWARNUNG

Diese Geschichte enthält möglicherweise Inhalte, die als belastend empfunden werden können. Dazu zählen unter anderem Themen wie häusliche Gewalt, Drogenmissbrauch, Tod, Organspende oder andere potenziell verstörende Elemente. Leser:innen werden gebeten, ihre eigene emotionale Belastbarkeit zu berücksichtigen und bei Bedarf Vorsicht walten zu lassen. Es wird empfohlen, sich bewusst zu machen, dass individuelle Reaktionen auf bestimmte Inhalte variieren können.